신의
대리인,
메슈바'

신의 대리인, 메슈바

권무언
장편소설

나무옆의자

소금이 만일 그 맛을 잃으면

이 책은 기독교에 관한 글이자 맑은 물을 공급해야 할 정신적 상수도에 관한 글이다. 메가처치를 들여다보면 녹물에다 악취가 진동하는 곳이 많다. 요즘엔 악취가 더 심해져 숨 쉬기조차 힘들다. 어디서 냄새가 나는지 모르겠다고? 아무한테나 물어보라. 금방 알려줄 것이다.

따로국밥을 좋아하는 종교인들······. 신앙 따로 삶 따로. 부디 빛과 어둠의 테두리를 함께 돌아보았으면 한다.

이 책에 등장하는 주요 인물은 허구다. 설령 실제 인물과 유사한 점이 많다 하더라도 우연의 일치에 불과하다. 일부 실명은 사실성을 위해 언급되었으나 명수창, 김일국을 비롯하여 대성교회 등은 모두 작가가 창조한 허구다. 교회 현상은 실제 몇몇 사건에서 영감을 얻었다 하더라도, 교회 건물의 위치와 묘사는 특히 허구이며 김일국의 메모 역시 저자의 창작이다. 실존하는 인물 중 이 책에서 언급한 인물을 창조하는 데 있어 모델이 된 적이 없음을 다시 한 번 밝힌다.

그럼에도 이 책은 많은 진실을 담고 있다. 늘 그렇듯 나의 상상력은 현실을 벗어날 수가 없다. 솔직히 말하자면 현실은 이 책보다 더 심하고 더 역겹다. 즉 허구이면서 사실이고 사실이면서 허구다.

내가 한국 교회와 관련된 글을 쓴다고 하니 가족과 지인들은 결사반대했다. 피해를 입을지도 모른다고 걱정이다.

내가 아둔해서 그런지 적어도 목사라면 비루한 인간의 자리를 벗어나 신의 발치 정도쯤에 가 닿은 사람이라고 착각했다. 이제 나도 꽤 나이를 먹다 보니 목사들도 나와 같이 연약한 존재라는 사실을 깨닫는다. 칸트가 말했듯 목사를 포함한 모든 '인간은 뒤틀린 목재'다.

"소금이 만일 그 맛을 잃으면 밖에 버리워 사람에게 밟힐 뿐"이라고 한 성경 말씀이 한국 교회에서 실현되고 있는가?

누군가의 목소리를 막음으로써 비판을 잠재우는 것이 아니라 교회가 복음의 본질에 집중할 때 문제는 해결된다. 이대로 가면 몇십 년 안에 한국 기독교는 썩은 흙벽처럼 허물어질 것이다.

한국의 기독교는 귀한 복음을 기복 신앙으로 변질시키고 있다. 어쩌면 그래서 신앙의 깊이를 이해할 능력이 없는 사람들에게 더 손쉽게 받아들여지고 있는 것은 아닐까? 부패한 목사들은 언제나 신실한 양들의 맹목적인 믿음을 먹고 자란다.

이 책이 희망의 씨앗을 틔우는 데 작은 도움이 되길 바란다.

바리새여, 바리새여! 신앙의 금치산자여!
이 풍진 세상에 맑은 물 하나 나오는 곳 없는가!

2018년 9월 바우뫼 서재에서 벵엔을 그리워하며
권무언

차례

3부 신화의 탄생

4부 살모사, 공룡 그리고 계시록

1부

스페셜 오퍼링

은밀한 보고서

　새벽예배를 마치고 명수창 목사는 여느 때처럼 곧장 자신의 집무실로 향했다. 결재할 서류와 검토할 자료들이 책상에 수북이 쌓여 있을 것이다. 서류를 훑어보면서 결재 사인을 하고, 미진한 것은 박동제 재무팀장을 불러 확인하고 지시하면 오전 일과는 그것으로 끝이었다. 그런데 오늘은 뭔가 달랐다. 집무실에 들어서니 빛바랜 양장본 도서들로 가득한 서재 옆, 자신의 책상 위에 '대외비'라고 적힌 서류 봉투 하나가 놓여 있었다. 달랑 하나? 이런 경우는 거의 없었다. 표지에 'k'라고 쓰여 있는 사설탐정 업체에서 작성한 보고서였다. 밀봉된 봉투를 뜯어 첫 문장을 읽고 명수창 목사의 미간이 잔뜩 찌푸려졌다.

　김일국 장로에 대한 보고서입니다.

성형외과를 운영하는 아들이 테헤란로 선릉역 근처 오 층 빌딩(사진 별첨)을 구입함.

SO의 일부가 쓰인 것으로 추정됨.

"뭐, SO에 손을 댔다고?"

명수창은 저도 모르게 소리쳤다. 김일국 장로가 스페셜 오퍼링(Special Offering, SO)에 손댔다는 보고는 명수창에게 적잖이 충격이었다. 툭하면 영수증을 분실했다고 어설프게 변명하던 김일국의 얼굴이 떠올랐다. 뭔가 의구심으로 안개가 낀 듯 흐릿했던 머릿속의 꼬마전구들이 파바팍, 일제히 불빛이 들어오며 선명하게 다가왔다. 예사롭게 넘겼던 일련의 일들이 어쩌면 횡령과 관련 있을지도 모른다는 생각이 들자 불안감이 스멀거렸다.

김일국과 함께 일을 한 지는 어느덧 삼십 년이 넘었다. 영원히 변치 않을 것만 같았던 솔 메이트. 삼십 년이란 시간이 그리 간단한 세월은 아니지 않은가. 그 긴 세월 동안 어떤 땐 친구로 어떤 땐 최측근으로, 자신에게 충성과 헌신을 다하던 김일국이 불과 몇 달 사이에 이런 생쥐 같은 행동을 하다니.

도저히 믿기지 않았다. 그는 무릎이 후들거리고 자신도 모르게 눈이 파르르 떨려 더는 보고서를 읽을 수가 없었다. 정면과 측면에서 찍은 건물 사진 두 장과 연면적, 대지 면적, 각층의 입주 현황 등이 담긴 보고서를 읽다 말고 그대로 책상 위로 집어 던졌다. 분노를 억누르며 잠시 창밖으로 시선을 돌렸다. 명수창의 눈에 한 무리의 사람들이 건물로 다가오는 모습이 들어왔다. 오십 대쯤으로 보이는 한 사내가 손으로 강하게 제스처를 써가며 말하는 걸 보니 아마도 뭔가를 설명하는 듯했다. 건물 안으로 사라질 때까지 그들을 지켜보며 명수창 목사는 생각에 생각을 거듭했다.

김일국은 교회를 개척할 때부터 지금까지 맡은 일을 과묵하고 성실하게 잘 해냈다. 궂은일에도 싫은 낯빛을 내비친 적이 없었다. 그러나 그 성실함에는 무언가 아쉬움 같은 게 있었다. 야무짐이랄까, 시대의 변화를 읽어 내는 예견력 같은 것. 회계사이면서 컨설팅 회사의 고위 임원인 심종수 장로에게 맡겼더라면 SO를 이자도 거의 없는 예금에 그대로 놔두지는 않았을 것이다. 그래서 몇 번 아쉬움을 토로했더니 기어이 티를 내고 투자 손실을 내고 말았다. 그런데 횡령까지 했다고? 명수창은 김일국이 자신의 뒤통수를 쳤다고 생각했다.

아무래도 너무 오래 맡겼어. 머릿속으로 고민과 계산이 시작되었다. 삼십 년의 세월이란 표정 하나만으로도 성능 좋은 엑스레이 장비처럼 금세 그의 속을 훤히 판독할 수 있는 그런 시간이다.

감히, 네놈이……. 그는 마음의 문에 빗장을 질렀다. 다시는 김일국을 신뢰하는 일은 없을 것이다. 내가 고양이에게 생선을 맡겼구나. 쓸쓸하게 입맛을 다시며 손아래 동서인 박동제가 사설탐정 업체를 운영하는 김 집사를 통해 얻은 김일국에 대한 정보가 꽤 시의적절했다고 생각했다. 이 친구 제법 일을 좀 하는군.

횡령의 올가미

박동제의 보고를 받은 명수창은 마음을 굳혔다. 의심은 점점 커져만 가고 계획했던 일들은 제대로 돌아가지 않고 있었다. 세상이 그리 만만치 않다는 것을 일깨워줄 필요가 있다고 생각했다. 고심 끝에 김일국을 긴급 호출했다. 얼마 후, 명수창 목사의 집무실 문앞에 도착한 김일국은 들어오라고 할 때까지 기다릴지 말지 잠시 망설였다. 그러다 이내 생각을 지우고 그냥 문을 열고 들어갔다. 누군가와 통화를 하고 있던 명수창이 안경 너머로 김일국을 힐끗 쳐다보면서 말했다.

"됐네. 지금 여기 왔군."

명수창은 수화기를 쾅 소리가 날 정도로 세게 내려놓았다. 화가 났음을 드러내려는 의도가 너무도 역력해서 순간 김일국은 들고 있던 서류 가방을 떨어뜨릴 뻔했다.

"왜 여태까지 인수인계를 안 하고 있는가?"

흥분한 목소리. 매끈하게 빗은 머리에 윤곽이 뚜렷한 안경테 너머로 명수창의 눈동자가 신경질적으로 보였다.

"예, 지금 정리 중입니다."

"무슨 일이라도 있는 건가?"

명수창이 급하게 자리에서 일어나더니 책상 앞으로 돌아 나오며 물었다. 평소에 이 말은 명수창만의 배려가 묻어나는 말이었다. 그런데 지금은 어투와 표정으로 보아 질책이 분명해 김일국은 머뭇거렸다. 토씨 하나 안 바뀐 똑같은 말에 억양만 다를 뿐인데도 뜻은 정반대가 되었다.

"저런, 무슨 일이 있나 보군."

마치 빠져나갈 수 없는 증거를 손에 쥔 현행범을 다루듯 명수창이 다시 여유롭게 다그쳤다.

"조금만 기다려주십시오."

"그게 무슨 뜻인가?"

"지금 정리를 하면…… 손해가 너무 커집니다."

자신의 의도와는 무관하게 김일국은 기어드는 목소리로 말했다.

"얼마인데?"

"꽤…… 됩니다."

"꽤라니? 맙소사. 자네 바보인가? 내가 원금 보장이 되는 곳에 투자하라고 몇 번이나 말했었지 않나?"

"보고드렸을 때 한번 해보라고 하셔서……."

공손한 태도였지만 말끝을 흐리는 김일국의 말투에는 분명 항변하는 기색이 역력히 묻어 있었다.

"보고, 보고! 보고했다는 말 좀 그만해!"

명수창은 성난 눈으로 김일국을 노려보았다. 그의 눈에는 분노와 살기가 가득했다. 그 눈길이 어찌나 무섭던지 김일국의 눈빛이 흔들렸다.

"자네가 이익이 많이 날 거라고 해서 고개를 끄덕였던 것이지, 손해가 날 수도 있다고 했다면 내가 허락했겠나? 자네 머리를 어디다 두고 다니나?"

가까운 측근들에게만 보여주는 분노와 짜증이 섞인 명수창의 표정이었다. 손해의 '손' 자에도 경기를 일으키는 그였다. 김일국은 주눅이 들어 채 말을 잇지 못했다.

"이것 봐!"

명수창은 버럭 소리를 질렀다.

"자네 농담하는 건가? 왜 손해 나는 곳에 투자했나? 내가 하라고 했었나, 응? 자네가 하자고 했잖아."

명수창이 다그쳤다.

"네. 그랬지요……."

김일국은 이 상황이 고통스러운 듯 고개를 가로저었다.

"저는 그저 잘 관리하려고 한 것이……."

"잘 관리하려다 그랬다고? 자네 지금 나이가 몇인가? 도대체 자네는 지금까지 뭘 배웠나? 누가 자네더러 말도 안 되는 곳에 투자하라고 했지?"

"제가 저번에 보고를 드렸는데……."

당황한 듯 김일국의 눈이 동그랗게 커졌다. 명수창은 아랑곳하지 않고 냉랭한 시선을 던지며 말했다.

"나한테 거짓말하지 마. 경고하겠네. 누가 투자했나?"

명수창의 분노 섞인 목소리가 사무실 구석구석까지 난사되었다. 김일국의 몸이 파르르 떨렸다. 총알 같은 속도로 대답하지 않으면, 한 대 내려칠 기세였다.

"제가…… 했습니다."

얼결에 인정했지만 곧바로 김일국은 후회했다. 자신이 독단적으로 결정한 일이 아닌 줄 뻔히 알면서도 끝까지 우기는 명수창의 성난 눈을 보았다. 그 순간 김일국은 꾸중 들을 걸 겁내는 어린아이처럼 자기 안의 겁먹음에 갇혀 '당신, 당신에게 보고했는데'라는 웅얼거림을 돌돌 감을 뿐 입 밖에 내지 못했다. 선생님 앞에 손을 내밀고 매가 떨어지기를 기다리는 초등학생 같은 주눅 들음. SO에 관한 한 숨소리 하나, 개미 새끼 한 마리의 이동까지 빠짐없이 보고하라던 그의 지시가 떠올랐다. 말은 근사했다. 하지만 이익이 날 때는 좋아하다가도 손실을 보면 묻지도 따지지도 않고 역정부터 냈다. 잘잘못의 여부는 신분의 갑을과 목소리의 크기에 묻혔다. 무턱대고 책상을 쾅 내리치며 소리치는 상사나 가부장적인 어른이 논리에 밀릴 때 꺼내는 전가의 보도, '너 몇 살이야?' 하며 간단하게 젊은이들의 입을 틀어막는 것처럼.

"이제야 제대로 답하는군. 이봐, 어떻게 모은 돈인데. 자네의 무모한 판단으로 막대한 피해를 입었으니……."

명수창은 마치 김일국이 상상도 할 수 없는 최악의 범죄를 저질렸다는 듯 노려보았다. 이어 냉랭하게 말했다.

"나는 단연코 자네를 용서할 수 없어. 자네에게 최고의 자리에서 봉사할 기회를 주었네. 물론 사례비도 매달 꼬박꼬박 주었지. 그런데 그 보답이 이거란 말인가? 일단 모든 자료와 통장을 심종수 장로에게 넘기고, 자네는 한 푼도 이상 없도록 정리해서 가져오게."

"……."

명수창을 잘 알고 있는 김일국이 더는 항변해보았자 소용없음을 알고서 고개를 힘없이 끄덕였다.

"이번에는 판단을 잘하게. 그리고 만약 손실 없이 잘 가져온다면, 그때 가서 생각해보고. 음, 어쩌면…… 아무튼 자네에게 달렸네. 정리할 시간을 삼 주 주겠네."

"삼 주요?"

삼 주라는 말에 김일국의 심장이 쿵 내려앉았다. 절망감이 온몸에 전류처럼 흘러내렸다.

"그래, 삼 주!"

명수창이 다시 한 번 말뚝을 쳤다. 김일국은 당혹스러웠다. 삼 주후에는 무슨 수를 써서라도 SO의 원금을 복구해야 하는데, 현재로서는 전혀 가망이 없어 보였다. 결국 그의 명령에 복종할 수밖에 없겠지만 가슴속을 짧게 스치고 지나가는 이 서늘한 느낌의 정체가 뭘까, 잠시 생각했다.

'거부하든 받아들이든 삼 주 후는 지옥이 될 것이다.'

명수창의 집무실을 어떻게 나왔는지 모를 정도로 김일국은 정신이 혼미했다. 무슨 방법이 없을까? 투자 손실은 점점 커져 갔다. 이대로 가면…… 생지옥이다. 혹시 기적이라도 일어난다면 모를까. 김일국은 막막한 현실 앞에서 깊은 절망을 느꼈다.

명수창 목사와 면담하고 난 후 김일국은 무력감에 아무것도 할 수 없었다. 대성교회 측 사람들뿐만 아니라 사업 때문에 만나는 사적인 자리까지 피했다. 그 무렵 그의 핸드폰은 오래도록 꺼져 있었다. 결국 명수창과 약속한 삼 주는 그렇게 대책 없이 흘러갔고, 그는 약속을 지키지 못했다. 아니 지킬 수가 없었다.

엄청난 손실을 어떻게 보고한단 말인가. 어떻게 말을 해야 할지, 그렇다고 침묵할 수도 없는 난감한 상황이었다. '밤이 오는 걸 막을 수 없듯이 투자에서 손실은 병가지상사'라는 말로 이번 일은 어쩔 수 없었다고 할 건가. 이래서 이렇고 저래서 저렇고 변명을 해봤자 들어줄 리도 없고 오히려 자신의 꼴만 더 초라해질 게 뻔했다. 그의 머릿속은 시간이 지날수록 더 복잡해졌다.

그런데 아침나절, 느닷없이 후임자인 심종수 장로가 찾아왔다.

"도대체 왜 이러십니까? SO의 인수인계를 왜 안 합니까? 횡령한 것 아닙니까?"

심종수는 횡령이라는 모욕적인 단어까지 들먹이며 다그쳤다. 심종수는 이 말을 하려고 온 것이다. '횡령이라니? 말도 안 돼!' 하는 기막힘 반, '감히 후배 장로인 네가 그런 말을?' 하는 분노 반. 김일국은 말문이 막혔다. 횡령이라는 말에 그는 혼이 빠져나간 듯 순간 멍해졌다. 멍하니 듣고 있다가 심종수가 떠난 후에야 그는 한마디 대꾸도 하지 못했음을 알았다. 뛰어난 회계사로 소문난 심종수는 김일국에게 맺힌 데가 있는 모양이었다. 재무팀 회의 자리에서 "요즈음 회계는 공부할 게 많은데, 김 장로님은 공부를 안 하고도 척척 짚어 내시니 대단합니다" 하며 띄워주는 척 이기죽거리던 심종수였다. 진학률이 낮은 시골 인문계 고등학교를 졸업했을 뿐 대학 근처에도 가보지 못한 채 사업을 하다가 겨우겨우 야간대학 졸업장을 취득한 김일국이었다. 그런 그가 오백억 원이 넘는 메가처치의 재무 총괄을 맡고 있는 건 기실 아니긴 아니었다.

그렇다 하더라도 불쾌감이 온몸을 확 덮쳐오는 것은 어쩔 수 없었고, 그 불쾌감이 후배 장로에게서 기인했다는 사실에 그의 자존감은 깊은 상처를 입었다. 온몸의 피가 머리끝에 몰리며 현기증이 일었다.

'횡령!'

심종수의 말이 뱅글뱅글 맴돌며 김일국의 머리를 휘저었다. 격랑처럼 일어나는 분노로 인해 그의 호흡은 가빠지고 마음은 빠르게 굳어 갔다. 횡령이라는 꼬리표가 오랫동안 자신을 괴롭히게 될 것임을 그는 직감했다. 온 생을 불태워 헌신했던 교회에서 뜨겁게 달궈진 상처투성이 낙인 하나가 그의 등 뒤에 새겨지고 있었다.

김일국은 인생의 대부분을 대성교회를 위해 살아왔다. 신도가 십이만 명이나 되는 대형 교회의 재무장로를 십오 년 동안 맡아왔고, 현재 수석장로인 그를 모르는 이는 거의 없었다. 하지만 횡령 혐의를 받는 순간 모든 것이 달라질 것을 그는 잘 알고 있었다.

'아직은 핵심 장로 몇몇만 알고 있겠지만 이제 곧 모두에게 알려질 것이다.'

그는 마음의 문을 굳게 닫은 채 자신만의 어둡고 혼란스러운 방에 스스로를 가두었다. 처음으로 사람들이 무섭다는 생각을 했다. 자신이 운영하는 회사 사무실이나 교회 집무실에도 나가지 않는 날들이 많아졌다. 모든 게 그를 지치게 했다. 마지막 한 방울의 에너지까지 모두 연소해버린 자동차처럼 무력해진 그는 한밤중에도 자주 가슴을 움켜쥐고 벌떡벌떡 잠에서 깨어 일어났다. 가족들은 걱정이 되었지만 그를 위해 해줄 수 있는 게 아무것도 없었다. 이 문제는 김일국 자신이 혼자 떠안아야 할 짐이었다.

욕망의 연금술

어디서부터 잘못된 것일까? 목숨을 걸어도 아깝지 않을 만큼 신실한 목사였는데. 지난 삼십여 년 동안 평생 함께하자고 한 것도, 재무장로를 맡으라고 몰아세운 것도 명수창 목사였다.

"평생 내 곁을 떠나지 마시오. 믿을 사람은 김 장로뿐이니."

"천국에서도 목사님을 모셔야 합니까?"

"예끼, 이 친구야! 모시긴 누굴 모셔, 함께 가는 거지, 으허허."

그랬는데, 명수창이 이토록 낯설고 멀게 느껴지기 시작한 것은 언제부터였을까. 명수창처럼 욕심 없는 사람은 처음 본다. 사택마저 거부하고, 소형차를 직접 운전하는 그런 목사를 모신다는 것은 우리의 행운이지, 교인들은 그렇게 말했다. 욕심을 부려도 이룰 수 없을 것 같고, 못 이루면 자존심이 상할 것 같으니 애초에 욕심이 없는 쿨한 사람인 척 자기방어를 하는, '욕심에 지배당하면서도 욕심이 없는 척'하는 인간 군상들과 달리 그의 '진짜' 욕심 없음은 수준이 달랐다.

그러나 명수창이 세 번째 성전을 짓겠다고 말했을 때, 그에 대한 전적인 믿음에 한 줄기 의혹이 스며들기 시작했다.

"김 장로, 이제 한국 최고의 성전을 지을 겁니다. 스미스 목사 설교 들었지요? 우리 교회가 세계 선교의 중심 기지의 사명을 받았다는 말씀 말이오."

그 한마디가 김일국의 귀를 송곳처럼 찔러 댔다. 그의 머릿속이 혼란스러워졌다.

'벌써 세 번째 건축이다. 지난 삼십 년 동안 교회는 비약적으로 성장했는데, 매번 성전을 크게 지으려고 하다니…… 뭔가 이상하다.'

발단은 특별 초청한 미국 목사들이 직접적이고 공개적으로 명수창을 칭찬하면서 시작되었다. 특히 스미스 목사의 설교는 명수창이 듣고 싶어 하는 말만 모두 골라서 모아 놓은 칭찬 백화점이었다.

"명수창 목사님은 교계와 사회 곳곳을 두루 섬기면서도 자신의 이름을 앞세우지 않았습니다. 개척교회 시절부터 농촌 교회를 지원했고, 병원·학원 선교와 세계 선교 등 모든 분야에 대성교회의 손길이 닿아 있습니다. 이것은 뛰어난 명수창 목사님의 리더십 덕분입니다. 명수창 목사님은 하나님께서 특별히 세우신 종입니다. 이제 대성교회는 세계 선교의 중심 기지입니다. 여러분은 이제 선교와 축복의 강 사이에 앉아 있게 될 것입니다."

명수창은 스미스 목사의 버터 발린 입술에 자신의 이름이 오르내
릴 때마다 심장이 쿵쿵거렸다. 심장 소리가 너무나 커서 다른 사람
에게도 들릴 정도였다.

"미여~ 영수창……. 며영수창……."

스미스가 자신의 이름을 입에 올릴 때마다 온몸이 전기에 감전된
듯 짜릿짜릿했다.

나의 이름이 불리는 것만으로도 이렇게 달콤하고 황홀하다니. 명
수창은 감격에 겨워 목이 메고 저절로 눈물이 흘러내렸다.

정당성의 원천이면서 선진국의 대명사인 미국 목사들이 세계 선
교의 중심지는 한국, 그것도 명수창 목사라며 치켜세우자 그는 울
컥하며 깊은 감동으로 전율했다. 불현듯 그의 겨드랑이가 근질근질
하면서 날개가 돋는 듯했다. 미국 목사들의 아낌없는 칭찬에 그의
오른쪽 날개가 뜨거워졌고, 수많은 교계 리더들이 대성교회가 앞장
서 아시아와 세계 교회의 부흥과 섬김의 전진기지 역할을 해야 한
다고 부추길 때는 그의 왼쪽 날개가 굳센 의지로 팽팽해졌다. 이윽
고 그 어떤 생물도 살아나기 힘든 메마른 사막에서 후드득 떨어지
는 빗줄기에 먼지 자욱한 땅이 씻기며 일제히 소란스럽게 피어나는
꽃처럼 그는 욕망의 날개를 활짝 펼쳤다. 명수창은 여기 좁디좁은
한국 땅이 아니라 더 넓은 세계로 나아가야 할 것 같은 기분에 사로
잡혔다. 그럴 때마다 명수창의 가슴은 하나님이 기뻐하는 아름답고
거대한 성전 건축을 하리라는 사명감으로 팽팽하게 부풀어 올랐다.

'날자, 날자. 주님을 위해 비상하자!'

스미스 목사의 칭찬, 그건 그 한 사람의 인정과 칭찬일 뿐일 텐데

명수창과 대성교회 교인들은 마치 세상 모든 사람으로부터 칭찬과 인정을 받은 기분이 들었다. 가난하고 외진 시골 출신으로 학창 시절부터 미국을 동경하고 그들의 문명이 곧 글로벌 스탠더드라 믿고 살아왔는데. 미국인들이 자신을 훌륭한 리더라고 칭송하다니.

그날 이후 명수창은 잔뜩 고무되었다. 그날을 상상만 해도 가슴이 뻐근해졌다. 온몸의 촉수가 다 일어나는 듯 가슴을 두 손으로 벌려 가볍게 두드리기도 하고 괜히 혼자 실없이 웃음 짓기도 했다. 명수창은 뭔가 결심한 듯 소수의 수행원들을 데리고 교회 주변을 둘러보았다. 그리고 무언가 빠트린 듯 이상한 허전함으로 교회 주변의 공터와 하늘을 오래도록 바라보았다. 사흘째 되는 날 명수창이 입을 열었다.

"이제 우리도 큰 그림을 그립시다."

"큰 그림이요? 세계 선교의 중심 기지를 말씀하시는 것입니까?"

윤성욱이 물었다.

"그렇소."

세계 선교의 중심 기지라? 최소한 아시아 · 아프리카 · 남아메리카 등 주요 지역별 거점도 만들어야 하고. 그 가운데 어느 지역부터, 어떤 시설을 만들어야 최선일까? 지금이야말로 그것을 생각할 때였다. 하지만 범위가 너무 넓고 무엇부터 어떻게 해야 할지 윤성욱은 가늠할 수 없었다. 분명 한국말은 한국말인데 이게 무슨 말인지. 이럴 때는 묻는 게 상책이었다.

"예, 그런데 좋은 복안이라도 있으신지요?"

"있지, 나중에 구체화되면 얘기해주리다."

후일의 즐거움을 남겨놓고 명수창은 슬슬 교회 주변과 공터를 둘러보았다.

내가 꿈이 너무 작았어. 명수창은 지난날을 후회했다. 교인 한 사람 한 사람을 섬기는 목회, 그러나 그 때문에 현상 유지에 머물 수 있다는 것을 미처 예상치 못했다. 무엇보다 한국을 벗어난 시각을 갖지 못했다. 명수창은 고래보다 더 큰 꿈을 꾸기 시작했다.

'하지만 아무리 고래라 한들 얕은 물에 갇혀서야 무얼 할 수 있단 말인가.'

명수창은 최초에 꾸었던 꿈의 뿌리를 파헤치고 더 큰 꿈을 심었다. 그럴 때마다, 마음속에서 꼼지락거리는 욕망이 형체도 빛깔도 없는 마이크로의 세계 속에서 활발하게 움직였다. 한 방울의 물을 달게 마시는 개미처럼, 언 땅을 뚫고 나오는 여린 새순처럼 미미하고 연약해 보이던 욕망이었다. 마치 이슬방울 하나에도 폭탄 맞은 듯 화들짝 놀라는 곤충처럼 한 가닥 작은 욕망조차 경계하던 그가, 어느새 크기로는 고래만 하고 민첩하기로는 병아리를 낚아채는 솔개처럼 변해 갔다.

김일국 장로는 명수창 목사의 변화를 알아챘지만 어쩔 수 없었다. 명수창의 욕망은 쥐어짜고 긁어모으고 비틀고 낚아채고 움켜쥐고 매달리는 스크루지의 욕망이 아니었다. 차원이 다른, 너무나 커서 비전처럼 보이는 매크로의 세계였다.

한 달 뒤 명수창은 김일국과 함께 교육관 앞에 서 있었다.

"여기에 대성전을 지으면 어떻겠어?"

명수창은 교육관을 바라보며 김일국에게 물었다.

"교육관을 헐고요?"

"그래요. 난 여기에 한국 최고의 대성전을 지을 거야. 스미스 목사의 설교를 들을 때, 내 마음속에서 주님의 음성이 들렸어. '수창아, 너의 충성을 기다리고 있다. 넌 언제쯤 멋진 성전을 지을 것이냐?' 그 질문을 놓고 한 달 내내 기도한 끝에 비로소 나는 '예, 주님 지금부터 시작하겠습니다'라고 대답했지."

"예?"

김일국은 깜짝 놀라 명수창의 얼굴을 바라보았다. 스미스 목사는 대의가 옳다면 그 대의를 위해 어떤 어려움이 와도 맞설 용기를 가질 것을 대성교인들에게 당부했었다.

"여러분이 오늘 전진하기를 바란다면 더 큰 무엇을 만들기 위해 여러분의 마음과 손과 가슴을 사용하십시오. 하나님이 함께하실 것입니다."

스미스 목사가 한 말의 앞뒤 맥락을 들어보면 교인 한 사람 한 사람이 하나님의 사람답게 움츠러들지 말고 높은 이상을 향해 당당하게 도전하라는 의미였지 대성전을 건축하라는 의미는 아니었다. 하지만 명수창은 스미스 목사의 말을 그대로 수용하지 않고 자신만의 방식으로 구체화시켰다. 명수창에게 '더 큰 무엇'은 '더 큰 대성전'을 건축하는 것이었다. 명수창의 생각은 가히 비약적이었다. 명수창의 얼굴은 꿈을 꾸는 듯 붉게 물든 노을빛 같았다.

"우리나라에서 가장 아름답고 최대로 큰 교회 말이오. 이제는 교회를 설계할 때부터 해외 진출이나 선교를 염두에 두고 지어야 해. 대성교회를 세계 선교의 중심 기지로 만들 거야. 이름도 정했어."

명수창은 웃음을 머금고 그 이름을 말했다.

"예루살렘 성전!"

그러고는 교회 간부들을 집무실로 소집했다.

"목사님, 세계 최고이십니다. 목사님에 대해서는 미국에서 더 유명하십니다."

윤성욱이 명수창을 향해 엄지를 들어 올리며 집무실로 들어왔다. 벌써 한 달이 지났는데도 대성교회 간부들은 명수창을 볼 때마다 스미스 목사에게서 받은 감동을 표현했다. 명수창은 은근히 이것을 즐겼다. 명수창의 마음속에서 오른팔이 들렸다. '어서! 한마디만 더, 어서!'

"목사님을 모시는 것은 저희의 영광입니다."

"목사님은 이제 세계적인 지도자이십니다."

다시 명수창의 마음속 왼팔이 들리며 '좀 더!'를 외쳤다. 명수창은 간절히 바랐다. 이런 칭찬은 백 번 들어도 질리지 않았고 천 번 들어도 물리지 않았다. 오히려 침묵을 지키고 있는 김일국이 미련해 보일 지경이었다.

그러고 보면 인간은 얼마나 초라한 존재인가. 누군가 연발 폭죽처럼 자신을 연달아 칭송해주길, 누군가가 내 전두엽에 새겨진 성공 신화를 확성기로 세상에 알려주길 바란다. 인간은 오직 자기 자신을 드러내는 일에 가열찬 관심을 쏟아 내는 연약한 존재였다.

한참 동안 자신을 칭송하는 말을 듣고 난 명수창이 만족스러운 듯 고개를 끄덕이며 되받았다.

"여러분도 스미스 목사의 말씀을 들었을 겁니다. 나도 그의 도전에 오랫동안 기도를 드렸습니다. 드디어 기도의 응답을 받았습니다. 여길 보시오!"

명수창은 비서가 가져온 교회 도면의 한 곳을 지목했다. 교육관 자리였다.

"여기에 예루살렘 대성전을 건축할 것입니다. 여의도에도 뒤지지 않을 대성전이 될 것이오. 우아하고 아름다운 천장 한가운데 샹들리에가 빛나게 할 것입니다. 세밀하게 조각된 석조 기둥들이 물결치듯 천장을 받치고 마치 천국에 온 듯한 느낌이 들도록 웅장하고 밝게 만들 것이오. 이곳에 오면 어떤 거대한 존재, 그 거대함 때문에 나 자신도 위대한 존재의 일부라는 사실에 경외감이 저절로 들게 하는 그런 성전 말이오."

명수창은 거침없이 자신의 계획을 설명했다.

"우리 찬송가 한 곡 합시다!"

명수창은 스스로 내린 결론에 적합한 결연하게 끝나는 찬송가를 먼저 선창했다.

"아무리 힘들고 어려워도 나는 주님만을 위해 살겠노라……."

그들은 힘차게 찬송가를 함께 불렀다.

"한 곡 더!"

명수창의 목소리는 활기찼고 가속도가 붙기 시작했다.

"주의 팔, 날 위해 박히셨으니…… 나의 모든 것을 주께 바치리……."

그날 이후 명수창은 천억여 원에 달하는 건축 헌금에 대해 거의 강박에 가까운 집념으로 교인들을 몰아붙였다. 명수창의 노력은 대단했다. 여기저기 공사 현장을 살펴보고 인부들을 격려하는가 하면 나직이 대화를 나누기도 했으며, 낮밤을 가리지 않고 교인들에게 설교했다. 심지어 공사 현장의 물에 젖은 흙에도 무릎을 꿇고 축도를 했다. 그렇게 해서 거두어들인 엄청난 액수의 건축 헌금, 그것은 교묘한 마술이고 명수창이 만들어 낸 연금술의 산물이었다.

김일국만이 눈치챘던 명수창의 내면 풍경. 자신의 비전이 곧 하나님의 뜻이라며 자신 있게 말하는 명수창을 김일국은 한동안 낯설게 바라보았다. '그때 왜 나는 명수창을 떠나지 못했던 걸까?' 김일국은 명수창이 명백히 잘못된 길을 가고 있다는 걸 알아차렸으면서도, 재무장로의 본분에 충실히 임해야 한다고 스스로를 채찍질했다. 그러면서 자신이 하고 있는 모든 일이 재무장로로서 최선이었다고 끊임없이 스스로를 합리화했다. 그건 뭐랄까, 그저 헌신적인 재무장로로서의 도리 외에 오랜 세월 명수창과 함께한 그 관성의 힘을 어쩔 수 없었던 게 아닐까. 참 희한하게도 아니라는 것을 알면서도 끊어내지 못했다. 단 한 번 명수창을 설득하려고 했던 적이 있긴 했다. 그뿐. 자신이 살아온 과거에 대해 회의감이 밀려오는 걸 필사적으로 막아 내고 버티는 게 전부였다.

'기를 쓰고 나 자신을 기만하고 있었군.'

명수창의 참모로서 그의 입장에서 생각하고 실행했던 자신의 삶
이 이제 보니 다 부질없었다.

순간의 진실

유월의 어느 날, 며칠간 집에 틀어박혀 지내던 김일국 장로는 심종수 장로에게서 문자를 받고 한숨을 푹 내쉬었다.

다음 주 토요일 오후 다섯 시 명수창 목사님께 직접 보고 바랍니다. 계약서 등 모든 자료와 통장을 제출하기를 바라며 자료가 없을 시 사적인 유용으로 간주함.

최종 통보였다. 한마디 인사도 없이 날아온 심종수의 문자는 화살이 되어 그의 가슴에 박혔다. 사적인 유용? 이제 나를 아예 횡령범으로 몰아가다니. 심종수의 문자 하나하나가 야비하고 비열한 압박처럼 느껴졌다. 특히 글자 수를 줄이기 위함인지는 모르나, '간주합니다'가 아닌 '간주함'이라는 마지막 단어가 단정적이어서 불쾌감과 함께 목으로 쓴 물이 올라왔다.

간주함? 김일국은 예사롭게 넘길 수 있는 단어 하나에도 마음의 날을 세웠다. 너무 예민해진 걸까. 목이 탔다. 유리컵에 담겨 있던 뭔가를 정신없이 목구멍에 털어놓고 보니 미지근하게 식어버린 커피 한 모금이었다.

다음 주 토요일? 올 것이 오고야 말았구나. 일, 월, 화, 수, 목, 금, 토. 하루하루 세어보니 남은 건 칠 일, 이제는 피할 수 없다.

사건의 발단은 한순간에 눈에 띈 투자 회사의 상품이었다. 원금 보장이 되면서 10퍼센트의 높은 수익금을 주는 상품 구조였다. 처음엔 정기예금 1~2퍼센트의 저금리 시대에 말도 안 되는 소리라고 무시했다. 그런데 며칠이 지났는데도 계속 뒤에서 뭔가가 김일국의 뒷덜미를 잡아당기는 것 같았다. 대수롭지 않게 흘려버렸는데도 원금 보장에 10퍼센트 수익이라는 단어는 머릿속에 옹골차게 자리 잡고 있었다. 다시 찾아서 읽고 또 읽어 보았다. 순간 마음의 저울추가 확 기울어졌다. 이거다!

뭐라 설명하기는 어렵지만 그 광고야말로 그가 그토록 찾던 상품이라는 확신이 들었다. 몇 년 전까지만 해도 자금 운용이란 게 비교적 쉬웠다. 당장 급한 처지에 있는 사람들에게 돈을 빌려주는 사채업과 예금이었기 때문이다. 인정도 받았고 재미도 있었다. 실력이 아니라 우연히, 운이 좋았던 거라는 걸 알게 되기까지는 얼마 걸리지 않았다. 세상이 바뀌고 돈이 넘쳐나면서 이자 수입은 줄고 사채도 한계에 봉착했다. 주식 바람이 불어 다들 눈이 벌게졌을 때에도 김일국은 자기 돈으로 주식 한 주 사본 적이 없었다. 그가 아는 것은 은행 이자와 사채뿐이었다.

하지만 '쌀 때 사서 비쌀 때 판다'는 투자의 시대가 도래했다. 예금을 통해 낮은 이자를 챙기는 것보다 투자를 해서 높은 수익을 챙기는 것이 시대의 흐름에 맞는 방법으로 여겨졌다. 시장은 생물과도 같아서 살아 움직이고 매시간 빠르게 변했다.

변화에 적응한 조직과 사람은 살아남고 실패하면 사라질 것이니……. 그는 이 거센 변화의 바람이 영 못마땅했지만 뭐든 해야 했다. 이 세계는 그가 지금까지 경험한 적 없는 다른 세계여서 이해하는 데 꽤 오래 걸렸다. 더구나 내성적인 그로서는 투자 관련한 사람들과의 네트워킹조차 좀처럼 쉽지 않았다. 가끔 가까운 장로들로부터 '한 달 만에 20퍼센트 수익을 올렸다'는 식의 말을 들을 때면, 왠지 손해를 본 것 같아 마음이 편치 않았다.

그 무렵이었을까. 언제부턴가 명수창에게 투자에 대해 은근하고 노골적인 압력을 받기 시작했다. 아마도 그 압력을 전부 모아서 전기로 만든다면 대예배당의 전등을 한 달 정도는 켤 수 있을 것이다. 하지만 투자의 세계는 롤러코스터의 세계, 정신을 온전하게 붙잡고 있기란 쉽지 않았다. 결국 투자의 시대는 사람들에게 부에 대한 환상만 심어줬을 뿐 돈을 불리기는커녕 오히려 저금리마저 챙기지 못한 채 가진 돈을 까먹는 김일국 같은 사람들을 수도 없이 만들어 냈다. 인간이 아무리 적응의 동물이라고 해도 빛의 속도로 변하는 세상을 따라가기가 어디 그리 쉽겠는가. 피나는 노력을 한다고 해도 안 되는 것은 안 되는 것이다.

그때 용기를 내서 더는 못 하겠다고 고백했어야 했다. '열심히, 기필코 해보겠습니다'라는 말은 작은 용기요, '저는 못 합니다. 이건 제 능력 밖의 일입니다'라는 말은 더 큰 용기였음을 이제야 깨달았다.

돌이켜 생각하면 적은 수익이더라도 익숙한 예금으로 운영했어도 될 일이었다. 투자만 하지 않았더라면 크게 문제 될 일도, 이렇게 애태우며 노심초사할 필요도 없었을 것이다. 열심히 노력했으나 결과가 의도와는 무관하게 손실로 귀결되었고, 이 사소한 불운들이 쌓이고 쌓인 최정상에 횡령이라는 오명이 떡하니 앉아 있었다. 우연히 눈에 띈 광고지 한 장에 삶이 어긋나고 무너질 수 있는 게 투자의 세계였다. 자금 관리는 첫째도, 둘째도, 셋째도 역시 안정성이었다.

포기가 지혜의 다른 이름인 것을……. 돌이켜 보면 그때의 모든 일이 후회스럽기만 했고, 손실에 대한 강박감으로 그의 마음은 새까맣게 타들어 갔다.

김일국은 명수창을 만나고 온 날 이후부터 잠을 설치는 강도가 더 심해졌다. 피곤해서 몸이 천근만근이어도 좀처럼 잠을 이룰 수가 없었다. 매번 악몽을 꾸었으나 꿈이라는 게 으레 그렇듯 깨고 나면 무슨 내용이었는지 전혀 기억나지 않았다. 피로는 쌓여만 갔다. 시간이 흐르면 흐를수록 상태는 더 심해졌고, 심지어 밤새도록 한숨도 못 자고 뜬눈으로 지새운 날도 있었다. 마침내 김일국은 SO 관리가 불면증의 유일하고도 유력한 원인임을 인정하면서도 그게 영 이해가 가지 않았다. 솔직히 말해서 이해하고 싶지 않았다.

새벽 두 시가 넘었는데도 그는 여전히 잠을 이루지 못하고 있었다. 자세를 이리저리 바꿔가며 잠을 부르려 했지만, '횡령'이라는 단어가 머릿속의 꼬마전구들을 작동시켜 여기저기서 밝게 빛나며 김일국의 잠을 앗아 갔다.

"이 나쁜 놈아!"

어찌 된 일인지 두텁게 쌓아 놓은 억압의 겹들이 와르르 무너지며 그의 머릿속에서 부글부글 끓어오르기 시작했다. 생각하지 않으려고 애를 쓰면 쓸수록 고통스러운 기억이 그의 의지를 뚫고 그의 마음속을 휘젓고 돌아다녔다. 억압된 것들의 귀환. 힘들고 지겹고 아팠던 기억들이 모두 떠올랐다. '용서할 수 없어'라던 명수창의 날선 말도, 잠들어 영원히 잊고 싶은데, 시간이 흘러가서 두려움도 수치심도 죄책감도 명수창도 SO도 모두 모두 삭아 다 없어져버렸으면. 그는 그렇게 잊고 싶었다.

냉랭하고 어두운 방. 침대에서 벌떡 일어난 김일국은 잠시 어리둥절했다. 여기가 어딘가, 내가 왜 여기 있지? 심장이 금방이라도 멈출 것처럼 통증으로 가득했다. 숨이 쉬어지지 않았다. 악몽, 지난 몇 개월 동안 감시당하면서 살았다. 그가 보기에 골목, 길모퉁이, 커피숍, 식당에서도 수상한 그림자가 어른거렸다. 그는 집에 갈 때에도 골목길에 들어서기 전 불 켜진 세븐일레븐 앞에서부터 발걸음을 살짝 늦추는 게 습관이 되었다. 일단 주위를 슬쩍 둘러보고 미행하는 자가 없나 확인했다. 외출 한번 하는 데에도 가당찮은 집중과 경계가 필요했다. 휴대폰을 들면 누가 엿듣고 있지 않나 하는 생각마저 들 정도였다. 벽이 사방에서 조여 오는 것 같았다. 당장 밖으로 나가서 명수창을 만나 '이건 오해다. 투자가 잘못된 것이지 내가 빼돌린 것이 아니다'라고 말하고 싶은 욕구가 강하게 일었다. 그러나 SO를 한 푼 잃는 것도 용납하지 않는 명수창의 분노를 이겨 낼 자신이 없었다.

그래도 마지막으로 말해보면 들어줄까? 내 이야기 따윈 듣지도 않겠지? 진실은 과거일 뿐 현재는 횡령, 그렇다면 미래는 도둑놈으로 규정될 것이다.

그의 불안은 커져만 갔다. 온종일 방에만 머물렀고, 자신이 두려워하고 있다는 사실을 더욱더 자각하게 되었다. 세상에서 가장 편안했던 자신의 방 안에서조차 두려움은 점점 커져만 갔다. 방 안에는 두려움을 잊게 할 만한 어떤 것도 없었다. 장부 정리를 위해 펼쳐놓은 통장들이며 영수증들이 그를 더욱 우울하게 만들었다. 그에게는 신선한 공기가 필요했고, 누군가와 이야기라도 나눠야 할 것 같았다.

방을 빠져나온 그는 엘리베이터를 타고 내려갔다. 입구에는 경비가 잠들어 있었다. 밖은 어두웠다. 아파트 단지를 걷는 동안 답답함은 조금 가신 듯했으나 비참한 마음이 더욱 강하게 들기 시작했다. 그는 휴대폰 메시지를 확인했다. 심종수가 세 번, 후배가 한 번, 아들이 한 번 전화와 문자. 후배와 아들은 그를 걱정하고 있었다. 심종수의 문자는 길고 거칠었다. 자세히 읽을 것도 없이 횡령, 인수인계, 고소, 명수창의 분노, 이런 것들로 도배되어 있었다.

내가 이것밖에 안 되었던가? 이게 내 미래란 말인가? 그는 자문했다.

'헌금을 횡령한 자, 도둑놈!'

명수창은 집요하게 추궁해 올 것이고 자신은 곧 어둠 속에 내던져질 운명 같았다. 보나 마나 장로들은 횡령의 올가미를 씌워 험악하게 비난할 것이다. 친한 동료였던 장로들조차 손가락질을 해대며 한마디 더 얹어서 조롱하며 비웃겠지……. 그는 필사적으로 이런 생각의 감옥에서 벗어나려고 발버둥 쳤다.

횡령한 적 없어! 김일국은 큰 소리로 외치고 싶었다. 그러나 아무리 말해도 그들은 횡령으로 생각할 게 분명했다. 너는 이미 횡령의 프레임에 걸려든 거야. 장로들은 그를 그대로 놓아줄 생각이 없었다. 그는 새장 속의 새였다. 재무직을 잃고 명예를 잃고 이제 명수창의 신뢰마저 잃을 지경에 처했다. 도망칠 길이 없었다.

명수창 목사님, 왜 저를 버리시나이까? 그는 도저히 믿을 수가 없었다.

벌써 삼십 년이 넘었다니. 이렇게 오래 맡을 줄 알았다면 시작하지 않았을 것이다. 한잠 자고 나니 한세상이 갔다는 동화 속 이야기처럼 아득하면서도 꽤 긴 시간이 흘렀음을 깨달았다. 지난 세월 동안 그는 자신의 이익을 도모한 적이 없었다. 이렇게까지 해야 할까, 라는 생각이 들 만큼 지독하게 재무직 소임에 충실했다. 그렇다고 해서 지금 벌어진 상황에 대해 명수창이 납득할 수 있게끔 설명할 자신도 없었다.

이렇게 빨리 횡령이라는 화살을 나에게 날리다니. 다른 장로들을 통해 화살이 날아올 줄은 꿈에도 생각하지 못했다. 그건 명수창의 허락 없이는 일어나지 않을 일이었다. SO 건만 해도 인계를 받을 심종수 외엔 아무도 몰랐을 일인데도 장로들 대부분의 눈빛이 예전 같지 않다고 느껴졌다. 김일국은 그 점이 마음에 걸렸다. 명수창이 어떤 생각을 하고 있는지 가늠해보았다.

'SO의 인계가 끝나면 나는 버려지겠지.'

물론 원금과 이자를 무사히 인계한다면 어쩌면 우호적으로 대할지 모른다. 그러나 손실 규모가 어떤 방식으로든 채워 넣을 수 있는 범위를 넘어섰다는 체념이 그를 우울하게 만들었다. 그는 그 점을 누구보다 잘 알고 있었다. 아마 명수창도 막연하게 느끼고 있을 터였다. 다시는 명수창과 함께할 수 없을 거라는 생각이 안개처럼 그의 마음에 스며들었다.

영향력이 절대적인, 언제나 옳을 수밖에 없는 대성교회의 절대 권력자 명수창 목사.

그는 대성전을 완성한 이후부터 신성불가침의 '절대 독립변수'가 되었다. 반면 김일국을 비롯한 핵심 장로들은 종속변수였다. 절대 변수인 명수창이 추진한 대규모 사업이나, 의논도 없이 덜컥 벌여 놓은 사업의 뒷감당은 언제나 종속변수인 장로들의 몫이었다. 김일국은 성실하여 남들보다 많은 양의 일을 너끈히 해치웠지만 잘되면 명수창의 탁월한 리더십 덕이요, 안 되면 역량이 부족한 장로들 탓으로 돌아오는 희한한 구조였다.

명수창의 신뢰를 잃은 이인자는 조용히 그리고 즉각적으로 사라져야 했다. 더욱이 목사의 관심과 신뢰가 유독 한 사람에게 쏟아지기라도 하면, 그 사람은 다른 사람들로부터 질시와 견제를 동시에 받게 되는 건 당연지사였다. 명수창이 직접 김일국을 불신한다고 선언한 순간 그 결과는 끔찍했다. 목사의 심중을 가리키는 풍향계를 읽는 데 동물적 감각을 지닌 장로들 사이에 금세 입소문이 번질 터였다. 입방아 찧기를 좋아하는 교회의 험한 입들이 이 사건을 그냥 지나칠 리 없었다.

이제 김일국은 신뢰를 잃었다. 말은 화살이 되어 김일국의 등을 노리고, 등 뒤에서 날아와 꽂힌 화살은 더 깊이 박힐 것이다. 그들은 명수창이 김일국을 가장 신뢰한다는 이유 하나만으로도 김일국을 존중하기에 충분했다. 목사를 자주 보기 힘든 구조에서 유일하게 일주일에 두세 번을 반드시 만나는 참모, 명수창의 대소사를 조용히 처리하는 장로. 그의 공식 직함은 재무장로였지만, 권력 서열은 직급과는 상관없었다. '모든 길은 김일국으로 통한다'는 건 그를 통하지 않고는 되는 일이 없다는 얘기였다. 적어도 대성교회에선 김일국이 '로마로 통하는 길'보다 더 확실한 줄이었다. 하지만 명수창이 김일국을 외면하는 순간, 텔레비전 전원을 꺼버린 듯 하루아침에 그의 이름은 사라질 것이다. 칭찬에는 발이 달리고 비난에는 날개가 달렸다고 했던가. 남의 말 하기란 너무도 쉬운 법. 소문은 교회와 주변의 수많은 커뮤니티에 속한 교인들을 휩쓸며 돌고 돌아 변두리로 빠져나간 뒤 어느결에 김일국 자신의 귀에까지 흘러들 터였다. 처음부터 이인자 자리를 노렸던 장로들은 좋다고 떠들어 댈 것이고, 하물며 실족을 기다려왔던 초장기 집권자 김일국 장로라면 더더욱 그럴 것이다.

"목사님, 존경합니다, 존경합니다."

장로들은 명수창 목사와 악수를 할 때에 이 말을 서너 번씩 반복했다. 순간에 바쳐지는 진실과 최선, MOT!

MOT(Moment Of Truth), 진실의 순간. 장로 세미나에서 배운 용어였다. 투우사가 소의 급소를 찌르는 순간, 생과 사를 결정짓는 매우 중요한 찰나를 의미했다. MOT라 했을 때, 김일국은 못이라고 읽고 싶었다. 가슴에 못이 박히는 시간⋯⋯.

명수창으로부터 신뢰만 얻을 수 있다면, 아니 눈도장이라도 한 번 받을 수 있다면 머리를 조아리고 비굴하게 보이는 것쯤이야 문제 되지 않았다. 그의 부드러운 눈길이나 공개 석상에서 칭찬이라도 한 번 받게 되면 마치 쩍쩍 갈라진 가문 논바닥에 단비가 내린 것처럼 행복했다. 특별한 칭찬도 아니었는데 잠자려고 누워서도 그 생각만 하면 기분이 좋아졌다. 육십 세가 넘어도 인간은 어린애였다. 김일국 역시 명수창에게 인정받게 되기를 얼마나 원했던가. 얼마나 간절히 그의 입술에 내 이름이 얹히기를 바랐던가.

명수창은 장로들의 그런 애타는 마음을 당겼다 밀어냈다 하며 은근히 즐길 만큼 오만했다. 아니 오만인 줄도 몰랐다. 명수창은 자신을 바라보는 장로들의 눈동자에서 인정받고 싶어 하는 갈망을 빤히 읽으면서 그것을 즐겼고 이 치명적인 갈증을 고리로 오히려 그들을 고문했다. 멀리서 손가락 하나만 까딱해도 그들은 쏜살같이 달려와 허리를 푹 꺾었다. 인정받기 위해 바닥에 납작 엎드려 기는 장로들이 명수창의 뜻을 헤아려 행동하는 구조였다. 이 구조가 만들어 낸 모순과 부조리가 매일같이 반복되고 있었다. 이래도 되나 싶을 만큼 막나가도 광신도처럼 열광하는 교인들. 명수창의 시답잖은 유머에도 장로들은 박장대소하며 좋아하니 그는 자신이 일류 코미디언 수준의 유머 감각을 가진 것으로 생각했다. 자신을 좋아하고 존경해서 웃는 줄 아는 것이다. 착각은 커트라인이 없었다.

어느 시인의 말처럼 "악은 자기가 다른 사람보다 낫다고 생각하는 순간 뿌리내리고" 있었다. 어쩌면 엘리트들이 앓는 병들은 대부분 스스로 틀어쥐고 놓지 않아서 생기는 불치의 병인지도 모른다.

'당신을 경멸해.'

어둠 속에서 동료 장로들은 김일국을 비웃었다. 그것이 얼마나 잔인한 짓인지 안다면 그들은 김일국을 배척하는 대신 그를 껴안고 울었어야 했다. 하지만 장로들은 SO를 조성하라고 지시한 명수창의 행태와 구조를 바꾸려는 노력은 하지 않고 오히려 무력한 김일국을 미워하고 배척하는 데 힘을 보탰다. 그게 쉽고 편한 길이었기에.

슬슬 피하는 동료들의 눈에 진하게 배어 나오는 경멸의 눈빛은 고스란히 김일국에게 전달되었다. 이제 김일국은 그들에게서 멀리 떨어져 나갔다. 그들의 흐릿한 형체 하나하나가 모두 그보다 훨씬 강한 존재처럼 느껴졌다. 그는 깊은 허무감과 함께 가치 있고 의욕을 불어넣어주는 모든 것들로부터 벗어나 어둠 속으로 내던져진 상태였다. 이제 더는 쓸모가 없어 버려진 허수아비처럼 몸속의 수분이 다 빠져나간 양 바스락거리는 그의 마음은 어둡고 황량하기만 했다.

지옥의 인프라

J대 신학대 교수 이건호. 그는 창밖으로 시선을 고정한 채 생각에 잠겼다. 어둡고 황량한 곳, 한국 교회가 짙은 어둠 속에 묻히게 된 지는 그리 오래되지 않았다. 한국 교회가 어쩌다 이 지경이 된 것인가.

아시아의 유일한 성서 벨트, 세계 대형 교회의 절반 정도가 한국에 있다. 세계에서 가장 빠른 속도로 성장 곡선을 그리던 한국 교회는 IMF 이후 성장이 멈칫하더니, 이후 회복하지 못한 채 아찔할 정도로 추락하고 있었다. 메가처치(megachurch)는 사람들과 돈이 넘쳐났지만 작은 교회들은 생존에 허덕이며 픽픽 쓰러져 가고 있다. 한국 교회에 준 달란트를 함부로 다룬 결과인가. 한국 기독교는 독립운동, 산업화, 민주화에 크게 기여했으나 지금은 냉소와 비판의 타깃이 되고 있다. 일각에서는 다시 개(改) 자가 아닌 개를 붙여 '개독'이라고까지 부를 정도로. 사회를 선도했던 한국 최대 종교인 기독교가 어쩌다 사회의 근심거리요, 사회 발전의 걸림돌이 되고 말 았을까.

　한국을 대표하는 역사신학자이자 루터신학 권위자인 그는 온종 일 루터와 종교개혁사 연구에 몰두했다. 그는 루터의 책을 읽을 때 마다 중세를 무너뜨린 신앙인의 위대한 숨결에 깊이 감동하곤 했 다. 그는 물질적 풍요를 갈망하는 인간의 욕망이 신앙의 이름으로 정당화되고, 기복 신앙으로 심하게 경도되어 있는 작금의 한국 교 회를 안타깝게 생각했다. 그는 한국 교회의 현재 상태는 중세보다 더 타락했다며 목사들에게 '정신 차리라'고 경고했다.

　이건호는 '자발적 불편 운동'을 전개하며 기독교인들이 가정·교 회·사회에서 불편과 손해를 감수해야 한다고 주장했다. 그는 고통 받는 이웃과 사회적 약자의 이익을 위해 살 것을 제안하고 몸소 실 천하는 사람이었다. 학생들은 그를 '살아 있는 신앙과 원칙'이라고 부르며 존경을 표했다. 자가용도 없이 지하철이나 버스를 타고 다 니고, 자판기 커피를 마시고, 양복도 두 벌 정도밖에 없는 그에게 덧붙이고 싶은 말이 있다면 딱 한마디, 아멘!

　그의 인기는 대단했다. 수강 신청이 채 한 시간도 안 되어 바로 마감되었다. 제일 큰 강의실을 쓰는데도 그의 강의를 들으려는 학 생들로 언제나 꽉 찼다. 그러다 보니 은퇴한 지도 벌써 십 년이 넘 었지만, 학교는 여전히 석좌교수라는 자리를 마련해 그를 붙잡아 두고 있었다.

"흐음……."

이 교수는 지난 이십 년의 사회 변화상을 정리하다가 특이한 현상을 하나 발견했다. 한국 사회에 충격과 안타까움을 안겨주었던 IMF를 겪으며 이후 기독교를 비롯해 거의 모든 분야가 침체를 거듭했는데, 두 분야에서는 오히려 새로운 기회가 되어 지속적으로 성장하고 있었다.

'의대 가는 게 하늘의 별 따기인 줄은 알고 있었지만 이 정도였다니……'

IMF를 거치며 직업 안정성을 최우선으로 고려한 자연계 성적 우수자들이 상위 성적 순서대로 '인서울' 의대와 지방 의대를 채운 다음 SKY대 이공계를 지원하는 현상이 두드러졌던 것이다.

'의대는 그렇다 치더라도 이건 정말 심각한 문제 아닌가?'

놀랍게도 무당, 역술인 수가 급격히 늘어났다. IMF 이후 무려 두 배에 가까운 성장과 함께 약 백만 명 정도가 이 직업에 종사하고 있다는 사실을 접한 이 교수는 도무지 이해가 가지 않았다. '요술 방망이를 들고 신통방통한 능력을 발휘하는 도깨비와 함께 사라져 가는 대표적인 과거 문화가 아니던가. 미개한 문화로 문화인류학의 하위 범주에 있던 무속 분야가 인간의 힘으로는 예측하지 못하는 일을 파악하고, 문제를 해결하기 위해 여전히 성장하며 성황 중이라니.'

그것은 기독교, 불교 등 고등 종교가 기복 신앙으로 흐른 결과라는 생각이 들었다. 겉은 기독교인데 속에서는 유교적인 세계관이 나오고, 유교적인 세계관을 벗겨보면 불교관이 나오고, 다시 불교관을 벗겨보면 깊은 뿌리의 근저에 샤머니즘이 있었던 것이다. 한반도에 불교, 유교, 기독교라는 강한 바람이 불어오자, 샤머니즘은 바람보다 먼저 누운 풀처럼 바짝 엎드렸다. 그리고 어둠 속에서 이를 갈며 울다가 바람이 잠잠해지자 샤머니즘은 그들보다 먼저 일어났다. 샤머니즘의 강한 생명력의 원천은 기복에 있다. 복을 바라는 인간의 욕망은 결코 잠들지 않았다. 기독교마저도 기복의 관습과 언어를 수용하면서 강력한 복음의 힘을 잃고 결국 샤머니즘에 동화되어 가는 현실이 그는 너무 안타까웠다. 점은 즉석 복권, 교회와 사찰은 토토(toto) 복권 수준으로 전락하기 딱 알맞은 토양이었다.

'원본이 없는 나라인가? 유사 불교, 유사 유교, 유사 기독교.'

이건호 교수는 혼자 중얼거렸다.

아침 여덟시. J신학대 목회학과장 정훈과 이건호 교수는 간단한 티타임을 가졌다. 요즈음 신학대의 재정은 점점 형편이 어려워지고 있었다. 메가처치에서 기부금을 내주지 않으면 당장 학생들의 장학금을 줄여야 할 상황이었다. 이미 신학대에 대한 메가처치의 영향력은 거대해서 늘 세심한 배려를 하지 않으면 안 되는 상황이었다. J대 교수들도 교단 총회에 자주 나가서 메가처치 목사들의 체면을 살려주고 그들의 리더십을 칭찬했다. 학과장도 지난주 금요일과 토요일 양일에 걸쳐 교단 총회에 강사로 다녀왔다.

"제 강의 앞에 외부 강사가 아주 서글픈 얘기를 하더군요. 서울시내 택시 기사 중 목사가 삼천 명이라고 말하자, 모두 와 하고 웃더군요. 저는 남의 일 같지 않아 마음이 무거웠습니다."

정훈 학과장이 말을 꺼내자 이건호 교수도 말은 하지 않았지만 마음이 아팠다. 세상은 나날이 부유해지고 세련되어 가는데, 신학 대생이 처한 상황은 왜 이리 더 나빠져만 갈까. 출구 없는 미로 같은 현실이 갑갑하게 느껴졌다. 어쩌다 기독교가 이렇게까지 초라해졌나. 이 교수는 가슴이 먹먹했다.

"이건호 교수님!"

정훈 학과장이 조심스레 말을 꺼냈다.

"명수창 목사가 특별히 부탁했습니다. 꼭 오셔서 설교 한번 부탁드린다고요."

"나는 은퇴한 사람입니다."

이건호는 정중하게 거절했다.

"이번에 학교 발전 기금으로 이십억을 모금했는데 그중 십억 원이 명수창 목사가 낸 것입니다. 학교를 위해 한 번만 나가주십시오. 그래야 나중에 또 기부금을 부탁할 수 있습니다."

학과장이 간곡히 부탁했다. 이건호 교수는 신망이 높은 데에다 학문 또한 깊어 메가처치 목사들은 그의 입을 통해 리더십을 인정받고 싶어 했다. 학교는 기부금이 들어와 좋고, 이 교수는 꽤 많은 사례비를 받을 수 있으니 일석이조라고 할 수도 있을 텐데, 이 교수는 한사코 거절했다. 괴팍한 교수라고 뒤에서 말들이 많았다. 그러면 그럴수록 명수창을 비롯한 메가처치 목사들은 이건호라는 인물이 자신들을 위해 한마디 해주기를 더욱더 간절히 원했다.

"학과장의 수고를 모르는 것은 아닙니다만 그 얘기는 그만합시다!"

이건호는 완곡히 거절했다. 그는 총회에 나가 축사를 한다거나 입에 발린 소리를 하는 걸 극도로 싫어했다. 이건호 교수가 신앙적으로나 학문적으로도 대선배이긴 하나 학교 형편을 고려하지 않고 냉정하게 거절할 때마다 정훈 학과장은 종종 기분이 상하곤 했다.

"명수창 목사와는 학생 때부터 잘 아시는 사이라면서요?"

학과장은 어색한 분위기를 바꾸기 위해 대화의 방향을 돌렸다. 원망의 느낌이 실리지 않도록 신경 쓰면서.

"두세 번 같은 조가 되어 리포트 작업을 함께했었고 몇 번 토론을 했던 기억은 납니다만."

이 교수는 담담하게 이야기했다. 아무리 기억을 더듬어도 명수창과의 관계에서 망각의 강을 단숨에 건너오는 듯한 강렬한 느낌은 없었다. 이 교수의 기억에 명수창은 영양실조에 걸린 듯 바싹 말라 있었고 자신을 포장하는 기술이 서툰 전형적인 순박한 모습. 그래서 실망보다 안도를 느꼈던 후배라는 인상만 남아 있었다. 두세 번의 조별 발표 이후에는 띄엄띄엄 오다가다 만나는 선후배였지만 자신의 독일 유학 이후 보지 못했다. 나중에 명수창이 몸이 안 좋아 시골로 내려갔고 그곳에서 교회를 개척했다는 정도만 전해 들었을 뿐이다.

"이 교수님은 그 당시 전설이었다면서요? 명 목사가 그러던데 톨스토이의《부활》에 대해 발표할 때는 접근법과 내용이 파격적이라 다들 충격을 받았다고 하더군요. 그 얘기가 오랫동안 회자되었다고 하던데요?"

학과장은 분위기를 파악하지 못하고 명수창 목사와 그의 가족 이야기를 했다. 명수창에게는 자녀가 둘 있는데 그중 딸 명은미는 신학대학원을 수석으로 졸업한 뒤 명수창의 딸이라는 게 밝혀져 주변 사람들을 놀라게 했다. 명은미는 명수창과 의견 충돌이 잦았다. 교회 사업에 관련된 일들에 대해 사사건건 이견을 보이며 명수창과 심하게 다툰 후 교회와 집을 떠나 독립해 지낼 정도로 자기주장이 뚜렷했다. 그녀는 명수창의 목회 방향과 반대로 작은 교회를 섬기는 일에 더 큰 가치를 두었다.

반면 장남 명정환은 영리하고 착한 심성의 소유자로 아버지를 많이 닮았다. 선이 가늘다는 느낌은 있지만 그건 그리 염려할 수준은 아니었다. 대성교회에서 청년부 목사로 일하다가 하남의 새대성교회 목사로 부임했으니 앞으로 살아가면서 배우면 될 일이었다.

어쨌든 이 교수는 거북했다. 명수창에게 자신이 어떻게 각인되었는지는 모르나 서로 다른 기억의 영상을 더듬고 있는 것이리라.

짧은 티타임을 마치고 이건호 교수는 연구실로 돌아와 학생들의 리포트를 읽었다. 이 주 전 '하나님은 소원을 들어주는 마법의 램프가 아닙니다'라는 주제를 제시하고 이에 대한 사회적 병리 현상과 대안을 다섯 장 이내로 제출하라고 했다.

발제문

기복 신앙은 개인의 형통함과 소원 성취를 목적으로 한다. 그러나 기독교의 기복 신앙은 '혼자 잘 먹고 잘살자'고 말하지 않는다. 혼자 잘살자는 말은 차원이 낮아 똑똑한 현대인들에게 매력을 줄 수 없기 때문이다.

한국 기독교는 아주 그럴듯해서 깜박 속아 넘어가기 쉬운 매혹적인 기복 신앙을 만들어 냈다.

"부자가 되어서 가난한 사람을 돕고, 성공해서 약자를 도우라."

이것은 '낮아지려 하면 높아지고 높아지려 하면 낮아진다'는 기독교의 본질을 교묘히 뒤집어 '먼저 성공하고 난 다음 어려운 사람을 섬긴다'로 프레임을 바꿔놓은 것이다.

여기서 중요한 것은 나의 성공이 먼저라는 것이다. 성공 후, 다른 사람과 나눔을 실천하겠다는 뜻이다. 이 프레임은 아주 매혹적이어서 한국 기독교인들은 이를 바탕으로 자연스럽게 성공과 부유함을 추구했다. 그런데 만일 누구라도 납득할 만한 객관적인 기준의 성공이 존재한다면 인간 세계에서 탐욕이라는 거대한 악도 극성을 부리지 않았을 것이다. 하지만 재물과 권력에 대한 욕망은 한계가 없고 통제가 되지 않는다. 아흔아홉 마리 양을 가진 부자가 자식처럼 애지중지 키우는 가난한 자의 한 마리 양조차 빼앗으려 하는 게 인간이다. 돌이켜 보면 남을 섬긴다는 것은 대의명분일 뿐 한국 교회는 남보다 더 성공하고, 남보다 잘살겠다는 딱 그 지점에 멈춰 서 있다.

이제 우리가 던져야 할 진짜 질문은 다음과 같다.

① 그리스도의 가르침대로 살지 않고 하나님이 내 뜻에 맞춰주기를 원하는 게 과연 올바른 신앙이라 할 수 있는가?

② 그리스도의 복음이 기복 신앙으로 굴절됨에 따라 복음의 능력을 잃은 한국 교회는 아주 심각한 현실에 놓이고 말았다. 어떻게 해야 다시 생명을 회복할 수 있을까?

책상 한쪽에 학생들이 작성한 리포트가 정리되어 있었다. 리포트를 한 장 한 장 읽어 가던 중 눈에 확 들어오는 것이 있었다. 누가 쓴 거지? 이건호는 읽기를 멈추고 누가 작성했는지 확인하기 위해 리포트 앞장을 살폈다. 삼 학년 현시민. 생소한 이름이었다. 석 장 정도의 짧은 글이었다.

'그런데 목회학 리포트에 웬 MB?'

이건호 교수가 싫어하는 리포트, 다시 말해 함량 미달의 리포트는, 논리력은 차치하고라도 짜깁기를 하거나 출제자의 의도에서 벗어나 있거나 쓰기 싫어서 억지로 쓴 티가 팍팍 나는 것이 대부분이었다. 이 리포트도 처음엔 의도에서 벗어난 게 아닌가 했는데 가만히 읽어 보니 문장력도 괜찮고 주장에도 나름 논리가 있었다. 그는 처음부터 다시 자세히 읽기 시작했다.

이명박 정권 시기 고소영(고려대, 소망교회, 영남), 박근혜 정권 시기 사미자(사랑의 교회, 미래를 경영하는 연구 모임)에서 보듯이 특권층의 기묘한 안식처가 된 기독교, 그 기독교 출신 파워 엘리트의 탐욕스러운 풍경 하나.

이명박은 한국 교회가 말하는 '부자가 되고 성공해서 약자를 도와라' 하는 모토가 진짜일까 가짜일까를 판단할 수 있는 리트머스 시험지다. 지독한 가난 속에서 대학 중퇴가 꿈이었고, 학비를 벌기 위해 새벽부터 청소를 하면서도 크게 뭔가를 이루리라는 야망을 품은 한 젊은이. 자신의 뜻대로 인생이 흘러왔고 돈, 명예, 권력의 삼박자 그 모두를 움켜쥔

MB.

모든 것이란? 테니스로 다져진 건강한 몸, 크고도 아름다운 집, 풍족하게 쓰고 또 써도 남는, 잠들어 있는 동안에도 휴일에도 계속 새끼를 치고 있는 돈, 시키면 죽는 시늉도 하는 부하들. 아쉬운 것도 걱정할 것도 하나 없는 남자가 '나는 여전히 배고프다'고 바닥 없는 욕망으로 불타고 있다면 그 사람이 바로 MB다.

그는 소망교회 장로였고 현대건설 CEO 이십여 년, 서울시장, 대통령까지 3종 세트를 모두 이룬 큰(?) 인물이다. 그런데 왜 사람들은 신화적인 그에게 존경을 보내기는커녕 임금님의 탐욕에 대해 말할 수 있는 갈대밭을 필요로 했던가.

"다스는 누구 것? 다스는? 다스는?"

손해를 본 수많은 개인 투자자들은 투자금을 한 푼도 반환받지 못했는데 다스만이 투자금 백사십억 원을 MB 재임 중에 돌려받았을 때, 자신의 꿈을 이루기 위해 불철주야 노력하며 살았다는 화려한 신화를 가까이에서 겪어보니 돈이 그렇게 많음에도 돈에 병적으로 집착하고 돈이 결국 신앙이었다는 측근들의 증언을 통해 들었을 때, 대통령 자리도 봉사의 자리가 아닌 이권의 자리로 여길 만큼 탐욕이 깊고도 그악스럽다보니 결국 권력과 빛의 정점에서 신화는 바래고 추락하는 그의 뒷모습을 지켜보아야 했을 때, 그럴 때마다 신화라고 믿고 있던 것들이 거짓에 싸인 포장지였음을 깨닫는다. 일장춘몽.

그가 왜 그랬는지, 무엇이 그를 그렇게 만들었는지. 수많은 날들을 토론하고 되새겨보아야 알 수 있는 것일까. 탐욕이 야생마처럼 들판에서 자유롭게 날뛰던 야망의 세월, 야만의 인간. 천국으로 질주하던 그의 야망은 변질되어 우리 모두를 반대 방향으로 이끌어 지옥 같은 풍경을 남기고 말았다. 이에 대해 한때 'MB의 남자'라 불리던 정두언 의원은 한숨을 내쉬며 말했다.

"왜 자기 돈은 일 원도 안 쓰고, 꼭 남의 돈만 쓰려고 하느냐? 나이도 꽤 많은데 그 많은 돈을 대체 다 어디다 쓰려고 하는지 모르겠다."

사실 그도 모르고 우리도 모르고 MB 자신도 모를 것이다. 표면을 뚫고 흘러나온 용암 같은 욕망이 흘러넘쳐 바위를 녹이며 강이 되어 스스로 길을 만들어 낸 것일 뿐.

"교수님!"

조교의 목소리에 이건호는 읽고 있던 리포트에서 눈을 뗐다. 집중한 탓인지 노크 소리를 듣지 못했다. 리포트는 한 페이지를 남겨놓고 있었다.

"뭐죠?"

"교수님과 통화가 안 된다면서, 오늘 오후 네 시에 우종건 기자가 찾아오겠다고 합니다."

학과장과 티타임을 가지면서 휴대폰을 무음으로 해놓고 깜빡했었다. 확인해보니 우종건 기자로부터 전화가 여러 번 와 있었다. 조교가 나가고 다시 리포트를 읽으려고 해보았지만 집중이 되지 않아 내려놓고 생각에 잠겼다. 연속적으로 일어나는 메가처치의 문제와 많은 목사들이 실족하는 데는 하나의 이유가 있었다. 그것은 황금이었다. 황금을 얻느라 성경 속 보물을 잃어버린 목사들.

이런 현실은 이건호를 때때로 초라하게 만들었다. 일주일 전 면담을 하던 중에 사 학년 김기학의 도발적인 질문에도 바로 답하지 못했을 뿐 아니라 이마에는 수치심으로 땀까지 송송 맺혔었다.

"교수님, 한국 교회가 성경적으로 건강하게 성장하고 있습니까?"

스물 몇 살 즈음 그도 그러했다. 이건호는 곧바로 대답하지 못하고 김기학을 물끄러미 쳐다보았다. 사실 이건 질문이 아니라 교회와 이 교수 자신을 포함한 기성세대에 대한 힐난이었다. 대답할 수 없는 게 아니라 대답해선 안 되는 질문이라는 것을 이 교수는 알고 있었다. "교회가 건강한가? 성경적인가?"를 묻는 김기학의 마음엔 이미 결론을 갖고 있다는 이야기다. 그건 한국 교회가 성경적이지도 않고 건강하지도 않다는 역설의 의미를 담고 있었다. 그의 말대로 한국 교회는 성장을 쫓아가느라 성경의 가르침을 등한시했다. 메가처치들의 탐욕과 부패의 찜찜한 이상 조짐은 여기저기서 계속 나타났지만 빠른 성장과 발전에 정신이 팔려 있었다. 그 결과 교회와 목사에 대한 불신이 확대되었고, 그 피해는 예비 목사를 양성하는 신학대가 고스란히 입고 있었다.

어제 꽤 큰 식당을 한다는 김 집사가 자식의 진로를 상의하기 위해 찾아왔을 때도 곤혹스럽기는 마찬가지였다. 명문대를 졸업하고 대기업에 다니다 사십 대 초반에 명예퇴직을 한 후 갖은 고생 끝에 자리 잡았다는 김 집사는 매우 진지했다.

"내신은 육 등급 수준입니다. 작년에 일반대에 넣었다가 다 떨어졌습니다. 그랬더니 목사님이 '주님의 뜻이니, 신학대에 가서 주님께 봉사하는 길을 찾아보라'고 한 모양입니다. 그 이후 아들 녀석은 신학대에 꽂혀 있습니다. 어느 신학대가 좋을까요?"

"어느 신학대가 좋은지는 둘째이고, 우선 한국의 신학대의 현실을 잘 보세요. 매년 백구십여 개의 인가와 미인가 신학교에서 예비 목사 사천 명이 넘게 쏟아져 나와요. 그들이 갈 곳은 개척교회를 하든가, 메가처치의 부목사, NGO, 해외 선교사 등인데 이곳저곳 다 합쳐도 천 명 정도밖에 안 됩니다. 가톨릭 신부와 비교하면 목사의 공급과잉이 얼마나 심각한지 금세 알 수 있지요. 가톨릭은 지난 오십 년 동안 오천 명 정도 신부를 배출했는데, 목사 후보들은 많이 줄었다는데도 한 해에 사천 명이 넘습니다. 양이 많으면 당연히 질은 떨어지는 법. 지금 이 순간에도 일자리를 구하지 못해 길거리를 방황하고 있을 수천 명의 예비 목사들이 극심한 좌절의 늪에 빠지는 것도 무리가 아닙니다. 예비 목사들은 대리운전, 택배 기사, 택시 운전 등으로 근근이 버티며 살아가고 있습니다. 자연스럽게 신앙의 불꽃 또한 점점 사그라지고 말겠지요."

"예? 그 정도로 심각합니까? 그럼 어떡하면 좋지요?"

김 집사는 깜짝 놀라며 난감해했다. 예의 바른 김 집사의 얼굴에 당혹감이 역력했다. 이 교수는 순간 고민했다. 신학대생들의 참혹한 현실을 그대로 말해주는 것이 김 집사에게 도움이 될지 안 될지를. 그것은 비단 김 집사의 간절함 때문만은 아니었다. 정확한 현실을 보여주는 것이 자식의 진로를 결정하는 데 도움이 될 터였다.

"목회의 길은 멀고 험하지요. 홍해를 건너고 광야를 거쳐야 하는 곳입니다. 하지만 아무리 험해도 그곳은 선택된 땅, 낙원을 기약하는 땅이기도 합니다. 하지만 성장이 멈춘 포화 상태의 한국 기독교. 이런 열악한 상황에서도 학생들은 어떤 '열병' 혹은 '소명'에 휩싸여 신학교로 몰려오고 있습니다. 학생들을 면담해보면 순수한 마음으로 소외된 자, 가난한 자, 세상의 약자를 위로하고 돕는 역할에 매력을 느껴서 신학대에 왔다고 말합니다. 어려운 길을 선택할 만큼 신학생들의 욕구가 간절하든, 아니면 한때의 신앙에 대한 순수함에 휩싸여 열병을 앓아 선택했든, 성적은 형편없는데 대학은 가야겠고 마침 교회에 나가던 중이라 얼떨결에 손쉬운 길을 택했든, 입학을 하는 순간 집안의 든든한 배경에 따라 신분이 확연히 갈립니다."

"이를테면요?"

"메가처치 담임목사 집안의 자제는 성골, 메가처치의 영향력 있는 장로 집안 자제는 진골, 배경이 없는 기타 등등은 잡골, 이렇게 말입니다. 잡골들의 대부분은 졸업과 동시에 소외되고 가난한 자로 전락합니다. 따라서 사회에서도 잠재적인 실업자로 살아가게 됩니다. 삼십여 명 모이는 교회에서도 목사를 초빙할 때는 명문대나 장신대, 총신대 같은 최상위 대학을 졸업했거나 집안의 든든한 배경을 삼아 유학 다녀온 목사를 선호하는 것이 공공연한 사실입니다. 이렇다 보니 배경이 없는 잡골들이 선택할 수 있는 길은 목회가 아닌 사회의 비정규직입니다. 마음은 한없이 높은 곳을 지향하는데 발을 딛고 있는 땅은 늪인 것이지요."

김 집사는 놀라서 입을 다물지 못했다. 하지만 미련을 버리지도 못했다.

"실력이 좋아서 목사가 되는 사람이 얼마나 되겠습니까? 다 부족해도 하나님의 은혜로 하는 거죠."

하나님의 은혜라, 그건 교인들에게 더 간절한 것인데.

"아드님이 신학대를 선택하는 것이 하나님의 뜻이 아닐 수도 있습니다. 다시 한 번 깊게 기도해보고 결정했으면 합니다."

이 교수는 김 집사에게 간곡하게 부탁했다.

이런 현실 속에서도 이건호 교수는 목회의 본질을 놓치지 않았다. 오후 두 시, J신학대 대형 강의실은 워낙 인기가 많은 목회학 과목이어선지 학생들이 꽉 차 있었다. 네 시에 면담하기로 한 우종건 기자는 예정보다 일찍 도착해 달리 할 일도 없고 해서 강의실 뒤편에 조용히 자리 잡았다.

H신문사 사회부 기자 우종건. 경찰서를 출입하는 사건팀 기자다. 사건팀 기자는 3D 중 3D, 잠잘 때나 화장실에 갈 때에도 휴대폰을 꼭 지니지 않으면 안 된다. 사건은 화재와 같다. 화재가 언제 예고하고 터지던가. 중요한 기삿거리 하나라도 놓칠까 경찰서에서 상시 대기하고 있다 보니 아예 퇴근이 없는 것과 마찬가지다. 게다가 우종건은 인력이 부족한 탓에 종교 분야까지 맡고 있었다. 종교 분야는 급박한 사건 사고가 없는 대신 오래 기획하고 심층 취재도 해야 한다. 종교 기사는 쓰는 시간보다 준비하고 조사하는 시간을 더많이 필요로 한다. 결국 사건팀과 종교 분야를 동시에 맡긴다는 것은 스피드가 필요한 단거리 경주와 지구력이 중요한 마라톤을 함께 해내라는 요구였다. 오늘 아침만 해도 그렇다. 강남권역 경찰서

를 순회하던 중에 어처구니가 없는 사건 하나가 우종건의 눈에 포착되었다.

사십 대 남성이 이웃을 흉기로 찔러 경찰에 붙잡혔다는 소식이었다, 한밤중에 아파트 출입구에서 시끄럽게 떠들었다는 게 흉기를 휘두른 이유라고 했다. 처음 들었을 때 황당하다는 생각까지 들었다. '정신병자도 아닌데, 시끄럽게 군다고 이웃을 칼로 찔러?'

경찰은 흉기에 찔린 B씨 일행이 아파트 출입구에서 친구들을 배웅하며 대화를 나눈 시간은 고작 오 분에서 십 분 정도였을 것으로 추정했다. 비현실적인 사건들, 제발 사소한 일은 그 무게에 맞게 그저 사소하게 처리하면 되는 것을.

매일매일 사건 사고를 접하다 보니 우종건은 서울이 막장 공화국이 아닌가 할 정도로 소돔보다 더 타락한 도시 같다는 생각이 들었다. 우종건은 신문사로 사건 기사를 보내고, 사무실에 들렀다 가기에는 시간이 애매해서 곧바로 이건호 교수를 만나러 온 것이다. 최근에 메가처치의 세습 문제와 관련하여 다음 주 금요일 특집판으로 내보낼 '한국 교회의 위기, 메가처치의 세습이 가져온 영향'에 대해 이 교수의 인터뷰가 필요했다. 메가처치의 현황을 추려 넣고 말미에 루터 연구의 권위자인 이건호 석좌교수의 인터뷰를 넣으려는 것이다. '몇십 년 만인가. 대학을 졸업하고 교수의 강의를 듣는 게.'

이건호 교수는 강의 내용과 직접 관련이 있는 현실적인 문제를 곧바로 던졌다.

"기독교는 역설의 종교입니다. 역설을 국어사전에서 찾아보면

'모순을 일으키지만 그 속에 중요한 진리가 함축되어 있다'고 정의합니다. 신앙은 세상의 상식으로는 믿기 어려운 역설을 순순히 받아들이는 것입니다. 기독교 정신은 우리에게 말합니다. '우리는 섬기기 위해 보냄 받은 자다. 고난이 유익이다. 약하기에 감사하다. 주는 것이 받는 것보다 낫다.' 그러나 오늘날 기독교인의 모습은 어떠합니까? 고통 받는 자의 이웃이라는 평가보다 이기적이다, 물질 중심적이다, 권위주의적이다, 라는 평가가 대부분입니다. 입만 살아 있는 목사들과 사회의 본이 못 되는 장로, 집사들로 인해 세상에서는 '저런 자들이 가는 천국이라면 나는 가지 않겠다'는 신성모독성 발언까지 서슴없이 내뱉고 있습니다. 결국 한국 교회는 세상에서 빛과 소금 역할을 하는 신앙인을 길러 내지 못했습니다. 교회는 우리 사회에 올바른 방향을 제시하는 데 실패했습니다. 아니 한국 교회는 썩어도 너무 썩었습니다. 교회가 돈을 우상으로 섬기고 있습니다. 한국 교회는 내가 아는 한 가장 타락했습니다. 개신교 역사상 지금의 한국 교회만큼 타락한 교회는 없었습니다. 그 중심에 메가처치가 있습니다. 여러분은 메가처치 하면 어떤 느낌이 드십니까? 나는 탐욕적인 이미지가 가장 먼저 떠오릅니다. 메가처치를 설립한 목사들은 사업을 했어도 크게 성공했을 인재들입니다. 놀랍게도 하나님께서는 한국에 아주 뛰어난 기독교 엘리트들을 공급해주셨습니다. 한국에 이렇게 많은 인재를 공급해주었음에도 불구하고 그들은 기껏 대형 교회를 건축하는 데 온 정신을 쏟았고, 그 이후 그들은 영적으로 타락하기 시작했습니다. 그 결과 오늘날 한국 교회는 사회적 영향력이 거의 없는 변두리로 밀려나고, 교인 수는 점점 줄

어드는 퇴보의 늪에 빠지고 있습니다."

이 교수의 화두로 인해 강의실은 후끈 달아올랐다. 그는 다른 교수와 달리 과감하게 교재에서 벗어나 현실에서 가져온 이슈로 학생들의 관심을 끌어들이는 방법을 사용했다.

"메가처치 하나가 들어서면 인근의 작은 교회 오십 개가 사라집니다. 마치 백화점이 들어서면 인근의 잡화점 수백 개가 없어지듯이. 교회를 보면, 그 교회를 지은 목사의 욕망을 가늠해볼 수 있습니다."

"교수님, 교회 건물만 보고도 욕망을 가늠할 수 있다는 건가요?"
한 학생이 따지는 듯한 태도로 물었다.

"그 좋은 예가 여의도 순복음교회, 충현교회, 사랑의 교회……."
이건호 교수는 메가처치의 이름들을 직접적으로 지목했다.

"거대한 교회를 짓고, 교인들로 꽉꽉 채우고, 담임목사는 엄청난 정치적 사회적 영향력을 갖게 됩니다. 커다란 성을 쌓아 놓고 강조하는 주된 내용이 축복에 관한 것입니다. 개인의 영달과 물질의 축복이 진정한 축복인 것처럼 말하고 있지요. 이런 현상을 보고 미국의 한 신학 교수가 1980년 전후에 이미 '한국 교회의 부흥은 오래가지 못할 것이고 곧 부패할 것이다'라고 예견했지요. 베드로가 '나는 금과 은은 없으나 예수님의 이름으로 일어나 걸어라' 하고 외쳤던 것처럼 복음의 능력은 금과 은으로 이루어지지 않습니다. 하나님의 권위는 섬기는 데서 나오는 것이지 군림하고 다스리는 데서 나오지 않습니다. 그럼에도 한국 교회는 유독 성경을 오독하여 '결과가 좋으면 어떤 비윤리적 행동도 정당하다'는 왜곡된 잔재가 너무 뿌리

깊이 박혀 있습니다."

이 교수는 거침없는 말투로 메가처치를 비판하며 가장 중요한 문제를 지적했다.

"메가처치를 건축하는 순간, 이미 지옥의 인프라는 구축된 것입니다. 화이트 엘리펀트 같은 큰 교회를 짓는 데 수천억 원을 쓰고, 건물을 유지하는 데에도 연간 수백억 원의 헌금을 쏟아부어야 하는 구조입니다. 하늘엔 천국, 지상엔 메가처치, 지하엔 세상과 연결된 지옥의 인프라. 이 지옥의 인프라에서 전기와 가스와 인건비 등 모든 것이 공급되어야 메가처치는 유지될 수 있습니다. 한 번만? 아니죠. 지옥의 인프라에서 계속적으로 공급해야 합니다. 자연히 헌금을 많이 내는 신자들이 주축이 될 수밖에 없겠지요. 교회는 힘들고 지친 약자들이 와서 위로와 평안을 얻는 곳이 아니라 돈 많은 신자들의 고급 사교장이 된 지 오래입니다. 목사는 설교 때마다 돈, 돈 할 수밖에 없고, 그러는 사이 가장 발달하게 되는 것이 다양한 헌금의 종류입니다. 어느 장로가 그러더군요. 헌금 봉투만 스물한 가지라고. 교회는 내부의 분열과 갈등으로 인해 깊은 상처를 입고 피 흘리고 있습니다. 심지어 세상 사람들마저 교회를 걱정하고 있는 사태에 이르렀습니다. 유감스럽게도 교회 내외부의 싸움과 갈등의 불길이 돈에서 타오르고 있다는 사실입니다."

수천 명이 들어갈 대성전과 교육관 그리고 경치 좋은 시골의 연수 시설과 훌륭한 기도원이야말로 목사라면 누구나 꿈꾸는 소망이 아니던가. 그런데 이 교수는 단호하게 그것들을 부정했다.

"유럽을 보십시오. 거대한 교회는 나중에 짐 덩어리가 되어 술집,

서커스장 등으로 팔려 나갔습니다. 그것은 바벨탑 비전으로, 다른 사람보다 더 높이 올라가야 만족이 있을 것 같고, 다른 교회보다 더 크고 높은 교회를 지어야 신앙이 깊을 것 같은 착각이 만들어 낸 결과입니다. 교회란 건물이 아니라 신자 한 사람 한 사람입니다. 교회는 본질을 회복해야 합니다. 우리는 세상을 향해 보냄 받은 자들입니다. 우리가 전심으로 움직여야 할 곳은 아픈 곳, 외면당한 곳입니다. 어루만져주지 않으면 안 되는 상처가 난 곳 말입니다."

그의 강의는 절정을 향해 가고 있었다. 학생들은 숨죽여 그의 강의에 집중했다.

"진짜와 가짜를 단적으로 보여주는 예는 갈릴리 호수와 사해입니다. 갈릴리 호수는 헤르몬산에서 발원한 물이 모인 요단강 상류에서 끊임없이 새로운 물을 받아 다시 사해로 내놓는데, 이 호수 덕분에 수많은 물고기가 살아갈 수 있습니다. 한편, 사해는 요단강에서 물을 받아들이지만 다른 데로 흘러갈 곳이 없습니다. 그야말로 죽은 바다가 되어 생명체가 거의 살지 못합니다. 메가처치는 마치 세상을 향해 흩어지지 않고, 내부로 안으로만 모이다 보니 썩고 부패하는 사해와 같습니다. 피터 드러커라는 경제학자의 놀라운 금언이 있습니다. '조직은 외부 사람을 섬기기 위해 존재한다. 그런데 조직이 내부 사람을 섬길 때 그 조직은 사멸한다'고."

"그러나 다른 시각에서 바라보면, 교회의 규모가 커지면 그만큼 더 좋은 일을 많이 할 수도 있고, 선한 영향력을 끼칠 수도 있지 않습니까?"

뒤편 중앙에 앉아 있던 학생 한 명이 날카롭게 질문을 던졌다. 규모의 문제가 아니라 목사의 문제이지 않은가? 공감한다는 듯 많은 학생들의 눈길이 그를 향했다.

이건호는 복잡한 심경이었다. 의문에 대해 솔직하게 묻는 학생의 태도는 바람직하나 그 논리가 기존의 논리에 포획되어 있는 탓이었다. 이 교수는 심호흡을 한 후 다시 말을 이었다.

"날카로운 질문이네요. 하지만 제대로 된 목사는 교회의 규모를 키우지 않고 예수님이 제자를 키운 것처럼 사람을 키웁니다. 세상 가치에 흔들리지 않고 신앙 가운데 분별된 삶을 살면서 세상에서 정직하게 제 몫을 하는 교인들이 많은 교회. 이런 교회가 제일 바람직한 교회입니다. 신자들이 세상에서 소금과 빛의 역할을 하며 고난 가운데서도 다른 사람을 사랑하는 진정한 신앙인으로 살도록 도와주어야 합니다."

소금이라. 우종건은 문득 시흥 오이도에서 칼국숫집을 운영하는 박형일로부터 들은 이야기가 떠올랐다. 박형일은 시흥시가 거대한 뻘을 매립하기 전, 월곶에서 염전을 운영하며 경험했던 이야기를 들려주었다.

"소금 만드는 과정은 복잡하지요. 우선 갯벌의 바닷물을 저수지로 끌어들여 불순물을 가라앉힌 후 증발지로 보냅니다. 첫 번째 증발지인 '난치'에서 열흘 동안 햇볕으로 증발시키고, 두 번째 증발지인 '늦태'에서 열나흘 동안 햇볕으로 다시 한 번 증발시켜 염도를 높인 후 결정지로 보내면 소금꽃이 피어나고, 드디어 하얀 소금을 얻게 되지요."

우종건은 소금이 만들어지는 과정과 인간의 삶이 너무 닮았다는 생각이 들었다. 인간의 삶 또한 뜨거운 난치의 시대를 거쳐 광야의 시기인 늦태 시대를 지나 이제 마지막 햇볕을 기다리는 소금 같은 미완의 결정체인지도 모른다. 난치와 늦태 같은 미완의 것이 따사로운 햇볕으로 소금 결정체가 되듯, 제대로 된 소금 같은 기독교인이 되려면 소금의 완성을 위해 햇볕인 성경을 묵상하고 자신을 내어주는 기다림이 필요하다. 미완의 결정체를 가지고 소금이라고 우기며 살고 있으니 어찌 소금 맛이 나겠는가.

'그런데 한국 교회는 지금 난치 상태인가, 늦태 상태인가. 아니면 불순물도 가라앉지 않은 바닷물 그대로의 상태인가.'

우종건은 문득 궁금해졌다. 인간 자신이 스스로 지혜롭다고 명명한 호모 사피엔스가 아니라 기독교인들은 어쩌면 '호모 솔트 사피엔스'여야 하지 않을까. 우종건이 잠시 소금 생각을 하고 있는 중에도 이 교수의 강의는 계속되고 있었다.

"다시 한 번 강조하지만, 기독교는 역설의 종교입니다. 고난을 유익이라 하고 죽어야 산다고 합니다. 받으려 하지 말고 주라고 하며, 겉옷을 달라는 자에게 속옷까지 주라고 합니다. 이대로 따라 하면 세상에서 망하기 딱 좋습니다. 기독교는 사람의 상식으로는 도무지 이해가 가지 않을 겁니다. 하지만 하나님을 자신이 경험한 범위에 축소시켜 이해하려고 하면 안 됩니다. '기독교는 불합리하기에 나는 믿는다'는 초대 교회 교부의 이 말이 기독교의 본질을 잘 나타내고 있습니다."

몇 달 전 방송 인터뷰에서도 이 교수는 교인 한 사람 한 사람이 걸어 다니는 교회가 되어 세상에 하나님 사람이라는 것을 증명해야 한다고 강조했었다.

"여러분은 교인을 제대로 키우는 것과 교회의 크기가 무슨 상관이 있느냐고 묻고 싶을 것입니다. 그렇습니다. 인간은 소중하게 생각하는 것을 가슴에 품고 살아갑니다. 사랑한다는 것은 소중히 여긴다는 것을 의미합니다. 사업을 소중하게 여기는 사람은 사업을 키우기 위해 하루 종일 생각하고 또 생각합니다. 사람을 키우고 아낀다는 것은 사랑하는 사람들의 내면에 잠재되어 있는 재능과 은사를 계발시켜 성장하도록 도와주는 것을 의미합니다. 그런 까닭에 우리는 아끼는 사람을 잘 키우기 위해서는 그 사람 안에 있는 재능과 은사가 무엇인지 오래 관찰해야 합니다. 그러나 실상은 어떻습니까? 목사가 메가처치를 짓기 위해 안과 밖의 모든 에너지를 사용하게 되는 순간 교회는 본질을 잃게 됩니다. 당연히 목사는 신자들을 경쟁력 있게 키우는 일에는 소홀해질 수밖에 없습니다. 두 가지를 동시에 할 수는 없기 때문입니다. 교인 한 사람 한 사람의 영혼을 소중히 여기고, 그를 육성하여 세상에 내보는 것은 목사가 자신의 전부를 걸어야만 가능한 일입니다."

그제야 우종건은 어느 정도 이해할 수 있었다. 그렇다고 마음속의 의구심이 모두 걷힌 것은 아니었다. 우종건은 이번 기회에 메가처치의 문제점들을 차근차근 취재해보기로 마음먹었다. 목회자의 욕망을 가늠해볼 절호의 기회라 생각했다. 욕심 있는 목사는 교인이 어느 정도 모이기 시작하면 메가처치 지을 생각을 하고, 고약한 목사는 여기에 명예욕까지 더해져 명예로운 지위와 직위를 모두 차지하기 위해 이곳저곳을 기웃거리며 명예박사를 수집하고 있었다. 여기에 한술 더 떠 세상의 모든 영광까지 누리기 위해 안간힘을 썼다. 마치 자신이 하나님이라도 되는 양 장로 출신 대통령 후보를 찍지 않으면 '생명책'에서 지워버리겠다는 말도 서슴지 않았다. 이렇듯 대놓고 대담하고 뻔뻔한 말은 그 저변에 '내가 곧 구세주'라는 오만함에서 비롯되고 있었다. 실족의 패턴이 동일한데도 어쩜 그리도 쉽게 그 실족의 사이클을 다시 밟는 것인지……. 우종건은 이해할 수 없었다.

강의가 끝나자마자 우종건은 이건호 교수를 찾아갔다. 커피를 마시며 이 교수가 먼저 입을 열었다.

"어쩐 일이오? 우 기자님!"

"묻고 싶은 게 많아서 왔습니다."

우종건은 고개를 숙이며 말했다. 이십 년 이상 나이 차가 나는 우종건에게 깍듯이 예를 갖추어 자신을 낮추는 이건호의 겸손함에서 학문과 인품의 높은 경지가 느껴졌다.

"무슨 일이길래 그러시오?"

"엘리트 목사들이 왜 대형 교회 건축이라는 함정에 그렇게 쉽게 빠지는 걸까요?"

우종건은 안타까운 눈길로 이 교수를 바라보았다.

"아마도 루시퍼가 던져준 먹이가 탐났겠지요."

"먹이라뇨?"

우종건이 반문했다.

"하나님을 위한 일인데 뭘 주저하느냐? 너만은 변질되지 않고 하나님의 영광을 위해 성전을 크고 아름답게 짓지 않겠느냐? 그러면 너는 하나님께는 충성을, 사람들로부터는 칭송과 명예를 얻을 것이다. 이렇게 루시퍼는 매혹적인 먹이를 던져놓고 설득했겠죠. '그냥 메가처치가 아니라, 메가처치의 롤 모델이 되어라. 메가처치 목사들이 다 나쁜 것은 아니다, 라는 것을 보여주어라. 너라서 할 수 있는 일이다.' 이렇게 말하는데 안 넘어갈 목사가 어디 있겠소? '한국의 메가처치 목사들이 좋은 본이 되지 못한 것도 사실 아닌가? 내가 좋은 본보기가 되어 한국 교회의 표상이 되어야지.' 그렇게 생각하니까 얼마나 가슴이 뛰겠습니까. 능력도 인정받고 새로운 사명감도 생겼으니 일석이조 아니겠습니까?"

우종건은 잠시 생각에 잠겼다. 과연 대형 교회를 짓고도 문제가 되지 않은 교회는 손에 꼽을 정도다. 한국 교회든 미국 교회든 수많은 실패 사례들이 넘쳐나고 있는데도 엘리트 목사들은 지금도 메가처치의 길을 향해 거침없이 폭주하고 있다. 우종건은 아무리 생각해도 이해가 되지 않았다. 실족하지 않도록 스스로 경계해야 하는 것이 상식임에도 엘리트 목사들이 스스로 무장해제하는 이유를.

"일석이조라니요? "

우종건이 신음하듯이 물었다.

"그래요. 한국에는 대마불사라는 신화가 있습니다. 대형 교회를 짓기만 하면 사람들이 몰려든다는 신화이지요. 대형 교회를 지으면 많은 사람들이 몰려올 것이고, 자신의 설교를 통해 많은 영혼을 추수할 것이라는 생각이 드는 순간 목사의 눈은 어두워져버립니다.

명예라는 욕망이 눈을 가리게 되면 대성전을 짓는 것 이외에는 아무것도 보이질 않는 거지요. 좀 전에도 얘기했듯이 목사가 사람을 살리는 일과 사업, 이 두 가지를 동시에 할 수 없습니다. 가슴과 머리를 지배하는 것이 사업이라면 사람은 그 수단일 뿐입니다. 장자가 말한 당랑박선이라는 예화를 통해 보면, 지금의 메가처치 목사들은 눈앞의 매미에 정신 팔려 있는 사마귀라고 할 수 있습니다. 사마귀는 자기가 영리하고 능력도 있다고 생각하는 거예요. 적어도 자기는 절대 위험에 빠지지 않고 매미를 잡아먹을 수 있다고 말이죠. 그러나 그 생각 자체가 이미 덫에 걸렸다고 할 수 있죠. 매미에 눈멀어 있는 동안 한 수 높은 까치가 자신을 노리고 있는 줄은 모르고 말입니다."

우종건은 말이 없었다. 한국 교회의 현실이 더욱 비참하게 느껴졌다.

'정말 큰일이군.' 우종건은 속으로 중얼거렸다. 한국 기독교는 침체하고 있는데, 오히려 교회는 대형화되고 화려해지고 있다니. 마치 중세 유럽의 교회들이 웅장한 건물만 남기고 실패와 부패의 길로 달려갔던 그 길을 한국 교회가 그대로 답습하고 있지 않은가. 안으로 부패되어 썩은 냄새가 진동하는 메가처치로 인해 급속도로 신뢰를 잃어 가고 있는 현실이 무겁게 다가왔다.

"어떻게 하면 그 욕망을 버릴 수 있을까요?"

우종건은 안타까운 눈길을 건네며 말했다.

"내가 늘 말하지 않았소?"

"……."

"자기를 버리고 예수님을 따라야지. 아무리 좋은 계획이라도 마음을 비우고 예수님께 물어보고, 그분의 뜻이 아니라면 접어야 합니다. 그런데 인간은 욕망이 한번 일면, 제 입맛에 맞지 않는 말은 듣지 않으려 하고, 계속 자신의 욕망에 맞추려 하지요. 그래서 어려운 거죠."

"참으로 쉽지 않군요. 그런데 그런 사례가 한국에 있습니까?"

"꽤 있지요. 돌아가신 한경직 목사님, 옥한흠 목사님, 하용조 목사님. 물론 이분들도 교회를 너무 키운 것이 좀 안타깝습니다. 아, 잊을 뻔했네요. 이재철 목사님이라고, 교회가 커지자 미련 없이 제네바의 작은 한인 교회로 훌쩍 떠난 목사님 말이오."

우종건은 이재철 목사를 바로 떠올렸다. 이재철 목사는 강남 YMCA에 '주님의 교회'를 세운 뒤 신자가 크게 늘어나자 정신여고에 강당을 무상으로 짓고, 그곳에서 더부살이 생활을 하면서도 헌금의 50퍼센트를 이웃돕기에 사용한 목회자였다. 그는 목회 초기부터 '십 년만 교회를 위해 봉사하고 떠나겠다'고 했고 그 약속을 실천하고 교인 수가 백 명 남짓한 스위스 제네바의 한인 교회로 홀연히 떠났다. 시작할 때도 아름다웠지만 물러날 때 더 빛났던 목사. 퇴임 이후에도 그는 철저히 교회와 자신을 단절시켰다. 국내에 남겨진 가족들도 교회에 부담이 될 수 있다며 다른 교회로 적을 옮겼고, 교회가 가족에게 제공하기로 한 약간의 사례금마저도 거절했다. 심지어 십 년간 함께한 교인들의 마지막 배웅조차 매몰차게 뿌리치고 그는 한국을 떠났다.

데드라인

김일국 장로는 머리를 흔들었다. 어쩌다 이렇듯 급격하게 추락한 것일까? 이건 현실이 아니야. 권리는 없고 의무만 있는 자신에게 '용서할 수 없다'고 그토록 당당하게 말하는, 그래도 된다고 생각하는 명수창 목사에 대해 김일국은 절망했다. 명수창은 돈에 대해서는 철두철미했다. 김일국은 삼십 년 넘게 가까이 지낸 덕에 명수창을 잘 알고 있었다. 교회 지출만 해도 십만 원 넘는 돈은 명수창이 결재를 해야 집행할 수 있을 정도였으니까. 얼음장 같은 명수창의 얼굴이 떠오르자 김일국은 목이 조여오며 콱 막히는 기분이 들었다.

SO를 외부에 알리면 어떻게 될까? 그런 다음에는 어떤 일이 벌어질까? 분명 사회문제가 되겠지만 명수창 목사는 무사히 빠져나갈 것이다. 그를 위해 방패든 총알받이든 하려고 들 인물들은 수두룩하니까.

그럼 나는? 모든 사회적 종교적 삶이 파탄 날 것이다. 속죄든 용서든 어쨌든 뭔가를 애원하기 위해 명수창에게 엎드린다고 해서 해결될 것 같지도 않았다. 김일국은 그의 이성적인 가치관과 순간순간 변하는 감정이 마치 서로 다른 두 사람의 것인 양 그의 마음속에서 서로 치고받으며 갈등하는 풍경을 어처구니없이 지켜보아야만 했다.

'제가 잘못 관리해서 큰 손실이 났습니다. 한 번만 용서해주십시오, 라고 말해봐?'

'과연 명수창이 자네 사과를 받아줄까? 자네를 포옹하면서 용서해줄까? 그런 일은 절대로 일어나지 않아.'

'명수창은 성경의 가르침을 따라 이 죄인을 용서할 생각이 추호도 없어, 곧바로 돌을 던질 것이고, 지독한 변호사의 조언에 따라 손해배상을 청구하려고 들 거야.'

그동안의 행태로 보아 명수창은 크게 분노할 것이고 자신이 피해자인 양 행동하려 들 게 분명했다.

'그러면 난 끔찍한 지옥에서 살아가야 해. 그럴 수는 없어.'

'그럼 살고 있는 아파트를 팔아서 일부라도 변상하면 어떨까?'

그는 그럴 수만 있다면 명수창에게 유다의 은화 서른 닢을 바치고 끝내고 싶었다.

'하지만 돈을 내놓으면 그건 횡령했다는 것을 인정한다는 뜻이야.'

'너는 어떤 방식으로든 손해를 입힌 건 분명해.'

생각하면 할수록 혼란스럽고 불안한 마음에 가슴이 답답해졌다.

도망치는 것도 서성거리며 변명거리를 만드는 것도 모두 힘겨웠다. 그럴 수만 있다면 그 이전으로 돌아가고 싶었다. 투자 상품 전단지를 보고 투자를 결심했던 그 시각 이전, 상가 건물 이 층의 작은 교회에서 명수창을 만나기 이전, 그 이전의 이전으로.

SO를 맡고 문제가 발생하기 이전까지는 그는 자신이 명수창 때문에 상처받을 것이라고는 꿈에도 생각지 못했다.

피곤했다. 마지막 남은 한 방울의 기마저 양다리를 타고 다 방전된 듯한 느낌이었다. 이제는 결정을 내려야 하는 힘든 시간이 다가오고 있었다. 그런데 전혀 마음이 내키질 않았다. 돈도 지겹고, 영수증을 정리해야 한다는 압박도 지겹고. 일찌감치 눈치챘어야 했다. 그는 명수창 목사의 채워지지 않는 욕심 때문에 사업을 무한히 넓혀가는 제왕의 재무 해결사로 살아가고 있는 현실로부터 어느 순간 잠적해버리고 싶었다. 김일국은 뱅뱅 도는 고통으로 녹초가 되어 갔다. 그냥 이대로 끝내고 싶다는 생각이 그를 지배했다. 스스로 옳은 선택을 할 수 있는 능력이 있는지도 자신할 수 없었고, 무엇이 옳은 것인지도 이제는 확신할 수 없었다. 남은 것은 한 가지, 기적을 구하는 기도뿐이었다. 그런데 기도를 하려고 무릎을 꿇어도 기도가 나오지 않았다. 답답한 마음으로 꽉 차 있어 그런지 그저 멍할 뿐이었다. 탕, 머릿속에서 총알이 빙빙 도는 것 같았다.

김일국은 밤새 잠을 이루지 못하다 이른 새벽이 되어서야 설핏 잠이 들었고 꿈을 꾸었다.

김일국이 대성교회 대성전 앞에 멈춰 섰다. 어디선가 메마르고 스산한 바람이 불어왔다. 그러자 여름은 겨울이 되고 풀은 말라 부스러지고, 살아 있는 것들은 모두 생명을 잃어 갔다. 주위와 어울리지 않게 달빛을 받아 서늘하게 빛나는 두 개의 높은 예배당 첨탑들이 꿈틀대며 아득한 데로 신호를 보내는 것 같았다. 김일국은 계절이 무엇 때문에 갑자기 바뀌어 겨울로 변한 것인지 어리둥절했다. 격하게 계절이 바뀐 원천은 바로 이 성전을 세운 인물, 온화하나 야심 많은 명수창이라는 것을 그는 깨달았다. 마치 두 개의 첨탑처럼 겸손과 탐욕을 한 몸에 양립한 명수창의 눈빛이 너무 날카로워서 생각만 했을 뿐인데도 자기도 모르게 고개를 돌리게 되었다. 뒤를 돌아보니 텅 빈 주차장과 그 뒤로 펼쳐진 아파트 단지가 보였다. 가로등과 아파트 불빛들이 반짝이는가 싶더니 이내 파도치듯 구불대기 시작했다. 불빛들과 대기의 흐름이 서로 뒤엉키면서 소용돌이쳤다. 어둠 속에서 홀로 그 광경을 지켜보던 김일국은 천천히 고개를 돌렸다. 두 개의 첨탑은 어느새 어둠 속에 갇혀 있었다.

　김일국은 안도의 한숨을 내쉬고 조용히 낮은 계단을 지나 굳게 닫힌 일 층의 대성전으로 들어갔다. 수없이 드나들던 공간이었는데도 마치 처음 여행 온 이방인처럼 낯설게 느껴졌다. 어둠 속에서도 웅장함은 여전했다. 김일국은 눈을 크게 떴다. 스위치를 찾았으나 불을 켤 수가 없었다. 이상하게도 온몸에 힘이 빠지며 물리적인 힘을 가할 수 없었다. 그 순간 갑자기 알 수 없는 공포감이 엄습해 왔다. 그는 어둠이 익숙하지 않았다. 갑자기 공룡들이 우글거리는 박물관에 들어선 기분이었다. 알 수 없는 소리들이 뒤엉켜 들려왔다.

김일국은 대성전 밑에 또 하나의 낮은 층이 있는 것을 발견하였다. 그곳은 좀 더 깊은 어둠이었는데, 거기서 명수창의 목소리가 들려왔다.

"사랑하는 여러분, 자손만대까지 이어질 축복을 받기 위해, 하나님께서 기뻐하시는 아름다운 새 성전을 소망하고 오랫동안 기도드렸습니다. 드디어 오늘 응답을 받았습니다. 나는 성전을 건축하고자 합니다."

그러자 교인들의 목소리가 들려왔다.

"십 년도 안 되어 또 건축이라니……."

"하나님이 택한 백성, 하나님의 자녀는 교회를 귀하게 여기고 최고의 정성을 다하고 최고의 모든 재료를 동원하여 아름답고 거룩하게 아버지 집을 지어야 합니다."

교인 한 사람 한 사람이 하나님의 살아 있는 성전이 되어 가는, 신앙적 깊이를 담고 있는 설교가 아니었다. 그저 교회를 크고 멋지게 짓는 것이 하나님이 기뻐하는 일이고, 그것이 또 축복의 요건이 된다고…… 그렇게 명수창의 설교는 기울어지기 시작했다.

"그렇지만 멀쩡한 교회를 또 헐어서 크게 짓겠다니요. 벌써 세 번째입니다."

또 쥐어짜서 뜯어내겠다는 건가. 새로 짓는 건물의 일부는 은퇴 목사가 만들 선교재단이나 장학재단의 본부로 사용할 것이라던데.

"아멘, 형제자매들이여. 많은 사람들은 교회를 왜 크게 짓느냐고 합니다. 몰라서 그런 이야기를 하는.것입니다. 교회는 크게 지어야 합니다. 다른 것을 크게 짓는 것보다 교회를 크게 지었던 나라가 하나님 앞에 한없는 복을 받았고 또 다른 일도 다 잘되었습니다."

명수창이 외쳤다. 지상 최고로 가장 크게 짓는 게 올바른 신앙의 발현인 양, 자신도 믿기 힘든 말들을 쏟아 내고 있었다.

"하나님의 몸 된 교회를 위해 우리 자체가 성전이 될 수 있도록 우리가 어떻게 해야 할지 알려주세요."

계속되는 불협화음. 교인들이 거친 감정을 토로할수록 명수창은 더 확신에 차서 말했다.

"기독교 국가가 잘삽니다. 오늘의 유럽이 천오백 년 내지 이천 년 동안 이 세상에서 위대한 일을 하고 선진국이 된 이유는 무엇입니까? 그건 하나님의 교회를 귀히 여기고 교회를 잘 지었기 때문입니다. 서기 313년 로마의 콘스탄티누스 대제가 기독교를 공인하면서 교회 시대가 유럽으로 불이 옮겨 붙었습니다. 그 결과 교회는 도약하고 부흥하여 교회의 종탑도 높이높이 올라갔습니다. 우상을 섬기던 나라들이 신전을 무너뜨리고 교회를 높이 세웁니다. 콜로세움과 같은 경기장이며 운동장을 크게 세우던 저들이, 목욕탕을 크게 지어 날 새는 줄 모르고 즐기던 저들이, 운동장과 목욕탕을 다 무너뜨리고 교회를 높이 세우기 시작합니다. 교회를 크게 지은 결과 저들은 성장합니다. 저들의 국력은 커져 드디어 세계적인 국가가 되고, 저들의 도덕도 회복되고 경제도 발전하고 저들의 문화와 예술도 한없이 부흥할 수 있었습니다. 그들이 세계를 지배하는 천오백 년 동안 저들의 하늘과 땅이 모두 번영을 이룬 이유는 교회 퍼스트! 교회를 가장 먼저 앞세우고, 교회를 최고로 생각하고 물밀듯이 교회를 찾고 교회를 사랑하는 뜨거운 마음이 있었기 때문에 모든 영적 부흥과 함께 문명의 능력도 창조되었던 것입니다. 우리나라가 이제 좀 살 만해져서 대단한 것 같지만 다른 나라에 가서 구경해보십시오. 그 나라가 십자가 높이만큼 높아지고 교회 크기만큼 풍요로워지고 교회를 세우는 것만큼 그 나라와 민족이 하나님께 부름 받은 줄로 믿습니다."

명수창의 역사에 대한 설교는 묘한 기운을 뿜어내기 시작했다. 이천 년의 역사를 한 호흡으로 거침없이 이야기하고, 교회의 황금시대와 교묘히 엮어 설득력 있게 펼쳐내 교인들로부터 뜨거운 환호를 끌어냈다. 일반적인 호소력과는 차원이 다른 색다른 흥분을 자아내며 찬성파가 늘어나기 시작했다.

그것 봐, 역시 설득력이 있어! 명수창의 얼굴에 만족감이 넘쳐흘렀다. 역사의 시간과 사실과는 또 다른 종류의 시간과 사실이 명수창의 머릿속에서 돌아가고 있었다. 김일국이 보기에 신앙마저도 물질의 시각으로 왜곡시키고 아전인수식으로 해석해야 속이 시원한 저 적나라한 시장 바닥 같은 설교는 그렇다 치더라도 내용마저 거의 엉터리였다.

중세, 종교 과잉의 시대, 교회가 대형화되고 종교가 권력화하면서 기독교의 본질이 훼손된 시기를 이렇게 왜곡하여 해석하다니……. 교황과 교회의 절대적 지배로 인해 신앙의 자유는 말살되었고 신앙은 병들어 갔다. 종교개혁의 역사적 뿌리에는 중세 유럽의 거대한 교회 건축이 중요한 요인이었다는 사실조차 외면하고 있었다. 게다가 안타깝게도 유럽의 대형 교회들이 유지비를 감당하지 못해 폐쇄되거나 문화 공간, 은행, 서커스 훈련소, 도박장, 술집 등으로 용도 변경되고 있는 사실도 명수창은 외면했다.

다시 명수창의 목소리가 커다랗게 울렸다.

"우리가 하나님 성전을 짓는 이 영광된 자리에 참여할 수 있는 것은 큰 은혜입니다. 우리 믿는 사람들을 위한 노아의 방주를 짓는 일입니다. 또한 악한 세력이 판치는 어둠 속에서 헤매고 있는 세상 사람들을 교회로 인도하기 위해서도 성전 건축은 필요합니다. 이제 새 성전을 위해 우리의 모든 것을 바쳐야 합니다. 뭐라고 했죠? 여러분!"

"새로운 성전을……."

소수의 신자들이 대답을 하니 모기 소리보다 작았다.

"더 크게!"

"건축!"

"하나님께서 더 기뻐하시도록, 더 크게!"

명수창은 텅 빈 연단 위에서 힘차게 발을 굴렀다.

"새 성전!"

"다시!"

"건축!"

명수창의 격앙된 목소리와 산발적으로 들리던 웅성거림으로 장내는 산만했다. 김일국은 갇혀서 돌고 있는 공기가 몸을 조여 오는 느낌이 들었다. 갇혀 있다는 생각에 가슴이 답답해졌다. 몸을 돌려 성전 밖으로 나가려는 순간, 쏴아아앗 하는 소리가 들렸다. 명수창과 교인들이 만들어 내는 저속한 하모니들이 마치 블랙홀에 빨려 들어간 듯 정적 속으로 갑자기 사라졌다. 김일국은 어리둥절했다.

얼마인지 모르지만 빠져들었던 정적에서 깨어나는 순간 온몸을 타고 흐르는 한기. 그 한기를 털어 내려 김일국은 어둡고 생명이 없는 공간을 서둘러 빠져나왔다.

흐어, 흐윽! 김일국이 신음을 몇 번 내더니 식은땀을 줄줄 흘리며 잠에서 깨었다. 참으로 이상한 꿈이었다. 꿈이 아닌가? 지금이 꿈인가? 김일국은 점점 모호해졌다. 눈을 뜬 이 순간에도 방금 꿈을 꾸었던 것인지 아직도 꿈속에 있는 것인지. 꿈과 현실의 경계선에서 취한 사람처럼 흐리멍덩해진 눈만 게슴츠레 뜨고 있었다. 김일국이 현실을 자각한 것은 침대로 쏟아지는 강렬한 햇빛 때문이었다. 그제야 옷뿐 아니라 얇은 이불까지도 땀으로 흠뻑 젖어 있음을 깨달았다. 오늘이 명수창이 말한 데드라인인가?

엇갈린 운명

아주 길고 뜨거운 여름날 오후, 마치 뭔가가 폭발해버리기를 기다리고 있는 듯한 날씨였다. 김일국 장로는 교회 지상 주차장에 차를 주차하고 명수창이 기다리고 있는 집무실을 향해 무거운 발걸음을 떼었다. 그는 어지러워서 걸음을 내딛기조차 힘들었다. 그는 몇 걸음 걷지도 못하고 휘청하며 땅바닥에 넘어졌다. 오른손으로 바닥을 딛고 일어나다가 오른쪽에 못 보던 그림자로 인해 다시 주저앉았다. 자신의 그림자였다. 김일국은 처음으로 자신의 그림자를 자세히 보았다. 그림자가 너무 피곤해 보였다. 꿀떡꿀떡 삼킨 모욕도, 말하지 않은 슬픔도, 말할 수 없는 분노도, 들리지 않는 외침도, 모두 견디며 그림자는 땀을 뻘뻘 흘리면서 자신의 뒤를 쫓아다녔다. 마음이 힘드니 그림자마저 고달프다는 것을 그는 처음 알게 되었다. 다시 고개를 들어 일어서려는 순간 정면에 대성전이 모습을 드러냈다. 대성전은 혼란스러운 그의 마음을 휘저어 놓았다.

　이제 끝인가. 절망의 파도들이 맹렬한 속도로 그를 덮쳤다. 대성전은 예배의 장소가 아니라 그로서는 심판을 받으러 가는 장소였다. 사지가 점점 뻣뻣해지며 공포감이 밀려왔다. 그는 숨이 멎을 듯한 기분이 들어 더 이상 대성전을 바라볼 수 없었다. 서둘러 몸을 일으켜 교회 반대편의 동생이 살고 있는 S아파트를 향해 걸음을 옮겼다. 이 상태로는 명수창 목사 앞에 설 자신이 없었다. 정말로 횡령을 했느냐는 명수창의 질문에 '아니오'라고 대답할 용기가 없었고, 무엇보다도 멀쩡한 얼굴로 거침없는 독설을 쏟아 낼 명수창의 얼굴을 대면할 자신이 없었다. 그는 고개를 돌려 멀어지는 교회를 바라보았다. 태양이 두 개의 십자가 뒤에서 내리쬐며 거대하게 자리 잡은 교회와 주변 건물들을 씻어 내고 있었다. 하지만 주변의 모든 것들 중에 익숙한 것이라곤 태양 말고 하나도 없었다. 대성교회는 이미 자신과는 무관한, 한 번도 본 적 없는 완전히 낯선 장소처럼 느껴졌다.

　이곳이 어디지? 그는 당황해하며 이내 고개를 돌렸다. 아주 짧은 순간, 세상에서 한때 에덴이라 생각했던 대성교회가 그의 시선에서 점점 멀어지고 있었다. 그때 커다란 나무들 사이로 햇빛 한 줄기가 재빠르게 아스팔트를 가로질러 사라지는 것을 보았다. 이제 그로서는 이해할 수도 없고 짐작도 할 수 없는 낯선 세계로 들어가고 있다는 느낌이 들었다. 그는 외로웠다. 완전히 혼자라는 생각이 들어 잠시 동안 멈추어 서서 좋았던 시절을 기억해 내려고 애썼다. 땀으로 흠뻑 젖은 그의 몸이 축 처졌다.

모두가 힘들었지만 행복했던 시절이었지. 그땐 자신감으로 두려울 게 없었는데. 그는 예전의 기억들을 더듬어 보았다. 명수창 목사와 함께 작은 교회를 건축하기 위해 애썼던 모습도 떠올랐다. 어려웠던 시절, 새벽마다 무릎 꿇고 앞 의자에 머리를 조아리고 명수창이 떨리는 목소리로 간절하게 기도하던 모습이 어제 일처럼 느껴졌다. 그들이 처음 만났던 상가 이 층의 조그만 예배당. 모두 한 가족처럼 의지가 되고, 어려운 살림 속에서도 따뜻한 정과 위로와 희망이 있던 시절이었다.

그런데 예루살렘 성전을 건축하면서부터 명수창과의 관계는 어긋나기 시작했고 그때부터 관계가 소원해지더니 아름다웠던 과거의 추억마저 퇴색해 갔다. 돌아보니 명수창과 보낸 기쁜 우리의 날들은 찢기고 때가 끼고 있었다. 그때로 돌아가서 다시 시작한다면 설령 서로 실망하여 헤어질 순 있어도 소중한 추억만은 남아 있지 않을까? 이제 명수창과의 마지막 남은 추억마저도 더럽혀지자 그는 견딜 수가 없었다. 지금 이 순간이 부끄럽다는 건 지난 과거가 부끄럽다는 것. 추억이 진정한 재산인데 그 추억마저.

나는 가장 곤궁한 자로다. 김일국은 깊게 한숨을 내쉬었다.

"김장로 님, 괜찮으세요?"

김일국은 지나가던 육십 대쯤으로 보이는 어떤 여자로 인해 현실로 돌아왔다. 교인인 듯싶은데 누구인지 기억나지 않았다. 그녀는 비적비적 땀을 흘리고 있는 김일국을 뚫어져라 쳐다보았다. 부연 안개처럼 흐릿하고 멍한 그의 눈동자는 넋이 나간 사람처럼 보였다.

"땀을 너무 많이 흘리시네요."

여자가 걱정스러운 목소리로 말을 걸었다.

"아, 괜찮아요."

"그럼 다행이고요."

김일국은 여자에게 고개를 숙여 감사를 표시하고 도망치듯 그 자리를 빠져나왔다. 여자가 혹시 걱정해준다는 것을 핑계 삼아 이런저런 대답하기 귀찮은 질문을 할지도 몰랐다. 누가 쫓아오기라도 하는 듯 그는 발걸음을 빨리하며 걸었다. 자신의 모습을 더는 보이고 싶지 않아 고개를 들지 않았다. 동생의 아파트까지 어떻게 왔는지 정신이 아득했다. 십여 분도 걸리지 않는 거리인데 모든 에너지를 다 써버린 듯 진이 빠졌다.

그 시각 명수창 목사는 담임실이자 자신의 아지트에서 김일국을 기다리고 있었다. 김일국은 명수창이 머물고 있는 교회가 보이는 동생의 아파트에서 서성거렸다. 기다림과 서성거림. 김일국의 서성거림은 움직임이라기보다는 마음의 상태였다. 요즈음 명수창과 김일국이 처한 지점이 딱 거기까지였다. 김일국은 아파트에서 교회를 바라보며 깨달았다. 명수창을 만난다 해도, 그건 어둠을 벗어나는 출구가 아니라 암흑 속으로 빠져드는 또 다른 입구일 것이다.

어쩌면 명수창에겐 오늘의 만남이 중간역이지만 김일국에겐 종착역, 다시는 되돌아갈 수 없을 것 같은 절망적인 느낌이 들었다. 엇갈린 운명!

'한때 우리는 함께 출발하여 함께 돌아올 정거장이 남아 있는 줄

알았는데…… 돌아올 길은 이미 파괴되었군!'

김일국에게 희망과 믿음과 사랑을 싣고 올 기차는 없었다. 아주 희미하게나마 아직 그에 대해 남아 있을지 모르는 한 가닥 믿음에 의지하고 싶지만, 그마저도 전혀 기대할 수 없는 상황이 절망으로 다가왔다.

메가처치의 장로들은 대부분 엘리트 중의 엘리트였다. 이들에겐 두 개의 목숨이 존재하는데, 김일국은 그중에서도 가장 중요한 사회적 목숨 하나를 잃게 될 처지에 놓인 것이다. 목사의 신뢰를 잃은, 그것도 헌금을 유용한 장로라면? 오명은 그 무엇으로도 씻을 수 없을 것이다. 사람들은 쉬쉬하며 자신을 전염병 환자 취급을 할 것이고, 그가 나타나면 홍해가 갈라지듯이 쫙 갈라설 것이다. 그와 동시에 자신은 역할이 끝나 용도 폐기가 된 도구, 써먹을 곳 없으니 스스로 사라져주는 수밖에 없다.

'살아도 사는 게 아니다.'

의미 없는 몸뚱어리만 살아남았다. 사실 엘리트 계층에게 목숨은 사소한 것, 명예를 잃으면 전부를 잃는 것이다. 그는 이 치욕적인 상황을 견디기가 몹시 힘들었다. 작은 바람만 불어도 스러질 지경으로 김일국은 극도로 지쳐 있었다.

용서할 수 없다는 명수창의 발언으로 모든 게 다 끝났다.

'헌금을 횡령한 자!'

벌겋게 달궈진 쇠로 지지직 소리를 내며 그의 이마를 지지는 낙인이었다.

김일국은 자신이 미처 상상하지 못했던 방식으로 선을 넘어버렸다는 사실을 어렴풋이 실감했다. 잠시 머뭇거리던 김일국은 베란다 창문을 천천히 열었다. 에어컨 바람으로 약간은 수축된 몸에 더운 공기가 닿자 전신의 세포가 흐물흐물 풀어지는 느낌이었다. 이대로 풀어져 형체도 없이 사라졌으면. 오후 네 시가 넘은 시각이었지만 유월의 햇볕은 너무 강했다. 난간에 서서 대성교회를 바라보았다. 아주 가까이에 교회 건물이 햇빛에 반사되고 있었다. 저 아름다운 천국 같은 건물이 사실은 악마의 인프라 위에 건설된, 멀리서 보니 천국, 가까이에서 경험해보니 지옥 그 자체였던 곳. 뭔가를 보여주기보다는 힘들고 지친 영혼들이 들어와 편히 쉴 수 있고, 그들의 이야기를 들어줄 수 있는 공간이면 족했을 것을.

'저건 가짜야. 대성전은 신의 대리인이 자신의 권위를 위해 지어진 것이었어.'

그는 죽어서 천국에 가는 것도 지옥에 가는 것도 원치 않았다. 그저 이 고통스러운 시간이 속히 지나가기만을 바랐다. 그는 명수창 목사에게 더는 심판을 받고 싶지 않았다. 무엇보다 명수창에게 심판을 받는다는 사실이 죽기보다 싫었다. 명수창의 심판에 따라 어리석은 수많은 사람들의 입방아에 오르내리는 것은 더더욱 소름 끼치는 일이었다. 명수창과의 관계는 돈에 관한 문제가 생기면서 무너졌고, 관계의 무너짐은 마음의 무너짐으로 이어졌다.

'우리는 믿었고 우리는 소망했고 우리는 사랑했다. 믿음, 소망, 사랑. 그런데 목적이 빠졌다. 돈! 우리는 돈을 믿었고, 돈이 불어나는 것을 소망했고, 돈을 무척 사랑했다.'

그에게 지난 몇 개월은 지옥과 다름없었다. 저곳 대성, 밝음과 기쁨과 죄악이 있는 곳, 삼십 년 넘게 생활한 고향 같은 대성에서의 세월이 전생인 듯 아득했다. 이제 더는 그를 제지할 수 있는 게 그 무엇도 없었다. 이대로 이 선을 넘어 영원히 사라져버리면 그만이었다. 숨을 크게 들이마시고 마침내 아파트 베란다를 넘었다. 한순간 비상하는가 싶더니 이내 아래로 추락하기 시작했다. 추락한 것은 그뿐만이 아니었다. 그것은 현재와 미래에 대한 절망이며, 지금까지 명수창과 함께 쌓아 온 메가처치에 대한 긍지도 그와 함께 추락했다. 그의 눈앞이 부옇게 흐려지면서 교회의 첨탑 두 개가 뒤틀리고 엿가락처럼 휘어지기 시작했다. 두 건물이 합쳐지자 메가처치는 마치 부화하는 커다란 공룡 알처럼 보였다.

2부

신의 대리인

틀어진 계획

2016년 6월 중순 대성교회 명수창 목사는 최악의 토요일 저녁을 맞이하고 있었다.

송파의 한 아파트, 순찰을 돌던 경비에 의해 육십 대 후반의 남자가 아파트 잔디에 떨어져 죽은 채 발견되었다. 경찰은 목격자와 유족들의 진술과 주변 상황들을 토대로 종합 판단하여 아파트에서 투신한 것으로 결론지었다. 여기까지 보면 평범한 자살 사건으로 이 사건이 주목을 받게 된 것은 죽은 사람의 신분 탓이었다.

대성교회에 주차한 후 동생의 아파트에서 투신해 주검으로 발견된 김일국 사건은 오후 일곱 시가 다 되어 대성교회 명수창 목사에게 다급히 보고되었다.

"뭐라고? 지금 그게 무슨 소리야?"

아닌 밤중에 홍두깨도 분수가 있지. 명수창은 자신의 귀를 의심했다. 순간 머릿속이 하얘졌다. 믿을 수 없고 믿어지지 않는 소식이었다. 그는 오늘 약속 시간에 나타나지 않았다, 수차례 전화했으나 전화기마저 꺼져 있어 이상한 마음이 들긴 했지만 그가 자살할 것이라고는 전혀 예상하지 못했다.

"사실입니다."

경찰서에 다녀온 부목사로부터 연락을 받은 심종수 장로가 그동안 있었던 일을 간단하게 보고했다.

"어디라고?"

"교회에서 보이는 S아파트입니다."

"그게 말이 됩니까? 왜 김 장로가 자기 집도 아닌 S아파트에서 투신했단 말이오?"

"동생 집이라고 합니다."

"왜 하필……."

명수창은 신음을 뱉어 냈다. 그 짧은 신음에는 많은 의미가 함축되어 있었다. 왜 하필이면 내 집무실 앞에서! 왜 하필이면 오늘! 왜 하필이면 은퇴가 얼마 남지 않은 이 시점에! 이런 일이 발생한 것인가. 삼십오 년의 목회 생활을 스캔들 없이 마무리할 수 있기를 바라고 또 바랐는데.

김일국 스스로 오늘까지 반드시 인계하겠다고 약속하지 않았던가. 오늘 다섯 시로 약속한 시간에 나타나지 않더니, 뜬금없이 죽음이라니. 그를 견딜 수 없도록 만든 것이 뭐란 말인가. 그와 함께한 삼십 년이란 시간조차도 김일국이란 한 인간을 객관적으로 파악하는 데 충분하지 못했단 말인가.

'도대체 일이 어떻게 되어 가고 있는 거지?'

정리해보자. 아파트 화단에 떨어져 죽었고, 경비가 발견해 경찰에 신고했고, 거기엔 유서 석 장. 온갖 인맥을 동원해 언론에 공개되지 않도록 조치를 해두었고, 아직 정보가 새어 나가지는 않았다는 보고였다. 심종수와 같이 보고하러 들어온 사람들은 하나같이 굳은 얼굴을 한 채 얼어붙어 있었다.

"유서 내용은?"

초조해하며 명수창이 물었다.

"유족 측을 통해 어렵게 파악한 유서 내용은 목사님께 용서를 구한다, SO가 펑크난 것은 투자 손실이지 횡령은 절대 아니라고 적혀 있었다고 합니다."

명수창은 허를 찔린 기분이 들었다. 그동안 관리하던 장부와 통장을 들고 와서 잘못된 투자로 손실 본 것에 대해 사죄하고 용서를 빌 줄 알았는데. 설마, 김일국 장로가? 그 의문을 입에 담기도 전에 심종수가 먼저 입을 열었다.

"건너편 아파트 뜰에서 발견되었을 때 이미 가망이 없었다고 합니다."

명수창은 내심 동요를 감추기 위해 잠시 뜸을 들였다. 그동안 장로들의 말만 믿고 김일국이 해명할 길을 하나하나 막았었다. 그게 오히려 나쁜 결과를 가져온 거라 생각했다. 명수창은 자신이 너무 다급하게 굴었던 것은 아닌지 후회했다. 너무 구석으로 몰아넣었어. 설마 죽을 줄이야. 어쩌면 좋을지, 한결같이 사태를 낙관해 왔던 명수창으로서는 할 말을 잃었다. 그에게는 김일국이 관리했던 돈이 소중했던 것이지, 그의 목숨 따위는 필요하지 않았다.

"그것 외에는 아무것도 없었나?"

"차 트렁크에 영수증과 계약서 등 서류들이 있었답니다."

심종수는 솔직하게 보고했다.

"뭐? 그게 사실인가?"

명수창은 이 짧은 순간에 벌써 몇 번을 놀랐는지 모른다. 왜 김일국은 마지막 길을 떠나면서 대성교회를 바라보며 서성거렸단 말인가? 영수증과 계약서는 왜 트렁크에 싣고 온 것인가?

뭔가가 있다고 명수창은 생각했다. 뭔가가 있긴 하지만 SO의 조성과 사용 내역에 대한 양심선언서 같은 것을 숨겨둔 것은 아닌 것 같았다. 명수창은 혼란스러웠다. 유서에서는 자신을 원망하기는커녕 오히려 용서를 빌었다. SO의 손실은 투자로 인한 것이지 절대 횡령은 아니라고 강변했다.

'그렇다면 김일국이 내 앞에서 기어이 지키고 싶은 무언가가 있었을 것이다. 그것이 무엇일까……. 더는 자신의 가족과 재산을 건드리지 말라는 신호인가?'

갑자기 명수창의 가슴이 서늘해졌다. 그의 죽음으로 인해 오랫동안 비밀로 지켜온 SO의 실체가 드러나는 계기가 될 것이다. 형세는 순식간에 역전되었다. 명수창은 초조해지기 시작했다.

'탐욕이 되었든 비전이 되었든 SO의 실체가 세상에 알려지는 순간 온갖 비난의 화살이 쏟아질 것이다.'

명수창의 등에서 식은땀이 흘러내렸다. 그동안 은밀히 돈을 모으고 불려오다가 한순간에 원금 손실을 본 것만도 속이 쓰려 견딜 수 없는데, 대대적으로 준비하고 있는 은퇴 후 플랜에도 차질을 빚게 생긴 것이다. 송파에 확보한 금싸라기 땅에도 곧 건물을 지을 것이고, J신학대 재단에는 백억 원의 기부금도 출연하여 재단 이사장으로 취임할 날도 얼마 남지 않은 시점이었다. 김일국! 이놈! 끝내 내 앞길을 막다니. 김일국에 대한 그의 원망은 극에 달했다. 나에게 비수를 꽂으려 한 것인가?

그가 김일국과 만난 것은 교회를 개척하던 시절이었다. 누가 시킨 것도 아닌데 새벽부터 나와 기도하고 마무리 정리까지 하고 서둘러 일터로 나가는 그를 눈여겨보고 명수창이 재무 담당을 권했다. 그때만 해도 성실하면 되었지 관리하고 말고 할 정도의 헌금이 아니었다. 그렇게 삼십여 년, 이제는 헌금 규모가 매년 오백억 원대가 되고 보니 재무를 도와주는 집사들만 해도 고교 재학 중 성적이 상위 5퍼센트 이내에 들었다는 회계사, 세무사가 수두룩했다.

"목사님! 어떻게 할까요?"

심종수의 말에 명수창은 잠시 빠져 있던 딴생각에서 벗어났다. 보통은 초조하고 불안한 나머지 실수할 수 있을 이 순간에도 명수창은 비자금이라는 작은 틀에서만 사건을 보지 않았다. 이 일이 불러올 후유증에 대해 생각했다. 피 같은 돈이 사라졌을 때 느끼는 고통보다 자신의 신화적인 이미지를 지키는 것이 더 소중했다. 낡은 신화의 감옥에 갇힌 헛것의 이미지일지라도 자신의 신화가 깨지는 것을 두고 볼 수 없었고, 최고의 목사라는 이미지도 잃고 싶지 않았다.

"일단 밖으로 새어 나가지 않도록 하고, 유족들과 상의를 잘 해보시오. 김 장로의 죽음을 자살이라 할 수도 없으니, 심장마비로 해야 하지 않겠소?"

과연 명수창이었다. 명수창은 상황을 즉각적으로 판단하고 처리하는 능력도 수준급이었다. 그에게는 손해의 고통을 빨리 잊게 하는 특별한 DNA가 있는 것 같았다. 조용히 자연스럽게 김일국의 자살도, SO도, 투자 손실도 모두 없었던 일로! 이렇게 된 마당에 수습이라도 잘 하는 게 최선일 테다.

한 사람의 십자가로 해결될 문제라면 굳이 다른 사람들까지 나설 필요가 없지 않은가. 김일국 장로의 죽음은 심장마비로 처리되었다. 장례식은 명수창 목사와 심종수 장로의 주도로 정중하고 꽤 규모 있게 치러졌다.

'이 사건도 무사히 지나가나?' 심종수 장로는 피로에 지친 몸을 이끌고 박동제의 사무실로 찾아갔다. 명 목사와 인척 관계라는 인연으로 박동제 장로는 재무팀의 핵심 자리를 꿰차고 공적, 사적인 자금을 결재하는 길목을 장악하고 있었다.

"잘 오셨습니다. 차 한 잔 하시지요."

"고맙습니다."

차를 마시는 심종수의 얼굴에서 짙은 피로감이 묻어났다.

"왜 그러십니까? 많이 지쳐 보이십니다."

박동제가 놀란 듯이 말했다. 지친 기색이나 피로감이 그에게선 느껴지지 않았다.

"정말 끔찍한 일이었네요."

"전혀 예상도 못 한 일이었지요. 다 지난 일이니 너무 가슴에 담아 두지 마세요."

"아무리 그래도……."

심종수는 가슴이 답답했다. 불길한 예감이 들었다. 은퇴가 얼마 남지 않은 명수창 목사를 위해 여러 가지 사업을 진행 중이었다. 그런데 그 사업의 앞날에 불안을 드리우는 사고가 일어난 것이다. 제2 사역의 토대가 될 자금에 문제가 발생하여 김일국 장로가 죽었다.

"안색이 좋지 않군요."

박동제의 말에 심종수는 마음속에 있는 말을 조심스럽게 털어놓았다.

"SO 문제가 세상에 알려지면 명 목사님의 은퇴 계획은 물론이고 이미지에도 큰 해가 될 겁니다."

심종수는 그것을 걱정하고 있었다.

"이렇게 나약해서야 원."

박동제는 그런 걱정을 왜 하느냐는 표정이었다.

"사건이 조용히 넘어가지 않았습니까?"

"그건 그렇지만……."

"이제 남은 것들을 잘 정리해서 다시 시작하면 됩니다. 그렇게 움츠러드실 필요 없습니다. 우리가 어려움을 한두 번 겪었습니까? 여태껏 문제가 된 적은 한 번도 없었습니다."

박동제가 자신만만하게 말하자 심종수는 할 말을 잃었다. 너무 낙관적이야. 정말 괜찮을까? 심종수는 불안감을 떨쳐버릴 수 없었다. 박동제의 사무실을 나서며 심종수는 김일국 장로를 떠올렸다. 김일국이 생을 마감하는 데 자신의 압박도 얼마간 영향을 미친 게 아닌가 하여 죄책감이 얼핏 든 것이다.

그날, 김일국을 찾아가던 심종수의 마음은 무거웠다.

"왜 남의 일처럼 행동합니까? 기다리지 말고 직접 만나서 인수인계를 받아 오시오."

명수창은 일부러 야비하게 굴려고 작정한 듯 심하게 심종수를 꾸짖었다. 심종수가 격분하기를 바라며 잔인하고 냉정하게 계산된 질타였다. 그렇게 해서 김일국을 찾아간 것이다.

"김 장로님, 왜 이러십니까? 지금 상황이 너무 심각합니다."

심종수가 조심스레 입을 열었다. 자신이 들은 이야기 중 극히 일부분만 전달했다.

"언제까지 김 장로님 사정을 봐주겠습니까? 제게 인수인계하시고…… 펑크가 나는 것은 명 목사님과 김 장로님 두 분이 해결하시면 될 문제입니다."

심종수는 이성적으로 설득했다. 이외에도 많은 말을 했지만 김일국이 평소와 달리 무표정한 얼굴로 아무런 반응을 보이지 않아 심종수를 펄쩍 뛰게 만들었다.

"명 목사님 실망이 매우 큽니다. 횡령이라고 의심하고 있습니다."

그때 김일국의 눈동자가 심하게 흔들렸다. 순간 모멸감 같은 것도 스친 것 같았다.

명 목사와 횡령, 어느 말에서였을까? 그때는 알 수 없었지만 이제 와서 생각하니 명수창인 것 같았다. 하지만 김일국이 죽을 것이라고 느낄 만한 그 어떤 기미도 없었다. 그날 김일국에게서 죽음의 사자가 지나간 냄새 같은 건 맡을 수 없었다. 심종수는 이제껏 살아오면서 나이 육십이 넘어 다른 사람에게 실망하고 환멸을 느껴

인간관계를 끊는 건 보았어도 자기 생을 마감하는 사람은 본 적이 없었다.

'김일국은 무엇을 견디지 못한 것일까?'

심종수는 여전히 이해가 되지 않았다. SO 문제야 공개적으로 논할 수 있는 문제가 아니기에 명수창에게 심한 질타를 받는 것으로 끝날 일이었다. 그런데 왜?

'SO는 기폭제였을 뿐 명수창에 대한 환멸, 그것은 곧 자신이 믿어 온 세계의 붕괴였을까?'

사람은 누구나 숭고한 가치를 위해 비루함을 견디며 살아간다. 가장은 사랑하는 가족을 위해 간과 쓸개를 떼놓고 출근한다. 어머니는 사랑하는 가족을 위해 희생을 기꺼이 감수한다. 김일국은 명수창의 비전을 위해 내키지 않는 일도 마다하지 않고 견디며 해내고 있었다. 심종수 자신도 마찬가지다. 그런데 자신은 충분히 견딜 수 있는 일을 김일국은 견디지 못할 이유가 뭐란 말인가? 심종수는 결코 김일국의 세계를 읽을 수 없었다.

심종수. 그는 우등생 출신답게 자신의 머리로 이해되지 않는 영역이 있다는 사실을 못 견뎌 했다. 노력만 하면 무엇이든 할 수 있다고 믿었고, 자신의 노력으로 많은 것을 이루었다. 대학 3학년 때 공인회계사 시험에 합격한 이후 최고의 회계 그룹에 입사해 능력을 발휘한 것은 물론이고, 우수한 삶의 사이클에서 벗어난 적이 한 번도 없었다. 다른 회계사보다 월등히 좋은 실력은 아니었지만, 입이 무겁고 신중한 데다 고객 위주로 고객 입장에서 솔루션을 제공하는 능력이 탁월했다. 사실상 법의 경계선을 아슬아슬하게 밟을 때도 있었다는 이야기이다. 남자 나이 오십 대 후반이면 누가 가르쳐주지 않아도 저절로 알게 되는 것이 많다. 게다가 수많은 기업의 회계 컨설팅을 하면서 얻게 된 세속적인 지혜도 엄청났다.

'사람에게 정직한 것보다 돈에 정직한 게 더 중요하다.'

'인간은 누구나 자기만의 암흑이 있다.'

'모난 돌이 정 맞는다.'

'욕심을 부려 무엇을 채우기보다 조금씩 비우도록 노력해야 한다. 물건도, 의식주도, 사람에 대한 기대도!'

이런 식의 세속적인 지혜는 돈을 잘못 빌려주어 낭패를 보는 등 예기치 못한 화를 미연에 방지하거나 과도한 기대로 인한 실망을 줄일 수 있는 작은 노하우였다. 그중 가장 좋아하는 경구는 "헛되고 헛되니 모든 것이 헛되도다"였다.

대단한 인물이나 유명인들은 겉보기에 모두가 부러워하는 삶을 사는 것처럼 보이지만 실상 그들 또한 자신만의 상처와 지옥을 갖고 있었다. 그들의 가면을 벗은 민얼굴과 마주하면서 심종수는 늘 실망과 환멸을 느꼈다. 이때 "헛되고 헛되다"는 경구를 되새기면 한결 기분이 나아졌다. 그는 마침내 서글픈 통찰의 자리에 이르게 된 것이다.

김일국 장로 사건은 교회 담장을 넘지 못하고 조용히 지나가고 있었다. 우연히 발생한 비극적 사고로 포장되고, 그 이면에 존재하는 필연적인 모순까지 그대로 감춰지는 듯했다.

의문의 메모

사건 발생 일주일 후, H신문사 사회부는 늘 하루하루가 전쟁이었다. 사회 이슈와 문화를 다루는 기자들은 기삿거리가 있는 곳이라면 전국 어디든 쫓아갔다. 회의에서 다뤄졌던 수많은 사건과 이슈들은 우종건의 머릿속에 늘 해결해야 할 과제로 남아 있었다. 문득 낡은 소재이긴 하지만 메가처치의 세습 문제가 이슈의 시의성과 사회적 요구와 맞물린다면 꽤 큰 반향을 불러올지 모른다고 생각했다.

그 일환으로 기독교 교단을 우선 정리해보기로 마음먹었다. 막상 호기롭게 시작했으나 거의 비슷하거나 동일한 이름이 많아서 마치 틀린 그림 찾기 정도로 복잡했다. 수를 셀 수 없을 정도로 많은 교단이 하루가 멀다 하고 쪼개지고, 사라지고, 다시 생겨나는 식이었다.

'교단이 무려 이백오십 개?' 순간, 우종건은 멍해졌다.

가장 크고 정통이라 소문난 장로교 교단의 일부를 정리해보았다.

대한예수교장로회 총회(개혁), 대한예수교장로회 총회(개혁D), 대한예수교장로회 총회(개혁합동B), 대한예수교장로회 총회(보수), 대한예수교장로회 총회(정통보수), 대한예수교장로회 총회(보수합동), 대한예수교장로회 총회(합동보수), 대한예수교장로회 총회(합동보수F), 대한예수교장로회 총회(합동보수망원 측), 대한예수교장로회 총회(중앙), 대한예수교장로회 총회(합동보수중앙), 대한예수교장로회 총회(합동진리), 대한예수교장로회 총회(합동개신), 대한예수교장로회 총회(국제합동), 대한예수교장로회 총회(호헌), 대한예수교장로회 총회(연합), 대한예수교장로회 총회(합동연합), 대한예수교장로회 총회(합동개혁), 대한예수교장로회 총회(근본), 대한예수교장로회 총회(합보), 대한예수교장로회 총회(합복)…….

우종건은 대한예수교장로회 총회(합복)까지 쓰고 나서 잠시 멈췄다. 합복? 합복이라. 순간 아픈 기억 하나가 우종건의 머릿속에 되살아났다. 올해 초 한국교회총연합이 새롭게 결성되고 사십여 개 교단이 모임을 가졌다. 사십여 개라면, 적어도 90퍼센트 이상의 교단이 합쳐진다고 생각했었다. 그런데 그 사십여 개 교단이 전체 교단의 15퍼센트도 안 된다는 사실에 충격을 받았다. 정말 놀란 것은 사회부장으로부터 호출을 받은 일이었다.

"교회연합 프로젝트 누가 담당했지?"

몰라서 묻는 게 아니었다.

"접니다."

"합보와 합복도 구분 못 해?"

부장은 미간을 잔뜩 찌푸린 채 다그쳤다.

"……."

"정신 똑바로 차려, 이 친구야. 자네를 우증긴이라고 부르면 가만히 있겠어? 엉? 정신 똑바로 차리라고!"

부장은 그렇게 버럭 소리를 지르고 나가버렸다. 우종건은 급히 신문을 펼쳐 부회장단 명단에 주목했다.

김영일 목사(합보), 박종 목사(합보)…….

빌어먹을, 합보를 두 번 썼군. 많은 교단이 참석하다 보니 회장단, 간사에도 각 교단의 목사들이 골고루 포진되어 있었다. 문제는 기사를 넘기면서 우종건이 교단 하나를 누락한 거였다. 괄호 속 기역(ㄱ) 하나가 탈락되어 '합복'이 '합보'라고 된 원고를 잘못 넘겨서 '합복'은 빠지고 합보만 두 번 적혀 있었다. 여러 곳에서 거세게 항의가 들어왔고, 편집부는 사과하느라 쩔쩔맸다.

"깨질 건 빨리 깨지는 게 나아."

뒤에서 박 선배가 위로의 말을 던졌다. 우종건은 응대할 기분이 아니어서 잠자코 있었다. 목이 탔다. 종이컵에 담긴 이미 식어버린 커피를 단숨에 들이켰다.

"그런데 무슨 교단이 이리 많아? 괄호가 본질이군!"

박 선배는 계속 우종건에게 말을 걸었다. 박 선배의 말은 나름 내공이 담겨 있었다. 한국 교회는 괄호를 주장하기 위해 새로운 교단을 만들고 또 만들었다. 하지만 괄호는 넘쳐나는데, 사람들 눈에 잘 목격되지 않았고 관심을 끌지도 못했다. 괄호는 대부분 최소한으로 사용되었고 최소한으로 움직였고, 심지어는 아예 밖으로 드러내지도 않았다. 괄호란 곧 사라지기 전에 임시로 머무는 존재인데, 오랜 세월 살아남아 주역이 된 것에 괄호 자신조차 놀랐을 것이다.

"괄호를 보고 교인들이 교단을 구분할 수 있나?"

발동이 걸린 박 선배가 건너편에 있는 김 기자에게 물었다. 기독교인인 김 기자는 어리둥절했다.

"김 형, 한국 기독교는 교단이 몇 개야?".

"장로교, 감리교, 침례교, 성결교 등 이십 개 정도 되지 않을까요?"

"이 친구, 농담하나? 우 기자, 교단이 몇 개야?"

박 선배 눈이 동그래졌다. 김 기자가 교단을 구분하는 괄호의 존재를 쉬쉬하거나 감추는 것은 아닌 것 같았다.

"이백 개가 넘습니다."

"예? 이백 개가 넘는다고요?"

김 기자가 깜짝 놀랐다.

"이거 나이롱 신자구먼."

박 선배가 김 기자의 등을 가볍게 치더니 선승처럼 뜻 모를 소리를 했다.

"교단을 나타내는 수많은 괄호의 존재를 알게 된다 하더라도, 괄호를 손에 쥐고 밤낮을 고민해도 그 뜻을 모르겠다네."

우종건 역시 교단들의 차이를 구분하지 못하고 뫼비우스 띠처럼 괄호들 안에서 뱅뱅 헤맬 뿐이었다.

"참기름이면 참기름이지 진짜 참기름, 원조 참기름, 보수 참기름, 개혁 참기름, 진보 참기름, 진짜 보수 참기름이 대체 뭐란 말인가?"

박 선배가 한심하다는 듯 혀를 끌끌 차더니 사무실 밖으로 나갔다. 우종건은 박 선배가 자신의 기분을 풀어주려고 한 말임을 잘 알았다. 부장한테 깨진 상황에서 이런 실없는 소리로 우종건의 굳어진 기분을 풀어주려는 박 선배가 살갑게 느껴졌다.

한편, 우종건의 머릿속에서는 어느새 교단에 대한 반발심이 슬슬 고개를 들기 시작했다. 우종건은 자신들이 참이라고 주장하는 교단의 세계가 사실은 자신을 드러내려는 치열한 욕망의 한가운데에서 찢기고 부서지거나 켜켜이 쌓인 상처로 초라해진 존재들이 아닌지 의구심이 들었다. 교단이 부서지고 쪼개질 때마다 상대방에 대한 분노 이외에 무엇이 남지? 우종건은 그 이면에 무엇이든 뭔가 있기를 바랐다. 만약 아무런 차이도 없으면서 그냥 이권을 위해 분열된 것이라면 그것은 더욱 절망스러운 일일 것 같았다.

우종건은 너무 하찮고 시시하게 느껴졌다. 설령 그것이 진리이고 진실이라 해도 견디지 못할 것 같았다. 그래서 찾았다. 아니, 찾고 있었다. 우종건은 자신의 고정된 시선을 버리고, 충실하게 다시 원점에서 접근하다 보면 답이 보일지 모른다고 생각했다. 최고의 명품 판정인은 가짜를 연구하지 않고 진품을 더 깊이 연구한다. 그러다 보면 가짜는 스스로 드러나는 법이니까. 동일한 성경을 사용하면서 어찌 이렇게도 많은 갈래로 나뉘게 된 것일까. 우종건은 기독교의 기본 교리를 정리해보았다.

① 예수는 유일한 하나님의 아들이다.

② 동정녀 마리아에게서 태어났다.

③ 완벽한 삶을 살았으나 유대인과 로마인에 의해 십자가에 못 박혀 죽었다.

④ 사흘 만에 부활했고, 하늘로 올라갔다.

⑤ 천국에 가고 싶다면 반드시 예수를 믿고 구원을 얻어야 한다.

'교리는 단순한데 그 교리를 믿는 교단들은 어째서 바벨탑을 연상시킬 정도로 셀 수 없이 많을까?'

우종건은 골똘히 생각에 잠겼다. 한국 교회는 고립된 상태에서 서로 치고받으며 싸우느라 세상의 냉혹한 경고를 외면해 왔다. 마치 끓기 시작한 물속에 있는 개구리들처럼 그들만이 모르고 있는 것 같았다. 그는 교단의 괄호 속에 '한숨'이라고 써 넣고 싶었다.

대한예수교(한숨)

"웬 한숨을 그렇게 쉬세요?"

한숨을 생각하자 자신도 모르게 한숨이 새어 나온 모양이다. 후배인 고 기자가 무슨 걱정이라도 있느냐고 물었다. 고개를 돌려 벽에 걸린 시계를 보니 두 시 이십 분. 시간이 벌써? 늦었다!

오후 세 시에 대성교회 김진용 장로와 약속을 기억해 낸 우종건이 서둘렀다. 택시 기사에게 약속 장소인 천호동의 커피숍을 일러 주었다. 요즈음 핫이슈인 대성교회 명수창 목사의 후임자 문제에 대한 교회 측의 흐름을 취재하기 위함이었다. 다행히 올림픽대로는 그리 막히지 않았다. 천호동 근처 커피숍, 구석 자리에 김진용 장로가 먼저 와 있었다. 적극적으로 의견을 피력하는 스타일은 아니지만 그래도 어느 정도 말이 통하는 장로였다.

"정말 큰일이에요, 우 기자님!"

우종건이 자리에 앉기 바쁘게 김진용 장로가 휴, 하고 한숨을 쉬며 말했다. 우종건은 뭐가 큰일이죠, 라고 말하려다 "그러게 말입니다" 해버렸다. 그러면서 한마디를 더 보탰다.

"그래선 안 되죠!"

명수창이 아들에게 세습을 급하게 진행하려 한다고 우종건은 생각했다.

"어떻게 수석장로가 자살을 할 수 있지요? 자금을 어떻게 관리했기에."

우종건은 김일국 사건을 아직 모르고 있는 상태였다. 우종건은 세습 문제를 두고 "그래선 안 되죠"라고 맞장구를 쳤던 것인데, 김진용이 뜻밖의 출구를 열어준 것이다. 우종건은 '수석장로, 자살, 자금 관련'이라는 키워드 나열만으로도 왠지 뭔가 반짝이는 사금을 본 것 같은 느낌이 확 들었다. 머릿속이 분주해졌다. 수석이라면, 올해 재무장로에서 수석으로 승진한 김일국 장로? 일주일 전에 장례를 치른 그 김일국?

"심장마비라고 들었는데요."

우종건은 마른침을 삼키며 아무렇지 않은 척 창 쪽으로 고개를 돌렸다. 창밖에는 맑은 햇살이 쏟아지고 있었고, 그 앞으로 지나다니는 사람들은 모두 편안해 보였다.

"아니에요. 심장마비라니요? 그럼 왜 멀쩡한 집을 놔두고 교회가 뻔히 보이는 아파트에서 투신했겠어요!"

김진용은 강하게 부인하면서도 약간은 놀란 듯한 표정을 지었다. 심장마비? 우 기자는 아는 것이 통 없나 보군. 커피 한 모금을 마시고 난 김진용이 입맛을 다셨다.

"자금 규모가 얼마나 되는데요?"

우종건은 일렁이는 마음속 동요를 김진용에게 들키지 않으려고 담담하게 말했다.

"글쎄요……."

김진용은 생각을 정리하는 눈치였다. 이어서 조금 전에 한 말을 스스로 지우려는 듯이 그가 천천히 말했다.

"꽤 됩니다. 김일국 장로는 원래 성실한 사람으로 유명하잖아요. 평소 조용하고 다른 사람 뒷이야기나 험담하는 걸 몹시 싫어했어요. 아무한테도 자신이 하는 일에 대해 떠벌리는 적도 없고, 누가 자기 일을 대신 해주는 것도 싫어했어요. 그래서 명 목사님이 신뢰했던 거죠."

거기까지였다. 김진용은 입을 다문 채 따뜻한 커피가 담긴 머그잔을 가만히 만지작거렸다. 그것으로 알아차렸다. 김진용이 이제더는 아무것도 말할 생각이 없다는 것을. 늘 그래 왔듯이 김진용은 입으로 오류를 범하고 싶지 않았던 것이다.

우종건은 바빠졌다. 김일국 장로의 죽음이 단초가 되었다. 재정장로, 많은 자금 관리하다 자살, 왜? 얼개가 대충 그려졌다. 하지만 자금의 규모는 얼마인지, 어째서 극단적 선택을 하게 된 것인지? 수많은 의문이 꼬리를 물고 이어졌다. 김일국의 지난 행보를 추적하고 주변 인물을 만나 사건의 실체를 밝혀야겠다고 결심했다. 우종건은 정보를 캐내는 데 남다른 후각을 지닌 기자였다. 김일국의 자살 소식을 처음 접했을 때, 생각보다 더 충격적인 내용이 숨어 있을 거라는 강렬한 느낌이 들었다. 그는 취재 수첩에 전술을 적어보았다.

1단계: 변명이든 사과든 공식 라인을 찔러 본다.
2단계: 김일국 장로의 행적이나 정황 등 증거 확보가 어렵다. 무슨 수를 써서라도 유언장 사본을 확보해야 한다. 대략적인 내용이라도 파악한다.
3단계: 설혹 특별한 자금의 증거가 발견되더라도 나중을 위해 지금 당장은 자금 얘기를 덮어 둔다. 가장 극적이고 효과적으로 활용하기 위해 내부자로부터 정보를 좀 더 모은다. 대성교회 측이나 명수창 목사가 모르는 일이라고 오리발을 내밀 때 증거를 들이댄다.

모래를 거르고 거르면 사금만이 남듯 반짝이는 뭔가를 찾을 수 있을 때까지 차근차근 다시 거슬러 올라가야 했다. 우종건은 사건이 발생했던 아파트의 경비원, 119 소방대원, 담당 형사, 유족 등을 만나보기로 했다. 할 일이 많다.

올림픽대로는 그야말로 거대한 주차장이었다. 우종건은 두 시간 넘게 걸려서야 사건이 발생한 아파트에 도착했다. 최초로 김일국의 주검을 발견했던 아파트 경비는 손으로 턱을 받친 채 졸고 있었다. 경비실 안 구석에 놓인 작은 텔레비전이 혼자 떠들고 있었다. 손등으로 유리문을 가볍게 두드렸다. 경비가 화들짝 놀라며 유리문을 열었다.

"미안하지만 며칠 전 아파트 잔디에 사람이 떨어진 것을 발견하셨죠?"

"뭐요?"

경비가 눈을 비비며 물었다.

"남자 한 분이…… 왜 육십 대쯤 되신 분 있지 않습니까?"

"아, 예. 난 또 뭐라고."

경비가 머리를 긁적거리며 입을 떼었다.

"아파트를 한 바퀴 순찰하고 있었는데 뒤편 잔디에 그분이 쓰러져 있었어요. 깜짝 놀랐지요. 심장이 쿵쿵거리고 온몸에 식은땀이 났어요. 그래서 급하게 동료를 부른 다음 곧바로 경찰에 신고했지요."

"혹시 뭐 들은 얘기가 있습니까?"

"저는 모르지요. 근데 왜요?"

경비는 급하게 달려왔던 119 구급대와 소식을 듣고 한걸음에 달려온 대성교회 부목사와 장로들, 그리고 사건 경위를 묻는 형사 등 사건 당시의 상황을 두서없이 장황하게 늘어놨다. 하지만 발견 당시 시간과 장소 외에 더 건질 만한 것이 없었다.

"더 물을 게 있으면 경비반장을 불러올까요?"

더 물어봤자 별 소득이 없을 것 같았다. 또 헛물을 켰군.

우종건은 발걸음을 옮겨 경찰서로 향하면서 이 상황에 대해 여러 가지 시나리오를 그려보았다. 분명 사건을 덮으려 했을 가능성이 높았다. 우종건이 생각한 영 순위 혐의자는 명수창 목사였다.

'시간이 더 가기 전에 단서를 확보해야 할 텐데.'

우종건의 발걸음이 점점 빨라졌다. 경찰서는 사람들로 분주했다. 담당 형사를 찾아가 다짜고짜 물었다

"며칠 전에 투신한 장로의 유서가 있다면서요?"

"어떻게 아셨죠?"

형사는 깜짝 놀라 하던 일을 멈추고 고개를 들었다.

"내용을 알 수 있을까요?"

"현행법상 개인 신상에 관한 어떤 내용도 알려드릴 수 없고, 공개 여부는 유족들 결정 사항입니다."

형사는 유서의 내용에 대해서는 아무것도 알려주지 않았다. 캐내려는 기자와 숨기려는 형사 사이엔 오늘도 쫓고 쫓기는 신경전이 팽팽했다. 기자의 세계든 형사의 세계든 어디든 피 튀기는 전쟁터였다. 우종건은 열불이 치솟았지만, 평정심을 유지하려고 애쓰며 볼멘소리를 했다.

"프로끼리 이러지 맙시다. 좀 도우면서 살아야죠."

앉아 있는 형사의 어깨 위로 우종건이 얼굴을 바싹 들이밀며 다가오자 형사는 아주 느릿하게 손을 내저었다. 도우면서 살자는 말에 형사가 피식 웃었다.

"그런다고 나올 거 없습니다."

다만 형사는 김일국의 피 묻은 메모지에 대해 알 듯 모를 듯 중얼 거렸다.

"'새벽의 아들'이란 글자는 또렷한데. 메시아라고 쓴 것 같은데 왜 '슈'라고 쓴 것인지…… 마지막 글자는 이응(ㅇ)인지 비읍(ㅂ) 인지……."

"정보는 하나도 안 주면서 쓸데없는 소리나 하시고."

우종건은 남의 일 말하듯이 투덜거리며 경찰서를 나왔다. 갑자기 오른쪽 아래 세 번째인가 네 번째 치아 근처가 욱신거리기 시작했 다. 발원지가 정확히 어디인지 감지하기 어려웠다. 언제부터 시작 되었는지 정확히 기억나지 않았으나, 어느 날부터인가 밤새워 일한 다음 날이면 어김없이 통증이 찾아왔다. 침을 삼킬 때마다 미간이 저절로 찌푸려졌다. 손가락을 입안에 넣어 잇몸을 서너 번 문지르 니 통증이 사라졌다. 그 정도 통증에서 머물러 주어서 다행이었다. 지금은 치과에 갈 시간적 여유가 없었다. 유족을 만나는 게 급선무 였다. 그의 발걸음은 김일국 장로의 집으로 향하고 있었다. 문득 형 사의 마지막 말이 떠올라 곰곰이 되새겨보았다.

'새벽의 아들? 메시아, 메슈아 아니면 메슈바? 무슨 뜻일까? 형사 는 왜 무엇 때문에 이 말을 흘린 걸까?'

골똘히 생각에 잠겼던 우종건은 금세 쉽게 정리했다.

'메슈아, 메슈바는 메시아란 글자가 피에 번져서 그렇게 보였을 테고……. 그런데, 그게 이 사건과 무슨 상관이 있지? 메시아를 기 다리며 새벽에 기도를 많이 했다는 뜻인가?'

우종건에겐 사건의 실체를 파악하는 게 무엇보다 중요했다. 수수께끼 같은 글자에 시간 낭비할 여유가 더는 없었다.

단서를 찾아서

그날 늦은 오후에야 우종건은 김일국의 집에 도착했다. 김일국과 취재 때문에 한두 번 만났던 인연에 의존해 사전 연락도 없이 불쑥 찾아간 것이다. 김일국 아내의 얼굴엔 피로가 짙게 깔려 있었다.

'단란했던 가정이 한순간에 이리 망가졌구나.'

그녀는 극심한 혼란과 고통 속에 빠져 있었다. 윤기 없는 부스스한 머리카락과 정신없이 아무렇게나 방치된 듯한 집 안의 상태가 그녀의 마음을 대변해주고 있었다. 위로의 인사를 짧게 건넨 뒤 김일국이 무슨 일 때문에 고민했는지부터 먼저 물었다.

"어떤 말씀도 드릴 상황이 아닙니다."

그녀는 의심의 눈초리를 보내고 있었다. 당연한 일이었다. 우종건은 차분하게 설득했다.

"사건이 이렇게 마무리가 되면 김 장로님께서는 한 번 더 불명예를 입게 됩니다."

분명 이렇게 마무리된다면, 김일국의 자살에 뭔가 석연찮은 점이
있고, 그가 공공연한 비밀인 별도의 자금을 관리하는 과정에서 사
고를 쳤다는 의혹을 받을 게 분명했다. 그것을 방지하기 위해서라
도 진실을 밝혀야 하는데 그녀는 아무 말도 하고 싶지 않은 듯 입을
열지 않았다. 그녀의 표정과 눈빛에는 깊은 절망이 담겨 있었다. 우
종건은 한참을 기다렸다가 신중하게 말을 건넸다.

"사모님, 많이 힘드시겠지만 장로님과 사모님을 위해서라도 꼭
말씀해주셔야 합니다."

우종건은 안달이 났다. 왜 상황 판단을 하지 못하는 걸까. 김 장
로의 죽음은 그 자신과 가족의 사적인 사건일 뿐만 아니라 대성교
회의 SO와 관련되어 많은 의문점을 불러일으킨 공적인 사건이다.
무엇이 그를 죽음으로 몰아넣었는지, 왜 그런 극단적 선택을 해야
했는지……. 그의 죽음은 기사로 공론화될 수밖에 없다. 고통스럽
고 힘들지만 기자로서 피할 수 없는 의무였다. 이것은 애도 이상의
일이다. 그런데 사건 기사가 나가면, 대성교회 측은 죽은 김 장로보
다는 명수창 목사와 교회를 보호하려 들 것이 불 보듯 뻔하지 않은
가. 하지만 우종건은 그런 말을 입 밖으로 낼 수 없었다. 그렇잖아
도 힘든 그녀에게 상처를 더해주고 싶지 않았다. 그녀는 침묵으로
일관했다.

'일어나야겠구나.'

평소였다면 몇 번이고 설득해서 취재를 하겠지만 지금은 도저히
그럴 상황이 아니었다. 한순간 남편을 여의고 절망에 빠져 있는 나

이 든 미망인에게 뭔가를 더 요구한다는 것이 너무 잔인하게 느껴지기도 했다. 우종건은 김일국 장로의 집을 나서는 대로 교회 측 의견을 듣기 위해 곧장 교회로 향했다.

연락을 미리 해두었던 터라 심종수와 박동제가 대성교회 입구에서 기다리고 있었다.

"어서 오세요."

심종수 장로가 악수를 청했다. 박동제 장로와도 가볍게 손을 잡았다. 우종건은 회의실로 안내되었고, 비서가 내온 녹차를 마시며 침착함을 유지했다. 박동제는 양미간에 깊게 팬 주름과 꽉 다문 입매가 성깔이 있어 보이는 얼굴이었다. 명수창의 집안이라는 걸 알고 있었지만 얼굴을 직접 마주한 것은 처음이었다. 한동안 어색한 기류가 흘렀다. 말없이 녹차를 마시며 두 사람은 서로 탐색전을 벌였다.

'저놈은 왜 김 장로 사건에 끼어든 것일까?'

'저들은 김일국 사건에 대해 뭐라고 변명을 할까?'

먼저 말문을 연 사람은 우종건이었다.

"김일국 장로 사건은 어떻게 된 일입니까?"

출발선에서 탕 하는 총소리와 함께 우종건의 본격적인 질문이 시작되었다. 그러자 회의실 분위기가 팽팽한 긴장감으로 가득 채워졌다.

"단순 사고입니다."

박동제가 시치미를 뗐다. 우종건은 악수할 때부터 느꼈지만 심드렁한 박동제의 목소리가 거슬렸다. 박동제 역시 쓸데없는 일을 캐고 다니는 우종건이 달갑지 않은 것은 마찬가지였다.

"그렇군요."

분위기를 살핀 후 우종건이 다시 그들의 눈을 똑바로 보며 추궁하듯 캐물었다.

"그런데, 사인을 왜 심장마비라고 한 겁니까?"

"아니, 뭘 알고 싶은 겁니까?"

박동제가 불쾌해하며 언성을 높이자 심종수가 부드럽게 그를 말렸다.

"너무 흥분하지 마시고…… 모두에게 힘든 시간입니다. 특별한 이유가 있어서가 아니라 유족들이 원하셨습니다."

심종수의 부드러운 목소리에는 세상의 수많은 경험과 온갖 풍상을 겪으며 체득한 영리함 같은 것이 짙게 묻어났다. 심종수도 우종건이 이 사실을 믿을 리 없다는 것을 잘 알고 있었다. 감추려는 자와 밝히려는 자의 싸움. 변명할 수 없는 결정적인 증거가 나올 때까지 뻔한 대답을 정중하게 말하는 것이 엘리트 세계의 예의가 아니던가. 대화는 계속 겉돌고 있었다. 그렇다면 좀 더 스퍼트를 올려볼까.

"김 장로는 무슨 이유로 교회가 바라다보이는 아파트에서 투신한 거죠?"

개척 당시부터 명수창 목사를 도와 헌신했던 자신의 삶이 녹아 있는 교회를 바라보며, 쏟아지는 햇볕 속에서 갑자기 뛰어내림으로써 마지막을 택한 김일국 장로. 이 장면이 슬로비디오의 한 장면처럼 우종건의 머릿속을 떠나지 않았다. 엄청난 무언가를 감추기 위해 다들 쉬쉬하며 입을 맞추고 있다는 생각이 들었다.

"그건 우리가 알 수 없죠. 다만 우울증에다 사업까지 잘 안 되어 고민이 많았던 것으로 들었습니다."

심종수가 안타까운 표정을 지었다. 역시 오리발! 반환점을 돌기가 이렇게 어렵다니. 우종건은 확 속도를 올렸다.

"김 장로가 재무장로를 오래 역임했는데 교회의 공적 자금이 아닌 별도의 자금 관리에 문제가 생긴 거지요?"

"우 기자님, 별도의 자금이라뇨?"

박동제가 눈을 부릅뜨더니 야멸차게 우종건을 노려보았다. 이어서 얼굴을 똑바로 치켜들고 한 마디 한 마디 밥알을 씹듯이 말했다.

"교회하고는, 아무, 관련이, 없습니다."

왜 이렇게 흥분하며 '아무 관련'이 없다고 강조하는 것일까? 스스로 생을 버릴 이유. 아무 이유 없이 스스로 자신의 생을 중단하는 인간은 없다. 선택의 여지가 없는 행보 뒤에는 반드시 이유가 숨어 있는 법. 저렇듯 강력하게 부정한다는 자체가 김일국의 죽음이 교회와 무관치 않다는 뜻일 테고, 교회 내부의 은밀한 부정행위를 감추려는 의도가 숨겨져 있음을 우종건은 확신했다.

우종건은 '너무 뻔뻔하게 거짓말을 하네요?'라고 확 내뱉고 싶은 걸 꾹 참았다. 이런 종류의 인간들은 마주치지 않는 게 상책이었다. 서로가 연락할 일도 얼굴 볼 일도 없는 사람들이지만, 언젠가 만나야 할지도 모르기에 참아야 한다는 걸 일찌감치 터득했던 것이다.

"자, 이제 그만 가시지요?"

심종수의 권유로 자리에서 일어나며 우종건이 한마디 던졌다.

"언제까지 감춰지겠습니까? 지금 말씀해주시면 편할 텐데 꼭 일을 두 번 하게 만드시네요. 또 연락드리죠."

어차피 좋은 말을 하든 한마디 경고를 하든 우종건의 의견 따위에 좌지우지될 사람들이 아니었다. 어떤 말을 하든 '교회랑 상관없다'는 주장만을 펼 것이다. 어차피 그럴 거라면 속을 긁어보기라도 하는 게 나을 것이다. 잘하면 흥분해서 말려들 수도 있을 테니까.

은폐는 열정의 풀무가 되었다. 즉각적이고 차원 낮은 변명을 듣다 보니 우종건은 전의가 슬슬 피어올랐다. 휴대폰에 저장되어 있는 강 씨부터 고 씨와 김 씨를 거쳐 최 씨, 황 씨까지 천팔백여 명을 다 훑어보았다. 봉사 활동과 새벽기도로 유명하고 취재거리가 많았던 탓인지 대성교회 장로와 집사들의 연락처가 팔십여 명 정도 되었다. 황 씨부터 다시 되짚어서 박 씨와 문 씨, 고 씨를 거쳐 가며 하나하나 확인해 나갔다. 이름은 있지만 누군지는 기억나지 않는 사람도 있었다. 그렇지! 잊고 있었던 사람이 새삼 생각났고, 십여 명은 곰곰이 생각한 후에야 겨우 기억해 낼 수 있었다. 그들 중에서 SO에 대해 알고 있으면서 어느 정도 정보를 줄 수 있는 사람만을 추려보니 삼십 명 내외였다.

그들을 혼자서 다 만나기에는 벅찼다. 한 명 한 명 붙잡고 일일이 물어볼 수도 없는 노릇이었다. 사람을 추려야 했다. 전략적으로 약속을 잡지 않으면 우종건은 이미 알고 있는 것 이상을 얻어 내지 못할 것이란 생각이 들었다.

'어쩌면 김진용 장로는 연결 고리를 알고 있을지 모른다.'

곧바로 김진용 장로에게 전화를 걸었지만 받지 않았다.

'중요한 약속이 있나' 생각하며 그 뒤로 몇 번을 다시 걸어 보았지만 연결이 안 됐다.

'피하고 있구나.'

민감한 사안에 불필요한 오해를 받고 싶지 않은 모양이었다. 취재원 주변에서 무작정 기다리는 취재 방식, 일명 뻗치기를 택해도 그에게서 어떤 정보를 얻어 내기란 힘들어 보였다. 이런 모든 것들을 견디고 기다릴 줄 알아야 좋은 기자가 된다지만, 정확한 사실을 알아내기 위한 가까운 교두보 하나 확보하는 것만도 여간 힘든 게 아니었다. 정보를 가진 취재원은 그냥 만나주지 않는다고 말했던 게 아마 사회부장이었지.

'이제 누구를 만나야 하지?'

우종건은 대범한 듯하다가도 때로는 소심했던 박정주 장로를 기억해 냈다. 그를 기억해 낸 것은 그리 어렵지 않았다. 박정주 장로는 집사 시절 재무 일을 맡았는데 무슨 이유인지 장로가 된 후에는 재무 업무에서 제외되었다. 우종건이 박정주 장로에게 연락을 취하자 뜻밖에도 반가워했다.

"만나서 상의드릴 일이 있습니다."

"만나는 거야 어렵지 않지요. 그런데 무슨 일로?"

"일단 만나 뵙고 말씀드리겠습니다."

"그럽시다."

날씨는 무더웠다. 거리는 오가는 사람들이 적어 한산했다. 박정주 장로가 근무지라며 알려준 세무사 사무실은 찾기가 힘들었다. 오 층 건물들이 밀집해 있어 세무사 간판이 잘 보이지 않아 주변을 한참 서성거리고 있었다. 그때 오른쪽 골목에서 코발트색 승용차 한 대가 미끄러지듯 굴러오더니 우종건 앞에 멈춰 섰다. 운전석 쪽 창문이 스르르 열렸다.

"우 기자님!"

박 장로가 그를 불렀다.

"반갑습니다."

우종건은 가볍게 목례로 인사했다.

"곧 주차하고 오겠습니다. 조금만 기다려주세요."

그의 사무실은 이 층이었다.

"그래, 무엇 때문에 만나자고 하셨습니까?"

우종건은 찾아온 이유를 차분하게 설명했다.

"그럴 줄 짐작하고 있었습니다."

박정주는 한숨을 내쉬더니 고개를 들어 우종건을 올려다보았다. 우종건은 속으로 침을 삼켰다. 어서, 그다음을 말해주길.

"김 장로는 공식적인 A계좌 외에 B계좌를 별도로 관리했었습니다. 꽤 연륜이 있는 장로들이라면 다 아는 비밀입니다."

"규모가 어느 정도 됩니까?"

"그건 모릅니다. 오백억 원대가 넘는 것으로 알지만, 자세한 금액은 알 수가 없지요."

어떻게 해야 알아낼 수 있을까. 우종건은 벌써 다음 사람을 떠올리고 있었다.

신문사로 향하는 우종건의 발걸음은 무거웠다. 그의 머릿속에 두 가지 생각이 팽팽히 맞섰다.

'전체 비자금 규모를 밝히려면 시간이 오래 걸린다. 그렇다면 기사는 타이밍을 놓치게 된다. 만약 기사를 일단 내보내면 교회 측은 비밀을 지키려 할 것이고 그러면 모두 입을 아예 다물지도 모른다.'

'아니다, 어쩌면 공분을 느낀 제보자들이 나설지도 모른다.'

어떻게 해야 할지 확신이 서지 않았지만 보도하는 쪽으로 생각이 기울고 있었다. 시간을 많이 끌 수 없어 몇몇 내부자들의 확인을 거쳐 '대성교회 재무장로 특별한 자금을 관리하다 의문의 자살'이라는 의혹 기사를 내보냈다.

우종건이 편집부장에게 이런저런 보고를 마치고 나오니 낯익은 번호가 부재중 전화로 찍혀 있었다. 그것도 무려 세 통이나. 박동제 장로였다. 걸어? 말아? 몇 차례 망설이는 사이 전화벨이 다시 울렸다.

"왜 전화를 피합니까?"

박동제의 목소리에서 화가 잔뜩 묻어났다.

"전화를 피하다니요? 업무 중이어서 받지 못했습니다."

"사실도 아닌 것을 이렇게 보도해도 됩니까? 기사 내리세요!"

이게 무슨 뚱딴지같은 소리인가. 네가 뭔데, 기사를 내리라 마라 해! 우종건은 반발심이 강하게 일었다.

"그게 무슨 소립니까? 기사를 내리라니요?"

"김 장로 사건이 교회와 무슨 상관이 있습니까? 있지도 않은 특별한 자금이라뇨? 당신, 책임질 수 있소?"

박동제는 사실 저돌적인 데가 없지 않았다. 그는 명수창의 손아래 동서로서 권력자 집안사람들에게서 흔히 보기 쉬운 약점을 고스란히 드러냈다. 무조건 큰 소리로 윽박지르고 압박하면 경우에 따라 상대방이 겁을 먹고 꼬리를 내리기도 하지만, 또 어떤 경우는 상대방에게 심한 반발심을 불러일으키기도 한다. 이 경우는 당연히 후자.

"협박하는 겁니까?"

"협박이라니? 근거 없는 기사를 써서 교회를 범죄 집단으로 만든 사람이 누굽니까? 이딴 기사를 누가 읽는다고."

"오히려 독자들은 왜 이 문제를 더 크게 다루지 않느냐며 항의가 빗발치고……."

우종건의 말이 끝나기도 전에 전화가 끊겼다.

'화가 나서 더는 참지 못하겠다는 뜻이겠지. 이렇게 펄쩍 뛰는 것은 초조함을 드러낸 것이고. 그건 그렇고 이 사건은 어디로 튈까. 이제 관문 하나를 넘었을 뿐인데.'

우종건은 생각에 생각을 더하며 종이컵에 담긴 커피를 단숨에 마시고는 컵을 와락 구겨 쓰레기통에 던졌다. 누가 거짓말을 하고 있는지, 그래, 어디 한번 끝까지 해보자!

천호동 커피숍에서 김진용 장로로부터 처음 특별 자금에 대해 들었을 때는 금세 실체가 드러날 줄 알았다. 하지만 여러 제보자로부터 이야기를 듣다 보니 오히려 그 말이 무슨 암호처럼 모호해졌다. 누군가 간절히 해독해주길 바라며 타전되는 암호들. 그는 특별 자금이라는 해독되지 않는 암호들 앞에서 피로감을 느꼈다. 쉽게 잡힐 듯했던 특별 자금의 규모는 여전히 안개 속을 헤매는 듯 좀처럼 손에 잡히지 않았다. 특별 자금의 규모와 조성 이유에 대한 의혹이 꼬리에 꼬리를 물며 이어졌다.

취재는 생각 이상으로 고되고 힘들었다. 중소기업을 하는 강 장로나 과일 도매업을 하는 박 장로가 SO에 대해 자신이 아는 범위에서 말해주었으나 그들조차 전체 규모에 대해서는 알지 못했다. 하지만 수많은 퍼즐 조각 중에서 특별 자금이라는 조각들이 조금씩 맞춰지고 그 속에 들어 있던 내용들이 시나브로 드러나기 시작했다. 진술의 형태와 내용이 약간씩 달라서 찾기가 힘들었지만, 완벽하지는 않더라도 퍼즐 조각은 전체가 무엇을 말하는지 가리키고 있었다. 우종건은 거의 매일 이 일에 매달렸다. 약속을 잡고, 묻고, 받아 적고, 사무실에 돌아와 취재한 내용을 다시 검토했다. 기자가 된 후에 생긴 습관이었다. 머릿속 영사기를 계속 되돌리며 자신이 놓쳤을지도 모를 사소한 표정의 변화, 말투의 미세한 떨림까지 되새김질했다. 가능한 한 모든 가설을 검증하고 해석하기 위해 노력했다.

우종건은 그동안 포착한 단서로 교회 간부들을 만나 이리저리 허점을 찔러보거나 감정을 건드려보기도 했지만, 명수창의 지시가 엄중한 탓인지 결정적인 스모킹 건(smoking gun)은 확보하지 못했다. 교회 측은 모르쇠로 일관했다. 나아가 교회에 너무 자주 찾아온다, 교회 일에 어려움이 생기고 있다, 라며 노골적으로 불만을 드러냈다. 교회 관계자들은 우종건을 적대적으로 대하며 가능한 한 마주치지 않으려 했다.

취재를 시작한 지 이 주가 지나면서, 우종건은 SO의 윤곽을 그려낼 수 있었다. 건축 헌금 잔여분, 새벽기도 헌금, 각 부서에서 10퍼센트씩 떼어 조성한 자금, 장로나 집사로 임직할 때 내는 감사 헌금 등등 다양한 곳에서 모으고 모아 쌓인 돈이 무려 천억여 원에 달했다. 특히 건축 헌금은 잔여분이 몇백억 원이 될 정도로 엄청났다.

'모여라! 돈 내라! 교회 짓자!'

그동안 한국 교회가 교회 건축에 과도하게 치중하면서 열심을 내고 딱 세 마디를 외쳤던 이유가 바로 여기에 있었군.

놀랍게도 다른 교회로 옮긴 박일 장로한테서 결정적인 제보가 나왔다. 박일 장로는 회계컨설팅사의 고위 임원으로 일하다가 지금은 정년퇴직을 하고 고문으로 있는 성실하고 꼼꼼한 사람이었다. 그는 오 년여 동안 재무집사를 잘 수행해서 바로 장로로 승진했는데, 그런 그가 얼마 지나지 않아 교회를 떠나게 되어 늘 궁금증을 갖고 있었다. 그는 그동안 있었던 일들을 아주 사소한 것까지 기억하고 있었다.

"헌금 사용을 투명하게 공개하는 게 시대 흐름이니 우리부터 앞장서자고 제안했다가 굳어지는 명 목사의 표정을 보고서야 내가 큰 실수를 저질렀다는 걸 깨달았지요. '우리처럼 투명하게 관리하는 교회가 어디 있느냐', '당신이 그렇게 똑똑하냐? 혼자 잘난 척하지 마라'며 계속 비아냥거리니 견딜 수가 없어 나왔습니다. 지금도 명 목사가 마음만 먹으면 어떤 이유로든 헌금을 사용할 수 있을 겁니다. 두리뭉실한 구조가 여전히 개선되지 않았다는 게 이해가 안 되네요."

전혀 기대하지 않았는데, 정보의 보고였다. 박일 장로는 명수창 목사에 관련된 모든 일들을 우종건에게 쏟아 냈다.

"헌금 시간은 효과적으로 잘 구성된 엄숙한 시간입니다. 헌금위원들은 권위 있게 가운을 차려입고 엄숙한 모습으로 등장하지요. 거기에 마음을 감동시키는 찬양, 엄숙한 봉헌 행렬, 거액 헌금자를 추켜세우면서 헌금한 사람들에게 '하늘의 신령한 복과 땅의 기름진 복'을 내려주라고 지극정성을 다해 축복기도를 하지요. 여기에 한 술 더 떠서 명 목사는 성경을 인용해 가며 설교를 하지요. '하나님은 공짜가 없으십니다.' '심은 대로 거둡니다. 많이 심는 자는 많이 거두고, 적게 심는 자는 적게 거둡니다.' '하나님은 즐겨 내는 자를 사랑하십니다.' 마치 중세 때에 면죄부를 팔던 모습과 다를 바가 없었습니다."

우종건은 순간 명수창 목사가 했던 말이 떠올랐다.

"윤 장로님이 작년에 어려운 중에도 헌금을 하시더니 금년에 몇십억짜리 공사를 따내셨습니다."

박일이 명수창 목사를 떠난 것은 연약해서가 아니라 올바른 가치관 때문이었음을 우종건은 깨달았다. 박일의 말은 계속되었다.

"새 예배당을 짓기로 한 뒤 장로와 권사, 집사를 한꺼번에 몇십 명을 뽑았죠. 나도 그때 선임되었지요. 장로와 집사를 뽑은 뒤 건축 헌금을 모을 예정이니 각자 앞으로 낼 헌금을 적어 내라는데 이미 내부적으로는 아예 직분별로 헌금 액수를 정해놨더라고요. 장로는 오천만 원, 집사는 일천만 원이 최소한이고요. 그렇게 하여 신규 장로 삼십여 명이 작정한 헌금이 무려 사십억여 원이었습니다."

우종건은 적잖이 놀랐다. 이 정도까지, 라고 말하고 싶은 것을 간신히 참았다. 충격과 경악!

가난한 교인들도 부자 교회에 건축 헌금을 보냈다. 그들의 헌금은 펑펑 남아도는 돈이 아니라 온갖 치욕을 참으며 지켜낸 밥벌이로 겨우 얻은 슬픔이 가득 밴 숭고한 밥의 일부였다. 하나님의 집을 위해 정성을 다해야 한다는 명수창의 요구는 너무도 강렬했고 매혹적이었다. 생활비의 일부를, 자신들의 몫을 덜고 덜어 겨우 마련한 건축 헌금. 교인들의 이런 사정을 알았을 명수창이라면 매번 미안하고 죄송했을 터, 이런 기막힌 헌금을 아끼고 아껴야겠다고 생각했을 터, 귀하고 아까운 자식 같은 교인들이 힘들게 번 돈을 부모의 마음으로 차마 허투루 쓸 수 없다고 생각했을 터, 그러나 이런 모두의 마음을 거스르고 그는 헌금을 '나의 것'으로 생각했고, 엄청난 헌금이 쏟아져 들어오자 급기야 화폐에 대한 감각이 무뎌져 배짱 있게 비자금을 조성했던 것이다. 특별 자금이란 비자금의 또 다른 이름이었다.

박일의 제보 중에는 기가 막힌 게 많았다.

"교회가 커지면 목사는 스스로를 대단한 인물로 부각시키고 과시하기 위해 들어가는 비용이 꽤 됩니다. 명 목사가 교단 총회장이 될 때도 아마 이 비자금 통장에서 삼, 사십억은 뿌렸을 겁니다. 물론 공식 계정에서는 돈 한 푼 안 나갔으니 교인들에게는 '나는 원치 않았는데 추대해서 어쩔 수 없이 하게 됐다. 나처럼 돈 한 푼 안 쓴 사람은 없습니다'라고 공공연히 말했지요. '우리 목사님, 대단하다'고 다들 놀라지 않겠습니까? 여기에 아시아나 아프리카의 독재자들을 만나는 데도 돈이 꽤 들어갑니다. 컨설팅 비용이나 정치 발전 기금 명목으로요. 그 돈을 어디서 마련했겠습니까? 다 비자금을 사용하는 것입니다. 마치 독재자들이 명 목사를 초빙해서 한 말씀 들으려고 했다고 포장하는 것이지요. 자연스레 교인들의 찬탄 앞에서 비판적이었던 일부 교인들은 반성합니다. '우리 목사님은 정말 영성이 대단한 분인데, 내가 믿음이 부족해서 훌륭하신 목사님을 알아보지 못하고 비판했어. 나는 왜 이렇게 자주 시험에 드는 건지?' 하면서 스스로를 자책하게 됩니다."

"그런데 명 목사는 무슨 이유로 검은 돈까지 뿌리면서 독재자들을 만나려고 하는 거죠?"

"그 나라를 선교하겠다는 목적도 있겠지요. 독재국가일수록 권력자들 힘이 셉니다. 병원이나 신학교를 세울 때 큰 힘이 되지요. 문제는 돈의 집행 과정이 투명하지 않다는 데 있습니다. 선교를 명분으로 측근들을 보내 부동산 투자 등 재산을 해외로 빼돌렸다는 소문이 무성했지요. 어휴, 이런 건 내부고발자 없이는 증거를 찾기가 힘들어요. 심증만 있을 뿐이죠."

그제야 우종건은 일의 전말이 이해가 되었다.

명수창은 공식 생활에서는 나무랄 데 없이 겸손하고 욕심이 없는 목사였다. 어쩌다가 교인들의 모임에 나가면 거동이 불편한 교인들에게 그렇게 극진할 수가 없었다. 그들 앞으로 반찬 그릇을 당겨주고, 냅킨도 놓아주는 모습을 보며 교인들은 그의 겸손함에 감탄하며 존경심을 표했다.

이런 명수창이 엄청난 규모의 SO를 만들어 자신의 은퇴 이후를 위한 부동산 투자와 보험, 여러 개의 개인 재단을 만들어 키우고 있음을 알게 된, 우종건은 놀라서 입을 다물 수가 없었다. 각자의 애환과 피땀이 서린 귀한 헌금이 허망하고 불온한 그릇에 담겨 소리 없는 비명을 지르고 있었다. SO의 실체에 다가갈수록 오히려 허망한 기분이 들었다. 김일국 장로의 죽음으로 비로소 드러나기 시작한 이 일이 거대한 부패 덩어리의 일각임을 알게 되면서 그는 분노를 넘어 사명감 같은 걸 느꼈다.

명수창 목사가 꼭꼭 감추려 했던 SO의 규모가 대략 파악되었다. 많게는 천백억 원, 적게는 팔백억 원.

팔백억에서 천백억이라. 오차가 크긴 하나 어마어마한 숫자에 우종건은 현기증이 일었다. 이십 평형대 작은 아파트에 소형차로 18만 킬로미터가 넘도록 타고 다니는 그로서는 좀처럼 실감 나지 않는 액수였다. 대성교회 예산이 한 해 사백억에서 오백억 원 사이라던데, 교회 운영도 해야 하니. 일천억 원대라면? 십 년 이상 꾸준히 모았을 거액의 실체가 드러나면서 너무도 많은 의문들이 꼬리에 꼬리를 물었다.

'비자금이 일천억 원? 도대체 이 많은 돈을 어떻게 모았을까? 지금 이 돈은 어떤 형태로 운용되고 있을까?'

그는 믿을 수 없다는 듯 고개를 가로저으며 명수창 목사의 대범함과 치밀함에 새삼 놀랐다.

드디어, 온갖 노력 끝에 '비자금 일천억 원대 의혹, 진실을 밝히라'는 후속 기사를 작성할 수 있었다.

"이거 너무 센데? 증거 있어?"

사회부장이 제동을 걸었다.

"십여 명으로부터 증거를 확보했습니다."

"물증 있어? 아니면 말고 식은 안 돼!"

"물증을 어떻게 확보합니까? 그래서 일천억 원대 의혹이라고 했지 않습니까?"

"기사화했다가 사실무근이면 소송감이야."

"책임지겠습니다!"

우종건은 세게 나갔다. 사실무근이면 징계를 받아들이겠다는 마음이었다.

"여하튼 교회 관련 보도는 골치야. 증거가 있어도 소송할 거야. 준비해!"

기사는 어렵게 보도되었고, 한국 교회에 적지 않은 파문을 일으켰다. 명수창 목사와 대성교회 측은 적잖이 충격에 휩싸였다. 이 일이 앞으로 닥칠 재난의 전주곡이 될 것인가?

우종건이 보기에 김일국 사건의 진실은 눈에 보이는 게 전부가 아니었다.

'왜 비자금을 모았는가?'

이것은 처음부터 잘못된 질문이라는 생각이 들었다. 비자금이 문제가 아니라는 뜻이 아니다. 문제인 것은 맞는데, 그동안 핵심이 아닌 지엽적인 문제에 집중한 나머지 본질이 희석될 가능성이 컸다. 우종건이 김일국 장로 사건을 인지한 시점에 가장 큰 의문의 대상으로 떠오른 키워드 세 개를 꼽으라면 단연 비자금, 김일국 그리고 명수창이었다. 비자금과 김일국은 밀접하게 연결되어 있다. 아마 김일국은 비자금을 운용하면서 원시적 방법인 수백 개에 달하는 차명계좌의 개설과 관리에 많은 어려움을 느꼈을 것이다. 마지막 남은 퍼즐은 명수창이었다. 메가처치 목사라면, 특히 영향력이 큰 목사라면 돈 문제에서 자유로울 수 없었을 것이다. 상당히 많은 목사들이 이미 돈 문제라는 원죄로 인해 소송 중에 있거나 내부 분쟁에 휩싸여 있었다.

'그런데 지금까지 유독 명수창만이 돈 문제에 있어서 어떤 추문도 들리지 않았다.'

명수창은 청렴하고 구제와 장학 사업에 앞장서는 모범적인 목사라고 알려져 있었다. 하지만 그와 다르게 우종건이 파악한 지금의 명수창은 탐욕의 화신 수준이었다. 명수창 스스로 포장했던 '나는 이런 사람이다'라는 정체성은 어느 하나 사실과 부합되지 않았다. 명수창이 실제로 어느 정도까지 연루되었는지 예단을 삼가더라도 "나는 집도 없다. 한 푼의 돈도 따로 챙긴 적이 없다"는 그의 말은 신뢰가 가지 않았다. 그러면서도 명수창은 자신이 세상을 바꿀 수 있는 신의 대리인이라며 사람들을 끌어모으고, 대성교회가 세계 선교의 중심 기지라며 선전하고 있다. 이게 속임수거나 과대망상이 아니라면 절대 설명이 되지 않는다.

'명수창, 그는 누구일까?'

우종건을 집요하게 물고 늘어지는 의문 하나가 떠올랐다. 그것은 명수창을 만나고 있을 때는 소박하고 따뜻했으나, 돌아서면 뭐랄까 딱히 잡히지는 않지만 알 수 없는 의문 같은 게 우종건의 마음속에 진득하게 배어 들었다. '뭔가 이건 아닌데' 하는 생각 같은. 성경에 있는 말씀이면서 말씀이 아닌 것.

우종건이 갖고 있는 신앙의 관점은 자신을 낮추고 애통하는 마음으로 약자들을 대하고 보살피는 것이었다. 그러나 명수창은 메가처치를 완성하고 난 후 근사하게 그러면서도 아주 노골적으로 자신을 드러내기 시작했다. 한번은 명수창과 기독교의 축복에 관한 문제로 잠시 언쟁을 벌인 적이 있었다.

십 년 전 광화문 프레스센터의 기자클럽에서 명수창은 종교 담당 기자 세 명과 식사를 했다. 성공회와 덕수궁이 한눈에 내려다보이는 창가, 비가 추적추적 내리는 구월의 어느 날 저녁 무렵이었다.

"기독교에서 말하는 축복의 진정한 의미는 뭘까요?"

우종건의 질문에 명수창이 가볍게 답했다.

"꼭 마음의 상태만을 말하는 건 아니에요. 영혼이 잘 되고, 범사가 잘 되고 또한 형통의 은총을 누리는 게 축복이지요."

메로 매운탕을 떠서 입에 넣다가 우종건은 화들짝 놀랐다. 매운탕이 뜨겁기도 했지만 그보다는 명수창의 말에 너무 놀라서 얼른 수저를 뺐다. 뭔가 이상하다는 의혹이 마음에 무서리처럼 옅게 내려앉았다.

"산상수훈에는 심령의 가난, 애통, 깨끗한 마음, 의에 굶주린 마음

등 온통 마음에 관한 내용으로 물질에 대한 언급은 없던데요?"

가지무침 반찬을 집으려던 명수창이 눈을 동그랗게 뜨고 쳐다보았다. 왜 그런 질문을 하는 거지? 하는 뜨악한 표정.

"우 기자님, 성경은 내가 더 잘 압니다. 하지만 오늘은 토론하는 자리가 아닌 것 같습니다."

더는 말을 할 수 없었다. 성경에 대해서는 자신이 박사라는데 무슨 말을 더 할 텐가.

"그래요, 우 선배님! 우리 모두 오늘 하루 일만으로도 뇌 용량을 초과한 거 아닙니까?"

분위기가 이상하게 흐르자 D신문의 이 기자가 얼버무리며 우종건에게 민망하다는 듯 어색한 웃음을 지어 보였다. 우종건은 그의 얼굴을 흘깃 쳐다본 후 부풀어 오른 질문의 깃을 접었다. 좋은 게 좋은 거다. 여기서 화려한 공작의 깃털 같은 질문의 깃을 다시 펼쳤다간 분위기만 이상해질 뿐이다. 게다가 목사와 종교 문제는 더 깊이 들어가기도 어렵고, 집요하게 캐물을 수도 없는 주제였다. 아니, 솔직히 말해 세상과 맞추며 사느라 그만큼 영악해졌다는 게 맞는 말일 것이다.

하긴, 이 상황에 애면글면 물을 수도 없고, 언젠가 기회가 오겠지. 마음을 접으며 우종건은 시원한 메로 매운탕 국물을 한 숟갈 떠먹었다.

지옥의 대리인

언론 기사는 명수창을 잔뜩 긴장하게 만들었다. 특히 두 번째 기사는 치명적이었다. 사건이 조용히 묻히는 줄 알았는데 촉새 한 마리가 냄새를 맡다니. 명수창은 조심스럽게 묻혀가던 김일국 사건이 내부에서 누군가 나불거린 입방아에 풍비박산 나버린 거라고 판단했다. 신문 한 귀퉁이에 난 작은 기사라고 무시할 수 없었다. 아주 작은 기사 하나에도 명수창은 신경을 곤두세웠다. 혹여 자신의 이미지에 생채기라도 나는 순간 벌집을 쑤셔놓은 것처럼 목사의 탐욕, 목사에 대한 비난으로 후끈 달아오를 수도 있는 상황이다.

도대체 왜 비자금을……? 세상은 그토록 청렴하다는 명수창 목사가 왜 상식 밖의 행동을 했는지 궁금해하고 있었다. 그간 쌓아 온 '깨끗하고 영성 깊은 목사'란 이미지는 물론이고 자신의 모든 것을 한순간에 잃을 수도 있다는 생각이 들자 명수창은 아찔했다. 그는 바로 윤성욱, 심종수, 박동제를 긴급 호출했다. 명수창은 부들부들 떨면서 말했다.

"나와 교회를…… 이렇게 모욕할 수가 있나! 어떻게 이런 기사가 날 때까지 아무도 몰랐단 말이오?"

모욕감과 분노로 명수창은 맹수처럼 돌변했다.

"도대체 누가 이딴 정보를 준 거요?"

세 사람은 분노로 타오르는 그의 눈동자를 바라보면서 누가 먼저라 할 것도 없이 악의적인 언론 보도라고 성토했다. 그러고는 모두들 겁먹은 표정으로 고개를 숙였다. 그들은 착잡했다. 비자금 문제는 명수창과 김일국의 문제였다. 그러나 김일국은 이미 저세상으로 가고 없었다. 그렇다면 남은 관계자는 명수창뿐인데 그는 이 문제를 자신의 문제로 여길 사람이 아니었다. 그들은 잔뜩 긴장했다.

"우 기자란 친구, 어디까지 알고 있는 거요?"

"……"

아무도 대답하지 않았다. 몰라서 묻는 게 아닐 것이다.

"잘은 모르겠으나, 떠도는 소문을 듣고 기사를 쓴 듯합니다."

박동제가 기어 들어가는 목소리로 말했다.

"잘 모른다면서, 소문을 듣고 쓴 줄은 어떻게 압니까? 모르면 가만히 입 다물고 있는 게 좋을 거요."

여전히 분을 삭이지 못한 명수창이 씩씩댔다. 회의실에 찬바람만이 감돌았다. 박동제가 곤란한 상황에 놓이자 심종수가 조심스럽게 말을 꺼냈다.

"우리도 SO의 총 규모를 이제야 파악했지 않습니까? 그런데 우

기자가 어떻게 알겠습니까?"

"그럼, 우 기자란 자가 아무런 근거도 없이 기사를 썼단 말이오?"

"그렇습니다. 여기저기 소문을 듣고 짜깁기한 것 같습니다."

심종수는 그동안 보안 유지를 잘한 탓에 증거는 은밀하게 관리되었고, 우종건이 확보한 정보는 가설일 뿐이며 음모에 해당할 정도로 근거가 빈약하다고 판단했다. 메이저 언론들이 이 사건에 침묵하는 것도 다 그런 이유라고 생각했다. 그런데 왜 우종건만 이렇게 집요하게 기사를 써대는가.

사회면에 실린 기사는 의혹 제기와 함께 명수창 목사에게 진실을 밝히라는 내용이었다. 비자금, 자살, 의혹……. 자극적인 단어들.

"앞으로가 문제예요. 절대로 방심해서는 안 됩니다. 한마디도 새어 나가지 못하게 하세요."

명수창은 딱딱한 표정을 풀지 않은 채 말했다. 정말 이상한 것은 이날 회의의 분위기였다. 천문학적인 SO는 용돈을 모아 감춰 둔 비상금과는 차원이 아주 다른데도 왜 문제가 되는지 아무도 알고 싶어 하지 않는다는 것이다. 무엇을 잘못했는지, 왜 이런 일이 발생했는지, 누구도 궁금증이나 죄의식을 갖지 않았다. 다만 어떻게 이 사건을 덮느냐가, 그들의 최대 관건이었다.

방법은 세 가지였다. 회유하거나, 협박하거나, 소송을 걸거나.

'문제의 발단은 SO 그 자체가 아니라 김일국이 관리를 잘못해서 생긴 일이다.' 명수창은 스스로를 합리화했다. 그의 머릿속에서는 사건이 재구성되고 있었다.

예전부터 우종건은 대성교회와 자신에게 각을 세워 왔고, SO 사건을 터뜨린 데는 뭔가 '보이지 않는 손'이 있다는 의심이 들었다. 재무장로의 일탈에 의해서 생긴 작은 해프닝을 빌미로 자신을 흔들려는 음모가 작용한다고 여겼다.

'이번만이 아니지 않은가!'

명수창은 분노에 불쾌감이 더해지자 송곳니를 드러내 우종건의 목덜미를 꽉 물어뜯고 싶었다. 수많은 시행착오와 이런저런 성공이 합쳐져 가까스로 거머쥐게 된 명예.

'여기까지 오는 데 얼마나 많은 땀과 눈물을 쏟아야 했던가.' 명수창은 알고 있었다. 이미지가 실제보다도 더 중요하다는 것을. 순박하고 깨끗하며 겸손한 목자의 그럴듯한 모습으로 이미지를 만들어 내는 데 명수창은 성공했다. 세상은 이것을 제2의 이름인 '브랜드'라 한다.

브랜드란 어원인 '태운다(to burn)'에서 보듯, 고대 유럽에서 가축의 소유주가 자기 가축에 붉게 달군 쇠꼬챙이로 낙인을 찍어 '내것'임을 구별 짓기 위해 표시한 데에서 유래했다. 처음엔 인두로 화인을 찍듯이 원본의 복사 수준이었던 명수창의 브랜드가 점점 갈채를 받고 명성을 얻게 되면서, 실제가 아닌 가상의 이미지가 명수창을 대신하고 있음을 사람들은 알지 못했다.

'그런데 존경심이 의구심으로 바뀌는 순간, 누군가의 입을 거쳐 누군가의 귀에 전달된 말들은 다시 누군가의 귀로 흘러들 것이다.'

목사가 돈을 밝힌다는 소문이 나면, 마치 쩍 갈라지는 크레바스처럼 목자와 양 사이를 가르며 죄 있음과 죄 없음, 믿음을 깨어지게 하는 틈새가 생기는 건 시간문제라고 생각했다.

'그 틈새로 누군가 눈을 갖다 대고 나의 행동을 엿보고 수군대겠지.'

별것 아닌 자신의 유머에도 크게 웃어주며 박수 치던 순박한 집사들이나, 행사에 참석만 해도 황송해하던 장로들도 정작 자신이 어려움에 처하게 되면 화살기도를 해주기는커녕 험담만을 무더기로 쏟아 낼 것이다.

'저 쓰레기 같은 기사는 전문적으로 폐기 처분해주는 곳에 맡겨야 해!'

생각에 잠겨 있는 명수창의 의중을 읽고 심종수가 제안했다.

"외부 전문가의 도움을 받는 게 좋을 것 같습니다."

"굳이 외부에 맡기지 말고 우리 내부에도 변호사들이 많으니 그들을 활용하면 되지 않겠습니까?"

박동제가 심드렁하게 말했다. 변호사, 경찰, 세무, 회계 등 거의 모든 분야의 엘리트 교인들이 많았다. 지금까지 교회에 문제가 생길 때마다 내부 인력으로 해결해 왔음을 상기시켰다.

"이번에는 다릅니다. 김 장로는 죽었고, 유서와 일부 영수증 등도 경찰이 확보하고 있습니다. 기독교계의 최고 변호사 그룹인 로직스로 선정하는 게 어떨지요?"

심종수가 다시 힘주어 말했다. 내부 변호사를 통해 처리할 수도 있지만, 이런 일은 아무래도 로직스에 맡기는 것이 나을 것 같다는 데 의견이 모아졌다.

"로직스라?"

명수창이 되뇌었다.

"최근 A교회 사건을 맡은 곳이 로직스입니다. 조 목사가 프로세스를 밟지 않은 교회 신축 문제와 막대한 헌금의 유용 등 많은 문제로 고소당했습니다. 그렇게 불리한 상황 속에서도 조 목사의 무죄를 받아 낸 곳이 바로 로직스입니다."

명수창은 그 일을 까맣게 잊고 있었다. 많은 목사들이 조 목사 소송을 유심히 지켜보고 있었는데, 조 목사의 무죄 판결을 이끌어 낸 로직스에 대해 놀라워했다. 살인이나 강도 같은 현행범이 아닌 이상 목사의 세계에선 합리화되지 못할 일이란 없었다. 더욱이 로직스의 도움을 받으면, 그 어떤 것도 죄가 될 게 없어 보였다. 헌금 유용과 가짜 박사 논문 문제가 발생해도 목사에게는 별문제가 안 된다는 게 오랜 전통이 된 것이다. 그 예가 바로 조 목사 사건이었다. 물론 변호사 수임료는 이십억 원으로 엄청난 액수였다. 명수창도 그때 잠깐 그런 생각을 했었다는 걸 깨닫고 쓴웃음을 지었다.

"비용이 꽤 들긴 하겠지만…… 그렇게 하시오."

선택의 여지가 없었다. 엄청난 수임료가 들겠지만, 지금은 돈을 따질 상황이 아니었다. 중요한 것은 기밀 유지와 기사를 내리는 것이 우선이었다. 사냥개들이 절대 냄새 맡지 못하도록. 그리고 다시는 절대 거론되지 않도록 깔끔하게 처리해 달라고 거액을 지불하는 것이다.

'목사와 변호사의 결합은 서로 어울리지 않는 조합이다. 천국에서는 찾아보기 힘든 희귀 직종의 두 직업이 있는데 목사와 변호사

다.'

심종수의 머릿속에 왜 이 생각이 떠오른 것일까. 석 달 전, 교단에서는 이단들로부터 피해를 예방하고 대처 방안을 모색하기 위해 인천의 한 호텔에서 〈이단 대책 장로 특별 세미나〉를 열었다. 이 세미나는 이단으로 규정한 단체들의 실태 파악과 이들에 대한 대응에 취약한 교회들에게 성경적 오류와 실제적 도움을 제공하기 위함이었다. 이단대책위 연구분과장과 서울, 인천, 경기 상담소장들이 연사로 나서 각각 대표적인 이단들의 포교 방법과 미혹된 교리 등에 대해 강의했다. 그때 누구였는지 기억나지는 않으나 심종수는 한 강사가 딱딱한 분위기를 누그러뜨리기 위해 늘어놓았던, 성직자들조차 자주 인용한다는 유명한 종교 유머가 생각났다.

결혼을 앞둔 두 연인이 교통사고로 그만 죽고 말았습니다. 베드로가 이들을 인도하러 천국의 문 앞에 나왔을 때 이들이 물었지요.
"천국에서도 결혼이 가능한지요?"
베드로는 근심 어린 표정으로 결혼을 주례할 성직자를 데려오겠다고 하며 떠났습니다. 베드로는 무려 석 달이 지나서야 돌아왔습니다. 두 연인은 기뻐하며 베드로에게 물었지요.
"저, 혹시 결혼한 후에 서로 맘이 안 맞으면 이혼도 가능한가요?"
그러자 베드로가 얼굴이 벌게지면서 화를 버럭 냈습니다.
"이혼이라고? 천국에서 변호사를 한 놈이라도 찾을 수 있을 것 같아?"

모두들 한바탕 웃고 난 후에 다시 강의를 이어 갔다.

"그만큼 목사가 예수를 잘 믿는다는 게 얼마나 힘든 일인지를 보여줍니다. 말 그대로 끝이 다른 게 이단입니다. 기독교는 모든 정점에 예수님이 계십니다. 교회의 주인도 예수님입니다. 하지만 사이비는 그 정점에 목사 자신이 있습니다. 이단과 사이비를 구분하는 가장 좋은 방법은 재물이든 명예든 누가 가져가는지를 보면 알 수 있습니다. 쉽게 말해 목사가 모든 것을 가져가 부자가 되면 그건 사이비입니다."

열띤 강사의 강연은 계속되었지만 심종수의 머릿속에는 좀 전의 종교 유머가 뱅뱅 맴돌았다. 유머라지만 베드로가 천국에서 성직자를 찾는 데 왜 석 달이나 걸렸는지를 생각해보면 그만큼 천국에서 목사들이 얼마나 희귀한 존재인가를 말해주고 있는 것이다.

아무리 유머라 해도 어찌 그럴 수가? 심종수는 강하게 머리를 저었다. 변호사가 아예 없다는 것은 어느 정도 이해가 갔다. 변호사는 '모두 지옥에 있다'고 하지 않던가. 그만큼 변호사는 지옥을 살아가는 직업이고 지옥의 대리인이다.

심종수는 갑자기 이상한 생각이 들었다. 목사들이 지옥에 가면 변호사들이 가장 먼저 마중 나오겠군. 아마도 목사들은 지옥에서까지도 풍부한 변호사 인력의 특급 조력을 받으며 '특별 전관예우'로 재판에서 이길지도 모르지.

로직스는 목사와 교회 사건만 변호하는 전문 로펌으로 패소한 적이 거의 없을 만큼 대부분 승소로 이어졌다. 목사가 헌금을 유용하여 법정 구속이 될 사안에서도 '세상 법으로 신성한 교회의 문제를 재단하는가? 문제가 있다면 하나님이 알아서 심판하실 것'이라는 얼토당토않은 논리로 재판에서 이긴 전설을 남겼다. 로직스의 대표는 '교회 분쟁에 대한 사법권 개입의 한계에 관한 연구'로 유명한 최헌 장로였다.

로직스는 하자 있는 목사들을 위해 그들의 부패로 인한 악취가 진동하지 않도록 방부제 처리를 하고, 문제를 제기하는 자들의 입을 틀어막고, 신앙이니 하나님의 정의니 하면서 나대는 자들을 표적으로 삼아 명예훼손으로 손해배상을 청구하는 전략을 구사했다. 이외에도 추악한 목록들은 끝이 없었다.

이에 발맞춰 명수창 목사는 주일날 "악마가 교회 지붕까지 침투하여 호시탐탐 교회를 노리고 있다"고 설교함으로써 만반의 준비 태세를 갖추었다.

"교회를 흔드는 세력은 악마다. 이들에게 속지 말라!"

명수창이 가장 좋아하는 무기는 이단이었다. 우리는 하나님 편, 상대방은 악마 편으로 규정짓기를 좋아했다. 곧 상대방을 사정없이 비난하는 설교를 넘어 막대한 헌금으로써 그들을 분쇄시킬 광고와 재판전의 시작을 예고했다. 그렇게 그들은 정의를 외치는 기자와 교인들을 이기기 위해 수십억 원을 쏟아부을 기세였지만 우종건 측은 진실과 정의의 힘에 의지할 뿐이다. 그런데 세상의 정의라는 것은 인간이란 존재가 관여하는 순간 쉽게 늘었다 줄었다 하는 고무줄 같은 것이건만.

로직스 대표 변호사인 최헌이 다른 두 명과 함께 명수창 목사의 집무실로 찾아왔다. 명수창의 호출을 받은 것이다. 넓은 회의실 오른쪽 자리에 윤성욱, 심종수, 박동제가 조용한 표정으로 앉아 있었다. 로직스 측 변호사들이 반대편 자리에 앉자 기다렸다는 듯 명수창이 들어왔다. 윤성욱 등 대성교회 측과 변호사들은 벌떡 일어나서 명수창에게 허리를 구부려 인사했다.

"미안합니다, 기다리게 해서. 요즈음 도무지 눈코 뜰 새가 없군요."

명수창이 회의실 중앙에 앉으며 말했다. 물을 끼얹은 듯 정적이 감돌았다. 명수창은 참석자들을 쓰윽 훑어보았다. 명수창의 눈길이 로직스 대표에게 머물렀다.

"무슨 일이신지요?"

머리가 희끗희끗한 최헌 변호사가 먼저 말을 꺼냈다.

"지금부터 하는 얘기는 모두 비밀입니다. 이 방에서 나눈 대화는 절대로 밖으로 나가서는 안 될 것입니다."

명수창은 자신이 알고 있는 비밀스러운 정보들을 들려주겠다고 선언했다. 뭔가 대단한 이야기가 나올 것으로 예상한 변호사들은 기대가 컸다.

"이번 일은 전혀 예상치 못한 곳에서 일어난 재난입니다. 나는 SO가 이렇게 관리된 줄을 몰랐어요. 말이 나왔으니 말인데, 헌금이라면 십 원 한 장도 아끼고 아꼈어요. 너무 짜다고 할 정도였으니. 여기 있는 장로님들에게 물어보면 아실 겁니다. 게다가 생활이 어려운 선교사나 시골 목사들이 찾아오기라도 하면 교통비나 생활비 정도는 쥐어주어야 하지 않겠소? 병원 사업이나 복지 활동을 벌일 때도 우선 SO 자금에서 집행을 했고요."

그러고는 봉사 활동과 선교 사업을 열심히 한 사례, 교회 활동의 어려움에 대해 이십여 분에 걸쳐 설명을 늘어놓았다. 지루한 내용이었다. 최헌은 명수창을 한 번 흘깃 쳐다본 후 속으로 낮은 한숨을 내쉬었다. '비밀을 털어놓을 생각이 없다는 것인지, 아니면 비밀이 없다는 것인지.'

최헌은 왠지 오늘따라 명수창 목사가 생면부지의 낯선 사람처럼 느껴졌다. 그의 오랜 경험으로 미루어 보았을 때, 대체로 목사들이 저런 말을 쏟아 낼 때는 대개는 자신이 무엇을 잘못했는지 모르고 있다는 것이다. 사실이면서 사실이 아닌 것, 진실이면서 또한 진실이 아닌 것.

명수창의 관점에서는 주머닛돈이 쌈짓돈이라고 공적 자금이나 SO나 모두 자신이 결정하는 돈이었다. 어느 계정에서 어떻게 관리하든 결과는 마찬가지였다. 그런데도 명수창은 법적으로, 또한 도덕적으로 시빗거리가 될 만한 말은 피하고 있었다. 최악의 순간에도 명수창은 자신이 빠져나갈 구멍을 본능적으로 잘 알고 있었다. 자신은 전혀 몰랐으며, SO를 김일국 장로가 그렇게 관리했다는 것도 사건이 나고 나서야 알았음을 강조했다. 결국 비밀을 말하겠노라 해놓고 한마디도 하지 않은 셈이다. 아무리 입막음하고 쉬쉬해도 의심과 의혹의 불길이 점점 크게 번져가고 있는 이러한 상황인데도 문제가 없다는 주장이었다.

'그렇다면 도대체 정말로 문제 되는 것은 뭘까?' 하고 최헌은 생각했다.

"하지만 일련의 자금 집행을 하면서 장로회의에 보고된 적도, 감사를 받은 적도 없으시지요? 바로 그것이 법적으로 문제의 소지가 있는 겁니다."

최헌의 지적에 명수창의 시선이 잠깐 흔들렸다. 명수창은 두 눈을 감았다가 손에 깍지를 낀 채 고개를 들어 천장을 올려다보았다. 왜 자신에게 이런 시련을 주는지 하나님께 묻고 싶기라도 한 듯.

"그러니 좀 도와 달라는 게 아닙니까?"

한 호흡을 쉬고 명수창이 말했다.

"목사님께서 먼저 도와주셔야 저희가 도와드릴 수 있습니다. 사실을 알아야 대응할 수 있습니다. 사실을 알 수 있도록 협조해주십시오."

최헌의 말은 우회적이었다. '진실을 말씀해 달라, 그래야 대책을 세울 수 있다'는 말을 빙 에둘러 말한 것이다. 직접적으로 말했다간 명수창은 오히려 '지금까지 내가 얘기한 게 다 진실인데, 그럼 나를 안 믿는다는 거요?'라며 반발할 것이다.

명수창은 혼란스러운지 잠시 생각에 잠겼다.

"일단 이렇게 하시지요."

침묵을 깬 것은 최헌이었다.

"SO의 조성과 사용 내역은 아직 정리가 안 되었을 것이니, 일단 언론 보도부터 어떻게 대응할지 결정해야 합니다."

최 변호사는 대응이라고 말했지만 기사를 내리는 게 급선무였다.

"단호하게 대응하셔야 합니다. 여기서 우물쭈물하시다간 사태가 커집니다."

젊은 변호사가 그냥 넘어가선 안 된다고 주장했다.

"아니 단호한 대응이라니요?"

심종수가 깜짝 놀란 듯이 물었다.

"지금 교인들은 이 사건의 진위에 대해 숨죽여 지켜보고 있습니다. 게다가 앞으로의 모든 일에 대해서도 촉각을 세울 것입니다. 허술하게 대응하다가는 봇물 터지듯 비난 기사가 넘쳐날 겁니다."

젊은 변호사가 단호하게 말했다.

'일단은 허위 기사라는 인식을 심어 주는 게 중요하다'고 말하고 싶었지만, 변호사의 직업윤리로는 거짓말할 것을 조언할 수 없었다. 최헌은 모른 척 입을 다물고 후배 변호사가 한 말의 여파를 가늠하고 있었다. 사실 언론은 안 건드리는 게 최고다. 언론 보도로 억울한 일을 당했더라도 언론과 법적 소송에 휘말려 싸워봤자 득을 볼 것이 없음을 그들은 잘 알고 있었다. 하지만 언론보다 더 지독한 곳이 바로 비판의 성역이 되어 있는 메가처치였다.

교계에서 일단 돈 문제가 발생하면 다시 명예를 회복하기가 힘들었다. 결코 기우가 아니었다. 목사에게 명예란 그 무엇과도 바꿀 수 없는 귀중한 재산이다. 그 재산이 많으면 많을수록 목사로서 높이 평가받지 않던가. 그러나 그것이 거짓이었다는 결론이 나면 한순간에 경멸과 조소의 대상이 된다. 명수창도 그걸 모를 리 없기에 무엇이든 붙잡으려 하는 것이고. 설령 그것이 썩은 동아줄이라서 도중에 끊어져 나락으로 떨어져 내릴지 모른다고 해도 말이다.

'이제 벼랑 끝에 서서 일합을 겨뤄야 한다.'

무너지려는 둑의 구멍을 손가락으로 틀어막는 것과 다를 바 없을 수도 있지만 일단은 무조건 막아야 했다. 여기에는 로직스가 무죄 판결을 받아 낼 것이라는 믿음이 컸고, 그에게 그것은 반드시 지켜져야 할 믿음이었다.

"시급하게 장로회의를 개최하여 SO에 관한 추후 승인을 받아놓으셔야 합니다."

회의를 마치고 돌아가는 길에 명수창과 나란히 복도를 걸으며 최헌이 강조했다.

"추후에 승인해도 문제가 안 되겠소?"

명수창의 말에는 힘이 없었다.

"교회 세계에서는 흔한 일입니다. 아예 자금 관리를 목사 자신이 하는 경우도 있습니다. 세상 기준에서 보면 대경실색할 노릇입니다만, 교회 정관이 여전히 팔십 년대 수준에 머물러 있기에 생기는 문제입니다."

목사가 은밀한 방법으로 비자금을 조성하고 개인적으로 사용했다 하더라도 변호사들은 목사가 사적으로 썼음을 인정해선 안 된다고 조언했다. 문제는 낡은 교회 정관에 있었다. 교회 정관은 문자로써 명시되어 있지만 암묵적인 규칙이 더 중요했다. 그중 단 하나의 암묵적인 규칙은 절대적이었다. 그건, 목사가 맘대로 써도 된다는 의미였다.

사실판단보다는 가치판단이 우선인 곳이 교회다. 설혹 사실판단에 있어 사회법에 어긋난다 해도, 낡고 허술한 교회 정관 덕택에 대형 교회를 법적으로 처벌하기란 거의 불가능에 가까웠다. 최헌은 이 점을 강조한 것이다.

"그래도 장로회의에서 추인을 받으려다 보면 오히려 소문이 더 크게 날 텐데요?"

"메가처치에서 프로세스를 거쳐서 일하는 경우를 거의 본 적이 없습니다. 목사님만 하더라도 공식적인 헌금을 사용할 때도 일을 진행해 놓고 보고하는 경우가 많지 않습니까? 사전에 보고하면 문제가 없고 사후에 보고하면 문제가 된다니 웃기지 않습니까? 물론 사후에 보고하게 되면 세상에서는 유용이니 뭐니 하면서 잡아먹을 듯이 달려들고, 법적으로도 문제가 되긴 하지만 교회 내에서는 목사님이 급한 일로 어쩔 수 없이 그렇게 처리했구나, 하고 쉽게 넘어가주지요. 그 기준은……."

"그 기준이란 게 뭐요?"

명수창은 마른 낙엽이 스르르 말리듯 바싹 달아올랐다. 복도가 꺾이는 곳에서 잠시 걸음을 멈추더니 최헌이 아주 낮은 목소리로 말했다.

"나는 모르는 일이다. 그게 다 교회를 위하는 일인 줄 알았다, 라고 끝까지 우기시는 겁니다."

'헉!'

명수창 목사는 최 변호사의 얼굴을 쳐다보며 서로의 비밀을 공유한 사람이 갖는 그런 미묘한 표정을 지었다. 상층부의 세계, 바닥에 이익의 강이 흐르는 맹수의 세상에서 살아간다는 건 그 무언가를 위해 사건 사건마다 염치도 수치도 느끼지 않고 낯 두꺼움을 스스로 무기 삼는 것이리라.

잘못된 명분

명수창은 먼저 내부부터 추슬렀다. 그럴듯한 논리로써 자신에 대한 충성, 다시 말해 침묵을 유도하려 했다. 그는 시간을 낭비하지 않았다. 일단 마음을 먹자 그는 비 온 다음 날 올라오는 열무 싹을 뽑아내듯 성경 이곳저곳에서 자신에게 유리한 문장들만을 쏙쏙 골라냈다. 악마도 자신의 유익을 위해 성경에서 필요한 것을 뽑아 인용한다고 하지 않던가.

장로들이 첫 상대였다. 다음은 권사와 집사, 마지막은 순한 양 떼의 차례다. 몇 번 반복하는 동안 그럴듯한 논리가 완성되고 나면 집요하게 추적해 오는 우종건 기자나 그를 지지하는 세력들과 한바탕 싸움을 벌일 수 있을 것이다.

당초 대성교회 교육관에서 SO 문제를 논의하기 위한 비공개 회의를 하려고 했지만 기자들이 몰려드는 바람에 취소하고 말았다.

다음 주 월요일 오후, 보안을 고려해 비상 장로회의를 경기도 모처의 교회 연수원으로 변경했다. 장로들은 매월 정해진 날에 대회의실에 모여 교회의 정책을 결정하는 회의에 참석한다. 그 외에도 건축이나 긴급한 의제가 있을 때에도 소집되곤 했다. 그러나 거의 형식적이어서 명수창이 독단적으로 결정을 내릴 때가 많았다. 핵심 측근들은 명수창의 명령을 수행하느라 애썼고, 일이 커지면 장로회의에 추후 보고를 하는 형태로 진행되었다. 오늘도 긴급 소집된 회의의 주 내용은 간단한 사건 개요와 그동안 보고하지 못한 비자금, 아니 특별 헌금 SO에 대한 추후 보고였다.

심종수 장로가 SO에 대한 보고를 시작하자 장내는 적막이 흘렀다. 심종수의 설명에는 너무 큰 구멍이 뚫려 있어 억지로 합리화시킨 게 역력해 보였다. 참석한 장로들 중 일부는 설명을 들으며 천천히 고개를 가로젓기도 했다.

'믿을 수가 없어.'

좌중에 '어휴' '휴' 하는 나직한 한숨이 일었지만 곧 잠잠해졌다.

"이번에는 그냥 넘어갈 수 없다."

"윤성욱, 박동제 등 측근들을 모두 사퇴시켜야 한다."

처음 비자금 문제가 언론에 보도된 후 장로들 사이에서 나왔던 파격적인 의견들은 오히려 슬그머니 자취를 감춘 모양새였다. 세상의 늪에서도 살아가는 방법을 터득한 이들이기에 이의를 제기할 생각조차 하지 않았다. 무엇보다 '목사님이 설마 그랬을 리가' 하는 생각이 더 컸다. 명수창 목사에 대한 신뢰가 굳건하기도 했고 더구나 교회의 명예에 누를 끼칠 수도 있어 발설 자체를 꺼렸다. 김진용 장로 역시 믿을 수 없었지만 신중히 생각할 수밖에 없었다. 다들 예민한 탓인지 발언도 조심스러워했다.

"우선 그 어느 때보다 내부의 결속이 가장 중요합니다. 신문 기사는 우리 교회와 목사님을 악의적으로 보도하고 있습니다."

윤성욱 장로가 단호하게 말했다. 긴급회의에 참석하기 전에는 김진용을 비롯한 일부 장로들은 이번 기회에 불투명한 재정을 투명화해야 한다는 의견도 있었다. 그러나 윤성욱 등은 명수창의 의중을 파악하여 어떻게든 무마하고 넘어가려 했다.

'일시적인 위기야. 적당히 잘 때우고 넘기면 된다.'

개혁적인 생각을 갖고 있는 장로들조차 명수창과 동료 장로들의 눈치를 보느라 섣불리 나서지 못했다. 잘못하다간 불똥을 다 뒤집어써야 할지도 모르니 누가 나서겠는가. 전에 논의되었던 구조적인 문제마저 묻혀버리면서 오히려 '교회를 살려야 한다'는 명분을 앞세우는 분위기가 조성되었다. 하나님 사업을 위해 비자금 같은 문제 제기는 참아야 한다는 '대의론', 목사가 곧 교회인데 목사를 보호하기 위해 덮자는 '목사 보호론', 교회를 파괴하려는 이단 세력의 음모로 보는 '음모론'이 모두 동원되었다. 여기에 한술 더 떠 특별자금은 당연히 추인되는 것인 양 간단히 회의를 마친 명수창의 측근들은 강경한 발언들을 쏟아 내기 시작했다.

"기자와 접촉한 사람이 누군지 반드시 찾아내야 합니다."

"이런 때일수록 더 강하게 대처해야 합니다. 기자를 고발합시다."

마치 독립운동가라도 된 듯 의협심을 드러내는 강경파의 의견이 우세하자 결국 그들의 안이 채택되었다. 강경한 윤성욱 수석장로의 득점이었다. 내부자들의 회의는 계속되었다. 그러나 그들 중 누가 기자에게 정보를 주었는지는 밝혀낼 수 없었다. 복잡하고 불안한 하루였다.

처음엔 '터질 것이 터졌다' '생각보다 더 심각하다' 등의 뒷말이 줄을 이었다. 그럼에도 내부 비리가 세상에 드러나지 않은 것은 두려움 때문이었다. 결국 교회의 명예와 존속이 신앙보다 더 중요하다고 판단한 것이다. 목사와 교회의 치부가 드러나면 결국 피해를 보는 것은 교회이기에. 다행인지 불행인지 대성은 썩은 내가 진동할 때까지 밖으로 드러나기 어려운 구조였다.

비상 장로회의를 무사히 마치고 난 이틀 뒤, 윤성욱 장로 외 두 사람은 교회와 명수창 목사가 마치 천억여 원의 비자금을 조성한 것처럼 수차례 왜곡 보도한 우종건 기자에 대해 명예훼손 혐의로 법원에 소장을 접수했다. 어떻게든 입막음하려는 명수창의 의지가 강했기 때문이다. '닥치고 소송'의 대명사인 명예훼손의 기본 전략은 어느 경우든 대개 흡사했다.

첫째, 우종건 기자는 비자금에 대한 의혹에 관하여 사실관계 확인 절차도 없이 허위 사실을 편파 보도함으로써 기자의 기본을 망각했다.

둘째, 이로 인해 명수창 목사가 받고 있는 정신적, 물질적 피해가 너무 막대하다는 게 대성교회의 주장이다.

이러한 주장을 뒷받침할 만한 근거는 거의 제시하지 않았지만 이 세계에서는 흔히 있는 일이었다. 이것은 본격적인 소송전의 신호탄이었다. 민사소송을 제기하기 전에 대성교회 측은 언론중재위에 "걸러지지 않은 언론 보도로 인해 명수창 목사의 명예 실추와 교회에 엄청난 타격을 입혔다"며 "허위 사실에 기초한 언론 기사를 삭제하고 정정 기사를 보도해 달라"는 중재 신청을 요청했다. 처음에는 정정 보도와 오억 원의 손해배상을 요구했다. 기관단총을 갈겨 오금이 저리게 만들어 놓고 나중에는 아량을 베푸는 척 기사만 삭제하면 두 가지 다 철회하겠다는 전략, 권총을 이마에 겨누며 '살고 싶으면 무릎을 꿇어라, 그러면 다 용서해주겠다'는 전략을 구사한 것이다.

이어 대성교회의 결의서는 한결 더 강했다.

대성교회와 명수창 목사에게 마치 비리가 있는 것처럼 거짓 의혹이 확산되는 것을 더는 묵인할 수 없다. 한국 교회의 위상을 추락시키고 대성교회를 파괴하려는 소수 외부 세력의 사악한 행태에 단호히 맞서 싸울 것이며, 차후 확인되지 않은 내용을 유포하는 이들은 응분의 대가를 치러야 할 것이다.

다음 날 대성교회의 결의문이 전 신문의 일 면 하단부에 실렸다. 사회부장의 예견대로 소송이 제기되자 우종건은 어이가 없었다.

'명수창 목사 정도 되는 인물도 이렇듯 전형적인 형태로 소송을 걸다니.'

비리나 부패 문제가 발생하면 항상 '한국 교회 위상을 추락시키고 파괴시키는' '소수의 외부 세력' '사악한 행태' '응분의 대가' 등 등을 끌어다 붙였다. 이런 말들은 마치 목사나 교회에는 아무런 문 제가 없는데, 사소한 일로 외부에서 문제를 키워 교회를 파괴시키 려 한다는 듯한 인상을 불러일으켰다. 우종건이 지금까지 취재한 경험으로 볼 때 교회를 무너뜨리는 건 외부인들 탓이 아니었다. 외 부인들은 터럭만큼도 교회를 건드리지 못했다. 그런데 교회는 어 제도 오늘도 자신의 내부에 있는 암 덩어리를 제대로 제거하지 못 한 채 문제를 키우고 있는 형국이었다. 교회 내부에서 탐욕의 암 덩 어리가 발견된 것은 몇십 년 전이다. 암 덩어리는 제때에 수술도 잘 받고 항암 치료까지 너끈히 견뎌냈다고 하더라도 언제든 전이와 재 발 가능성이 남아 있는 법인데 한국 교회는 암 수술은커녕 아예 방 치를 해왔으니 위나 폐 등 전신으로 암세포가 전이된 상태라고 볼 수 있다. 한국 교회는 기적조차 바랄 수 없게 된 상황에서도 치부를 그럴듯하게 치장해 꽁꽁 싸매고 감추었다.

'한국 교회는 치료 불능으로 가고 있는가?'

우종건이 보기에 법적 대응과 대성교회 측의 성명서는 뭔가 구린 치부를 감추려는 발버둥 같았다.

신조어의 탄생

변호사들은 김일국이 남긴 잔해를 헤치며 나아가고 있었다. 김일국이 남긴 '영수증 분석'이라는 시시포스(Sisyphos)의 고행이 시작되었다. 체계도 없이 중구난방인 난수표 같은 영수증들. 이렇게 해도 안 맞고 저렇게 해도 맞추기가 힘들었다. 우선 수입표를 만들었다. 그리고 역으로 지출을 기록하고, 없는 영수증은 교회 것으로 차용하고, 그래도 안 되면 나머지 해명 수단을 만들어야 했다. 명수창은 이 무시무시한 상황에서도 대략적인 설명뿐 당연히 아무 문제가 없을 것이라 여기고 있었다.

이런 일은 고생길이 훤했다. 상자 안에 있는 서류며 영수증을 하나하나 분석해야 했다. 머리를 쓸 필요조차 없어 보이는 이 업무가 얼마나 중요했던지 명수창은 영수증을 분류하고 복사하는 일을 유심히 지켜보았다. 명수창이 자리를 뜬 뒤에는 심종수와 박동제가 남아 교통정리를 했다. 사건의 중요성으로 보아 여러모로 진짜 일꾼인 자신들이 다뤄야 한다는 생각에서였다. 이 일에 대해서는 아내에게 말하는 것조차 금지되었다. 보안과 기밀 유지 등급은 최고수준이다. 그런데도 못 맞추게 된다면? 달리 방법이 없겠지만 어쨌든 현재로서는 상자 안의 영수증부터 분석해야 했다.

'명수창이 원하는 형태로 정리해야 한다. 그리고 재판부에도 그럴듯하게 보여야 한다.'

심종수는 혼란스러운 상황을 조금씩 정리해 나갔다. 하지만 쉬운 일이 아니었다.

"도저히 못 맞추겠네요. 재무팀 인력을 씁시다."

옆에 있던 박동제가 거침없이 말했다. 심종수 역시 당혹스러운 표정으로 박동제를 바라보며 고개를 끄덕였다.

심종수와 박동제는 남겨진 영수증과 차명으로 된 통장 수십 개를 들고 재무팀으로 향했다. 그리고 복잡하게 얽히고설킨 그것들을 다시 검토하기 시작했다. 재무팀 핵심 인력들은 입증할 수 있는 모든 세부적인 것들을 빠짐없이 적어 가며 체크했다. 수입은 있는데 지출처가 빠진, 입증할 수 없는 사항도 몇 가지 있었다. 복잡하게 얽힌 데다 많은 증빙들이 없어져 전체 규모를 파악하는 일도 쉽지 않았다. 선택의 여지가 없었다. 원금과 그동안의 이자 등 수입을 더해 총수입 규모를 정하고, 차명 계좌와 부동산 매입 등에 사용하고 남아 있는 돈의 규모만 파악하기로 했다. 더 파고들 상황도 아니었다. 심종수의 편집을 거쳐서 나온 수입 지출표를 확인해보니 대략 이백 개 정도 펑크가 났음이 확인되었다.

'이백억이라.'

심종수가 최종 검토한 결과 주식 투자에서 난 손실은 차라리 닥쳐올 재난의 전주곡에 지나지 않았다. 거기에 방점을 찍은 것은 투자 손실금을 만회하기 위해 다단계 금융에 투자한 일이었다. 이해가 안 된다는 말로 치부하기에는 부족한 뭔가가 있었다.

'얼마나 절박했으면 신중하고 온화한 성격이라는 평가를 받았던 김 장로가 그처럼 터무니없는 투자를 했을까.'

아니, 그것은 투자가 아니라 투기였다. 사실 투자와 투기는 한 형제였다. 그들의 고향은 시장이다. 같은 곳에서 같은 피를 받고 태어났지만 성격은 아주 달랐다. 둘 다 잠시의 방심도 허용되지 않는 예민한 사춘기이지만, 투자는 매우 규범을 잘 지키며 자랐어도 여전히 어디로 튈지 모르는 변덕스러운 아이였고, 투기는 하루에도 몇 번씩 '안 돼'를 소리치며 말려야 하는 어지간히 싸가지 없는 아이였다. 둘은 성격도 전혀 달랐는데 특히 투기는 배배 꼬이고 비틀려 금선(禁線)을 쉽게 넘어가는 골치 아픈 탕아였다. 김일국이 사기를 당한 상품은 아주 간단한 구조였다.

첫째, 서울 강남의 모 투자 회사에서 '최소 일억 원 이상을 투자하면 원금 보장은 물론 10퍼센트의 높은 수익금을 주겠다'며 모집책들을 통해 투자자를 모집했다.

둘째, 일 년여 동안 원금과 수익금을 한 번도 빠트리지 않고 배당해주면서 투자자들에게 신뢰를 쌓아 왔다. 처음엔 반신반의하면서 소액을 투자했던 투자자들도 정확하게 입금되는 수익금으로 인해 투자 회사 사장에 대한 신뢰가 깊어졌고, 갈수록 투자 금액도 늘어 갔다.

셋째, 매주 투자자들의 납입금으로 어떤 주식과 부동산을 샀다는 식의 내용을 정리한 '투자 운용 내역서'를 만들어 투자자들에게 발송하거나 문자로 통보했다. 서류상으로만 이루어지는 그런 곳에 투자했다.

넷째, 신규 투자자들로부터 받은 돈을 기존 투자자들에게 마치 수익인 것처럼 꾸미는 '돌려 막기 식' 금융 사기 행각을 벌였다.

다섯째, 도주하기 석 달 전 '일억 원 이상을 납입하면 15퍼센트의 확정 수익을 보장한다'는 이벤트를 통해 투자 확대에 나섰고, 투자금이 납입되자 이를 챙겨서 필리핀으로 도주했다.

한순간에 모든 돈이 사라졌다. '고수익 보장'이라는 약속만 믿고 아무런 의심 없이 돈을 투자한 셈이다.

"최근 인터넷 TV 방송·영상 사업, 인터넷 카지노 등 사행성 사업 등을 가장한 신종 유사 수신 행위가 등장했다"며 금감원에서 경고했던 바로 그 사건이었다. 대형 투자 사기는 언제나 그렇듯 늘 틀에 박힌 것들이다. 말도 안 되는 고수익에 원금 보장, 손해는 안 보고 수익은 시장 금리보다 몇 배가 높다. 이런 뻔한 속임수에도 사람들은 속아 넘어갔다. 어제도 오늘도 내일도 걸려들 것이다.

심종수와 박동제는 이 상황을 보고하기 위해 명수창 목사의 집무실로 향했다.

"별로 좋지 않은 소식입니다."

심종수가 침울한 목소리로 말했다.

"비자금 손실이 이백 개가 넘습니다."

"뭐, 이백억이라고?"

명수창의 얼굴이 분노로 일그러졌다. 명수창은 당장이라도 심종수에게 달려들 기세였다. 타깃을 대하듯 심종수를 쏘아보았다. 심종수는 숨이 턱 막혀서 몸을 살짝 비틀며 곤혹스러운 표정을 지었다. '비자금'이란 단어가 사무실 분위기를 순식간에 바꾸어 놓았다. 명수창은 가슴이 뜨끔했다. 마치 불결한 오물을 대하듯 서류를 던지더니 얼떨떨한 표정으로 고개를 가로저었다.

"비자금이라니? 이건 내가 교회 사업을 위해 특별 관리한 거야."

비자금이라는 말에 명수창이 발끈하며 날카롭게 지적했다.

'공식적인 보고 없이 특별 관리하는 자금을 비자금이라고 한답니다.'

심종수는 속으로만 웅얼거렸다.

"그건 우리 입장이고요. 언론이나 사회에서는 그렇게 보지 않을 겁니다. 이 SO가 명예훼손 소송의 아킬레스건이 될 수도 있습니다."

박동제가 이어 침착하게 말했다.

"그게 말이 된다고 생각하나? 김일국이 한 일을 내가 책임져야 한다는 게 말이 되나?"

명수창은 발뺌하며 신경질적으로 항변했다. 명수창은 불쾌해하면서도 오랫동안 골똘히 생각에 잠겼다. 박동제의 말대로 SO는 명예훼손 소송의 아킬레스건이 될 것이다. 응당 대성교회의 공식 계정에 들어갈 돈을 별도로 빼내어 김일국에게 관리를 맡긴 일은 누가 봐도 명백한 불법이었다. SO라는 비리는 지시자 명수창, 헌금을 빼돌리는 역할을 한 실행자 박동제 재무팀장, 관리자 김일국 재무장로라는 세 사람의 공동 범행이다. 하지만 이 나쁜 짓을 응징하기 어려운 게 SO 비리는 밖으로 드러나기 어렵기 때문이다. 명수창의 언어는 늘 선의로 포장되었다.

"교회 사업을 하다 보면 고도의 정치적 판단이 필요한 일들이 많지요. 새로운 사업 부지의 확보라든가 해외 신학교의 건립 등은 빠른 결단을 필요로 합니다. 이처럼 은밀히 추진할 게 많으니 세심히 잘 관리하시오."

명수창의 전략적이고 모호한 표현은 예술적일 정도로 정교했다. 나중에 문제가 되면 교회 사업을 잘 하려고 세심히 관리하라 했던 것이지 언제 비자금을 형성하라 했느냐고 오리발을 내밀 터였다. 당연히 명수창은 빠지고 말귀 어두운 실행자와 관리자가 뒤집어쓰는 구조였다. 특히 대성교회 같은 곳은 돈에 관대한 탓에 이런 문제는 범죄라는 인식조차 없었다. 오래된 관행이 문제일 뿐 대성교회는 명수창으로 시작해 명수창으로 끝나는 폐쇄 회로였다. 누군가가 뭔가를 캐고 아무리 뒤진다 해도 뫼비우스 띠처럼 맴돌 뿐 아무것도 찾아내지 못할 것이다.

이날은 유난히 침묵이 잦았다. 결국 몇 번의 질문과 호통 비슷한 훈계 끝에 그들은 모두 비자금이 아니라는 데 동의했다.

드디어 SO는 '비공식적으로 보고된 특별한 관리가 필요한 헌금'이라는 길고 멋진 신조어가 탄생했다. 명수창 정도의 명예박사쯤 되어야 만들 수 있는 조어였다. 그 어떤 날보다 역겨운 하루를 보낸 심종수는 심한 피로감을 느꼈다.

새벽의 아들

우종건의 호주머니 속에 있는 휴대폰이 부르르 떨었다. SO 문제에 대해 추가 취재를 나선 길이었다. 긴급히 사무실로 돌아오라는 사회부장의 문자였다. 한걸음에 달려갔더니 사회부장이 여러 번 찾았다고 후배가 귀띔해주었다. 믹스커피 한 잔을 타서 들고 부장 자리로 갔다.

"명수창 목사 건은 어떻게 되고 있지요?"

"SO의 조성 방법과 헌금 유용 사실들을 수집 중입니다. 곧 밝힐 수 있을 것 같습니다."

"신중한 태도로 확실한 증거를 확보하고 기사를 쓰세요."

이상하다. 오늘따라 부장이 왜 꼬박꼬박 존댓말을 하는 거지? 신중한 태도? 확실한 증거? 이 일에서 손을 떼라는 뜻이다. 그동안 사회부장과 신문사는 대성교회 측의 명망 있는 교인들로부터 기사를

162

내리라는 압력을 줄기차게 받아 왔다.

"교회 내부 자료는 소수 핵심만 관여해서 확보하기가 쉽지 않습니다."

잠시 고개를 끄덕이더니 사회부장은 이내 본론으로 들어갔다.

"'안전이 먼저다'라는 기획을 하려고 해요. 대형 건물, 도시철도, 원전 문제 등을 다각도로 분석해서 입체적으로 대안을 제시하려고 하는데…… 현장마다 뛰면서 문제점들을 찾아보라고. 같이 일하고 싶은 후배 한두 명을 골라 드림팀도 짜고. 우리 부서 명운을 걸고……. 전폭적으로 지지할 생각이니."

'한두 명 골라 드림팀이라? 한 명이라는 뜻이군. 이제 퇴근은 다 글렀군.'

짜증이 났다. 이런 일을 할 군번이 아닌데. 우종건은 대답 대신 남은 커피를 들이켜고는 종이컵을 와락 구겨서 쓰레기통에 던져 넣었다.

'꼭 저렇게 분노를 표시해야 속이 풀리는 개 같은 버릇을 못 고치는군.' 사회부장이 끌끌 혀를 찼다.

사회부장은 권유처럼 말했지만 사실상 지시였다. 연말까지는 꼼짝없이 이 일에 매달려 시간을 들여야 할 것이다. 문제는 지금 진행되고 있는 일도 언제 끝날지 막막하다는 거다. 강남권역 경찰서, 종교부는 또 누가 담당하고. 모두 제 코가 석 자라 인수인계할 후배도 없었다. 물론 이 프로젝트가 끝나기도 전에 부장은 또 골치 아픈 다른 일을 맡길 것이다. 그의 부서에서 명운을 걸지 않은 프로젝트란 처음부터 없었다.

누가 사회부 기자를 신문사의 꽃이라 했던가. 그들 내에서 경찰서를 출입하는 사건팀 기자는 3D를 넘어 4D 직종이라고 불렸다. '편의점의 오 분 대기조'라는 별칭이 붙을 정도였다. 사건이 언제 어디서 터질지 모르니 편의점처럼 스물네 시간 대기해야 하는 오 분 대기조 말이다. 우종건도 한때 억울한 이들의 아픔을 알리고 어두운 곳에 작은 빛을 비추겠다는 사명감 하나로 미친 듯이 사건 사고에 매달렸던 시절이 있었다. 우종건은 한숨을 푹 내쉬었다. 멀고도 험한 길.

'안전이 먼저? 노(No), 강인한 체력이 먼저.'

일은 점점 더 많아지고 복잡하게 흘러갔다. 갑자기 오른쪽 아래 어금니가 시리고 아파 왔다. 평소엔 괜찮은 듯하다가도 잇몸이 눌리면 아리기 시작했다. 우종건은 화장실 거울 앞에 서서 입을 크게 벌려 입안을 살피기 시작했다. 검지로 입을 더 크게 벌린 후, 아래턱 오른쪽의 36번 제1대구치(나중에 간호사가 알려준 바에 의하면)에 자그마한 검은깨 같은 게 보였다.

칫솔질을 잘못해서 그런 건가? 검지 손톱으로 긁어도 떨어지지 않았다. 입안을 헹구고 혀끝으로 검은깨가 나 있는 곳을 더듬었다. 느낌이 꺼칠꺼칠했다. 제발 썩은 게 아니길.

그는 유독 치과에 가는 걸 두려워해서 최대한 미루고 미루다가 통증이 두려움을 넘어서야 치과를 찾았다. 입안에 치료 기구들이 들어오는 것도 싫지만, 치과 하면 떠오르는 독특한 소독약 냄새, '윙' 하는 기계음, 신경을 건드릴 때 전기처럼 순식간에 전달되는 찌릿한 통증, 이 모든 것들이 공포였다.

'치과에 먼저 갈까? 아니면 SO 심층 취재를 위해 이건호 교수를 만나러 갈까?'

치통 때문인지 새로운 일을 맡아 짜증이 난 건지 우종건은 화난 표정으로 사무실을 나왔다. 후배가 그의 표정을 살피더니 어디 가느냐고 묻지도 않았다. 오후 세 시, 밝은 미세먼지와 안개로 뒤덮여 한 치 앞이 보이지 않을 정도로 공기가 혼탁했다. 갈 곳을 모르는 미세먼지들이 광화문 대로를 꽉 채우고 있었다. 우종건의 머릿속도 안개가 낀 것처럼 무지근했다. 여기가 어딘가. 눈감고도 어디든 찾아갈 만큼 익숙한 거리에서 어쩐지 그는 길 잃은 아이가 된 듯했다. 어디로 갈지 방향을 정하지 못한 채 망연히 서서 발을 내딛지 못하고 한참을 그대로 서 있었다.

우종건의 발걸음은 이건호 교수 연구실로 향했다. 우종건은 이 교수에게 김일국 장로 사건과 SO에 대해 간단히 설명했다.

"규모는 얼마나 됩니까?"

비교적 차분하게 물었으나 이건호는 이 사건을 누구보다 심각하게 받아들이고 있는 게 역력해 보였다.

"천억 대에 육박합니다."

이 교수는 놀라서 한동안 입을 다물지 못했다.

"그렇게 막대한 돈을 은밀히 모았으리라는 생각은 하지 못했소."

"대성교회 측에서는 처음에는 모르는 일이라고 시치미를 떼더군요. 지금은 선교나 장학 사업 등 교회 사업에 쓰기 위해 만든 것이라고 주장하고 있습니다. 믿을 수 없는 얘기입니다."

"교회를 위해서라……"

"그런데 김일국 장로가 메모 하나를 남겼습니다."

우종건이 취재 수첩을 펼치며 말했다.

"새벽의 아들, 메슈아, 메슈바라고 쓴 메모인데 메시아라고 쓴 것 같기도 하고요."

취재거리나 순간 떠오르는 아이디어를 그때그때 적으려고 늘 갖고 다니는 수첩, 일반 단행본 3분의 1 크기의 양지사에서 만든 투데일리 48. 음식을 먹다가도 길을 걷다가도 그의 귀는 잠자리채가 되어 아주 작은 것이라도 잽싸게 잡아챘고, 그걸 단서로 집요하게 사실을 파헤치는 데 수첩은 중요한 역할을 했다.

영혼과 비즈니스?

연약한 인간과 화려한 메가처치?

명수창, 신의 대리인? 새벽기도 일천 번제……. 치성? 무당 방식?

치우친 고집＝영원한 병

과거와 싸우면 미래를 잃기 쉽다.

표리부동이 세련된 것인가?

명수창 그의 정체는? 새벽의 아들…….

그의 수첩 속에는 벌겋게 달궈진 질문들과 사람들의 나이와 전화번호 그리고 취재와 관련 없는 낙서로 가득했다. 하지만 이런 낙서들은 발효의 시간을 거치면서 데드라인에 맞춰 초읽기 수준의 취재 기사를 쓰는 데 효모 역할을 했다.

"뭐요? 새벽의 아들이라고 했어요?"

깜짝 놀라며 이 교수가 재차 확인했다.

"담당 형사에게 그렇게 들었습니다. 왜 그러십니까? 새벽기도를 많이 하는 교회라 그렇게 쓴 듯합니다. 메시아를 기다리며."

"아닙니다."

이 교수가 단호하게 말했다.

"잠깐 여기를 보시죠."

이 교수는 영어 성경 두 권을 펼쳐서 이사야서 14장 12절을 보여주었다.

"How you have fallen from heaven, O star of the morning, son of dawn!"(NASB 성경)

"How you have fallen from heaven, O Lucifer, son of dawn!"(KJV 성경)

(새벽의 아들, 루시퍼여! 어찌 그리 하늘에서 떨어졌느냐?)

"여기서 son of dawn, 즉 '새벽의 아들'은 루시퍼를 의미해요. 사탄도 처음에는 '새벽의 아들'로 창조되었으나 오만하여 하늘에서 추락한 것이지요."

"그 뜻이 새벽기도회를 통해 성장한 명수창을 지칭한 게 아닙니까?"

"새벽의 아들은 잠깐 빛을 발하다가 아침에 사라져버리는 금성입니다. 루시퍼에 대해서는 학자들의 이견이 많지만, 서구에서는 오랜 세월 동안 악마를 상징하고 있습니다. 단테의 《신곡》에도 악마로 묘사되고 있지요."

"뭐라고요? 설마?"

"메시아가 아니라 메슈바요. 메슈바는 변절자라는 뜻입니다. 예레미아 3장 6절, 8절, 11절, 12절, 22절에 집중해서 나타나는 단어입니다."

메슈바(meshubah)는 '등을 돌림', 즉 변절을 의미하는 히브리어 명사였다. 예레미야에는 "이스라엘이 나를 배반하고, 나를 배반하고 놀다가 이혼장을 받아 쥐고, 이스라엘도 배반했지만, 나를 배반했던 이스라엘아!"라는 구절에 반복적으로 사용되고 있는데, 여기서 수없이 사용된 배반이라는 단어의 어원이 바로 메슈바였다.

"김 장로가 대단한 단서를 남겼군요."

우종건은 놀라움을 감추지 못했다.

"명수창의 본질에 대해 말하고 싶었던 모양입니다."

이 교수는 김일국 장로가 남겼다는 메모의 내용에 대해 우종건과 깊은 대화를 나누었다.

'김일국은 잘못된 길이라는 걸 알면서도, 오랜 세월 코 꿰인 소처럼 명수창을 묵묵히 도왔다. 그런 그가 멈추지 못하고 막다른 길을 향해 달려가는 명수창에게 알리고 싶었던 것이 이것이었을까?'

어쩌면 김일국은 오랫동안 남몰래 괴로움을 견뎌왔는지도 모른다는 생각이 우종건의 머릿속을 스치고 지나갔다. 비전과 탐욕은 경계선이 모호해 면밀하게 들여다보지 않으면 잘 보이지 않는다. 김일국은 명수창이 달려가는 곳이 절벽인 줄 뻔히 알면서도 자신의 힘으로는 어쩔 수 없음을 알고, 죽음을 통해 메시지를 남기려 한 것이다.

'누군가가 명수창이라는 고장 난 기차에 브레이크라도 걸어주기를 원했던 것일까? 김일국이 원했던 것이 진짜 이것이었을까?'

그것을 알아내야 하는 우종건의 머릿속은 언제나 대답할 수 없는 쇠꼬챙이 같은 질문들로 가득했다. 그동안 취재했던 슈퍼 엘리트 목사들, 그들의 세계는 자폐의 세계였다.

한국 기독교에 원폭 수준의 여진을 남기고 있는 명수창은 성경에 쓰여 있는 수많은 성공과 실패 사례에서 무엇을 배웠을까. 명수창은 자신이 가고 있는 길이 추락으로 가는 길임을 알면서도 멈추지 못하고 욕망의 왕국을 건설하려는 것인가. 명수창의 욕망은 해독되지 않은 이집트 상형문자였고, 상형문자를 해독할 열쇠인 로제타석은 돈이었다.

"성공하는 목회의 비결은 '끊임없이 자신을 비워 내는 길, 그 한 길뿐이라 다다르기 어렵습니다. 반면 실패에 빠지는 길은 너무도 많고 다양해 조금만 발을 헛디뎌도 풍덩 빠지고 맙니다. 실패를 피하는 방법만 알아도 누구나 성공할 수 있는데 말입니다. 그래서 성경에서 쉬운 길은 패망의 길이라고 했지요."

이 교수가 담담히 말했다.

"왜 루시퍼에 넘어간 것일까요?"

우종건이 물었다.

"삼십여 년 넘게 한 번도 실패하지 않고 성공했기 때문입니다."

이 교수의 말에 우종건은 눈을 동그랗게 떴다.

"계속 성공하는 게 좋지 않다는 말입니까?"

이 교수는 고개를 끄덕였다. 우종건은 납득할 수 없었다. 왜 계속되는 성공이 인간을 타락으로 이끈단 말인가.

"자만심을 불러일으키기 때문이오. 계속해서 성공한다는 것은 인간의 능력만으로 안 되는 일입니다. 외부의 환경과 내부 여건이 함께 도와줄 때 가능한 일인데 인간은 어리석어서 자신의 능력으로 이룬 것이라고 착각합니다. 명백한 오만이죠."

"인간은 참으로 교만해지기 쉬운 존재인 것 같습니다."

"그렇지요. 루시퍼도 계속 바람을 넣었을 테고……. 그러나 인간은 지속적으로 성공하다 보면, 모든 일을 자신의 능력으로 이루었다고 착각하고 그것이 교만을 부르고. 자신을 다른 사람과 차별된 존재로 인식하면서부터 타락의 길을 걷게 됩니다."

우종건은 마시던 커피 잔을 거칠게 내려놓았다. 오후부터 갑갑했는데 갑자기 가슴에 열이 올라 참을 수가 없었다. 우종건의 시선이 창밖에 가 닿았다. 어느새 어둠이 깔리고 안개 탓인지 가로등 불빛도 희미해 보였다. 희부연 빛과 뒤엉켜 명수창이 했던 말이 그의 머릿속을 헤집고 다녔다. '새벽' 그리고 '은혜'와 '축복'이라는 말, 하나하나를 따로 떼어 놓고 보면 모두 고귀한 단어이다. 하나님의 시간에 맞추는 삶, 그 새벽에 은혜와 축복으로 충만한 시간이어야 할 것 같은데. 그러나 명수창에 의해 소중하고 빛나는 개별적 단어들이 서로 뒤엉키며 바닥에 내동댕이쳐졌다. 명수창의 욕망이 개입되면서 새벽과 은혜는 고유의 뜻을 잃고 새로운 야망의 세계를 엮어 나가는 욕망 창출의 원천이 되고 만 것인가. 우종건의 마음은 계속 어두워져 갔다. 가로등 빛이 닿지 않는 어둑하고 깊숙한 막다른 골목처럼.

젊은 시절, 명수창은 밤새워 무릎을 꿇고 기도하며 어려운 이웃을 돌보던 좋은 목회자였다. 한동안 한국 기독교의 대표 주자로 명성을 누리기도 했다. 그랬던 그가 잠시 찬란했던 광채의 시간을 지나는 동안 군데군데 도금이 벗겨져 변색된 싸구려 트로피처럼 빛을 잃어 갔다.

"흐어."

우종건은 진득하고 깊은 한숨을 내뱉었다.

나쁜 나무가 좋은 열매를 맺을 수 없듯이 열매로써 그 나무를 아는 법. 눈 밝은 사람이 보면 헛소리인 걸 금세 알아차릴 수 있는데, 성경을 인용하며 좋은 소리만 늘어놓기에 평소엔 진짜와 가짜가 구분되지 않는다. 다만 어떤 결정적인 상황이 왔을 때 그 본질이 드러날 뿐. 천금보다 귀하다는 믿음도 목사도 모두 상하기 쉬운 생선인 것을. 잠시 잊고 있던 치통이 다시 시작되면서 우종건은 강한 통증을 느꼈다.

신사참배

우종건 기자가 돌아간 뒤 이건호 교수는 조용히 연구실에 틀어박혀 명수창 사건을 사소한 것 하나까지 놓치지 않고 세세히 복기했다. 예전부터 메가처치에서 돈 문제가 발생한 사례는 많았지만, 명수창 목사만은 아닐 거라고 믿었다.

'명 목사, 네 욕망이 결국 너를 삼켜버렸구나.' 이건호 교수는 한국 교회의 미래가 어둠 속으로 가라앉고 있다는 생각이 들었다. 우종건을 통해 명수창에 대해 듣고 있는 동안 기분이 우울해졌다. 옆집 아저씨처럼 순박해 보이는 명수창이 크기로는 공룡 같고 집요하기로는 굶주린 늑대보다 더한 탐욕을 키우고 있었다니.

평생 교회에 헌신하면서 가장 명예로운 직분인 장로가 될 때 오천만 원을 최저로 깔고, 그들은 믿음을 인정받기 위해 수억 원씩 감사 헌금을 내야 했다. 작정 헌금을 안 낸 장로들에겐 선배 장로들을 통해 압박을 하고, 그래도 해결이 안 되면 기어이 자신이 직접 전화를 걸어 "외상 안수 받을 것이냐?"는 말로 장로들의 뒤통수를 후려쳤다. 명수창은 역시 프로였다. 아주 간결하면서도 노골적으로 자신의 뜻을 전달했다. 마치 전설적인 백정인 포정이 다시 살아 돌아온 것 같았다. 수백 명의 장로, 집사들을 다루는 날렵한 손놀림. 칼이 지나간 자리에 뼈와 살이 분리되듯 "외상 안수 받을 거냐?"라는 그 한마디에 내 것과 교회 것이 순식간에 나눠지며 그들은 피가 나는 생돈을 뜯어 바쳤다. 그가 던진 말의 화살은 폐부 깊숙이 박히는 것이어서, 시간이 지날수록 고통이 배가되었다.

그런데 명수창은 왜 그렇게 많은 SO를 모은 것일까. 사회적 약자를 돕고, 선교하기 위해서, 교회를 위해 그랬다고? 이 교수는 어디선가 많이 들어 보았던 변명 같다는 느낌이 들었다.

'어디였더라? 어디……'

순간 신사참배를 거부했던 아버지 모습이 떠올랐다.

"아버지!"

이건호는 창밖의 어두운 하늘을 올려다보았다.

그의 아버지 이원준 목사는 평안남도 중화 출신으로 일찍부터 개화하여 기독교를 받아들였다.

'변명도 이렇게 기묘한 인연이 있다니.'

일제 치하에서 신사참배에 찬성했던 목사들 대부분이 내세운 변명도 '교회를 지키기 위해서'였다. 이 변명은 그야말로 팔십 년 전한국 교회의 모습 그대로가 아닌가. 신사참배와 명수창이 쌓아 올린 검은 돈 앞에서 이건호가 일으키는 현기증을 명수창은 이해할 수 없을 것이다.

'아버지라면 어떻게 하셨을까?'

1938년 3월 총독부 학무국의 나카무라 종교과장이 김현호 조선
기독교 장로회 총회장을 비롯한 종교계 대표들을 총독부로 불러들
였다. 나카무라 종교과장이 열석한 그들 앞에서 획기적인 제안을
했다.

"그동안 여러분은 내지인과 조선인의 차별 대우에 대한 개선을
요구해 왔습니다. 이제부터 내지(일본)와 조선은 완전히 하나가 됩
니다."

나카무라는 그동안 내선일체의 추진 과정과 향후 정책 방향에 대
해 간략하게 설명했다.

"예?"

참석자들은 모두 놀랐다.

"미나미 총독께서 부임한 이래 조선의 애국적 인사들은 조선인
에게도 내지인과 동일한 대우를 해달라고 끊임없이 요구하지 않았
소? 조선인이라는 이등 신민의 설움을 없애고, 황국신민이 되어 충
성을 다하겠다고 했지요? 이제 조선과 일본은 하나이므로 황국신
민으로서 의무를 다해야 합니다."

참석자들은 자신들의 노력으로 조선인이 받는 차별 대우를 개선
할 수 있게 되었다고 생각하니 기뻤다. 그들은 일본이 던져준 미끼
를 덥석 물었다. 무엇보다 일본인과 조선인의 차별이 사라지는 것
은 고마운 일이었다. 아니 그보다 친일파들은 이류 국민으로서 겪

는 차별 대우와 주요 보직에서 배제되면서 지칠 대로 지쳐 있었다. 비록 허울뿐일지라도 친일파들은 일본인이 되는 그날을 오랫동안 기다려왔다. 그런 가운데 웬일인지 김현호 목사 혼자만이 떨떠름한 표정을 지우지 못하고 있었다.

'그런데 왜? 일본은 조선인을 종 부리듯 다루더니 갑자기 조선과 일본이 하나라고 하는 걸까?'

이미 학교에서는 조선말 사용이 금지되었다. 그거야 나라를 빼 앗긴 백성이라 어쩔 수 없는 일이다. 그런데 갑자기 '일본과 조선이 하나'라니? 너무 달콤한 제안이다. 무슨 꿍꿍이속이 있는 게 틀림없 다. 일본의 제안이 너무 달콤한 탓에 김현호 목사는 그 진의가 의심 스러웠다. 일본은 절대로 손해 볼 일을 할 종족이 아닌데, 무슨 속 셈이 있는 것이 분명해. 김현호 목사조차 일본의 의도를 알 수 없어 답답했다.

대체 뭘 얻으려고 저러는 걸까. 저렇게 결사적으로 서두르는 걸 보면 뭔가 급박한 일이 있다는 것인데……. 하루라도 빨리 조선인 들을 어딘가 활용할 필요성이 생긴 게 분명했다. 함정이 아닐까? 김 현호 목사는 직감했다. 그의 직감은 한 번도 틀린 적이 없었다. 그 렇다면 대체 일본의 노림수가 무엇이란 말인가. 그것을 알아낼 방 법이 없어 그의 머릿속은 복잡했다.

'대체 뭘 원하는 거지?'

김현호 목사는 교단의 간부들을 소집했다. 최근 조선총독부 간부 와 함께 동경에 다녀온 안정인 목사에게 의견을 물었다.

"안 목사님, 앞으로 어떻게 해야 좋을지 의견을 말씀해보시오."

그 말에 교단 간부들은 한결같이 놀라는 표정이었다. 교단 회의에서 김현호 목사는 한 번도 간부들에게 의견을 묻거나 들은 적이 없었다. 그저 상황에 대해 보고를 받을 뿐 모든 것을 스스로 결정하던 그였다. 결정을 내리는 일은 많은 정보와 인맥을 가진 김현호 목사만이 할 수 있었다. 더구나 일본의 충견이라 불리는 안정인 목사에게 의견을 물었던 적은 더더욱 없었다.

"일본에서는 지금 '동아 신질서'를 건설해야 한다고 난리입니다. 중일전쟁의 목적도 새로운 질서를 만들기 위함이고요. 보수파 중에는 프랑스령 인도차이나인 말레이시아와 보르네오 등이 포함된 더 넓은 지역을 하나로 하는, 대동아 신질서를 주장하고 있습니다. 그들의 주장을 들어보면 일본의 진짜 노림수는 인도차이나에 있는 것으로 보입니다. 일본은 중국을 격파한 다음 프랑스와 영국이 점령하고 있는 석유와 고무 등 자원이 풍부한 인도차이나를 확보하는 것이 목적인 듯합니다."

안정인 목사가 담담하게 말했다.

"뭐라고요?"

김현호 목사는 깜짝 놀랐다. 중국과의 전쟁은 그렇다 쳐도 인도차이나라면?

"일본인과 조선인을 합쳐 일억 명, 그에 반해 중국은 오억 명으로 무려 다섯 배입니다. 영국의 우방국인 미국을 감안하면 거의 열 배가 넘을 것이오. 그곳을 공략한다는 것은 영국과 미국하고 사느냐 죽느냐 한 치의 양보도 없는 처절한 전투를 벌인다는 것 아니오?"

김현호 목사는 그제야 일본의 속내와 노림수가 무엇인지 이해되었다.

'내선일체는 결국 조선인도 일본이 침략하는 모든 나라들과 처절하게 피를 흘리며 싸워야 한다는 뜻이었구나.'

죽느냐 사느냐의 싸움에 내몰린 것이다.

"일본은 그들에 비해 양적이든 질적인 측면에서 절대적으로 열세이지요. 그러니 일본으로서는 총력전을 펼치지 못하면 이길 수가 없습니다. 이미 지난해(1937년)부터 중국과 전면적으로 전쟁이 확대되면서 발등에 불이 떨어진 상태입니다. 이미 본국은 전시 총동원령을 내렸습니다. 이제 곧 조선 반도도 전시 총동원 체제로 변할 것입니다."

안정인 목사는 그렇게 판단했다. 김현호 목사도 그렇게 될 것으로 생각했다. 기독교 학교의 폐쇄와 반일 인사의 체포 등 일련의 정책을 보았을 때 총독부가 심하다 싶을 정도로 강경해졌다.

"안 목사, 그 판단이 틀림없겠지?"

"틀림없습니다."

안정인은 그렇게 말하고 김현호 목사의 얼굴을 바라보며 자신 있게 말을 이었다.

"이 전쟁은 일본이 반드시 이깁니다. 일본은 천하무적입니다. 지금 일본에 적극적으로 협조하면 우리도 아일랜드인처럼 일본인과 동등한 대우를 누리는 시대가 올 것입니다."

일본에 대한 협력과 충성을 자랑으로 여기며 적극적인 구애를 간청할 정도로 안정인은 변해 있었다. 그는 이미 뼛속까지 일본인이었다.

'돌이킬 수 없는 외통수 길을 선택했군.'

김현호 목사는 신음했다. 미국 테네시 주 밴더빌트 대학 출신인 김현호가 보기에 일본은 미국의 상대가 될 수 없었다. 하지만 일본이 미국의 힘에 밀리며 자신들의 무모함을 깨닫기까지 조선은 도마 위의 생선이 될 게 뻔했다. 어둠 속에서 소리 없이 다가오고 있는 위험, 보이지 않는 공포가 그 어떤 공포보다도 더 무서운 법이다. 김현호는 이런저런 생각에 곤혹스러웠다.

'우리가 비협조적으로 나가면 어떻게 될 것인가? 죽음뿐.'

"그렇다면 어떤 방법이 있을까요?"

"일본은 치밀합니다. 무슨 일이든 계획을 세우고 작은 일도 빈틈없이 챙기지요. 결국 그들은 중단하지 않을 것입니다. 이미 우리는 호랑이 등에 올라탄 형국입니다. 발등에 불이 떨어지면 어떻게 되겠습니까?"

안정인 목사가 되물었다.

"우리 발등에 불이 떨어진다면 말이오?"

"그렇지요. 내선일체는 사실상 신사참배, 조선어 폐지, 창씨개명이 한 묶음입니다. 종교계에서 내선일체란 곧 신사참배를 말합니다. 이제 총독부는 이 문제를 종교과에서만 다루지 않을 것입니다. 이미 경찰에 손을 써두었습니다. 이제부터 신사참배를 거부했다간 목숨을 잃을 것입니다. 작년에 이미 신사참배를 거부한 기독교 학교들이 폐교를 당했습니다. 우리 교단 역시 교단적 차원에서 신사참배를 결의하지 않으면 화를 입을 것입니다."

"그렇다고 성경에서 금하는 신사참배를 할 수는 없지 않소?"

김현호 목사는 당황하며 물었다.

"관점을 바꿔보시면 어떻겠습니까? 국기에 대한 경례라고 말입니다. 이미 교황청이나 감리교단은 그렇게 하고 있지 않습니까?"

안정인 목사가 웃으며 말했다.

'그럼, 가능하지.' 김현호 목사는 생각했다.

교황청도 처음엔 신사참배가 십계명의 제1계명을 위반하는 거라며 강경하게 반대했다. 그러다 일본의 강공에 돌연 태도를 바꾸어 신사참배는 종교 행사가 아닌 애국 행사라고 했다. 성경을 가르치고 예배할 수 있는 기회를 확보하는 것이 학교나 성당을 폐쇄되는 것보다 더 지혜로운 선택이라고 판단한 것이다. 그들은 신사참배와 예배를 동전의 양면으로 해석하고 함께 지속하기로 결정했다.

"흠, 재미있는 관점이오."

그 정도라면 신사참배를 해도 괜찮겠다고 김현호는 생각했다.

"그렇지만 어제까지 신사참배는 우상숭배라고 주장했는데, 갑자기 입장을 바꾼다는 게…….."

그것이 어려웠다.

"바로 그게 문제입니다. 이럴 땐 지나간 주장에 대해 변명하기보다는 상황 논리를 펴는 것이 최고입니다. 그때는 맞고 지금은 틀리다, 식의 논리 말입니다. 지금까지는 어떤 계기가 없었습니다. 신사참배를 하자, 그러면 반발이 심할 수밖에 없습니다. 그러나 이번에는 기독교 학교의 폐쇄가 이루어지고 있지 않습니까? 이보다 더 심각한 상황이 어디 있습니까?"

안정인의 단호한 말에 김현호는 고개를 끄덕이면서도 왜 그렇게 해야 하는지 아직은 스스로 이해되지 않았다. 김현호는 곧바로 대답하지 않았지만 마음이 흔들리고 있었다.

안정인은 아예 말못을 박았다.

"어쩔 수 없으면 앞장서야 합니다. 지금 총회장님이 먼저 나서지 않으면 안 됩니다. 총회장님은 미국 선교사들과 가까워 그들 편이 아닌가 하는 의심을 받고 계십니다."

안정인은 김현호가 아주 불리한 상황에 처해 있다는 인식만 하면, 방법은 알아서 찾아낼 거라고 생각했다. '남다른 업적을 쌓으려면 남다른 고통을 대가로 요구하는 것이 당연하지 않은가.'

김현호는 손으로 턱을 고이고 한참을 생각하더니 아무도 예상치 못한 결정을 내렸다.

"이번 회기에 신사참배를 가결합시다."

김현호의 말에 모두 입을 딱 벌렸다. 믿을 수 없는 일이었다. 신사참배를 그토록 반대하던 김현호가 갑자기 방향을 돌려 찬성을 하다니.

"그렇게 빨리요?"

시간이 어느 정도 걸릴 줄 알았는데. 안정인마저 어리둥절할 정도였다. 안정인은 오늘 당장 신사참배에 찬성할 것까지는 생각지 못했다. 가능하다면 그보다 더 좋은 일이 없을 테지만, 하루아침에 신념을 바꾸기란 그리 쉽지 않은 일이라고 생각했던 것이다.

"일본의 의도를 알았습니다. 그들의 칼날에 깊이 베이기 전에 이번에는 우리가 적극 협조하는 게 최선의 방책입니다. 다음 달에 임시 회의를 소집합시다."

김현호의 단호한 결정에 아무도 나서지 못하고 회의는 마무리되었다.

1938년 3월 서울 서대문의 S교회에 서울권역 장로교 목사들이 속속 모여들었다. 김현호 목사가 조선총독부 종교과장 나카무라를 만나고 온 이야기를 간략하게 설명했다. 신사참배에 대한 최종 결정을 독촉하면서 거부할 경우 목사들을 체포하겠다는 내용이었다.

"긴급 사안인 데다 안건 상정은 절차가 있어서 총회장 긴급 상정 건으로 제안합니다. 여러분과 함께 고민하고 방법을 찾아야 할 중대 사안입니다. 이대로 신사참배를 거부할지, 아니면 해야 할지 기탄없이 의견을 내기 바랍니다."

3·1운동 때처럼 그동안 교회가 여러 차례 위기를 맞긴 했으나 이번 사안처럼 심각한 경우는 지금껏 한 번도 없었다. 기독교 신앙에 어긋나는 신사참배를 내세워 교회를 없애려 하다니.

안정인 목사가 먼저 입을 열었다.

"신사참배를 해야 합니다."

단호한 어조였다.

"일본과 우리는 한 몸입니다. 물론 한 몸이 되기까지 문제가 없었던 것은 아니지만, 그건 다 지난 일입니다. 일본의 뜻을 적극적으로 받아들이지 않으면 큰 화를 당하게 될 것입니다. 그렇기에 가톨릭, 불교, 심지어 감리교단도 신사참배는 종교 행위가 아닌 애국 행위라고 한 것입니다."

김현호 목사가 고개를 끄덕여 동의의 표시를 했다. 순간, 소장파 이원준 목사가 반대 의사를 표했다.

"안 됩니다. 신사참배는 절대로 안 됩니다. 그건 십계명의 제1계명인 '우상을 섬기지 말라'를 위배하는 것으로 가장 큰 죄입니다."

"그게 가능하다고 생각합니까? 이대로 신사참배를 거부하다간 교회가 위험해집니다. 이렇게 간단한 사실도 인정하지 않겠다고 하니, 정말 실망스럽습니다."

안정인이 재반박했다. 또 이원준의 반박. 회의는 다람쥐 쳇바퀴처럼 돌기만 할 뿐 결론이 나지 않았다. 일본에 적극적인 지지와 협력을 주장하는 안정인 측 다수파와 이대로 계속 신사참배를 거부하며 신앙을 지키자는 이원준 측 소수파와의 의견 대립은 끝없이 계속되었다. 하지만 시간이 흐르면서 신사참배를 하자는 쪽으로 점차 기울어 긴급회의는 한 방향으로 흘러갔다.

'무리도 아니지.'

김현호 목사는 생각했다.

'신앙이 아무리 중요하다고 해도 교회가 문을 닫으면 무슨 소용이겠는가.'

조선은 망한 지 오래되었고, 이제 교회마저 폐쇄될 처지에 놓여 있었다. 중대한 기로였다. 신자들 대부분은 깊은 신앙을 가진 사람들이 아니었다. 미신이나 불교를 믿다가 목사들의 전도에 의해 교회에 이따금씩 나올 따름이다.

'교회 문을 닫게 되면 동요되어 그나마 있는 신앙마저도 버릴 텐데. 이 난세에 그들이 의지하고 예배할 교회가 폐쇄되도록 내버려

두는 것은 어리석은 일이지.'

교회를 지켜야 할 의무를 스스로 포기하는 거라는 생각이 들자 김현호가 무겁게 입을 열었다.

"어쩔 수 없는 일이오. 우리는 교회를 지킬 의무가 있습니다. 그러므로 때로는 고개를 숙이기도 해야 합니다."

여기저기서 안도의 숨소리가 들려왔다. 김현호는 이 또한 하나님의 뜻이라고 자신을 다독였다.

'이건 수치가 아니다. 교회를 지키는 것은 목사의 임무다.'

김현호는 이렇게 자신을 납득시키면서 말했다.

"우리 교단은 교회를 지키기 위해 신사참배를 하기로 결정했습니다."

거기서 말을 끊고, 김현호는 이원준을 똑바로 쳐다보았다.

'이미 승부는 결정이 나지 않았는가. 반항한들 무슨 소용이란 말인가.'

더 이상 쓸데없는 행동을 한다는 것은 자살 행위나 다름없다는 게 김현호의 생각이었다.

"총회장님, 지금 교회를 지키기 위해 신사참배를 하겠다고 하셨습니까?"

이원준이 다소 흥분된 어조로 말했다.

"그렇소."

"그럼 한 가지만 물어도 되겠습니까? 대체 교회를 지킨다는 것이 무엇입니까?"

이원준의 물음에 김현호는 얼굴을 찌푸렸다.

"그야…… 예수님과 신앙을 지키는 것이지요."

"신앙을 지키는 것이 교회를 지키는 것과 같은 뜻입니까?"

"……."

"교회를 지키는 게 신앙을 지키는 것은 아니지 않습니까?"

이원준은 교회가 중요하긴 하지만 그건 하나의 건물일 뿐 무엇보다 중요한 것은 신앙을 지키는 일이라고 힘주어 말했다.

"무슨 그런 얼토당토않은 말을 하시는 거요. 지금 우리가 신사참배를 거부하면 교회도 교인도 모두 무사하지 못할 것입니다. 신사참배는 그저 국민의례입니다. 이건 신앙을 버리는 것도 아니고, 신앙과는 아무 관련도 없습니다."

"관련이 없다고요?"

"없습니다."

이참에 결론지을 생각으로 김현호가 단호하게 대꾸하자 이원준은 고개를 가로저었다.

"그렇지 않습니다. 지금은 신사참배지만 나중에는 우리를 전쟁터에 보내는 도구로 사용할 것입니다. 신사참배를 반복하다 보면 '최고 존중심'을 갖고 경례할 수밖에 없을 테고, 그러면 자신도 모르는 사이에 천황에 대한 무조건적 복종의 태도가 몸에 익게 됩니다. 결국 조선인은 부지불식간에 황국인 일본의 번영을 위해 존재하는 도구가 됩니다. 그게 아니라면 우리 조선인을 존재할 이유도 가치도 없는 존재로 몰아갈 것입니다. 그런데도 신사참배가 살길이라고 생각하시는 겁니까?"

일본이 지금 새롭게 뭔가를 벌이려 하고 있다는 예감이 들었다.

그러나 그것은 어디까지나 예감일 뿐 설득의 근거가 되지 못함을 이원준도 알고 있었다.

'젊은 놈이 아무것도 모르는 주제에…….'

김현호는 떨떠름한 표정을 지으며 물었다.

"어떻게 그걸 아시오?"

"그럼, 일본이 조선을 위해 이럽니까? 일본과 조선이 하나인 것처럼 믿게 만들어 일본을 위해 충성을 다하라는 것 아닙니까?"

김현호는 일순 허를 찔리기라도 한 듯 잠깐 생각하고 나서 말했다.

"그러니까 진짜 하나가 되어야지요! 일본은 이미 중국의 대부분 지역을 점령했습니다. 그들이 깔아 놓은 동아 공영권의 고속도로를 타고 가서 우리가 복음을 전파해야 합니다."

"무슨 망발을! 어떻게 일본이 우리가 복음을 전파할 수 있도록 도울 거란 생각을 하십니까? 우리는 조선 예수교 장로회입니다. 그런데 지금 조선도 없고 예수도 없는 장로회이지 않습니까? 첫째, 명칭 첫머리에 '조선'이란 글자를 넣은 것은 교회가 일본에 종속하지 않겠다는 신념의 표현입니다. 신사참배는 그걸 포기하는 것입니다. 둘째, 예수교의 본질은 예수가 인류를 구원한 구세주라는 사실입니다. 하지만 신사참배는 일본의 천조대신이 최고의 신이고 예수님은 그 아래 단계라는 걸 의미합니다. 우리는 무엇을 믿는 종교입니까? 우리는 배교자가 될 것입니다."

이원준의 지적은 날카로웠다. 그의 말대로 일제 말기에 이르러서는 예수를 이르는 '구주, 구세주, 그리스도'라는 말이 들어간 찬송가와 성경 문구가 삭제되었다. 심지어 교계 지도자들은 천조대신의 이름으로 한강, 송도 등에서 세례를 받았다. 쉽게 말해 목사는 천조대신의 부하. 그 부하가 일반 교인을 대상으로 세례를 주었으니 이건 기독교가 아니었다.

"말도 안 되는 소리!"

김현호가 벌컥 화를 냈다.

"일본과 중국의 전쟁에서 연일 일본이 이기고 있습니다. 다만 중국과의 최종 승부에서 어느 쪽이 이길지 알 수 없소. 그러나 일본이 이기게 되면 일본에 협조하지 않은 교회를 그냥 두겠습니까? 강력한 힘을 바탕으로 교회의 싹을 제거하겠지요. 반대로 확률은 희박하지만 중국이 이길 것 같은 상황에 놓인다면, 일본은 어떤 방법을 동원해서라도 자신들의 정책에 방해가 되는 교회부터 가장 먼저 없애려 할 것입니다. 지금은 전시입니다. 애들 소꿉장난이 아니에요. 그렇다면 우리는 일본과 중국의 싸움을 그냥 지켜보고 있을 게 아니고 일본을 적극적으로 도와야 합니다. 이 일이 결과적으로 교회에 이익이 될 것입니다. 새삼 말하지 않아도 아실 텐데요."

좌중엔 침묵이 흘렀다. 김현호의 주장은 상황에 대한 정확한 진단으로 상당히 설득력이 있었다. 결코 과장된 말이 아니었다. 교회가 어떤 입장에 처해 있는지 모두들 정확히 알고 있었다. 일본은 사상과 정신의 일치를 최우선에 두고, 종교계마저 자신들의 충견으로 만들려고 했다. 천주교와 불교는 이미 무릎을 꿇은 상태였다.

"일본은 세상을 자기들 수중에 넣는 것 외에는 아무 관심도 없습니다. 결국 교회를 살리려면 그들의 정책을 따르는 수밖에 없지 않겠소? 이렇게 된 이상 일본이 이기도록 교회 종도 바치고 헌물도 바치고 최선을 다해 돕는 게 우리의 살길이 아니겠습니까?"

김현호의 날카로운 목소리가 참석자들의 가슴을 파고들었다. 김현호의 주장에 맞서 이원준은 단호하게 말했다.

"그렇다면 교회 문을 우리 손으로 닫아야겠지요. 이미 작년에 미국 남장로회 소속 학교 열 곳이 자진 폐쇄했고 이어서 북장로회 소속 학교 숭실·숭의, 대구의 계성·신명, 서울의 경신·정신 등이 차례로 폐교를 결정했습니다. 하나님의 말씀에 순종하며 바른 신앙 정통을 이어 가기 위해 일시적 중단이라는 고통을 감내하기로 결정한 것입니다."

그랬다. 남장로회는 1937년 9월 6일 신사참배일에 광주의 숭일·수피아, 목포의 영흥·정명, 순천의 매산, 전주의 신흥·기전, 군산의 영명 등 전국의 미션 스쿨 열 곳을 폐쇄했다. 이어 북장로회도 같은 해 10월 29일 자진 폐교의 길에 나섰고, 우여곡절 끝에 삼숭(숭실, 숭의 등)을 폐교했다.

이원준은 자신의 주장을 굽히지 않았지만 내심 두려웠다. 지금 걸리는 게 있다면 서너 달 후에 태어날 아이였다. 일곱 살 아들과 다섯 살 딸을 생각하면 가슴이 미어졌다. 한창 아버지를 필요로 할 때에 아이들과 헤어질지도 모른다는 생각이 들자 순간 망설임이 일었던 것이다. 마음이 흔들렸다. 그럴수록 이원준은 스스로에게 다짐이라도 하듯 더욱 강하게 말했다. 이대로 무너져버리면 그 죄의식에서 벗어나지 못할 것을 알기에.

"그렇지 않습니다. 일본의 도구가 되느니 차라리 우리 손으로 문을 닫아야 합니다."

이원준은 조금도 굽히지 않고 주장했다. 지금 이원준이 두려워하는 것은 교회 문을 닫는 것이 아니라 목사들이 일본에 굴복하여 신앙을 저버리는 것이었다. 그렇게 되면 신앙도 잃고 교회 또한 지킬 수 없기에, 그것만은 피해야 했다.

"저렇게 어리석을 수가! 일단 살아남고 봐야 다음을 기약할 것이 아니오?"

김현호가 답답하다는 듯 이원준을 경멸하며 말했다.

'이자가! 교회를 곤경에 빠뜨리려 하다니.'

김현호는 분노로 몸을 떨었다. 이제까지 온갖 죽을 고생을 다해 교단을 여기까지 끌고 왔는데.

'어째서 이원준은 이토록 집요하게 발목을 잡는단 말인가?'

김현호는 어이가 없었다. 너무 어이가 없어 더는 말이 나오지 않았다. 전국에 있는 교회 문을 닫으면 일본은 얼씨구나 하고 교회를 빼앗아 당장 신사로 바꿀 것이다. 지금 교회는 죽느냐 사느냐 하는 풍전등화와 다름없는 상황이다. 이럴 때는 참아야 한다. 참아야 이길 기회가 온다. 그런데 이원준은 신사참배를 거부하고, 안 되면 교회 문을 스스로 닫자고 하니, 말도 안 되는 소리였다.

'이 목사는 대체 무슨 생각을 하는 건가? 교회가 망하기를 바라는 것인가?'

김현호는 필사적으로 생각해보았다.

'일본은 교회를 장악하기 위해 온갖 수단을 다 쓰고 있다.'

교회에서 신사참배는 우상숭배이니 이것만은 빼달라고 부탁한들 응할 리가 만무했다. 일본으로선 교회를 불태우는 것도 목사를 죽이는 것도 그리 어려운 일이 아니었다. 1919년 3·1운동 때도 교회 안에 신자들을 몰아넣고 불태워 죽였던 일본이다. 악귀 같은 존재였다. 모든 교회, 모든 신자를 하나도 남김없이 죽일 수 있는 그런 악마였다.

　'그런데도 이원준은 왜 저런 주장을 펴는 걸까? 교회의 백년지대계가 달려 있는데.'

　그러다 갑자기 머릿속을 스치는 인물 하나가 생각났다. 가룟 유다!

　"당신은 교회를 파괴하려는 가룟 유다 같은 존재야!"

　김현호는 참지 못하고 이 말을 내뱉었다. 이원준은 최후가 다가오고 있음을 직감했다. 그의 의견은 받아들여지지 않았다. 이원준은 회의 도중에 교회 밖으로 나왔다.

　"우릴 다 죽이려 한다."

　"메슈바!"

　그의 뒤에서 험한 소리들이 쏟아져 나왔다.

　'메슈바라? 하나님께 등을 돌린 배역자! 내가 메슈바란 말인가?'

　이원준은 더는 방법이 없다고 생각했다. 교회는 배교의 기운에 휩싸여 있었다.

　'이제 참을 수 없는 악취가 한반도를 지배할 것이다.'

　'교회를 지키기 위해서'라는 허약한 변명이 세상 사람들에게는 용납될지 몰라도 하나님껜 용서받지 못할 것이다.

　'교회를 지키기 위해 예수님을 버리는 것이라니.'

며칠 후 총독부 종교과 직원과 다케다 서장이 교단 본부로 들어왔다.

"이렇게 찾아주셔서 영광입니다."

김현호는 환영의 뜻을 표했다. 김현호는 이 또한 하나님의 뜻이라고 스스로 다독거렸다. 눈앞의 다케다 서장이 많은 목회자들을 체포했다는 것을 모를 리 없었다. 그러나 반항한들 무슨 소용이 있단 말인가. 목숨만 헛되이 잃을 뿐이다. 교회를 지키고 교인들을 지키는 일이야말로 자신의 사명이다. 잠깐 하나님을 버리고 외도하는 것을 이해해주시겠지. 어쩌면 하나님도 일본의 발악을 감안해서 특히 이번 한 번만큼은 눈감아주시지 않을까?

그로부터 얼마 되지 않아 김현호와 서울권역 목사들은 숨을 헐떡거리며 남산으로 신사를 찾아 올라가 열을 지어 경건하게 참배했다. 드디어 한국의 장자 교단으로 자처하는 장로교 역시 평양 서문밖교회에서 제27회 총회를 열어 신사참배를 결의하고 목사와 장로들은 그 즉시 실천에 옮겼다. 화근이 되는 이원준 목사는 교회를 파괴하는 자로 규정되어 교단으로부터 파문을 당했다. 그러고도 일본의 온갖 회유를 거부하다 결국은 치안유지법 위반으로 체포되었다. 물론 이원준 목사의 교회는 폐쇄당하여 팔려 나갔고 그 대금은 전쟁 기금으로 일본에 바쳐졌다. 그 이후 벌어진 교회들의 일본에 대한 충성심은 실로 놀라운 경지에 이르렀다.

- 목사들은 한강, 부산의 송도 등 전국의 강과 바다와 호수에서 신도침

례를 실시했다. 신도침례는 신도의 신주(神主)가 더러운 옛것, 기독교적인 것, 비 일본적인 것, 비 신도적인 것을 씻어 내는 의식으로, '천조대신보다 더 높은 신은 없다'고 고백하고 침례를 받았다.

- 성경을 편집하여 구약성경과 요한계시록을 제거했다. 구약을 읽은 신학대생은 퇴교 조치했다.

- 찬송가 가운데서 그리스도의 재림과 통치와 하나님 나라에 관한 찬송, "만왕의 왕 내 주께서" 등을 삭제했다.

- 예배 시간 1부는 신사참배 의식을 통해 일본의 세계사적 사명, 일본과 조선은 하나라는 단일한 가공의 공동체로 끌어들이는 마술을 실시했다. 그리하여 조선인의 의식을 무력화시켜 일본과 동일성의 블랙홀로 만들었다.

- 장로교단은 1937년부터 삼 년 동안 국방헌금 158만 원 기부, 무운장구기도회 8,953회, 시국 강연회 1,355회, 전승 축하회 604회, 위문회 181회를 치렀다.

- 광주 지역 기독교는 교회를 세 곳만 사용하고 나머지는 폐쇄, 매각하여 일본에 전쟁 기금으로 바쳤다.

이원준은 감옥에서 이러한 소식을 듣고 눈물을 흘리며 통곡했다. '조선 교회가 어떻게 이 지경까지 되었단 말인가. 천조대신을 섬기고 전쟁 타령이라니.'

반면 김현호는 안정인 목사, 김활란 등과 함께 전국 곳곳으로 강연을 다니면서 조선의 젊은 청춘들에게 전선에 나가 애국적인 정열로 일본을 위해 모든 것을 바치라고 외쳤다. 특히 김현호는 전국을 누비면서 미·영 격멸과 황군 승리를 위해 기도회와 강연회를 개최했다.

이날도 종로에서 일본의 승리를 기원하는 기도회를 마쳤을 때, 안정인이 김현호를 찾아왔다.

"오키나와까지 뺏겼답니다. 곧 미군이 일본 본토를 공격할지 모른다는 소문입니다."

미국은 성난 파도처럼 밀려와 필리핀, 사이판을 탈환하고 1945년 4월에는 오키나와까지 점령했다.

"그게 무슨 소리요?"

김현호는 일본이 오키나와까지 빼앗겼다는 소식을 들으면서도 여전히 태연자약했다. 일본이 지금 불리하다고는 하지만 쉽게 항복하지는 않을 것이라고 믿었다.

"총회장님, 이대로 괜찮을까요?"

안정인이 답답한 듯이 물었다.

'난들 어떻게 알겠나, 이 어리석은 친구야!'

김현호는 고통스러운 표정을 지었다. 일본이 이리도 쉽게 태평양 바다에서 쫓겨날 줄은 몰랐다. 역시 미국과는 승산이 없는 싸움이었던가.

"이렇게 된 이상 죽기 살기로 열심히 활동하여 일본이 끈질기게 버틸 수 있도록 힘을 보태야 하지 않을까요?"

안정인은 확인이라도 하려는 듯 계속 물었다. 김현호도 그런 생각을 하고 있었다. 길은 두 가지뿐이다. 더 열심히 일본의 충견이 되든가 아니면…….

"총회장님, 이제 와서 발 빼실 생각하시면 안 됩니다. 이런 때일수록 함부로 방향을 전환하면 위험합니다. 일본이 불리하기는 해도 그들의 세상이 못 가도 이백 년은 갈 것입니다."

안정인의 말에 김현호는 고개를 끄덕였지만 불안감과 씁쓸함은 쉽게 가시지 않았다. 신사참배 찬반 논쟁을 할 때는 이원준이라는 반대 세력이 있었다. 교회를 폐쇄해서라도 신앙을 지키겠다는 결기도 있었다. 그때 총독부는 교단의 눈치를 보았다. 하지만 모두 친일파가 된 지금에 와서는 총회장인 자신조차 총독부가 두는 장기판의 졸이 되어 이리저리 휘둘리는 신세였다.

'어쩔 수 없는 일이야.'

김현호는 이럴 수도 저럴 수도 없는 형편이었다. 그러나 김현호는 광복의 날인 1945년 8월 15일에조차 광화문에서 청중과 함께 '천황 폐하 만세' 삼창을 했다.

최초의 인간은 죄 때문에 낙원에서 추방되었고, 그들의 자녀는 형제를 살해했다. 그리고 인간은 분열되었다. 한국 교회는 신사참배와 태양신을 섬긴 죄 때문에 낙원에서 버림받았고, 형제가 형제를 죽이고 죽였다. 그리고 남과 북은 갈라졌다.

삯꾼 목사와 말세

김일국 자살 사건 후 두 달이 지난 금요일 아침. 천안의 한 묘지 앞에 무릎 꿇고 있는 사내가 있었다. 이건호 교수였다.

"아버님."

이건호는 돌아가신 아버지 이원준을 불렀다. 신사참배를 거부했던 아버지, 한 사람 한 사람이 믿음 안에서 고유한 가치를 갖고 책임성을 가져야 한다고 강조하셨던 아버지. 정치 목사, 삯꾼 목사, 잘못된 설교자들을 엄하게 꾸짖던 아버지가 몹시 그리웠다.

"아무것도 달라지지 않았습니다. 목사도 인간도."

이건호는 자신이 나이만 먹었을 뿐, 한국 교회를 위해 아무것도 한 게 없다는 무력감에 견딜 수 없어 아버지를 찾아온 것이다. 그는 지금까지 메가처치와 사소한 전투는 있었지만 본격적인 전투는 해본 적도, 할 수도 없었다. 이건호는 솟구치는 회한을 억누르며 고개를 들어 하늘을 올려다보았다.

이건호는 자신이 꿈꾸고 있는 신앙의 지평이 여전히 아득하게 느껴졌다. 루터가 꿈꾼 성직자나 평신도는 각자 역할이 다를 뿐 신앙 안에서 모두 동등하다는 만인 제사장! 그는 한 사람 한 사람이 하나님의 아들로서 고유한 가치를 갖고, 구별된 삶을 살기를 바랐다.

'인간은 자신이 얼마나 경탄스러운 존재인지를 모른다.'

성공에 눈먼 정체 모를 괴물이 된 메가처치의 불온하고 탐욕스러운 공기와 신실한 평신도들의 진지한 어리석음이 합쳐져 세상 사람들에게 성스러운 공해 집단이 되어버린 교회의 현실이 참으로 암담했다.

그로부터 사흘 뒤에 로직스에서 명수창에게 접견을 요청해 왔다. 그간의 소송 진행 경과를 명수창에게 설명하고, 재판에서 증언할 내용을 정리하기 위해서였다. 그리고 SO의 진짜 실체에 대해 명수창에게 직접 확인하고 싶었다.

명수창이 직접 증언하는 게 원칙이었지만 명수창은 법정에 서는 것을 단호히 거부했다. 절충 끝에 심종수, 윤성욱 장로 두 사람이 대신 나가기로 했다.

"증인도 증거도 많지 않으니 비교적 간단하게 끝나지 않을까요?"

진행 과정을 지켜보던 박동제가 어색함을 깨고 조심스럽게 말을 꺼냈다.

"그렇게 간단한 문제가 아닙니다. 영수증 일부분이 이미 경찰에 있고, 더군다나 공식적인 절차를 밟아 자금을 형성한 것도 아니고 게다가 집행에 대한 결의나 그에 대한 기록이 없는 것도 문제가 됩니다. 상대방은 이 점을 집요하게 물고 늘어질 것입니다."

"그럼 아무 대책도 없이 나를 보자고 한 거요?"

명수창이 얼굴을 찌푸리자 측근들의 표정도 따라서 함께 일그러졌다.

"난 모든 걸 말했어요. 내가 무슨 말을 하려는지 다 알지 않습니까?"

자금의 실체와 규모가 어느 정도 까발려진 상태에서도, 명수창은 마치 정정당당한 판결을 향해 나가는 전사처럼 말했다.

"그야 그렇지만 다시 한 번 정리해보고 싶습니다. 몇 가지 빈칸이 있으니 좀 더 완벽하게 다듬을 필요가 있습니다."

주제는 다시 소송 대응으로 돌아와 한 시간여 동안 세부적인 내용들을 점검했다. 전에도 한 번 거쳤던 내용이라 명수창으로서는 지루하기 짝이 없었다. 하지만 증언을 앞두고 있는 두 장로는 법정을 머릿속에 그려가며 이것저것 자세히 물었다. 젊은 변호사가 그들을 위해 대본과 질의응답 따위를 준비했는데 솜씨가 아주 놀라웠다. 사소한 부분까지도 꼼꼼히 체크한 빈틈없는 준비였다. 이대로만 된다면, 사건은 쉽게 종결될 것이다. 그다지 놀라운 일도 아니었다. 로직스는 그들의 서비스에 만족하는 많은 목사들을 고객으로 확보하고 있다며 자랑스러워했다. 그들의 설명을 듣다 보니 이 세상은 증거 변조, 자금의 분식, 세금 포탈을 일삼는 악당들이 우글거리는 세계였다.

'세상 참, 말세다'

명수창은 속으로 중얼거렸다.

충(忠)과 환(患)

그날 저녁 명수창 목사는 휴식을 취하고 있었다. 아내 조성은 사모는 여전도회 회장단과 저녁 만찬이 있어 외출 중이었다. 명수창은 소파에 앉아 텔레비전을 켰다. 채널을 여기저기 돌리다 자연 다큐멘터리에 눈이 갔다.

세렝게티의 동물들을 찍은 프로그램이 재방송 중에 있었다. 누, 얼룩말, 들소, 톰슨가젤 들이 엄청난 규모의 군집을 이루며 풀을 뜯고, 가젤의 경쾌하고 날렵한 몸짓, 아름드리나무들, 끝없이 이어지는 초원과 파란 하늘, 동물과 자연이 함께 어우러진 평화의 공간이었다.

철저하게 약육강식이 그대로 노출되어 있는 곳, 수풀 뒤 곳곳에 초식동물들의 목숨을 노리는 사자들이 몸을 숨긴 채 기회를 엿보고 있었다. 낮은 포복으로 가젤의 무리를 향해 다가가는 사자, 며칠 굶었는지 눈빛이 날카롭게 번득였다. 화면 속 풍경은 팽팽한 긴장감으로 넘쳤다. 갑자기 사자가 튀어 오르며 새끼 가젤을 추격한다. 숨막히는 추격 끝에 목숨을 잃은 새끼 가젤. 쫓고 쫓기는 피 튀기는 장면이 지나자 다시 조용해지며 넓은 초원의 동물들을 롱 테이크로 보여준다. 다시 찾아온 평화, 그러나 이들에게 있어 사자보다 더 큰 위협은 대지가 메마르는 건기가 오기 전에 새 초원으로 이동해야 굶어 죽지 않는다는 사실이었다.

명수창은 먹고 먹히는 자연의 세계를 보면서 새삼 인간의 세계와 다를 바 없음을 깨닫는다. 강한 자만이 살아남는다.

"아버지!"

현관에서 딸 명은미가 부르는 소리가 들렸다.

"무, 무슨 일이냐?"

갑작스러운 딸의 방문에 명수창은 흠칫 놀란 표정을 지었다.

"주님을 기쁘게 하기 위해, 열매를 많이 맺으려 노력하다 보니 교회가 성장했습니다. 우리는 열매를 많이 맺어야 합니다. 작은 교회가 아름답다는 말을 믿지 마세요. 목회에 실패한 이들이 하는 변명입니다. 주님 보시기에 큰 교회가 아름답습니다."

어느 날, 명수창의 설교에 대해서 자기 생각을 거침없이 내세우며 반발하던 명은미였다.

"어떻게 작은 교회는 실패한 목회라고 말씀하실 수 있어요? 한국 교회의 모판이며 뿌리인 작은 교회와 목사들을 무능한 사람이라고 말씀하시면 안 되지요. 작은 교회는 그렇지 않아도 힘든데 이제 뜻

있는 사람들조차 그곳에 가지 않으려 할 거라고요."

또 명수창이 예루살렘 성전을 지으려 했을 때에는 이런 말도 했던 딸이다.

"교회 건물을 왜 그렇게 크게 지으려고 하세요? 지금도 이미 너무 크잖아요."

이해를 못 하는 건지, 안 하는 건지 명수창은 딸을 설득할 수 없었고 딸 역시 한 발자국도 물러서지 않았다. 명수창으로선 사사건건 충돌하는 딸과 대화를 하는 게 정말 고통스러웠다. 그런 은미가 한동안 연락을 끊었다 갑자기 나타난 것이다. 명은미의 안색은 여전했지만 부쩍 성숙해진 모습이었다. 명수창은 오늘만큼은 딸과 말싸움을 하거나 감정이 격해져선 안 된다고 마음을 다잡았다.

"정말 잘 왔다. 그래도 얼굴 좀 보고 살자. 가끔은 보고 싶을 때가 있더라."

"예, 죄송해요."

부녀는 일단 간단하게 인사를 주고받았다.

"제가 걱정하는 것은……."

잠시 머뭇거리던 명은미가 심각한 표정을 지으며 말했다.

"아버지의 목회는 한국 교회의 미래였어요."

오늘따라 명은미는 신중했다. 지난번 명수창과 대성교회를 너무 직접적으로 비판한 탓에 그 뒤로 거리가 생겼고, 그 일이 명수창을 더 완고하게 만들었을 거라고 생각했기 때문이다. 명수창 입장에선 철없는 딸의 일방적인 비난을 듣고 싶지 않았다. 한국 교회의 미래와 현재를 어찌 어린아이와 논하겠는가.

"한국 교회의 미래라고 했니?"

명수창은 자신도 모르게 쓴웃음을 지었다.

'육십이 넘은 어른이 겨우 서른을 넘긴 딸의 걱정거리가 되고 있다니.'

그러나 명은미는 여전히 심각한 표정이다.

"왜 그랬어요? 아버지!"

명은미의 말에 어딘가 모르게 가시가 박혀 있었다. 명수창은 도통 무슨 말인지 모르겠다는 얼굴이었다. 명은미가 다시 공격적인 어조로 따지고 들었다.

"SO 사건에 대해 들었어요. 어떻게 된 거죠?"

명수창은 가슴이 뜨끔했다. 결국 이 얘기를 하려고 왔군.

"SO라니? 왜 그런 걸 내게 묻는 거냐?"

잠시 숨을 가라앉힌 뒤 명수창이 입을 열었다.

"아버지는 늘 자신은 집도 없는 사람이라고 설교하셨잖아요? 그런데 무엇을 위해 그렇게 많은 비자금을 만드신 거지요?"

"그건 나와 아무 관계가 없다. 다 교회 돈이지!"

"부끄럽지 않으세요? 김일국 장로님도 비자금 때문에 돌아가신 거잖아요?"

"……."

명은미의 도발적인 말에 명수창은 입을 다물었다.

"아버지, 이제 그만 다 내려놓으시고 편히 쉬시면 정말 좋겠어요."

명수창은 미간을 찌푸렸다. 여유 있게 대응하기 위해서라도 인내심이 필요했다. 하지만 '이제 그만 다 내려놓으시고'에서 '이제'란 말이 그의 명치를 치받았다. 명수창은 한때 딸한테 존경받기를 기대한 적도 있었다. 그러나 그게 불가능하다는 걸 알게 되면서 이내 접었지만 딸에게 매몰차게 비난받는 일은 여전히 그에게 아픔이었다. '이제 그만'이라는 말이 화살처럼 날아와 그의 가슴에 박혀 파상풍을 일으켰다.

"아버지는 지금 세상 방식대로 물질의 힘으로 목회하시고 계시잖아요. 결국 그것이 덫이 된다는 것을 왜 모르세요? 처음 목회를 하셨을 때 가지셨던 그 마음을 회복하셨으면 좋겠어요."

"그만해라."

명수창이 정색하며 말을 끊었다. 그는 화가 치밀었다. 자신에게 설교하려 드는 딸의 말을 더는 듣고 싶지 않았다.

"그 돈 때문에 장로님이 돌아가셨는데도 아직 미련이 남으신 거예요?"

명은미는 물러서지 않겠다고 단단하게 마음먹고 왔는지 다시 따지고 들었다.

"그건 내 탓이 아니다. 본인이 횡령한 일 때문에 괴로워서 저지른 일이지."

"과연 그럴까요? 말이 교회 자금이지 아버지의 비자금을 관리하다 그렇게 된 거라고 다들 수군거리고 있어요."

'아니, 아니라는 데도 이놈이 정말.'

명수창은 기가 막혔다.

"누가 그런 소리를 하더냐? 말도 안 되는 소리 하지 마라. 사실이 아니니까 곧 오해가 풀리겠지만…… 나는 이보다 더한 일도 지금까지 잘 헤쳐 왔어."

명수창은 딸을 노려보다가 귀찮다는 듯 내뱉었다.

'아버지는 이 사태를 너무 안이하게 보고 계셔.'

명은미는 여전히 불길한 느낌을 떨쳐버리기 힘들었다.

"다 제자리에 돌려놓고 은퇴하시면 정말 좋겠어요."

"……."

명수창은 불쾌한 표정을 지으며 입을 꽉 다물었다.

이상해, 라고 명은미는 생각했다. 이렇게 큰 사건이 벌어졌는데도 너무 차분하거든. 바로 그 점이 수상쩍었다. 김일국 장로와는 한 가족이라 할 만큼 매우 가까운 사이였다. 김일국 장로가 아버지의 비자금을 관리하다가 죽었는데도 아버지는 평상시와 다름없다니.

"왜 말씀이 없으세요? 대성교회는 돈이 너무 많아요. 흘러넘치는 돈을 주체하지 못해서 이런 일도 생기는 것이고요. 결국 돈이 아버지와 교회를 타락시키는 거라 생각해요."

날카로운 어조였다.

그때 모임을 마치고 돌아온 사모 조성은의 목소리가 들려왔다.

"은미야! 오랜만에 집에 와서 이게 무슨 짓이냐?"

결정적인 순간에 어머니 조성은이 나타난 것이었다. 딸 은미가 다시 입을 떼려고 하자 사모 조성은이 제지했다.

"알았다. 그만해라. 아버지도 지금 힘들고 괴로우셔. 가족인 우리가 이해해주지 않으면 누가 하겠니?"

명은미는 어머니 조성은을 날카롭게 노려보았다. 조성은은 그 시선을 피했다. 피곤했다.

명수창 역시 명은미와 말싸움을 할 생각은 추호도 없었다. 어차피 물과 기름. 다만 한 가지, 딸의 말처럼 했다가는 지금처럼 세계 선교의 전진기지 역할은커녕 아주 작은 교회 하나 꾸려 나가기도 힘들었을 것이다.

'세상에 뭔가 선한 일을 하기 위해서는 영향력을 가져야 하고, 그러기 위해서는 돈이 힘인 것을!'

그러나 명수창은 그 말을 입 밖에 내지는 않았다. 부자연스러운 침묵이 흐른 뒤 명은미는 아버지와 더는 대화가 이루어지지 않을 것 같아 자리에서 일어났다. 명은미는 부모에게 인사를 하는 둥 마는 둥 집을 나섰다.

어둠이 깔린 골목길, 명은미의 가슴속에 불길한 예감이 불꽃처럼 타닥타닥 일었다.

'이보다 더한 일도 잘 헤쳐 왔다고?'

한국 교회는 맘몬이라는 우상을 깨트릴 사회적 책임을 갖고 있다며 돈의 지배를 경계한 것도 아버지였고, 자신은 집조차 갖지 않겠다고 강조한 것도 아버지였다. 그랬었는데 은밀히 비자금을 만든 이유는 무엇인가.

'수치스러워 견딜 수 없는데 아버지는 어찌 그리 잘 견뎌내는 것일까?'

명은미는 아버지와 자신은 참 다른 DNA를 가졌다는 걸 느꼈다. 비자금이란 단어 하나만으로도 그녀는 오물을 뒤집어쓴 것처럼 수치스럽게 생각되었다. '맘몬의 우상을 깨라'고 했던 아버지의 말 속에 숨겨진 이면에는 무엇이 있었을까. 아버지가 갖고 있는 돈에 대한 가치관은 두 겹, 세 겹으로 감추어져 있어 쉽게 속내를 알아차리기 힘들었다. "신앙과 돈, 그건 양자택일의 문제가 아니다. 돈은 누가 어떻게 쓰느냐에 달라진다"고 말하던 아버지였다.

작은 골목길을 돌아 큰길로 나오니, 간판에 유난히 붉은 글자로 쓰인 '관(串)' 자가 밝게 빛나고 있었다. 횡단보도 건너편 주유소가 있는 길모퉁이 건물 이 층 양꼬치 식당의 간판이었다. 그녀는 신호를 기다리며 계속 '관' 자를 바라다보았다.

누구였는지 기억나진 않았지만, 마음의 중심이 하나면 충(忠)이고, 중심이 둘이면 꼬챙이에 꿰인 근심인 환(患)이 되어 정말 괴로워진다며 양다리 걸치지 말라고 했던 말이 떠올랐다. 그 양다리는 아니지만, 신앙과 돈의 관계 또한 마찬가지라는 생각이 들었다. 그날 저녁, 명은미는 거리에 서서 아버지의 무서운 진면모를 비로소 꿰뚫어 보았다. 돈을 전혀 밝히지 않는 것처럼 포장하면서 안으로는 그악스럽게 돈을 챙기는, 그 둘이 어긋나지 않고 절묘하게 조화를 이루고 있는 아버지의 이중성이 새삼 놀라웠다.

명은미의 마음은 어둡고 발걸음은 무거웠다. 그사이 신호가 파란불로 바뀌었는데도 횡단보도에 서서 사팔뜨기처럼 양꼬치집 간판의 '관(串)' 자와 주유소 사이 어느 지점에 시선을 두고 멍하니 바라보았다. 어느새 그녀의 눈가에 눈물이 맺혔다. 관(串)은 상이 점점 흐릿해지더니 중(中)인 듯 뭉개지다가 이내 다시 붉은색으로 번져 갔다.

3부

신화의 탄생

모세의 시간

한편, 명수창은 SO 문제로 인해 신경이 곤두선 데다 딸 은미에게 불의의 일격까지 당해 속이 불편했다. 왜 잊을 만하면 속을 뒤집어 놓는 것인지 그 이유를 알 수 없었다.

"왜, 저 아이는 축제 분위기에는 찬물을 끼얹고, 괴로운 일에는 소금을 뿌리는 거지?"

명수창이 참지 못하고 말을 입 밖으로 꺼냈다. 버르장머리 없는 놈! 자식이라도 이럴 땐 너무나 싫었다.

"아직도 그 생각 해요?"

"은미는 도대체 왜 저러는 거야?"

"철이 없어서 그래요. 그만 잊어요."

조성은이 혀를 찼다.

"아무리 그래도 그렇지."

"너무 마음 쓰지 말아요. 당신 너무 소심해진 거 아니에요?"

"내가 뭘?"

"나이가 들어서 그런지 자꾸 사소한 일에도 부쩍 신경 쓰고……."

조성은이 속으로 중얼거렸다.

'남자들은 나이가 들면 작은 일에도 서운해하는 은사를 타고난다 더니 저이도 어쩔 수 없나봐.'

"이게 사소한 일이야?"

"그 얘기 이제 그만해요."

조성은의 목소리에 단호함이 실려 있었다.

"그 얘기 그만해요."

명수창은 조성은의 말을 따라 하면서 아내의 얼굴을 새삼스럽게 바라보았다.

"은미는 당신처럼 모세의 시간도, 야곱의 시절도 겪어 본 적이 없 잖아요."

두 사람이 무심히 나누었던 과거의 추억들. 아내 조성은이 되감 기 버튼을 눌렀다. 명수창이 힘들거나 기분이 좋을 때 털어놓았던 모세와 야곱의 시간이 아내 조성은의 입을 통해 불현듯 되살아났 다. 그립고 아득한 시간들.

'모세의 시간이라.'

명수창 목사는 마음속으로 중얼거렸다.

"농사꾼이 뭔 공부가 필요해!"

가부장적인 아버지의 눈을 피해 강물에 바구니를 띄운 그의 어머

208

니. 그 안에 열 달 동안 자신의 자궁에 품고 스스로를 덜어 생명을 나누어 준 자신의 분신을 실어 보낸 어머니. 물살에 실려 떠내려가다 턱, 나무뿌리에 걸려 하나님이 예비해 둔 누군가의 손에 건져져 이 시대의 큰 인물이 되길 간구했던 어머니.

먹구름이 몰려와 당장이라도 큰비가 내릴 듯 어두컴컴한 색깔로 칠해진 도화지 같은 그의 마음속으로 쇠라의 점묘화 같은 조성은의 몇 마디 문장이 흘러 들어오자, 명수창은 이내 햇살이 드리운 것처럼 점점 밝아졌다. 마치 개울을 따라서 모천으로 회귀하는 연어처럼 명수창은 가까운 과거에서 더 먼 유년의 기억 속으로 순식간에 빨려 들어갔다.

새로운 소망

명수창은 지지리도 가난한 경상북도 S군, 사방으로 멀고 가까운 산들이 겹겹으로 에워싼 아주 외딴 시골에서 태어났다. 초등학교도 교회도 10킬로미터 이상 산길을 걷고 넓은 개울을 건너야 다닐 수 있었다. 이십 여 가구가 옹기종기 얕은 산자락 밑에 자리 잡고 있어, 밤사이 일어난 일들이 동트기 전에 다 알려졌다. 그렇게 온 마을이 한 식구나 다름없었다. 너나 할 것 없이 모두 가난한 시절이었지만 그의 집은 유난히 더 가난했다. 아버지는 부지런하고 성실해서 아홉이나 되는 자식들과 부모님의 끼니 정도는 해결할 수 있었지만 농사만으로 한계가 분명해 미래를 기약할 수 없었다. 그의 어머니는 지독한 가난의 굴레에서 벗어나기 위해 필사적으로 교회에 매달렸다.

"귀하게 얻은 막내아들 명수창만은 복된 인생이 될 수 있게 반드시 교회에 데리고 나가겠다."

남편의 반대에도 불구하고 그의 어머니는 아들을 업고 십 리가 넘는 길을 걸어 교회에 출석했다. 시골 교회 목사가 들려준 성경과 성경 속 인물들이 명수창에겐 세상의 전부였다. 아버지를 이어 가난한 농사꾼이 될 게 뻔한 운명 속에서 명수창은 요셉 같은 성경 속 인물에 반해 자신도 그런 인물이 되겠다는 꿈을 꾸었다. 고달픈 삶에서 하나님의 손길이 불쑥 그를 건져내어 멋진 역사의 주인공으로 만들 수 있는 곳. 성경에서는 자신 같은 벌거숭이도 장군과 총리로 재탄생했다.

'몸과 마음을 다 바쳐 하나님을 믿으면 성경 속 인물들처럼 나도 그런 인생이 될 수 있다.'

명수창은 그렇게 굳게 믿으며 급격히 솟구치는 소망의 소용돌이에 자신을 내맡겼다. 그렇게 성경 속 인물들에 깊이 빠져들면서부터 그의 눈빛은 달라지기 시작했다.

"너는 도시에 나가서 공부하여라. 잘 공부해서 하나님을 섬기는 종이 되어라. 너는 이곳에서 썩을 사람이 아니다."

새벽 예배를 마치고 짙은 안개 속을 걸어 집으로 돌아오는 길에 어머니가 그에게 말했다. 그때 어머니의 눈에는 비밀스러운 기운이 감돌았다. 일종의 묵계라 할까. 어머니는 아버지의 눈을 피해 사랑하는 아들을 바구니에 담아 강물로 띄워 보냈다. 이곳에서 농사나 지으며 썩을 아들이 아니라고 어머니는 확신했다.

하나님, 제게 힘을 주세요! 그는 고향을 떠나 신학교에 진학했다. 그곳에서도 새벽에 홀로 일어나 성경 속의 인물들을 묵상했다.

'예수님을 위해 사는 삶이 되고 싶습니다.'

졸업 후 그는 고향 근처의 시골 교회 전도사로 첫 목회를 시작했다. 하지만 강에 떠워진 그의 운명에 턱 걸린 건, 귀인이 아니라 허약한 몸과 영양실조로 인한 결핵이었다. 고난과 시련은 영광스러운 길을 가기 위한 첫 관문, 그는 오히려 하나님의 능력을 체험할 좋은 기회라 여겼다. 아니 그렇게 믿고 싶었다. 시련이 끝나는 곳에서 빛나는 날을 맞으리라. 육체적 고통은 영광스러운 날을 기약하는 징표라고 그는 믿었다.

"나는 나을 것이다. 나는 이기리라. 주님이 나와 함께하신다."

수십 번도 넘게 하루도 빠짐없이 그는 외쳤다. 나으리라는 소망을 갖고 치료를 위해 약을 먹고 가나마이신 주사를 맞았다. 하지만 약이 독했던 탓인지 위장까지 나빠졌다. 암포젤-엠이라는 위장약에 이것저것 한 주먹씩 되는 약을 먹어야 했다. 그러다 보니 다시 간이 나빠졌고 여기저기 고장이 나면서 아프지 않은 곳이 없었다. 생명의 촛불이 서서히 꺼져 가는 것 같았다. 병이 깊어지는 상황 속에서 그는 통곡하면서 믿음의 말을 움켜쥐었다.

"나는 이기리라. 나는 반드시 나으리라."

하지만 설상가상 몸만 나쁜 게 아니라 교회도 어렵고 경제적으로도 매우 힘들었다. 강단에 서 있기도 힘들 만큼 몸이 망가진 상태로 십여 년간의 시골 교회 목회는 특별한 성과 없이 그렇게 끝이 났다.

'시골 교회 목회가 나에게 적합한가?'

그는 흔들렸다. 어려움을 견디며 십 년을 버텼지만 길이 보이지 않았다. 쓸 만한 젊은이도 바람 잔뜩 든 젊은이도 너나 할 것 없이 저마다 살길을 찾아 서울로 향했다. 서울로 가야 하나, 수없이 고민하며 그는 엎드려 기도했다.

'서울에 교회가 오만 개 있다면, 왜 내가 오만 한 번째 교회를 해야 하는가?'

어두운 밤 남산에 올라가 내려다보면 들이붓기라도 한 것처럼 네온 십자가로 가득한 서울의 밤하늘. 그때 머릿속으로 한 줄기 섬광처럼 지나간 계시.

'그냥 교회가 아니라, 교회의 롤 모델이 되어라. 병들고 어려운 사람의 처지를 아는 네가 서울에 가서 모범이 되는 교회를 만들라.'

지난 십 년간의 목회에 몸도 영혼도 지친 그에게 소생의 봄바람을 불어넣어 주는 전언이었다. 지난 세월이 무의미한 허송세월이었음을 스스로 인정하는 것이 두려워서 지금껏 시골 목회를 그만두지 못했건만……

드디어 명수창은 바닥이 보이지 않는 깊은 계곡을 눈 질끈 감고 건너뛰는 심정으로, 두려움을 누르고 신학교를 다녔던 서울로 향했다. 어쩌면 단단한 동아줄을 잡아 단숨에 수렁에서 빠져나올 수 있을지도 모른다고 기대하면서.

종점 인생

총 한 발이 가져온 겨울 공화국의 갑작스러운 종말, 그로부터 얼마 지나지 않은 1980년 봄 서울 송파구의 한 끝자락. 가난한 농촌에서 올라온 이들은 집값이 강남의 반의 반도 안 되는 변두리에 삶의 터를 잡고 정착했다. 지긋지긋한 가난을 피해서든, 자녀 교육에 투자하면 밝은 미래가 펼쳐질 것이라 믿어서든, 고단한 삶을 무릅쓰고 상경한 사람들이었다.

명수창은 버스 종점의 상가 이 층에 삼십 평의 작은 교회를 세웠다. 대한민국의 위대한 소리가 되겠다는 뜻으로 이름도 대성교회라 지었다. 서울은 명수창이나 이곳 주민들 모두에게 낯선 이국땅이었다. 누구나 노력하면 가난에서 벗어날 수 있다는 신화를 믿고 성공의 과실을 따보겠다고 서울로 올라왔건만 그 시간은 한없이 유예되었다. 어쩌면 그날은 아예 오지 않을지도 몰랐다. 삶은 좀처럼 나아질 기미를 보이지 않았다. 사람들의 얼굴은 점점 어둡게 일그러져 갔다. 물질을 절대적 가치로 여기는 세상의 흐름 속에서 그들을 피폐하게 만든 건 가난만이 아니었다. 사람들의 의식 밑바닥에는 깊은 절망이 드리워져 있었다. 이른바 '종점 인생'들의 마음은 어두움이 짙게 깔려서, 아무리 기다려도 빛이 보이지 않을 것 같은 좌절감으로 늘 우중충했다. 사람들은 삶에 지쳐 거친 욕을 입에 달고 살았다.

명수창은 하루 벌어 하루 먹고사는 그들에게 가장 필요한 것은 위로와 희망이라고 생각했다. 그는 자전거 안장 뒤에 성경을 단단히 묶고 교인들의 집을 일일이 찾아다녔다.

'목자는 양 한 마리 한 마리 그들의 상태를 알아야 한다. 무엇보다 교인들의 사정을 모르면 아무것도 할 수 없다.'

〈잠언서〉를 읽다가 발견한 명수창의 목회 방침이었다.

"네 양 떼의 형편을 부지런히 살피며 네 소 떼에 마음을 두라."

양을 보살피는 데에는 정성이, 양을 보호하는 데에는 지혜가, 양을 찾는 데에는 사랑이 필요하다고 어느 목사는 말했다. 이 모든 가치를 한마디로 축약하면 섬김이었다. 양들을 알기 위해서는 우선 만나서 대화의 물꼬부터 터야 했다.

교인들이 어떻게 살고 있는지, 가족 현황은 어떠한지, 어떤 것으로 고통 받는지 등등 그는 정확히 알고 싶었다. 그들의 고충이야 명수창이 조금만 주위를 돌아보면 쉽게 짐작할 수 있는 일이었지만 일일이 직접 확인하고 그들 가까이에서 호흡하고 싶었다.

대성교회가 있는 버스 종점에는 버스 안내양들이 많이 살았다. 명수창은 그들을 전도하는 일에 주력했다. 그들은 가난한 농촌 출신이라는 공통점이 있었는데. 그들 중에는 동생의 학비와 가족의 가난을 떠안은 소녀가장도 많았다. 그들의 하루는 고달팠다. 하루 열여덟 시간에 가까운 노동도 힘들었지만 자식의 나이를 속여 차비를 내지 않으려는 엄마, 짓궂은 손장난이나 성희롱하는 승객, 조금만 맘에 안 들어도 욕설을 퍼붓는 취객, 수많은 불량한 인간 군상들을 상대로 온종일 실랑이를 벌여야 했다.

고달픈 삶, 자기 스스로 통제할 수 없는 처지에 있는 그들의 삶은 자신들이 꿈꾸던 서울 생활과는 거리가 멀었다. 자연스레 그들은 삶에 대한 푸념을 입에 달고 살았다. 억척스럽고 강한 생활력에도 불구하고 그들의 삶은 좀처럼 나아질 기미를 보이지 않았다. 오로지 돈의 가치만을 지닌, 전통이 사라져버린 냉혹한 사회, 그들은 고향을 그리워했다. 그 자리 그대로 넉넉한 품이 되어 고단한 그들을 포근하게 감싸 안아주는 고향 집을.

명수창은 그들을 위해 교회를 스물네 시간 개방했다. 감당할 수 없는 삶의 부조리에 그들의 마음은 꿈틀대는 절망의 마그마처럼 억눌려 있었다. 김숙자를 비롯한 안내양 서너 명은 하루도 빠짐없이 교회에 나왔다. 그녀들의 일과는 대부분 밤 열한 시 가까이 되어서 끝이 났고 비칠비칠, 절반은 잠에 취한 채 천근만근 무거운 몸을 이끌고 교회에 나와 구석 자리에서 간절히 기도하다가 끝내 눈물을 쏟기 일쑤였다. 인간은 얼마나 눈물이 많은 존재인가. 밀물처럼 눈물이 차올라 매일 울어도 가슴속 우물은 마를 날이 없었다. 게다가 수시로 치러야 했던 일명 '삥땅'을 확인한다며 몸수색을 당하기라도 한 그런 날에는 설움이 배가되었다.

김숙자는 기도를 하다 여기에 오기까지 힘겹게 버틴 오늘의 상황이 영상처럼 주르륵 흘러 지나갔다. 잊히지 않는 순간, 울컥! 역류하는 하수처럼 온몸의 피가 역류했다. 그녀는 여느 날처럼 승객들을 꽉꽉 밀어 넣었다. 승객들은 사방에서 몸이 조이고 숨이 막혀도 소리조차 지를 수 없었다. 얼마나 달렸을까. 갑자기 이십 대 초반의 빤질빤질 기름기 좔좔 흐르는 올백 머리의 한 젊은이가 양복을 툭툭 털더니 급기야 김숙자에게 욕설을 뱉었다.

"야, 이년아. 양복이 다 구겨졌잖아. 네가 책임질 거야?"

김숙자는 어이가 없어 그를 쳐다보았다. 얼굴에 쓰여 있는 건 아니지만 꽃무늬 남방에 단단한 체구와 이죽거리는 모습에서 건달이라는 걸 한눈에 알아차릴 수 있었다. 그녀의 눈이 동그랗게 커졌다.

"이년이 어디서 눈을 크게 떠. 내가 우습게 보이냐. 이걸 콱!"

그는 당장이라도 김숙자의 머리를 잡아챌 기세였다. 입에서 나오는 말마다 쌍소리였다. 그녀는 얼른 고개를 돌리고 눈을 질끈 감았다. 다행히 얻어맞지는 않았지만 온갖 험한 소리를 고스란히 들어야 했다.

'고객은 왕? 그래! 성질 더럽고 개 같은 왕이다.'

건달의 뒤통수를 후려갈기듯 버스 문을 강하게 닫는 것으로 그녀는 머리끝까지 차오른 화를 소심하게 풀었다. 하지만 불쾌했던 상황이 계속 그녀의 머릿속에 껌처럼 달라붙어 있었다. 일하는 시간에는 간도 쓸개도 기숙사에 다 빼놓고 나온다고 생각했는데, 몸 한 구석 어디선가 씁쓸한 쓸개즙 같은 것이 배어 나왔다. 그녀는 화장실로 달려가 수도꼭지를 틀어 놓고 울었다. 불쾌한 기억이 여전히 그녀를 치받았다. 그 양아치 같은 건달 녀석이 버스 안내양인 자신을 우습게 보고 함부로 대한 것이다.

'왜 그 건달 놈에게 한마디 쏘아붙이지도 못하고 그냥 당하기만 했을까.'

자신에 대한 뒤늦은 분노와 자기 연민이 뒤섞여 서럽고 분해 울면서 몇 번이고 얼굴을 씻었다. 불쾌하고 끈적이는 기억이 비누 거품과 함께 하수구로 흘러가길 바라면서.

명수창은 그들의 하소연을 들어주고 마음을 다독여주었다. 왜 우는지 묻지 않고, 그만 울라고 말리지도 않고 그저 그들 곁을 지키며 아주 천천히 함께 기도했다.

"보혈의 손길로 치유하여 주시옵소서. 그리하여 연약한 어린 양들의 삶을 회복시켜 주시옵소서."

김숙자는 명수창 앞에서는 자주 약한 모습을 드러내며 눈물을 흘렸다. 그녀가 간신히 중학교를 마치고 사회생활을 하는 동안 터득한 지혜는, 세상은 약한 사람을 짓밟는 곳이기에 함부로 약함을 드러내서는 안 된다는 것이었다. 명수창의 배려와 친절은 팽팽하게 버티고 있는 그녀의 마음에 조용히 스며들어 위로가 되었다. 명수창은 결심했다.

'당신의 제단 앞에 엎드려 기도하는 이 가엾고 불쌍한 어린 양들을 일으켜 세우겠습니다.'

명수창은 제 앞가림하는 것만도 버겁고 숨이 턱턱 막히는데 터무니없는 책임감 때문에 동생 학비와 가족들 생활비를 걱정하며, 무슨 일이든 혼자 감당하고 있는 김숙자를 위로했다.

"혼자서 모든 걸 책임지려 하지 말아요. 우선 자신을 추스르세요. 내일 일을 염려하지도 말고요. 열심히 기도하면 모든 염려는 떠나가고 하나님의 평안이 임할 거예요. 하나님은 네 모습 그대로를 사랑하시는 분이랍니다."

모든 잘못과 불행이 자기 탓인 양 생각하고 있는 그녀에게 그의 위로는 눈물을 닦아주는 향내 좋은 손수건이 되었다. 천성적으로 화려하고 강한 것보다는 어둡고 약한 것에 더 마음이 가 닿고, 어려운 처지에 있는 사람을 보면 안타까워도 동정심을 드러내지 않고 반쯤은 덜어 내어 담담하게 위로하는 지혜로움, 이런 명수창의 신실함은 그들 마음속에 이미 들어와 있었다.

그리고 찬송가, 영어로 힘(hymn), 힘을 나게 해서 힘인가, 할 정도로 그의 찬양 실력은 놀라웠다. 찬송가를 함께 부르다 보면 마음 안에서 무언가가 샘솟는 듯한 기분이 들었다. 찬송가 한 마디 한 마디가 감동으로 쏟아낸 영혼의 고백 같았다.

"내 눈물을 받아준 예수님, 나를 위로한 목사님, 오늘도 감사드립니다."

의도가 좋았다 하더라도 어설픈 위로는 상처를 덧나게 한다. 모두들 자신도 아파보았네, 눈물 젖은 빵을 먹어보았네, 좔좔 읊어 대지만 경험한 자와 경험하지 못한 자의 슬픔과 비애의 파장은 다르다. 가난과 질병, 내세울 것 없는 학력, 보잘것없는 명수창의 이런 조건들이 오히려 하늘로부터 받은 위로 자격증이 되어줄 줄이야. 그는 과거에 자신이 겪었던 것과 같은 곤경을 겪고 있는 그들에게 자신이 무엇을 해주어야 하는지 조금씩 깨닫기 시작했다.

'그들이 절망의 늪에 빠지는 일이 없게 하리라.'

명수창은 필사적으로 전도하고 죽을 각오로 목회에 임했다. 역설적이게도 '걸어 다니는 병원'이라 불릴 정도로 허약하던 명수창은 몸이 빼빼 마른 것을 제외하곤 다 괜찮았다. 그의 어디에도 위장이나 간이 나빴던 흔적은 남아 있지 않았다. 병색도 보이지 않았다. 그가 지금까지 살아온 암담했던 시간들에 대해 설교 시간에 털어놓지 않았다면 죽음이 그의 곁 가까이에서 스쳐 지나갔다는 것을 떠올리기 어려웠다. 그는 몇 번이나 죽음의 손아귀에 뒷덜미를 잡혔으나 기적적으로 건강을 회복했다.

운명적 만남

　명수창은 날을 정해 일주일에 한 번은 집사들과 함께 교인 방문과 전도를 하였다. 명수창은 개척 초기부터 엄격한 기준에 도달하지 않으면 장로를 절대로 세우지 않으리라는 거창한 목표를 결심했다. 목사를 위해 목숨까지 바칠 수 있는 헌신과 충성, 죽을 때 전 재산을 교회에 내놓을 수 있는 모범적인 신앙을 가진, 천사 수준의 장로를 찾다 보니 몇 년간 단 한 명의 장로도 세우지 못했다.

　명수창과 김일국의 만남은 운명적이었다. 그러니까 개척을 하고 일 년 정도 지났을 때, 시골에서 올라와 장사를 하던 김일국은 집 근처의 대성교회에 출석했다. 김일국은 과묵하고 매사에 바지런했다. 김일국이 다녀가면 교회 바닥은 말끔히 닦여 있었고 막 환기시켰는지 실내 공기는 신선했다. 김일국은 교회를 사랑하는 마음에 다른 사람이 도와주려고 해도 마다하며 혼자서 해냈다. 묵묵히 주변을 정리하고 치우는 한결같은 그의 모습은 명수창의 마음에 진한 자취를 남겼다.

'이 친구도 강물에 바구니를 띄워 보낸 친구구나.'

새벽 예배에 한 번도 빠지지 않고 뒷정리까지 마무리하고, 여름철이라 악취가 나는 화장실 청소까지 척척 자진해서 하는 김일국을 보며 명수창은 그에게 깊은 친밀감을 느꼈고, 하늘이 자신을 위해 보내준 사람이라고 믿었다. 사람도 적고, 반듯한 사람도 쓸 만한 사람도 거의 없는 척박한 개척교회 시절에 김일국을 만난 것은 큰 행운이었다.

말이 거의 없는 김일국은 명수창과 환상의 파트너가 되어 놀라운 찰떡 호흡을 보이며 대성교회의 성장에 크게 기여했다. 과묵하고 성실해 교회 살림을 맡기기에도 안성맞춤이었다. 어쩌면 김일국에게도 명수창 목사를 처음 만난 그 무렵이 그의 삶에서 가장 신실한 시기였는지도 모른다. 명수창을 처음 만난 날은 봄이라기엔 믿어지지 않을 만큼 무더운 날씨였다. 그는 상가의 작은 교회에서 낡아빠진 선풍기 하나에 의지해 땀을 뻘뻘 흘리며 열정적으로 설교하는 명수창의 모습에 마음이 끌렸다. 여기에 가슴이 먹먹해지는 수많은 날들의 절실했던 새벽 예배들.

명수창이 김일국과 함께 가정방문을 하던 어느 날이었다. 자전거를 타고 얼마나 갔을까. 갑자기 명수창이 자전거를 멈춰 세웠다. 차 한 대가 간신히 다닐 법한 좁은 골목길 초입에서 한 노인이 짐수레를 끌고 가파른 오르막길을 힘겹게 오르고 있었다. 수레에는 종이박스, 신문지, 빈 병 등이 잔뜩 실려 있었는데 노인은 힘에 부친 듯 불안해 보였다. 명수창은 자전거에서 내리더니 노인의 수레를 뒤에서 밀어주며 말을 걸었다.

"할아버님, 힘드시지요? 어디까지 가십니까?"

노인은 갑자기 나타나 도와주는 명수창에게 감사하다며 손가락으로 언덕 위를 가리켰다. 김일국은 뒤에서 두 대의 자전거를 잡고 서서 그 모습을 물끄러미 지켜보았다.

'얼마나 소탈한가. 저분은 천성적으로 사람을 끄는 매력이 있어.'

어떤 인간도 매료시키고 마는 명수창의 성격은 타고난 것이어서 어느 누구도 흉내 낼 수 없는 어떤 굉장한 힘이 있었다. 김일국은 본능적으로 그의 인간성에 매력을 느꼈다. 그렇게 명수창과 김일국은 서로가 한 발짝씩 내디뎌 가면서 가까워졌다.

목자의 심정으로

  버스 종점의 삼거리는 동네에서 가장 번화한 곳이었다. 사진관, 솜틀집, 과일 가게, 잡화점, 양복점, 만홧가게들이 몰려 있어 주먹깨나 쓰는 자들이 활개 치는 공간이었다. 그들은 외상값을 갚지 않으면서도 늘 당당했다. 딱히 할 일도 없는 건달들은 언제나 삼거리에서 행인들의 일거수일투족을 지켜보다가 시비를 걸거나, 어디서 싸움이라도 벌어지지 않나 눈을 번뜩이면서 넘쳐나는 시간을 허비했다. 이따금 호주머니에 공돈이라도 들어온 날은 허름한 술집에서 허랑방탕하게 시간을 죽였다. 인생의 주변부로 밀려난 그들은 설움 반 눈물 반이 담긴 술잔을 넘기며 투덜거렸다. 술잔이 몇 순배 돌고 나면 감정이 격해져 목소리가 커졌지만 다른 손님들은 떠들썩한 그들의 분위기를 간섭하지 못했다.

  '인생 뭐 있어, 그냥 사는 거지.'

이런 생각으로 날마다 하릴없이 여기저기 기웃거리며 괜히 시비를 걸거나 거들먹거리는 게 건달들의 삶이었다.

어느 날 삼거리에 사람들이 모여서 웅성대고 있었다.

"쯧쯧!"

혀를 차는 소리와 함께 빌어먹을 놈이라는 욕설도 들렸다. 동네 사람들을 괴롭히던 건달 한 명이 피를 흘리며 길가에 쓰러져 있었다. 저희들끼리 술 취해서 싸우는 일이 자주 있었지만 이처럼 쓰러진 사람을 방치하는 경우는 처음이었다. 명수창 역시 잘 아는 얼굴이었다. 배꼽 바지를 입고 뒷주머니에 도끼빗을 꽂고 다니던 박이라 불리는 건달이었다. 저녁때가 되면 삼거리에서 젊은 여신도들을 희롱하곤 해서 그에 대한 불쾌하고 마땅찮은 감정에 눈엣가시 같은 존재였다.

명수창은 그동안 괴상야릇한 짓만 골라 저지르던 박의 못된 모습이 떠올랐다. 저녁 아홉 시경, 젊은 여신도 두 명이 새된 비명 소리와 함께 교회로 후다닥 뛰어 들어왔다. 명수창은 계단을 뛰어 내려갔다. 여신도들을 놀라게 한 장본인인 박과 함께 서너 명의 건달들은 도망치지도 않고 상가 입구에서 거들먹거리며 서 있었다.

"우리 교회 신도들을 괴롭혔다면서요?"

"우리가? 그럴 리가 있나……."

박이라는 건달이 비아냥거렸다. 우리가, 라고 할 때는 입가에 미묘한 웃음이 번졌다. 다른 건달들도 그들만이 아는 은밀한 표정으로 실실댔다. 명수창은 부글부글 끓어오르는 화를 필사적으로 누르며 마음 한구석에서 자신을 타일렀다.

'차분해야 한다. 여기서 화를 자제하지 않으면 안 된다.'

"교회에 오는 사람들 괴롭히면 큰일 납니다."

"큰일? 교회에 안 가봐서 그건 모르겠고, 여자들이 아주 좋아합니
다."

여전히 빈정대는 박의 말투에 명수창은 화가 목까지 치밀어 올랐
다. 의지할 가족도 없이 돈 벌기 위해 상경한 여신도들을 건달들이
육욕의 대상으로 삼다니. 그는 간신히 끓어오르는 화를 억누르며
눈을 질끈 감았다. 지금 이들과 언쟁을 벌인다면 교인들을 더 괴롭
힐지도 모른다. 그들을 위해 참아야 한다.

'화내는 것, 이것은 내게 허락되지 않는다.'

박을 비롯한 건달들 역시 명수창의 속내를 파악하고 있다는 듯
그의 비위를 건드렸다. 팽팽한 긴장이 계속되었다. 명수창이 욕설
을 내뱉거나 저주를 퍼붓기를 그들은 간절히 바랐다. 어서! 그들은
목사의 권위를 실추시켜 창피를 주고 고개 숙이게 만들 수 있는 좋
은 기회라 생각했다.

"도대체 무슨 일이 났기에 그렇게 헐레벌떡 뛰어온 거요, 목사 양
반?"

박은 교묘하게 명수창의 화를 돋웠다. 세상 물정에 무지하고 배
운 것 없는 그들은 진흙탕이 되거나 싸움판으로 변하면 오히려 생
기를 띠었다. 사람들을 놀리고 그 반응을 재미 삼아 즐겼다. 작은
싸움에도 사생결단을 내듯 결연했고, 겁먹고 굴복하는 모습에 짜릿
한 희열을 느꼈다.

'빨리 욕을 해라, 빨리 해!'

명수창이 이성을 잃고 화를 내면 이를 기화로 모욕을 주고 교인들을 더 심하게 괴롭힐 수 있는 명분이 생길 테니까. 건달들은 유달리 모욕에 민감하게 반응했다. 명수창은 이 난처한 상황을 어떻게 헤쳐 나가야 할지 잠시 생각했다.

'이대로 두면 아마도 또다시 교인들을 괴롭힐 테지. 좋은 방법이 뭘까?'

건달들은 불만스러운 세상에 한마디 확 질러버리고 싶은 욕구를 사람들을 괴롭히는 것으로 대신했다. 삶에 힘겨워하는 보통 사람들과 똑같은 문제를 안고 있으나 양상만 다를 뿐이었다.

'이들도 하루살이 인생이다. 기회조차 얻지 못하고 방황하는 떠돌이 인생!'

명수창은 갑자기 이들이 자신이 살던 동네의 거친 동생들하고 차이가 없다는 것을 느꼈다. 강렬했던 한 장면이 떠올랐다. 고향에서 온갖 못된 짓은 다 하고 다니던 후배 김돌식, 그런 개망나니 같은 아들에게 따뜻한 밥을 먹이려고 밥그릇을 이불 아래에 넣어 두고 애타게 기다리던 그의 어머니의 모습이 떠올랐다. '내 자식에게 따뜻한 밥 한 그릇 먹이고 싶다'는 절절한 심정으로 영혼의 강기슭에서 자식이 잘되기를 간절히 바라며 기도하던 그분. 명수창은 이상하게도 분노가 가라앉았다. 그가 느끼고 있는 감정은 오히려 서글픔이었다.

"자네들도 어느 집의 귀한 아들일 거요. 언젠가는 돌아올 거라 생각하며 기다리고 있겠습니다. 우리 모두는 하나님의 귀한 자녀입니다."

"뭔 개수작이야? 말 같지도 않은 소리를 하고 있어."

말은 거칠었지만 박의 목소리에 악의는 남아 있지 않았다. 박은 교인들이 돌아갈 때까지 괴롭히려던 마음이 싹 달아났는지 더 이상 트집을 잡지 않았다.

"에이 씨, 재수 없어. 가자!"

박의 일행은 몸을 획 돌려 어둠 속으로 사라져 갔다.

그런 박이 피를 흘리며 쓰러져 있다니. 그날의 기억이 떠올라 명수창은 그냥 지나치려고 했다. 그때 마음속에서 들려온 강한 음성이 있었다.

'그냥 떠나지 마라.'

미워하지 않는 걸로 된 거지, 뭘 더 어떻게? 그냥 지켜보다 돌아서서 교회로 걸음을 옮기려는데 그때 또다시 마음속에서 강한 음성이 들려왔다.

'포기하지 마라!'

그 음성에 이끌려 명수창은 박에게 다가가 호주머니에서 손수건을 꺼내 피를 닦아주며 옆으로 뉘어주었다.

"아니, 이게 무슨 일이람."

사람들은 깜짝 놀랐다.

"목사님, 뭐 하세요? 왜 그런 나쁜 놈을 도와줍니까?"

"오지랖도 넓지."

여기저기서 불만의 소리가 터져 나왔다.

"당신들은 악마가 바라는 대로 행동하는 게 그리 좋으시오?"

명수창이 사람들을 돌아보며 거꾸로 물었다.

"예?"

놀람 반 황당함 반. 사람들은 화가 나려고 했다.

"내 말뜻을 모르겠소? 악마가 뭘 바라고 있는지 모르겠냔 말입니다."

"모르겠소. 씨팔."

젊은이 한 명이 욕설을 내뱉었다. 박에게 당한 일이 많았는지 격한 감정이 그대로 드러났다.

"모르겠소? 저녁에 걸레를 물고 잔 것도 아닐 텐데, 나오는 말마다 쌍소리 아니면 욕이니. 누가 좋아하겠소? 당신은 어떻게 생각할지 모르지만, 마치 나는 당신이 악마를 도와주는 것 같구먼."

명수창이 빙긋 웃으며 조용히 말했다.

"함부로 말하지 마세요."

젊은이는 여전히 씩씩거렸다.

"함부로라니? 함부로 말하는 사람이 누군데?"

"……."

"이 젊은이도 알고 보면 누군가의 귀한 자식입니다. 서울에 와서 길을 잃어서 그렇지. 이제 그만들 돌아가세요. 여긴 나한테 맡기고."

술에 취해 있었지만 명수창과 사람들이 주고받는 이야기를 들으며 박은 마음속으로 울었다. 보이는 것은 보이지 않는 것에 영향을 받는다. 겉으로 드러나지 않지만 누구나 행동의 이면에는 생에 대한 보이지 않는 두려움이 숨어 있기 마련이다.

그 뒤로도 박은 교회에 나타나지는 않았다. 자신의 삶을 바꾸려는 용기를 갖는다는 것은 그리 쉬운 일이 아니었으리라. 그래도 작은 변화는 감지되었다. 여자를 보면 눈으로 먼저 벗기려던 마음이 명수창만 생각하면 싹 가셨다. 박은 교회에 오가는 여자들을 다른 건달들이 집적대지 못하도록 했다. 교회 얘기가 나오면 "대성교회에 가라. 그 목사는 진짜인 것 같다"고 대성의 홍보대사 역할도 했다. 얼마 후 이 사실이 교인들 전체에 알려졌다. 소문은 언제나 과장되고 단순화되기 마련이다. 교인들에게 '명수창 목사는 깡패들까지 감복시키는 능력을 지닌 신의 대리인'이 되었다.

그날 저녁 명수창은 기도를 한 후 자신의 각오를 수첩에 적었다. 이들을 위해 나의 전부를 걸리라. 그는 이날의 일을 잊지 않기 위해 기록으로 남겼다. 그는 자신의 다이어리에 기도 제목을 적었다.

주의 종은
1. 어디든지 가겠습니다.
2. 인내하고 참겠습니다.
3. 온 마음을 다해 섬기겠습니다.
4. 어떤 사람이든 개의치 않겠습니다.
5. 어떤 일이든 순종하겠습니다.

명수창의 신실함에 인간적인 매력이 더해지니 채 삼 년도 안 되어 교회가 급속도로 성장하였다. 그러던 어느 날 담임목사의 사택 마련을 상의하기 위해 김일국 집사와 교인 대표 세 명이 명수창을 찾아갔다.

"목사님, 상의드릴 일이 있습니다."

김일국이 말했다.

"무슨 급한 일이라도 있습니까?"

"아닙니다. 이제 교회 형편이 조금씩 나아지고 있으니 이제 목사님 사택을 마련했으면 합니다."

명수창의 주택은 이십 평 연립으로 방을 억지로 세 개나 구겨 넣은 구조에 문마저 짙은 밤색이어서 실내는 더욱 어둑했다. 짐작은 했지만 한눈에도 궁색한 형편이 역력했다. 그럼에도 누추하지 않게 보이는 것은 사모인 조성은의 정갈한 살림 솜씨 덕분이었다. 조성은 사모는 넉넉지 않은 교회며 가정 살림과 아이들의 양육, 심지어는 교인들을 돌보는 일까지 묵묵히 감당했다. 그녀 덕분에 명수창의 목회가 더욱 빛났다.

"괜찮아요. 그 돈 있으면 어려운 이웃을 위해 씁시다."

"아무리 그래도 사시는 집은 구해야 하지 않겠습니까?"

김일국은 명수창의 얼굴을 흘깃 쳐다보았다. 그의 소탈함과 부드러운 미소 속에 감춰진 야심찬 계획 속에 자신의 집은 없는가?

"괜찮습니다. 저는 집이 없어도 괜찮습니다. 지금처럼 전세도 충분합니다."

명수창의 말에 김일국은 의아했다.

'이 집도 전세라고?'

김일국은 순간 경탄했다.

"정말로 괜찮겠습니까?"

"그렇습니다. 대부분 목사들이 자신의 재산을 늘리려다 실족하는 걸 많이 보았습니다."

명수창의 어조는 단호했다. 이미 어떤 말로도 설득이 어렵다는 것을 알고 그들은 말없이 고개를 숙이고 물러났다.

명수창 목사의 집을 나선 네 사람은 이상한 흥분감에 휩싸여 기분마저 상쾌했다.

'사택마저 거부하고 전세로 계속 살겠다니. 왜일까?'

명수창은 그들의 사택 구입 요청을 일축했다. 물론 예상치 못한 일은 아니었다. 그들은 명수창이 혹시 거부할지도 모른다고 생각했고, 예상은 맞아떨어졌다.

'한번 해보는 소리가 아닐까?'

처음에는 그렇게 생각했다. 그러나 아무래도 아닌 것 같았다. 그렇다면 부드러운 인상에 따뜻한 마음가짐만큼이나 총명하고 거기에 더해 욕망마저 내려놓았다는 말인가. 명수창을 처음 만난 사람들은 그의 소탈함에 놀랐다. 그는 수수한 옷차림으로 이웃집 아저씨 같은 인상에 낡은 구두를 신고 대중교통을 이용했다. 하지만 목회에 있어서만큼은 그는 완전히 다른 사람이었다. 새벽마다 엎드려 기도하면서 교인들을 섬길 뿐만 아니라 미래를 내다보는 안목까지 갖춘 훌륭한 목회자였다.

'자신의 욕망을 자제하면서 믿음에 전부를 던지는 저분은 진짜다.'

그들은 태어나서 이렇게 가슴 뛰게 하는 목사를 만난 적이 없었다. 이번엔 몸 아닌 가슴에서 전율이 일었다. 지금까지 겪어본 목사들과는 격이 달랐다. 꽤 괜찮다는 목사들도 나름대로 약점이 있었다. 특히 돈 문제에 약점이 많았다. 그러나 명수창에겐 그런 게 없었다. 그들은 그의 진정성을 재인식하기 시작했다. 단언해도 좋았다. 이런 행동을 실천할 수 있는 인물은 한국에서 단 한 사람, 명수창 목사뿐이다.

'우리 목사님은 진짜 목자야.'

이는 그들만의 생각이 아니었다. 대부분의 교인이 그런 생각을 가지고 있었다. 불안과 혼란의 시대가 아니던가. 돈이 전부인 세상, 엘리트도 부자도 가난한 사람도 모두 돈을 벌려고 혈안이 되어 있었다. 이런 가운데 세상 사람들은 교회에서 위로와 평안함을 얻기를 원했다.

명수창은 하나님의 영광을 최우선으로 하되 한없는 동정심과 자애가 넘치는 그런 목사였다. 세상 사람들이나 교인들은 그런 명수창을 존경하고 좋아했다. 명수창은 그런 이상적인 목자의 조건을 충분히 갖추고 있었다. 힘겨운 일에도 싫은 표정 하나 없이 묵묵히 헌신하는 그를 보며 교인들은 그의 진정성을 말로는 다 표현할 수 없음에 안타까워했다.

봉제 공장에 다니는 박영미가 웬일인지 이 주일 연속 교회에 나오지 않고 있었다. 명수창은 박영미를 위해 기도하던 중 웬지 마음이 어둡고 무겁게 느껴졌다. 무슨 일이 있구나.

"김 집사님!"

김일국을 부르는 명수창의 표정이 심각했다.

"지금 박영미 씨 집에 가봐야겠습니다. 무슨 일이 생긴 게 분명합니다."

"꿈을 꾸신 겁니까?"

"그녀를 위해 기도하고 있는데 박영미 씨 얼굴이 너무 어둡게 느껴져서요."

그는 김일국과 함께 박영미의 집을 향해 걸음을 옮겼다. 붉은 벽돌로 지은 오 층짜리 연립주택이었다. 비좁은 마당을 가로질러 반지하로 통하는 문틈 사이로 비탄에 젖은 울음소리가 새어 나왔다. 명수창의 예견대로였다. 그들은 계단을 뛰어 내려갔다. 몇 계단만 내려가면 바로 부엌문이 있고 그 작은 문과 방이 서로 연결된 구조였다.

"무슨 일입니까?"

부엌문을 열고 들어선 명수창은 순간 놀랐다. 볕이 잘 들지 않아 집 안이 어두웠지만 좁은 부엌을 통해 상황이 짐작되었다.

"아닙니다. 아무 일도 없습니다."

삼십 대 초반의 박영미는 부엌문간에 쪼그리고 앉은 채 도리질을 쳤다. 그녀의 뺨에는 조금 전 흘렸던 눈물자국이 덕지덕지 남아 있었다. 휑한 그녀와 눈이 마주쳤다. 그녀의 말만 믿고 그냥 지나치기에는 너무 불안한 느낌이 가슴을 타고 흘렀다. 슬픔과 고통이 집 안에 고여 있었다.

"무슨 일인지 얘기해보세요."

명수창은 잠시 머뭇거리다 부엌과 연결된 미닫이문을 와락 열어

젖혔다. 오직 작은 창 하나로만 밖과 연결된 방은 통풍이 되지 않아 퀴퀴했다. 창백한 빛을 발하는 형광등 불빛 아래 세 살 남짓한 그녀의 딸이 신음 소리를 냈다. 아이 이마에 젖은 수건이 놓여 있었다. 아이가 이토록 열이 높은데도 병원에 데려갈 수 없어 절망하고 있었음을 직감했다.

"우리 아이에게 손대지 마세요."

그녀의 높아진 목소리에 불안이 묻어났다.

"열이 이렇게 나는데, 이대로 두면 큰일 납니다."

그의 손이 닿자 아이가 자지러지게 울었다. 그는 불덩이같이 뜨거운 아이를 들쳐 안고 병원으로 뛰어갔다. 병원 입구에 도착해 소독약 냄새를 맡자 아이는 언제 울었냐는 듯 울음을 멈췄다.

"박영미 보호자님, 급성 기관지염이네요. 목이 많이 부었어요. 조금만 더 늦었으면 폐렴으로 갈 뻔했어요. 일단 주사 맞고 약은 사흘치를 처방해드릴 테니 경과를 지켜봅시다. 옷은 가능한 한 얇게 입히시고요."

의사는 우는 아이의 입을 벌려 정성스레 진료를 하고 차근차근 설명해주었다. 어느새 아이의 몸에 땀이 송글송글 맺히기 시작했다. 몸이 불덩이같이 뜨거워도 나오지 않던 땀이 어느 순간 제법 나기 시작하면서 체온도 내려갔다. 명수창은 매일 박영미의 집을 방문해서 아이를 위해 기도해주었다. 병원비는 교인들의 정성이 담긴 헌금으로 충당했다.

"죄송합니다. 그리고 감사합니다. 이런 말씀밖에 드릴 게 없어서……"

문 앞까지 배웅을 나온 박영미가 명수창에게 깊이 고개 숙여 인사했다.

"죄송하다니요? 제가 한 게 아닙니다. 하나님의 은혜입니다."

명수창은 죄송하다는 말의 의미를 정확히 알고 있었다. 그는 곤란한 처지에 있는 사람들을 배려할 줄 아는 섬세함을 갖고 있었다. 그녀의 눈에 뜨거운 눈물이 흘러내렸다.

"이 아이에게 하나님은 특별한 계획을 갖고 계신 것 같습니다. 잘 키우세요."

박영미와 헤어져 걸어가는 명수창의 뒷모습이 눈부실 정도로 빛났다. 아직 젊은데 얼마나 성숙한가. 모습은 수수한데 말의 내용과 행동 하나하나는 마치 깊은 연륜에서 우러나오는 듯 품위가 있었고, 마음 씀씀이는 상당히 경륜이 쌓인 노인과 같았다.

'도대체 저분은 누구인가? 무엇이 저분을 저토록 깊게 만들었는가?'

그녀의 가슴에 무언가가 뭉클 치밀어 올랐다.

김일국은 처음으로 명수창이 진정성뿐만 아니라 앞날을 내다보는 영성까지 뛰어난 분이라고 생각했다. 김일국으로부터 자세한 내막을 듣게 된 교인들은 놀라워했다.

'명 목사는 앞을 내다보는 능력이 있다.'

명수창의 머리 위로 금빛 찬란한 테가 둘러지는 순간이었다. 명수창의 진정성은 교인들의 신뢰와 더불어 빛이 나기 시작했다.

언제부터인가 주일예배 시간에는 빈자리를 찾기 힘들어졌다. 삼십 평짜리 예배당에 한꺼번에 백여 명이 넘는 사람들이 들어차 말 그대로 바늘 하나 꽂을 데가 없었다. 자리가 비좁아 설교대 앞뒤와 좌우까지 짐짝처럼 어깨를 맞대고 둘러앉아 땀을 뻘뻘 흘리며 예배를 드릴 정도였다. 희한하게도 교회가 비좁아 불편을 느끼면서도 불만은커녕 그들의 얼굴엔 기쁨이 넘쳐났다. 뭐가 그리 좋은지 만나는 사람마다 얼굴 가득 미소를 지으며 서로를 격려하고 축복했다. 여기에 주변 환경까지 받쳐주었다. 오랜 세월 논과 밭으로 둘러싸여 있던 교회 주변이 대규모 아파트 단지로 개발되면서 상전벽해가 되었다. 천사들이 포클레인을 타고 불도저를 밀고 와서 그를 도와주었다. 이에 발맞춰 교회는 폭발적인 성장을 위한 준비를 차근차근 해나갔다. 잠들어 있던 그의 꿈이 실제가 되어 눈앞에 서서히 다가오고 있었다.

교회가 성장하는 걸 보면서 교인들은 큰 기쁨을 느꼈다. 사실 최근 몇 년 동안 교인들의 중요한 기도 제목 중 하나가 '교회의 지경을 넓혀 달라'는 거였다. 늘어가는 교인들을 수용할 수 있도록 최소한의 공간을 확보해 달라고 그들은 간절히 기도했다. 드디어 부지를 매입하여 예배당을 신축하던 날, 교인들은 마치 내 집을 마련한 것처럼 눈물을 흘리며 기뻐했다.

교인들은 크게 감동했고, 명수창의 진정성과 교인들의 과도한 기대가 합쳐져 대성교회는 급속도로 성장하기 시작했다. 교인들은 명수창을 통해 세상의 어려움을 극복하는 지혜를 체득하기 시작했다. 사람들은 사슴이 시냇가를 그리워하듯 주일예배 시간을 기다렸다. 주일예배, 수요 저녁 예배, 금요 심야 기도회, 새벽 예배를 통해 세상에서 살아갈 힘을 얻는 사람들이 많아졌다. 농촌을 떠나 서울 변두리라는 삭막한 환경으로 이주한 교인들은 그에게서, 그리고 그를 통해 성경 속에서 마음의 위로를 얻었다. 그의 입을 떠난 작은 말조각들이 어느새 교인들의 마음속에 들어와 어떤 이에겐 쓰러지지 않도록 지지해주는 굳건한 받침대가 되어주었고, 어떤 이에겐 조각조각 찢긴 아픈 상처를 싸매어 감싸주었고, 서럽고 스산한 어떤 이에겐 군불이 되어 온기가 되어주었다.

서서히, 그리고 갑자기

"존경하는 명수창 목사님!"

신학대 동창인 유승한 목사가 오랜만에 찾아왔다. 정식 명칭을 써가며 명수창을 부르는 유승한의 목소리에는 처음부터 장난기가 배어 있었다. 물론 공식적인 자리라면 당연히 정식 명칭으로 불러야겠지만, 지금은 단둘뿐이지 않는가.

"오늘은 자네와 회포를 풀려고 왔네."

"왜?"

"그렇게 심각한 표정 짓지 말게. 모든 일을 너무 심각하게 받아들이는 게 자네의 흠이야."

두 사람은 아련한 옛 추억을 떠올리며 이런저런 이야기를 나누었다. 문득 생각났는지 유승한은 이건호가 독일 유학을 마치고 모교 교수로 부임했다는 소식을 전했다. 이건호와 관련되어 있는 기억

하나가 망각의 강을 건너와 두 사람은 이내 이야기꽃을 피웠다.

"명수창, 자네도?"

"왜? 무슨 말을 하고 싶어서 그래?"

"자네도 그날을 생각했던 거 아니야?"

명수창은 대답 대신 그의 얼굴을 보며 피식 웃었다.

"그날 말이야. 우리가《부활》을 놓고 토론하던 날, 기억나지?"

"그럼!"

어찌 잊으랴. 명수창은 토론과 발표를 거치면서 이건호에게 호감을 가졌다.

"처음엔 우리가 반대했지? 네흘류도프의 회심과 카추샤에 대한 실천적 사랑 등 토론할 게 많은데, 이 선배는 본질을 찾아야 한다며 작은 부분 하나하나까지 집중했잖아."

명수창이 살짝 웃었다.

"처음엔 이 선배도 톨스토이도 모두 이해할 수 없었지."

그랬다. 톨스토이는 러시아 사회의 모순과 부패가 점점 심해지면서 임박해 오는 혁명과 종말에 대한 묵시로 가득 찬《부활》을 썼다. 상층부 귀족, 전제정치, 법률, 종교 등 기득권 전체의 위선을 모두 까발렸다. 그런 까닭에 런던의 도서관에서는《부활》을 비치하기를 거부했고, 자유롭다고 알려진 파리의 출판업자들조차 누구라 할 것 없이 출간을 꺼렸다.

기말 조별 과제 회의는 늦은 오후에 시작되었다. 리포트와 조별 발표로 학점이 결정되는 매우 중요한 과제였다. 총 여덟 개의 조로 조원은 다섯 명이었다. 명수창, 유승한, 복학생인 이건호 그리고 두 명의 남학생이 같은 조였다. 도서관에 있는 작은 회의실에서 토론이 시작되었다. 시대 배경에 대해서 이건호가 요약 발췌한 것을 명수창이 읽었다.

19세기 러시아 제국은 심한 빈부 격차로 인해 폭발 일보 직전이었다. 파업에 참가한 노동자들이 외쳤다. "우리에게 빵을 달라!" 하지만 니콜라이 2세는 국민의 기본적인 욕구마저 채워주지 못했고, 오히려 절대왕권을 유지하기 위해 언론과 사상의 자유를 억압했다. 그가 의존한 것은 무력에 의한 가혹한 통치와 자신의 권위를 뒷받침해주는 정교회였다. 종교와 무력으로 세워진 왕국은 견고한 듯했지만 사실은 사상누각이었다. 더 불쌍한 곳은 정교회였다. 국민들이 굶주려 있는 사이 정교회는 황제와 결탁하여 권력과 부를 누리는 특권층이 되어 있었다.

"간결하고 좋은데요."

유승한이 말했다. 출발은 순조로운 듯 보였다. 그러나 전체를 개괄하는 방식으로 갈 것인가. 아니면 어느 한 부분을 선명하게 부각하여 전체를 견인할 것인가를 두고 격렬한 논쟁이 벌어졌다. 간단한 이 문제를 놓고 무려 네 시간이나 토론을 했는데도 끝내 결정을 내리지 못했다.

"자, 그만하고 결론을 내죠. 부활의 주제인 네흘류도프와 카츄사의 사랑 이야기를 한 축으로 하면 쉬울 듯한데."

"말도 안 돼. 톨스토이는 사랑이라는 구조를 빌려 러시아의 정치, 법률, 종교 문제를 드러내고 싶어 했던 거잖아. 사랑 이야기로 풀어

나간다면 참신한 게 나올 리 없지. 너무 진부해요.”

“욕망은 패가망신의 지름길이라고, 너무 창의적인 것을 추구하다 보면 오히려 지엽적인 문제에 빠지기 쉽습니다. 사랑으로 풀면 최소한 리스크는 없어요.”

“하이 리스크, 하이 리턴, 리스크가 없으면 얻을 것도 없고.”

효율을 중시하자는 쪽과 창의적으로 참신하게 만들자는 쪽, 어느 쪽도 양보할 생각이 없었다. 물과 기름.

“적당히 좀 하지. 이러다 쓰러지겠다.”

복학생인 또 다른 이가 제안했다. 적당히 편승해 학점이나 따려는 사람은 어디에나 있었다. 다섯 명을 한 방향으로 모으는 일도 쉽지 않았다. 투덜거림과 한숨, 소음, 논쟁 등이 섞인 뜨거운 열기가 작은 회의실을 가득 채웠다.

“배고프다. 뭣 좀 먹고 합시다.”

누군가 제안을 했다.

“시간도 없으니 김밥으로 합시다.”

이건호가 크게 선심 쓰듯 말했다.

“그럼, 제가 다녀올게요.”

명수창이 자리에서 일어나자 이건호를 제외한 나머지 멤버들도 누구라 할 것도 없이 모두 벌떡 일어나 밖으로 나갔다. 여러 소리들을 회의실에 남긴 채. 다른 팀도 우리처럼 강행군일까? 너무 빡빡해!

하긴 창의적으로 하겠다는 이건호가 아니었다면 그들은 적당히 배분해서 쉽게 슬슬 작성하고 끝냈을 것이다. 복도에서도 논쟁은 계속되었다.

"그런데 신학이 학문이야?"

"초기 기독교인들은 성경을 읽고 또 읽으며 깨닫다 보니 복음의 능력이 더 대단했잖아?"

"맞아. 성경을 그냥 읽으면 되는 거지 신학 공부 한다고 이 고생이니……. 히브리어는 이스라엘로!"

"꼭 공부 못 하는 애들이 이걸 왜 배워야 하느냐고 한다니까."

"어, 네가 그렇게 나온다 이거지?"

"왜 이래? 이제는 폭력을…… 어어."

서로 장난치고 놀려 먹으며 그들은 간이매점으로 향했다. 이십여 분 뒤 명수창과 유승한이 김밥을 사 들고 돌아왔다.

"식사하고 온다고는 하는데, 알아서 하라는 것 같아요."

"그럼, 나 혼자 할 테니 그만 들어가요. 내가 확실하게 마무리 지을 테니……."

"아닙니다. 같이 할게요."

그들은 왠지 옆에 있어줘야 할 것 같은 느낌이 들었다. 그래도 방향이 맞지 않으면 도움이 되지 않을 테지만. 그렇게 또 두 시간이 지났다.

"이제 마무리하시죠."

"추가된 부분을 좀 확인할 게 있어서……."

이건호는 계속 주춤거렸다. 얼마나 지났을까. 누렇게 뜬 이건호를 보며 명수창이 말했다.

"이제 소용없습니다. 마감 시간도 지났습니다."

"몇 시?"

"아홉 시 반이 넘었습니다."

내일 발표할 자료라 저녁 아홉 시까지 제출해야 했다.

"좀 늦어도 상관없겠지?"

"이제 그만 마무리하고 가시죠. 저는 약속이 있어서 먼저 일어나겠습니다."

유승한은 밖으로 나갔다. 그러고 보니 넓은 도서관에 학생들이 거의 없었다.

"그럼 본질적인 것부터 정리합시다."

뭐, 정리를 다시 하자고? 명수창은 놀라며 눈을 동그랗게 떴다. 이건호는 노트를 바라보며 혼자 말하듯이 정리하기 시작했다.

"네흘류도프와 카츄사의 사랑 이야기인가? 춘원 이광수와 육당 최남선은 최초로 《부활》을 소개하면서 사회적 메시지를 담은 무거운 진실은 빼고 연애와 사랑 이야기만 풍성하게 만들었지. 있지도 않은 '카츄사의 노래'까지 삽입할 정도로. 카츄사는 일종의 러시아 판 춘향이가 된 거지."

"저는 그렇게 생각하지 않습니다. 그런 식으로 보자면 모든 게 마찬가지 아닐까요? 껍데기를 벗기고 보면 그 속에 있는 것은 돈이나 권력 다시 말해 인간의 탐욕이 있겠지요. 하지만 사랑 이야기를 뺀 《부활》은 오아시스 없는 사막이죠."

이건호가 미간을 찌푸리며 손을 내저었다.

"어쨌든 톨스토이가 무엇 때문에 《부활》을 썼는가에만 집중합시다. 교묘하고 멋지게 포장한 사랑 같은 단물은 빼고 제대로 된 과제를 만들고 싶어서 그래."

명수창이 한숨을 쉬었다. '단물은 빼고 문학 작품을 무슨 사상 책처럼 분석합니까?'라고 말하고 싶은 걸 꾹 참았다. 여하튼 학자 타입이야, 저 선배는.

"이 문장을 봐. 이게 본질인데, 이런 간단명료한 것을 찾아내야 해!"

명수창은 그가 내민 문장을 눈으로 읽었다.

현재 사회에서 일어나고 있는 모든 부패상을 네흘류도프는 지극히 간단하고 명료하게 들여다보았다. 너무나 간단명료하게 뚜렷이 보여서 오히려 네흘류도프가 그것을 받아들이는 데 망설일 정도였다. 그토록 복잡한 사회현상이 이렇게 간단하고도 명료하게 들여다보일 수는 없었다. 정의와 선, 법률과 신앙 그리고 신 등등 그 무수한 말들이 어떻게 그렇듯 공허한 말들뿐이며, 어떻게 그 말들 속에 그토록 저열한 탐욕과 잔인함이 숨어 있을 수 있단 말인가?

명수창은 이런 문장이 《부활》에 있었는지조차 기억나지 않았다. 그렇게 밤 열한 시 삼십 분이 넘어서야 리포트 작업은 거의 끝나갔다. 정교회를 정면으로 비판한 부분을 집중해서 발췌했다. 그리스도의 정신을 버리고 껍데기 의식에만 집착한 부패하고 추악한 황제와, 귀족들의 앞잡이에 지나지 않았던 교회에 대한 비판은 사뭇 과격했다.

이 예배에 참석한 사람들은 사제와 소장을 비롯하여 카츄사에 이르기까지 아무도 그런 생각을 하지 않았지만, 실로 예수는, 사제가 온갖 괴상한 말로 찬송하면서 휘파람 소리 같은 목소리로 수없이 그 이름을 되풀이한 예수 그 자신은 이 자리에서 벌어진 바로 그런 일을 모두 금했다. 예수는 비단 사제가 빵과 포도주를 앞에 놓고 의미도 없는 말을 횡설수설하는 모독적인 푸닥거리를 명백히 금했으며, 예배당 안에서의 요란한 기도 대신 각자 조용히 기도를 올리라고 명했었다. (중략) 이 자리에 참석한 사람 가운데 누구 한 사람도 깨닫지 못한 일이지만, 여기서 벌어진 일들은 그리스도의 이름으로 진행되었지만 사실은 그리스도에 대한 큰 모독이자 우롱이었다. 그리고 빵과 포도주를 먹음으로써 그리스도의 살을 먹고 그 피를 마신다고 철석같이 믿고 있는 사제들은 실제로 그리스도의 살을 갉아먹고 그 피를 빨아들이는 셈이었다. 그러나 그것은 빵 조각이나 포도주를 먹음으로써가 아니라, 사제들이 그리스도와 자기가 동등하게 여겼던 '연약한 사람들'을 현혹함은 물론 그리스도가 전파한 복음을 그들이 보지 못하게 가려서 그들의 가장 큰 행복을 빼앗고 그들을 가혹한 고통에 빠트림으로써, 라는 의미에서였지만 아무도 그런 것을 깨닫지 못했다.

요약하면 러시아 정교회는 민중을 현혹하고 기만할 뿐만 아니라 진리를 왜곡하고 성직자를 특권화한 거짓 종교라는 것이다. 《부활》의 여파는 러시아 정교회를 강타했다. 톨스토이가 정교회의 가장 아픈 부분에 돌직구를 날리자 정교회는 강한 충격에 휩싸였다. 정교회는 1901년 톨스토이를 파문하는 가장 강력한 조치를 내렸다.

새로이 거짓 설교자 톨스토이 백작이 나타났다. 세계가 다 아는 작가이

자, 러시아에서 태어나 정교 신자로 세례와 교육을 받은 톨스토이 백작은 자신의 오만한 이성에 유혹되어 대담하게도 신과 그의 아들 예수, 그 신성을 거역하고, 자신을 먹이고 키워준 어머니 정교회를 모두 앞에서 명백하게 버렸으며, 신이 주신 재능으로 예수와 교회에 대적하는 가르침을 만들어 민중에 퍼트리는 데 쓰고, 조국의 신앙, 정교회의 신앙을 파괴하는 데 다 바쳤다. 광신자의 질투심으로 그는 정교회의 모든 교리를 전복하고, 기독교 신앙의 본질 자체를 전복할 것을 설교하고 있다. 따라서 그가 회개하고, 교회와의 교제를 회복하지 않는 한, 교회는 그를 자신의 일원으로 간주하지 않으며, 간주할 수 없다.

그때, 톨스토이는 답변서를 통해 지상 유일의 정통 교회라 자랑하는 정교회를 버렸음을 시인했다.

교회의 가르침은 이론적으로는 교활하고 해로운 거짓이며 실천적으로는 기독교 가르침의 모든 의미를 완전히 왜곡시키고 있는 가장 천한 미신과 속임수의 조합이다.

톨스토이는 가난과 빈곤에 처한 러시아 백성의 피고름을 짜서 초호화 생활을 누리는 황제와 귀족 그리고 종교 지도자들은 모두 한통속이라며 비판했다. 톨스토이는 그리스도의 정신인 '가장 보잘것없는 자를 사랑하라'는 이 단순한 진리가 너무 심각하게 왜곡되어 버린 나머지 부패한 황제와 귀족을 옹호하기 위해 성경이 인용되는 것에 울분을 토했다. 단순한 재료를 갖고 저렇게 엉터리 요리를 만들다니. 그러나 현실은 현실대로 뒤엉키면서 더 부패한 세상이 되었고, 그리스도의 가르침에서 한참이나 유리된 종교가 되어 갔다. 톨스토이는 지금의 타락한 교회를 버려야 산다고 강하게 주장했다.

하나님을 거역해서 교회를 버린 것이 아니라, 영혼을 다 바쳐 하나님을 섬기기 위해 그리스도 정신을 배반하고 있는 교회를 버렸다.

이건호는《부활》의 깊은 배경이 되는 당시 러시아 사회의 모순과 러시아 정교회의 부패에 대해 간략히 설명했다.

"러시아 정교회는 십자가가 없는 부활, 다시 말해 고난이 없는 부귀와 영광만을 추구했습니다. 리스크가 없는 리턴, 금은보화로 장식된 교회에서 성직자들은 부와 권력을 탐하며 사치스럽게 생활했습니다. 베드로와 바울은 가난하게 살았으나 정교회 지도자들은 귀족처럼 살았습니다. 그들은 도둑과 별반 다를 게 없었습니다. 톨스토이의 예견은 그가 파문을 당한 지 십칠 년, 그가 죽은 뒤 칠 년 후에 현실로 나타났습니다. 러시아혁명이 발발하자 노동자, 농민, 도시 빈민이 가장 먼저 공격한 곳은 놀랍게도 교회였습니다. 혁명(1917년) 당시 모스크바 재산의 3분의 1이 교회 재산이었다고 합니다. '너희한테 기대한 것은 하나님의 자비로움으로 어려운 백성들을 잘 돌봐 달라.' 양들의 이런 기대가 무너지면서 많은 정교회 지도자들이 살해되었고, 교회의 재산은 약탈되거나 모두 몰수되었습니다."

그랬다. 11세기(1054년) 이래 가톨릭과 값비싼 전쟁을 하면서 천여 년간 경쟁자로서 찬란한 역사를 가진 정교회는 결국 내부가 부패하면서 붕괴되었다. 러시아혁명은 평등한 세상을 지향했지만 그 열망은 무산되고 대신 증오와 폭력이 분출되면서 무시무시한 독재로 이어졌다. 공산당은 정교회에 적대적인 정책을 펴면서 성직자들을 살해하고 설교 금지와 성당 파괴, 교회 재산 몰수 등 이전에 교회가 누렸던 모든 특권을 박탈했다. 공산당의 대대적이고 무자비한 탄압은 정교회의 교회 수가 1914년 5만 4천 곳에서 1941년 4천2백 곳으로 줄어들 정도로 집요했다. 백성의 고통을 외면한 채 맘모니즘(mammonism)에 젖어 세속화된 러시아 정교회는 이러한 뼈아픈 역사를 가지고 있었다.

"그래도 이 선배가 잘 마무리를 해서 우리 팀이 가장 빛났지."

유승한은 그때를 생각하며 흐뭇한 미소를 지었다. 그럴 만도 했다. 톨스토이의 《부활》을 아주 세밀한 부분까지 검토해서 결론을 내리고 마지막엔 헤밍웨이의 글로 마무리를 지었으니까.

"헤밍웨이는 《해는 또다시 떠오른다》에서 파산에 대해 탁월하게 묘사합니다. 당신은 어떻게 파산했소? 두 개의 방식으로……. 서서히 그러다가 갑자기."

이건호는 이 문장을 가져와 아주 대범하게 마무리했다.

"파산은 두 개의 과정을 갖고 있습니다. 서, 서, 히 축적되다가(그는 '서서히'를 강조하기 위해 원문인 'gradually'를 한 번 더 말했다) 갑, 자, 기 추락합니다(마찬가지로 '갑자기'를 영어로 'suddenly'라고 읽었다). 러시아 정교회의 추락도 마찬가지였습니다. 부패할 대로 부패한 러시아 정교회 조직이 자신들의 부정한 행위에서 풍기는 악취를 느끼지 못한 결과였습니다."

"오랜만에 한번 만나보고 싶군. 우리가 한번 모실까?"

유승한의 제안에 명수창은 잠시 머뭇거렸다. 명수창은 이건호를 만날 생각을 하니 기분이 좋았다. 그도 이건호에게 인정받고 싶었던 것이다.

"아니야, 우선 목회를 반듯하게 한 후 이 선배를 만나자. 우리가 목회 현장에서 의미 있는 일을 한 다음에 만나고 싶어."

명수창이 고개를 저으며 말했다. 유승한이 아쉬운 듯 입을 비죽 내밀었다.

유승한과 헤어진 명수창은 갑자기 다급해졌다.

"대체 내가 무슨 말을 한 거지?"

명수창은 잠시 생각에 잠겼다. 헌금이 많이 들어오면 구제나 선교, 병원 사업 등 하고 싶은 일이 많았다. 그러나 그건 먼 훗날의 이야기이고 지금 자신의 처지에서 할 수 있는 일이 무엇일까를 고민했다. 어려운 문제였다. 아껴 쓰고 절약한 돈으로 다른 교회에 선한 영향력과 모범이 될 수 있는 방법을 찾아야 했다. 그런 방법이 있을까? 아마 불가능하지는 않을 것이다. 반드시 길이 있을 것이다.

갑자기 번갯불처럼 번쩍하고 스쳐 지나가는 생각이 있었다. 돈만 원이 없어 쩔쩔매던 시골의 목회 생활이 떠올랐다. 시골 교회는 생존의 경계선에서 늘 허덕였고 금전적으로 다급한 일이 많았다. 시골 목회를 해본 명수창은 그들의 다급함을 누구보다 잘 알고 있었다.

'가난한 시골 교회를 돕자!'

명수창은 입속말로 중얼거려보았다. 입 밖으로 내고 보니 결심이 더 굳어졌다. 지금 당장 지원해야 하는가. 아니면 조금 더 여유가 생긴 다음에 해야 할까. 명수창은 잠시 망설였으나 지금 하지 않으면 언제 할 수 있을지 모른다는 생각이 들었다.

'아니다. 당장 실행하자.'

이튿날 명수창은 간부들을 소집했다.

"어려운 시골 교회를 도와야겠습니다."

"예?"

간부들은 깜짝 놀랐다.

"아직 그럴 정도로 넉넉한 형편이 아닙니다."

김일국이 말했다. 지금 교회 운영하기에도 빠듯한데 여기에 어려운 시골 교회 지원까지는 어려웠다.

"그래도 해야 합니다. 그것이 예수님이 가르쳐주신 길입니다."

명수창은 확신에 찬 눈길로 단호하게 말했다.

"알겠습니다."

김일국만이 대답했으나 그 역시 전적으로 찬성하는 것은 아니었다. 그러나 교인들은 명수창의 이런 태도에 깊이 감동했다. 새로이 등록하는 교인들이 급속도로 늘어났고 그에 비례하여 헌금 역시 풍부하게 들어왔다. 걱정했던 재정 문제를 해결하고도 남을 정도였다. 자신의 것을 내놓으니 오히려 차고도 넘쳤다.

순조로운 항해

명수창은 특히 새벽 예배에 정성을 기울였다. 한 명 한 명 이름을 부르며 교인들을 위해 중보기도를 했다. 버스 안내양을 위해 제일 먼저 기도했고, 건강이나 경제적 문제가 있는 가정을 위해 기도했다. 살아가는 게 너무 힘든 대부분의 교인들은 달디단 새벽잠을 떨치고 한기마저 느껴지는 새벽 공기를 뚫고 교회에 나와 기도에 매달렸다. 기도는 그들에게 소망을 갖게 하는 위로의 빛이었다. 기도는 교인들이 신앙의 씨앗을 소중히 키워가는 토대가 되었다.

'성경 속 인물들처럼 험난한 삶을 이겨내어 끝내 멋진 역전의 주인공이 되기를!'

그는 간절히 바랐다. 교인들 한 사람 한 사람의 사정과 형편을 알게 되면서 그들에게 더욱 마음을 쏟았다. 사람들은 오랜 시간 통증을 견디며 침묵을 선택한다. 드러낼 때마다 처음 겪었던 고통이 되살아나기에 안으로 꽁꽁 감추는 것이다.

'이들이 교회에 와서 고통 없이 자신의 깊은 상처를 마음껏 토해 내게 하리라.'

새벽 예배 시간은 작은 부흥회를 연상시켰다.

"예배야말로 모든 믿는 사람의 본질이며 하나님을 만나는 가장 강력한 통로입니다. 예배를 드릴 때 예수님이 임재하면 모든 문제가 해결됩니다. 예수님을 만나면 상한 마음도 치유를 받고, 예수님을 만나면 병도 고치고, 예수님을 만나면 지친 마음도 회복됩니다. 독수리 날개 쳐 하늘로 올라가듯 강력한 회복을 경험하게 됩니다."

예배의 마지막은 끝도 없는 기도, 늘 봇물 터지듯 눈물의 파도가 일었다. 어깨를 들먹이며 드리는 많은 교인들의 기도가 오열로 끝나지 않고 새로운 사람으로 재탄생되기를 기도했다. 그들은 새벽마다 새로운 용기를 얻어 세상으로 나아갔다.

이런 그들을 보며 명수창도 새벽 예배를 마칠 때마다 자신의 각오를 새롭게 했다.

"한 영혼이 천하보다 귀하다. 나는 한 영혼 한 영혼을 기쁨으로 섬기리라!"

그렇게 그의 영성은 날로 깊어져 갔다.

그날도 명수창은 여느 때처럼 후줄근한 양복을 입고서 자전거를 타고 심방길에 나섰다. 그의 얼굴은 생기로 가득했다. 그에게는 어떠한 상황에서도 결코 도망치지 않고 정면으로 부딪치며 나아가는 용기가 있었다. 교인들은 그의 표정을 보고 있으면 가슴속에 따스

한 햇볕이 스며드는 것을 느꼈다. 그냥 그의 얼굴을 바라보는 것만으로도 용기가 되고 희망이 저절로 용솟음쳤다.

'나는 이 어려움을 이겨낼 수 있다.'

이런 생각이 들게 하는 묘한 힘을 가진 인물이 세상에 흔하지 않은데, 자신들 곁에 명수창이 있다는 것을 그들은 행운으로 여겼다. 일터에서 가정에서 정말 너무 지긋지긋해 비명이라도 지르고 싶은 현실 앞에서도 그의 밝은 표정을 대하는 순간 교인들은 그 안에서 평안을 느꼈다.

"하나님은 당신을 결코 포기하지 않으십니다. 지금의 고난에는 하나님의 뜻이 있습니다."

그의 위로는 아스팔트를 뚫고 피어나는 민들레 꽃처럼 그들의 척박한 삶에 꿈을 갖게 했다. 상처 입은 인생들의 입에서 흘러나오는 고달픈 말들을 깊게 경청하는 그의 태도는 교인들에게 큰 반향을 일으켰다. 교인들은 꽤 오랫동안 명수창을 입에 달고 살았다.

"우리 명 목사님은……." "우리 명 목사님이……." "어제 명 목사님께서……." "명 목사님이 그러시는데……."

모르는 사람을 만나도 그들은 목사와 교회를 칭찬하느라 시간 가는 줄 몰랐다. 교인들로부터 목사가 사랑과 존경을 받는다는 것은 쉬운 일이 아니다. 특히 가난한 사람들과 고난 받는 사람들에게 인정받는다는 것은 더더욱 어려운 일이다. 가난과 고생을 몸으로 체득한 사람들은 배운 것이 없어도 상대가 좋은 사람인지 아닌지를 구별해 내는 촉을 갖고 있기 때문이다. 명수창은 이들로부터 귀가 따갑도록 존경한다는 말을 들었다. 명수창에 대한 존경과 그로부터 받은 감동은 그대로 교인들의 삶으로 전이되었고, 그들은 온갖 근심과 걱정을 하나님께 내려놓고 평안하게 일상을 살아가는 날들이 점차 많아졌다.

초라한 배경을 뛰어넘은 높은 영성, 성실한 인품, 새벽부터 하나님께 매달리는 남다른 열정, 명수창은 목회자가 가져야 할 이상적인 3종 세트를 완벽히 갖춘 인물이었다.

"대단한 목사님이다."

"최고 목사님을 만난 건 우리에게 큰 축복이다."

여기저기서 봇물 터지듯 교인들은 진심으로 그를 칭찬했다. 대성교회 교인들이 그런 생각을 하는 것은 당연했다. 교인들 눈에는 명수창 뒤에서 수백 수천의 천사들이 돕고 있는 것처럼 보였다. 명수창은 드디어 신묘한 능력을 가진 목사가 되기 위한 중요한 관문을 넘어선 것이다. 이 관문을 넘어서지 못하는 목사가 많다. 아니, 대부분의 목사들은 이 관문 근처에도 이르지 못한다.

"명 목사님은 하나님의 사자다. 그분은 축복의 통로다."

신의 대리인이 된 명수창! 교회는 열기로 가득했다. 예배는 시작되기 전부터 이미 뜨겁게 달궈진 상태였다. 기적이 일어날 토대는 이미 만들어졌다. 3월에 열리는 일주일간의 특별 새벽기도회, '기도로 나를 세우고, 기도로 가정을 세우고, 기도로 교회를 세우고, 기도로 나라를 세운다'는 주제로 '벧엘로 올라가자!'는 게 특별 새벽기도의 제목이었다.

명수창은 강조했다.

"벧엘은 하나님 집을 뜻합니다. 국가와 가정의 모든 문제를 해결하기 위해 우리는 벧엘로 올라가야 합니다. 벧엘로 가는 길은 기도로 이어져 있습니다."

새벽 네 시 삼십 분부터 빈자리가 없을 정도로 예배당은 교인들로 가득했다. 문제없는 인생이 어디 있으랴. 그들은 타들어 가는 갈증으로 새벽에 모였다. 기도의 열기는 식을 줄 몰랐다. 특히 특별 새벽기도회는 기적의 대방출과도 같았다. 기도 응답의 역사가 풍성히 일어났다. 교인들은 첫날부터 하나님의 크고 놀라운 기적에 대해 간증했다.

결혼 첫해부터 임신을 시도했지만 칠 년째 아이가 없는 김나정은 며느리가 잘못 들어와 대가 끊기게 생겼다는 시어머니의 구박에 스스로를 초라하게 여기며 우울하게 지냈다며 이렇게 간증했다.

"작년 삼월 특별 새벽예배 때 문득 명 목사님께 안수를 받으면 기적이 일어날 것 같은 예감이 들어 가장 앞자리에 앉아 예배를 드렸습니다. 목사님께서 예배가 끝난 뒤 축복기도를 해주신다고 해서 기다렸다가 쏜살같이 달려 나갔습니다. 그날 목사님의 뜨거운 안수기도를 받은 후 기적처럼 아이를 갖게 되었습니다. 명 목사님은 하나님의 사자입니다."

이후 또 다른 간증들이 끝없이 이어졌다.

"계약이 이루어졌어요." "수술이 잘 되었어요." "병원에서도 포기했는데 암세포가 모두 사라졌어요." "고침을 받았어요." "술주정하던 남편이 달라졌어요."

대성교회를 통해 하늘의 문이 열린 것인가 착각이 들 정도였다.

수많은 간증들이 쏟아져 나왔다. 지푸라기라도 잡고 싶은 이들에게 명수창의 안수기도는 치유의 손길을 넘어 기적의 통로가 되었다. 기적은 믿는 자에게만 나타나는 신비한 영역이다.

명수창이 갑자기 신묘한 능력을 가졌다고? 그것은 마치 물이 끓는 이치와 같았다. 물은 99도에 이르기까지 아무 일도 없는 듯 잠자코 있다가 1도가 더 올라가 100도가 되었을 때 비로소 갑자기 끓게 된다. 이미 기적을 맞을 준비가 되어 있는 교인들에게 명수창이 1도를 높이자 기다렸다는 듯 기적이 일어난 것이다. 물론 사람마다 비등점이 달라 모두에게 기적이 일어나지 않는다 하더라도 저마다 믿음의 분량에 따라 기적이 일어나는 것이다.

약간의 제스처에도 환호할 준비가 되어 있는 사람들. 뉴스에 이미 보도되어 다들 알고 있는 내용을 명수창이 순서만 바꿔 말했을 뿐인데도 대단한 통찰력이라 여기며 교인들은 감동했다. 명수창은 이들이 늘 고마웠다.

'죄 많고 어리석은, 나의 착한 양 떼!'

"병이 나았다고 하더라, 일이 잘 풀린다고 하더라, 꿈 해몽에도 신묘한 능력을 가졌다더라."

명수창에 대한 소문은 어느새 장안의 화제였다. 서울 전역은 물론이고 경기도에서도 몰려들었다. 삼월과 구월에 일주일간 열리는 특별 새벽기도회에 참석하려는 사람들로 주변 여관은 예약이 꽉 찰 정도였다. 거리가 먼 곳에 사는 교인들 중에는 전날 밤에 미리 대성교회 부근의 여관에 묵었다가 새벽기도회에 참석하는 열성파도 생겨났다.

건설업을 하는 윤성욱은 명수창의 소문을 듣고 개봉동에서 새벽 기도회 사흘 차에 대성교회로 찾아갔다. 기대와는 달리 새벽기도 집회는 무척 단순했다. 찬송, 기도, 성경 봉독, 설교 등으로 이어지는 예배의 기본 골격은 여느 교회와 다를 바 없었다. 명 목사의 설교는 평이한 대화체였고 설교 내용도 무척 단순했다. 성경 속에 감춰진 '오묘한 진리'를 특별히 설파하지도 않았다. 명수창이 설교를 마치고 큰 소리로 힘주어 외쳤다.

"주여 들으소서! 주여 용서하소서! 주여 들으시고 행하소서!"

그를 따라 외치고 기도를 하는 순간 윤성욱은 가슴이 뜨거워지는 것을 느꼈다. 가슴에 맺힌 무언가가 툭 하고 떨어지는 듯한 특이한 체험을 했다. 예배를 마친 후 명수창은 말했다

"치료를 받고 싶거나 인생의 문제가 풀리지 않는 사람들은 축복 기도를 해줄 테니 강단 앞으로 나오세요."

그의 말이 끝나자 백여 명의 교인들이 순식간에 강단 앞을 꽉 채웠다. 이날도 수많은 치유가 일어났다.

명수창의 화려한 등장. 그의 등장은 시기적으로 완벽했다. 교계 내외를 통틀어 이만한 뉴스거리가 없었다. 언론은 산골 소년 출신이 오직 새벽기도를 통해 신실한 마음으로 이루어 낸, 그의 성공 신화에 열광하며 연일 기사를 올렸다.

"어린 시절 새벽마다 종지기 역할을 자청해 기도하고 봉사하던 그가 바로 지금 한국의 새벽을 깨우는 대성교회 명수창 목사다."

"어린 산골 소년의 간절한 기도, 영성의 열매를 맺은 명수창 목사."

우종건은 맑고 순수한 그의 열정과 노력이 만들어 낸 아름다운 스토리에 감동했다. 명수창의 극적인 성공은 기독교 뉴스의 헤드라인을 차지했고 마감 뉴스에서 다시 보도될 정도였다. 명수창은 수석장로와 부목사들과 커피를 마시며 조간신문을 훑어보았다. 〈조선〉, 〈중앙〉, 〈동아〉, 〈경향〉, 〈한국〉, 〈한겨레〉, 〈매일경제〉 등 거의 모든 신문사회면을 그의 얼굴과 교회의 모습이 장식하고 있었다.

"우리는 더욱 겸손해져야 합니다. 그리고 하나님의 사업을 좀 더확대해야겠습니다."

명수창은 기뻐하는 내색도 전혀 없이 차분한 목소리로 말했다. 명수창은 자리에서 일어나 천천히 집무실을 거닐기 시작했다. 가슴이 먹먹했다. 이 자리에 오기까지 자신이 견뎌 온 세월이 주마등처럼 스쳐 지나갔다. 지독한 가난과 험난한 시골 목회, 죽을병에 걸려 간신히 지탱하던 몸, 자전거를 타고 심방을 다니던 날들, 처음 예배당을 마련했을 때의 환희, 집에도 가지 않으며 스물네 시간 교회에서 살다시피 하면서 기도하던 시절.

우종건은 명수창이 서울 변두리에서 짧은 시간에 이토록 놀라운 성장과 함께 최고로 존경받는 목사로 부상하게 된 이유가 무엇인지 궁금했다. 내세울 것 하나 없는 그가 '오직 주님', '오직 영혼'을 기치로 헌신을 다한 결과였을까? 명수창은 새벽기도에 특별한 열정을 보였다.

"새벽기도를 통해 거룩함을 체험하고, 다른 사람을 섬기고 봉사

하는 삶을 살아야 합니다."

명수창의 간절한 외침에 수많은 교인들이 모여들었다. 어느덧 특별 새벽기도회에만 수만 명이 모이는 교회가 된 것이다.

"밑바닥 흙수저 명수창 목사가 새벽기도 목회로 성공하다."

우종건의 기사는 이렇게 시작되었다. 새벽기도회에 헌신하는 명수창은 정말 신실한 신의 대리인처럼 보였다. 모두가 하나님의 사람이라고 여겼다. 명수창은 목사로서 자신의 이름을 세상에 널리 알렸다.

'온전히 하늘로부터 은총을 입은 신의 대리인!'

새벽의 기적

명수창의 설교는 전국적으로 인기가 높았다. 다른 목사들 역시 명수창이 '어떻게 해서 큰 성공을 이루어 냈는가?'가 초미의 관심이었다. 명수창은 그들을 위해 이 박 삼 일에 걸쳐 〈교회! 어떻게 할 것인가?〉라는 주제로 리더십 컨퍼런스를 대성교회 대성전과 교육관에서 개최했다. 강의 주제는 명수창의 전매특허가 된 〈서번트 리더십: 우리 시대에 회복되어야 할 리더십〉이었다. 〈다음 세대 사역, 목양 및 교회 사역, 선교와 사회복지 사역, 목회자 자기 계발〉이라는 네 개 분야로 나눠 서른 개의 세부적인 워크숍을 기획해 실제적인 성공 노하우를 발표하고 토의할 수 있도록 대규모로 기획되었다.

대성전의 육중한 문이 열리자 젊은 청년이 앞장서서 길을 안내했다. 그 뒤를 따라 불덩어리처럼 시뻘건 카펫을 밟으며 중앙을 향해 걸어오는 명수창. 그가 모습을 드러내자 참석자들은 일제히 자리에서 일어나 힘찬 박수를 보냈다. 강단에 오를 때 환호성과 박수 세례는 절정에 이르렀다. 전국에서 천여 명의 목사들이 참석한 역대 최대 〈목회자 리더십 컨퍼런스〉는 그렇게 막이 올랐다.

그중 최고의 하이라이트는 명수창의 주제 강연이었다. 참석자들은 한 시간 삼십 분에 걸친 그의 강연을 말 한마디 제스처 하나까지 놓치지 않으려고 집중했다. 그의 머리 위에 금빛 후광이 둘러졌다. 명수창은 열정적으로 메시지를 전하는 중간중간 유머를 던져 목사들에게 웃음을 선사하고 좌중을 사로잡으며 뜨거운 열기를 이어 갔다. 그들은 작은 유머에도 폭소를 터뜨리며 화답했다. 시골 교회 목사에서 금세기 한국 최고 목사 그룹에 속한 입지전적인 인물.

'이렇듯 놀랍고 이렇듯 비범하고 이렇듯 온갖 감회가 들어 있는 노하우를 듣게 될 줄이야.'

명수창의 강의를 받아 적던 목사들은 그가 세상의 모든 현상에 대해 해박하며, 또한 꿈이 크다는 것을 새삼 깨달았다. 정치, 경제, 사회, 예술에 이르기까지 핵심을 꿰뚫고 있는 것처럼 보였다. 게다가 겸손한 품성으로 말과 행동에 괴리가 보이지 않았다. 그들은 귀한 사람을 만난 기분이 들었다.

강연을 마치고 명수창이 떠날 때 그의 주변은 몰려드는 목사들로 인해 장사진을 이루었다. 수많은 목사들이 들끓는 인파를 헤치고 위대한 목사인 명수창의 면전에 다가가려고 애썼다. 그들은 마음속에서 우러나오는 부러움과 깊은 흠모와 존경을 표했다. 위대한 명수창은 긴장과 격한 감동으로 흥분한 그들의 손을 일일이 부여잡았다. 앞자리에 있던 작은 시골 교회 유철수 목사도 멋쩍게 서 있다가 그가 지나가려 하자 순간 자기도 모르게 손을 뻗었다. 그의 손에 닿은 감촉은 부드럽고 따사로웠다. 그의 손길은 잊기 어려운 경험이었다. 악수를 할 수 없었던 뒷줄의 많은 숭배자들은 앞으로 밀어붙이며 그의 옷자락이라도 만지고자 발버둥을 쳤다. 마치 그의 손과 옷자락에 축복이 흘러넘치는 그 무엇이라도 있는 양.

드디어 오랫동안 꿈꿔 온 명수창의 꿈이 열매를 맺은 것이다. 상전벽해. 이십오 년 전 시골 교회 차가운 바닥에 무릎 꿇고 눈물짓던, 아무리 발버둥을 쳐도 제자리걸음인 목회에 좌절하며 슬럼프를 겪던, 예전의 명수창이 아니었다. 많이 배우고 잘난 메가처치 선배 목사들을 먼발치에서 지켜보던 그가 이제 그 자리에 서 있었다. 가장 존경받는 목사이자 '목사 중의 목사'로 우뚝 선 명수창. 그는 한국 교회의 상징이자 목사들이 닮고 싶어 하는 리더로 떠올랐음을 이번 워크숍의 주제 강연에 행차함으로써 충분히 증명했다.

'오직 주님'만 붙들고 서번트 리더십을 발휘한 결과였을까. 예고 편은 몇 차례 더 있었다. 대성은 수만 명이 운집하는 새벽기도로 유명해지면서 〈뉴욕타임스〉 지를 비롯한 주요 언론에 자주 등장했다. 다른 교회 사례와 함께 명수창의 얼굴이 실렸다. 그에 대해 특별한 설명은 없었지만 메시지는 분명했다. 그가 바로 한국 교회의 부흥을 이끄는 리더라는 것. 한경직 목사 이후 한국 교계가 발굴한 슈퍼스타. 그의 일거수일투족은 모두 화제가 되었다. 추문으로 얼룩진 메가처치에 대한 올바른 방향 제시와 함께 어려운 이를 도와주는 그의 낮은 행보는 교인들의 마음을 사로잡았다. '물이 새는 노아의 방주'라 불리는 메가처치, 그 이미지를 바꾸기 위해 노력했지만 명수창의 등에 지워진 십자가의 무게는 그리 가벼워 보이지 않았다.

'명수창은 이 십자가를 기꺼이 지고 갈 한국 교회의 보배다.'

김일국은 명수창에 감탄했다. 모두가 인정하는 위대한 목사가 자신과 친밀한 벗이 되었다는 사실이 너무도 자랑스러웠다. 이것만으로도 어쩐지 자신의 격이 높아진 듯한 느낌이 들었다. 다른 메가처치 목사들과 달리 실족하지 않고 겸손하게 모범적 목회를 계속한다면 그가 죽은 후 오십 년, 백 년 후에는 지금보다 더 높은 평가를 받을 수 있을 것이다. 그렇게 은퇴 이후에도 결코 상상하지 못할 만큼의 큰 존경과 선의에 둘러싸여 영광을 누리길 빌었다. '그의 목회를 위해 내 모든 것을 바치리라.' 김일국은 그를 위해 견마지로를 다하겠다고 굳게 마음먹었다.

남다른 열정과 새벽 신앙으로 세계 교회 역사에 유례없는 부흥을 이루어 낸 오늘의 인물. 사람들은 그에게 열광했다. 그 시기와 맞물려 그는 책을 한 권 출판했다. 《새벽의 기적》이라는 제목의 이 책은 새벽기도를 통한 교회 성장 스토리를 담고 있었다. 대성교회의 성공의 원천은 바로 새벽기도에 있었다는 그의 체험적 간증이 담긴 이 책은 국내외 교회에 큰 영향을 미치며 오랫동안 베스트셀러로 사랑받았다. 그해, 신약성서 27권보다도 더 많은 언론의 지면에 오르내렸다.

그는 늘 자신감이 넘쳤고, 병원과 학교 사역에 있어서도 과감한 확장을 두려워하지 않았다. 너무 많은 일을 벌이는 게 아닌가 하며 고개를 갸웃거리던 장로들도 예상치 못한 성공에 입을 딱 벌렸다. 사소한 일화나 별것 아닌 제스처가 새로운 트렌드로 자리 잡기도

했다. 이것도 저것도 모두 성공하니 교인들은 일제히 그에게 열광
했다.

드러나는 야망

교인들의 열광은 명수창의 마음에 서서히 독이 되어 퍼져 나가고 있었지만 정작 본인 스스로는 깨닫지 못하고 있었다. 명수창의 인기는 날로 높아져 특별한 모임이나 행사에 강연자로 자주 초빙되었다. 강남에서 손꼽히는 S교회의 신축 기념 예배의 설교자로 초빙되어 특별 설교를 뜨겁게 마치고 나오며 그가 말했다.

"대단한 인파로군."

"예, 담임 목사인 곽 목사님의 리더십이 뛰어나다고 들었습니다."

김일국 장로는 담담하게 말했다.

'흠, 리더십이라?'

명수창은 교인들을 대충 헤아려 보았다. 본당 오천 명, 5부 예배까지 총 이만 오천 명, 부대시설에서 예배 보는 인원까지 합치면 삼만여 명쯤으로 추산되었다. 다시 한 번 뒤쪽을 돌아보고 정면으로 고개를 돌리던 그가 의아해하는 김일국의 눈과 마주쳤다.

"그런데 김 장로, 예배당 규모는 얼마나 되어 보입디까?"

"오천이라 하는데 육천은 되어 보였습니다."

"잘 보았소. 정확해!"

명수창은 진심으로 칭찬했다. 오천 석 규모라고 들었으니 그걸 짐작하는 건 어렵지 않은 일이나 규모가 클수록 과하게 평가를 내리게 마련이다. 오천을 만으로 오인하는 경우도 드물지 않았다.

"작년에 출석 교인이 이만 명이라 했는데 일 년도 안 되어 삼만 명이라. 왜 그렇게 늘어났을까?"

"목사님 설교에 은혜가 넘친다고 들었습니다만……."

김일국은 고개를 갸우뚱했다.

"그거야 기본이지. 성전을 크고 멋지게 지으면 주변에서 목사의 리더십이 훌륭하다는 소문이 날 것이고, 대형 교회에 오면 모든 게 잘될 것 같은 그런 기운이 느껴져 사람들을 자석처럼 끌어당기게 되어 있으니까. 이런 이유로 삼십 퍼센트는 자연히 불어났다고 생각하는 게 맞을 거요."

명수창의 예리함은 계산기 수준이었다. 그렇다면 사람들이 메가처치에 모여드는 이유는 무엇일까? 다수의 선택에 합류하는 것이 안전한 선택이어서? 성공한 사람의 일원이 된 듯한 기분이 들어서? 표시 안 나게 살짝 다녀갈 수 있어서? 그러니까 마음이 편안한, 거칠게 말하자면 한 시간 삼십 분의 예배와 일주일의 평안, 1퍼센트라는 아주 잠깐의 경건과 나머지 99퍼센트는 제 마음대로 살아도 될 것 같아서?

'은혜일까, 이익일까. 사람인가, 숫자인가. 사역일까, 비즈니스일까?'

명수창의 설명은 김일국으로 하여금 그동안의 메가처치에 대한 긍정과 그 이면의 것을 되짚어 보게 하는 계기가 되었다.

"김 장로, 우리도 세계 최대의 장로교회를 세웁시다."

명수창이 느닷없이 제안을 했다. 김일국은 명수창의 비약을 따라 잡을 수가 없어 눈을 크게 뜨고 명수창을 바라보았다.

"아니, 그건 좀……."

김일국은 명수창의 말에 당황했다.

"왜?"

"이미 사천여 명이 들어가는 본당을 지은 지 십 년도 안 되었는데, 그걸 헐 수도 없고요."

"교육관을 헐고 짓든지 아니면 다른 부지를 매입해서 지어야겠지요."

생각지도 못한 발상이었다.

'본당을 두고 다시 더 큰 예배당을 짓겠다니…….'

김일국은 감히 상상하지 못할 정도의 파격적인 제안에 그만 어안이 벙벙했다. 그의 눈앞에 있는 명수창이란 인물은 도저히 이해할 수 없을 정도로 평범한 사고방식을 가진 사람이 아니었다.

"무슨 생각을 그리 하시오?"

명수창이 이상하다는 표정으로 김일국을 유심히 바라보았다.

"본 성전을 놔두고 또 다른 성전을 지을 생각은 하지 못했습니다."

"그보다 자네 생각이 어떤지 알고 싶네."

"글쎄요."

"왜지?"

명수창은 표정도 바꾸지 않고 되물었다.

"목사님이 다시는 성전을 짓지 않겠다고 약속하지 않았습니까?"

김일국은 교인들의 저항을 우려했다. 그리고 예배당을 더 이상 짓지 않겠다는 약속을 명수창 스스로 어떻게 뒤집으려는 것인지 이해할 수 없었다.

'정직한 인간, 마음속에 있는 것을 감추는 재주가 없다니.'

명수창은 그를 물끄러미 쳐다보다가 껄껄 웃기 시작했다.

"하하하, 뭘 그리 걱정하시오? 시집 안 가겠다는 처녀의 말은 진실일 수도 진실이 아닐 수도 있지 않소?"

"예?"

과연 명수창의 배포는 남달랐다. 본인의 필요에 의한 결정이라면 이전의 약속쯤 상황에 따라 손바닥 뒤집듯 가볍게 뒤집을 수 있었다. 김일국은 이때만 해도 명수창의 생각일 뿐 실제로 세 번째 대성전 건축까지 할 것이라고는 생각하지 않았다. 그런데 스미스 목사가 대성교회를 방문해 설교한 이후 그는 과감하고도 단호하게 대성전 건축 계획을 선포했다. 오랫동안 담아 두었던 욕망을 발설했으니, 뼈다귀를 물은 강아지처럼 충족될 때까지 절대 물러서지 않을 것임을 김일국은 비로소 깨달았다. 명수창의 가슴에 붙은 불은 이미 들불처럼 번지고 있었다.

끝없는 갈증

그로부터 이 주 뒤, 대회의실에 장로들이 속속 모여들었다. 특별 당회로 명수창의 새로운 비전 선포가 있는 날이었다. 명수창의 거대한 퍼즐은 다음과 같았다. 첫째는 교단 중에서 세계 최대 교회, 둘째는 최대 선교사 파견, 그리고 셋째는 숨겨져 있지만 역사상 최고 목사의 탄생이었다.

'이제는 나, 명수창의 시대다.'

"규모는 육천 석 정도면 한국에서 가장 큰 편이고……."

한 장로가 말하자 명수창이 한마디 내뱉었다.

"겨우 그 정도?"

명수창의 마음은 크게 고양된 상태라 자신이 이루어 낼 업적에 대한 자신감으로 한껏 부풀어 올라 있었다.

"저 땅을 보시오. 팔천 석 규모는 되어야 대성전이라 할 수 있지 않겠소?"

그것은 예배당 조감도였다. 명수창은 만족스러운 눈길로 그것을 바라보았다. 무엇보다 획기적인 거대함에 놀라 장로들 사이에서 탄성이 터져 나왔다. 대규모 성전 옆에 그보다 두 배나 큰 팔천 석 규모의 성전을 짓겠다니 누구도 상상하지 못할 일이었다. 팔천 석과 사천 석 대성전에, 이천 석 규모의 소성전 두 개가 더 있다. 완전히 성전 타운인 셈이다. 본 적도 들은 적도 없는 그의 야심찬 계획에 모두들 당황했다. 그렇다면 언젠가 때가 되면 이 모든 걸 헐고 1만 석이 넘는 그야말로 공룡 성전을 만들 것인가. 끝도 없는 비전, 끝도 없는 확장. 그는 굶주린 상어보다 더 큰 탐욕을 세련되고 멋지게 포장하여 그들에게 다가와 속삭였다.

"불가능한 일은 아니야."

그 말을 듣고서야 장로들은 그것이 탁상공론만은 아니라는 사실을 비로소 깨달았다.

명수창은 겸손과 열정과 거기에 따뜻한 마음까지 지녔다. 각각으로 보면 좋은 품성이지만 그것들이 명수창의 꿈과 합쳐지면서 지금껏 일어나지 않았던 불규칙한 일들이 일어나고 있었다. 완전히 다른 세계였다. 각각의 좋은 품성들 속에 명수창의 욕망은 줄곧 잠들어 있는 듯했다. 그러나 연달아 성공을 이룬 후부터 그는 욕망을 서서히 세상에 드러내기 시작했다. 그가 이룩한 모든 것들 속에 명수창의 거대하고 달콤한 야망이 숨어 있음을 비로소 사람들은 깨달았다. 수십만 교인들의 힘겨운 일상과 정성스러운 헌금으로 그가 만들고 싶은 세상은 어떤 것일까?

"교회 건물들이 서로 어우러져 색색의 천 조각을 이어서 만든 조각보처럼 아름답지 않습니까?"

명수창은 대성전이 건축된 이후의 웅장한 모습을 생각하니 가슴이 벅차올랐다.

'인간의 삶이란 얼마나 위대한가? 대단한 걸 꿈꾸고, 그래서 얼마만큼 가슴 뛰는 삶을 살았는가가 중요하다.'

명수창은 엄청난 규모의 메가처치, 그에 따라 그만큼 업그레이드될 새로운 목회에 대한 기대감으로 한껏 고조된 상태였다.

"한 가지 걱정이 있습니다."

윤성욱 장로가 조심스럽게 말했다.

"뭐지요?"

"목사님 생전에 더 이상 성전 건축은 없다고 몇 번이나 말씀하셨기에 그게 좀 걸립니다."

윤성욱 장로는 김일국 장로와 똑같은 걱정을 했다.

"괜찮소. 하급 목사라면 그런 말에 스스로 얽매일 테지만 나는 그걸 초월한 사람이오. 세상 돌아가는 것을 한번 보시오. 세상은 점점 세련되어 가는데 이 험난한 세상과 싸울 하나님의 성전이 너무 초라하지 않소? 스미스 목사도 얘기하지 않았소? 대성교회는 세계 선교의 중심 기지라고. 가장 크고 아름다운 성전을 짓는 것은 하나님의 뜻입니다. 나머지는 중요하지 않아요."

새로운 성전을 짓지 말아야 할 이유가 백 가지가 넘는다 해도 딱 한 가지, 명수창의 결심 하나로 움직이는 곳이 바로 대성이었다. 그게 무리든 비합리적이든 비상식적이든 상관없었다. 그 상식의 판단도 명수창의 것이었다. 더욱이 명수창은 사람과 돈을 끌어모으고 일을 만들어 내는 데 뛰어난 재능이 있었다.

'명수창의 높은 비전인가? 채우고 채워도 해소되지 않는 끝없는 갈증인가?'

김일국은 불현듯 이런 생각이 들었다.

벌어진 틈

지혜로운 사람들은 명수창의 미세한 태도 변화만 보고도 단박에 무슨 일이 벌어지고 있는지 감지했다. 김일국도 그중 한 사람이었다. 언제부터였는지 명수창의 얼굴에서 예전에 보이던 빛이 점점 사라지고 있음을 느꼈다.

'명 목사님, 초심을 잃으면 안 됩니다.'

그러나 명수창은 좀처럼 돌아오지 않았다. 그럼에도 교회는 평온하고 사람들이 넘쳐나면서 교회의 재정도 풍요로워졌다.

'이대로 가면 안 되는데.'

김일국의 염려와 달리 명수창은 시간이 지나면서 예전의 순수한 영성으로부터 점점 멀어져 갔다. 예루살렘 대성전을 건축하고 있다는 자부심에 취해 더 과감하게 행동했다. 풍부하게 들어오는 헌금이 화근이었다. 자금이 과도하게 많아지면서 그는 이제 자신의 영향력의 증대에만 신경 쓰기 시작했다. 기도원, 교육관 부지를 매입하고, 농어촌 교회를 지원하고, 백여 개국에 선교사를 파견하고, 어려운 사람들을 후원하고도 재정은 남아돌았다. 그는 이제 교인들의 영혼 따위에 더는 관심이 없었다.

'돈이 남아서 어쩔 줄 모르다니, 저렇게 명수창의 명예나 높여주려고 물질의 축복을 내리는 게 아닌데.'

헌금의 본질은 목회자들의 생계비와 유지비, 고아와 과부 등 어려운 사람을 돌보는 구제비, 그리고 선교비, 이 세 가지라고 김일국은 배웠다. 그런데 대성교회는 헌금의 대부분을 교회 운영비와 교육, 병원 사업 등 내부 관리와 자신들을 위해서 사용했다. 이것저것 가짓수는 많았지만 사회 구제와 선교비는 10퍼센트도 되지 않았다. 일각에서는 명수창을 종교 사업가라며 비판했다. 특히 이건호 교수는 총회 세미나에서 헌금이 풍족해서 실족하기 쉬운 메가처치들에게 아주 이색적인 제안을 했다.

"한 달에 한 번은 '헌금 없는 주일'을 시행해볼 것을 권합니다. 교인들 개개인이나 가족 단위로 주변에 어려운 사람은 없는지 찾아보고 한 달에 한 번씩 헌금 대신 그들을 돕고 보살피는 일에 사용했으면 합니다."

이건호는 교회가 구제 사업을 하는 것도 중요하지만 교인들이 직접 주변의 어려운 이웃을 챙기는 게 효과가 더 크다고 생각했다. 어려운 이웃을 돕는 것 자체가 하나님 나라를 확장하는 길이고, 헌금 대신 주변의 어려운 이웃에게 눈을 돌려 봉투를 나누어 줄 수 있어야 한다는 게 그의 생각이었다. 교인들이 아파트 경비원, 미화원, 노숙인 등 세상에 관심을 갖고 실행할 수 있도록 길을 열어 주는 게 오늘날 교회가 해야 할 일 중 하나라는 거였다.

그러나 명수창은 선교나 어려운 사람을 구제해도 오른손이 하는 걸 왼손이 모르게 하는 게 아니라 꼭 자신을 드러내어 칭찬받고자 했다.

'무엇이 명수창을 변질시킨 것일까? 고작 이것밖에 안 되는 존재였던가?'

강한 유혹의 바람에도 흔들리지 않을 만큼 둥치가 튼실해 보였던 명수창. 맹렬하게 푸르른 잎을 피워 내는 느티나무 뒤편, 그동안 보지 못했던 밑동의 아랫도리에 시꺼멓게 구새 먹은 자리가 이제야 비로소 김일국의 눈에 들어왔다.

'이대로 가면 명 목사도 교회도 모두 망가질 것이다.'

김일국은 초조했다. 만일 명수창이 잘못된 길을 가고 있다면 그 것을 말릴 수 있는 사람은 자신뿐이었다. 심종수, 윤성욱도 있지만 아직 그들에게는 그만한 발언권이 없었다.

'너무 어려운 일이다.'

요즈음 명수창은 불같이 화내는 일이 잦았다. 원래 그는 목회 방향에 관해서는 그 누구로부터도 간섭받는 것을 극도로 싫어했다. 김일국이라고 해서 감히 입에 담을 일이 아니었다. 오히려 역효과가 날 수도 있을 터.

결국 김일국은 충격요법을 쓰기로 했다. 토요일 저녁 여덟 시, 주일 설교 준비로 가장 바쁘고 초조한 시간에 명수창의 서재로 찾아간 것이다. 작심하고 거칠게 건의하다 보면 '이 친구가 갑자기 왜 이러지?' 하면서 자신의 제안을 받아줄지 모른다는 한 가닥 희망을 갖고서. 교회를 개척한 초기부터 지금까지 고락을 같이하며 지내온 사이가 아니던가. 김일국은 용기를 냈다.

"목사님, 드릴 말씀이 있습니다."

"지금은 바쁘니 나중에 오세요."

명수창은 고개도 들지 않고 설교 준비에 열중했다.

"아무리 설교 준비를 한들 무슨 소용이 있습니까? 목사님께서 말의 중요성에 대해 설명하시면서 말이 그 사람의 삶을 움직인다고 하셨는데, 지금 목사님은 매주 건축 헌금, 십일조 말씀만 하십니다. 교인들이 건축을 위해 교회에 나오는 게 아니지 않습니까? 이대로 가면 대성은 생명이 없는 박물관이 되어버리고 말 것입니다."

"박물관이라고 했소?"

"그렇습니다."

"어디서 말을 함부로 합니까?"

명수창은 머리 위로 피가 솟구쳤다. 숨을 거칠게 쉬며 자리에서 벌떡 일어났다.

"목사님께서는 자신의 삶을 통과한 성경 말씀을 선포하는 게 설교라고 하셨습니다. 그런데 지금은 목사님 뜻대로 양들을 다루기 위해 말씀을 선포하고 계십니다. 목사님은 누구를 위해 예루살렘 성전을 지으려 하십니까? 목사님의 업적을 과시하기 위한 것 아닙니까?"

"이자가 보자 보자 하니…… 닥치지 못하겠소?"

"제 입을 막을 수는 있습니다. 그러나 목사님은 교인 한 사람의 영혼보다 대성전을 짓는 일에, 학교나 병원 사업에 더 신경 쓰고 계십니다. 외부에서는 목사님을 목사가 아니라 종교 사업가라고 비난하고 있습니다."

김일국의 말에 명수창은 큰 충격을 받았다. 그동안 자신의 계획이 좀 심하다 싶을 때에도 내색하지 않던 김일국이었다. 어쩌면 그런 면에서 김일국을 신뢰하고 있는 건지도 몰랐다. 그런데 어떻게 내 면전에 대고 할 말을 다 하다니, 그런 권리를 누가 그에게 주었단 말인가?

"이런 시건방진 친구 같으니. 언제부터 당신이 이 교회의 주인이었지?"

"아닙니다. 그런 뜻이 아니라……."

"시끄럽소. 듣고 싶지 않으니 그만 나가시오."

씨알도 먹히지 않았다. 김일국은 이미 무슨 말을 해도 소용없다는 것을 알았다.

명수창은 김일국이 나가고 난 뒤에 슬슬 부아가 치밀어 올랐다. 집사나 마름과 같은 김일국에게 갑자기 일격을 당했다는 황당함, 가장 바쁜 토요일 저녁 시간을 방해받았다는 불쾌감까지 더해져 명수창을 화나게 했다.

'뭐, 생명이 없는 박물관?'

용납할 수 없었다. 명수창은 분노를 감추지 못하고 자리에서 벌떡 일어났다. 화가 머리끝까지 치솟아 설교 준비고 뭐고 즉시 박동제와 심종수 장로를 호출했다.

"김일국 장로를 용납할 수 없소."

명수창은 화가 나서 얼굴이 벌게졌다.

"내가 자기 부하인 줄 아나 보지. 감히 내게 간섭을 하고 훈계를 해!"

명수창이 소리쳤다. 명수창이 원하는 건 복종이었다. 친구 따위는 필요 없었다. 필요한 건 자신이 뭘 하든 상관하지 않고 무조건 박수 치고 따르는 추종자였다.

"이번엔 그냥 넘어가시면 안 됩니다."

박동제가 말했다.

"저도 동의합니다. 다만 김 장로가 SO에 대해 너무 많이 알고 있다는 게 마음에 걸립니다."

심종수가 조심스럽게 말을 꺼냈다.

"그럼 어쩔 수 없다는 거요?"

"아닙니다. 수석장로로 하시면 어떨지요?"

"수석장로?"

"그렇습니다. 겉으로는 이인자이지만 실제 업무에서 제외시키면 되지 않습니까? 좀 시간이 지난 다음에 그때 가서 밀어내시면 됩니다."

명수창은 한참을 곰곰이 생각하다 이내 마음을 굳혔다.

"연말 조직 개편 때 그렇게 하시오. 재무는 심 장로가 담당하시고."

화이트 엘리펀트

'이대로 가면 안 돼'

명은미는 예루살렘 대성전 건축을 심각하게 받아들였다. 명수창은 하루가 멀다 하고 교회 건축과 관련된 회의와 기도, 건축 헌금 납부 독촉 등 건축과 관련된 일에 매여 있었다.

메가처치 하면 자동 반사적으로 떠오르는 이건호 교수. 명은미는 은사인 그를 만나러 가기 위해 집을 나섰다. 아버지 명수창이 "예루살렘 대성전을 건축하겠다"고 말했을 때 그녀는 그의 강의가 기억에서 닳아지지 않았다는 것을 깨달았다. 세월이 흘러 예전처럼 기억의 형태와 채색은 뚜렷하진 않았으나, 그의 외침은 자신의 기억 깊숙한 곳에 여전히 강렬한 흔적으로 남아 있었다.

메가처치를 빗대어 뭐라더라, 공룡이라 했던가? 머릿속에 수많은 영상들이 보이는데 음이 소거된 텔레비전 속 화면처럼 칠판을 확

지우며 강조하던 이 교수의 강의와 교정을 걸으며 토론하던 모습이며 둥그런 원탁에서 회의하던 모습까지 모두 소환되었지만, 딱 그것 하나가 생각나지 않았다. 느낌도 장면도 모두 떠오르는데 딱 한 단어가 빠져 있어 전체를 완성하지 못한 퍼즐 같아 애가 탔다.

사당동 사거리와 낙성대 사이 높은 언덕배기 터에 있는 아파트는 아직 저녁 여덟시인데도 인적이 드물었다. 어두워진 탓에 동 번호가 잘 보이지 않아 가까이 다가가서야 간신히 확인할 수 있었다. 겨우 이 교수 집을 찾아 벨을 막 누르려는 순간 집을 나설 때부터 기억나지 않던 단어가 찰칵 떠올랐다.

'화이트 엘리펀트! 그래. 메가처치를 화이트 엘리펀트라고 비유했었지.'

시간이 지났음에도 어제 일처럼 이건호 교수의 강의는 여전히 그녀에게 충격으로 기억되고 있었다.

J신학대 강의실, 오십 분 내내 물 한 컵 마시지 않고 격정적으로 강의하는 이건호 교수. 꼿꼿한 자세에서 애타는 갈증 같은 것이 묻어났다. 강의가 거의 끝나가는 시간에도 그의 질문은 끝나지 않았다.

"너희들은 무엇 때문에 목회를 하려고 하느냐?"

이 교수가 날카로운 눈길을 던지며 물었다.

"목회를……."

학생들은 그의 갑작스러운 질문에 당황했다. 이 교수는 말없이 그들을 응시했다.

"잘 먹고 잘살기 위해 하는 건 아니지 않은가? 그럼 무엇이 너희들을 움직이는 것이냐?"

그래도 학생들은 말이 없었다. 너무도 무거운 주제. 아주 내밀한 것을 이야기할 수도 없었다. 도대체 어디서부터 어디까지 이야기해야 할지 알 수도 없었다. 침묵이 길어지자 뒤편에서 누군가 찬송가 가사를 인용하며 싱겁게 말했다.

"정의가 강같이 흐르고 평화가 넘치는 세상을 만들기 위해서요."

학생들의 눈길이 동시에 뒤쪽으로 쏠렸지만 이내 피식 웃는 소리가 들렸다.

"아니다."

갑작스러운 질문에 학생들 중 하나가 평소 마음에 두고 있던 정의와 평화라는 두 가지 가치를 찬송가 가사로 답변한 것이다. 하지만 이 교수는 딱 잘라 아니라고 했다.

"그것 역시 인간의 욕망이다."

그럼 뭐란 말인가. 순간 반감이 일었다.

"욕망이라 해도 자신의 이익만 아는 작은 욕망이 있는가 하면, 선하고 큰 욕망도 있습니다. 우리는 크고 선한 욕망을 추구해야 한다고 생각합니다. 병원, 학교, 구제 센터, 장학재단 등 수많은 사업을 일으켜 어려운 사람을 구제하고……."

다른 학생이 논리적으로 반박했다.

"그것도 욕망이다. 자네 말대로 상급의 욕망이겠지. 너희 선배들 중 몇몇은 뛰어난 리더십으로 유명한 목사가 되어 세상에서 인정받기도 했다. 그런데 이제는 그 성공이 덫이 되어 세상으로부터 인정받기 위해 명예를 쇼핑하고 다닌다. 그들은 자신의 명예와 영광을 위해 그리고 자신의 야망을 이루기 위해 일하고 있다. 대표적인 사람이 J목사다. "

그들은 불편했다. J라면, 과오는 있지만 목사들의 롤 모델이며 영웅이라 칭송받는 조 목사, 아니면 성추행으로 문제가 된 전 목사를 말하는가. 이 강의실에서 이 교수의 비약을 따라갈 만한 지적 능력을 가진 사람은 거의 없었다. 한두 명만이 이 교수의 의도를 희미하게나마 깨달을 뿐.

"기억해 둬라. 인간이 말하는 정의란 갖가지 이해관계나 다양한 맥락에서 변질되고 왜곡될 수 있다. 쉽게 제 입맛에 맞게 구부러트린다. 하나님의 시각에서 한번 살펴보자. 지구는 우주에 떠다니는 빛나는 푸른 먼지 정도에 불과하다. 그렇다면 한국이라는 땅은 지구에서도 극히 일부분, 서울의 변두리 땅에 아무리 큰 성전을 짓는다 한들 먼지의 먼지도 안 된다. 고양이 낯짝만 한 땅에 교회를 짓겠다고 눈을 벌겋게 뜨고 발버둥 치는 격이다. 우물 안 개구리는 하늘과 바다를 모르는 법이다. 1970년대 어려웠던 시절에는 너무 헐벗고 배고파 하나님의 자녀로서 먹칠을 할 것 같으니, 먹을 것을 달라 해서 먹을 것을 주었다. 예배당을 짓겠다고 해서 충분한 재물을 공급했다. 1990년대 어느 정도 먹고살 만한데도 또 크게 짓겠다고 해서 그러라고 했다, 그런데 2000년대 선진국 문턱에 와 있는데 또 다시 교회 건물을 두 배로 짓겠다고 칭얼댄다. 하나님은 큰 교회가 필요 없는데, 도대체 누굴 위해 그렇게 크고 높게 지으려고 하는가? 결국 메가처치는 '화이트 엘리펀트(하얀 코끼리)'처럼 몸집만 크게 키우고 있다."

'화이트 엘리펀트라고?'

"너희들이 하나님의 입장이라면 어떻게 하겠느냐? 왜 매번 뭘 달라, 이번에 성공하면 하나님 뜻을 따르겠습니다. 한 번 더 축복을 주시면 그다음에는? 원하는 모든 것을 다 주었으니 이번에는 하나님께서 원하시는 대로 '가진 것을 모두 버리고' 하나님을 따를까?"

이 교수는 한참 동안 침묵하다 말을 이어 갔다.

"너희는 세상에서 유명한 목사가 되려고 하지 마라. 세상에서 영광과 자신의 야망을 이루기 위해 목회를 선택해선 안 된다. 그건 암덩어리가 될 확률이 높다. 자신의 야망을 버리고 성령으로 빈 마음을 채워라, 이게 거듭남의 비밀이다. 하나님의 부르심에 순종하고, 평신도들이 세상에 나가서 하나님 말씀이 삶으로 나타나고 증거가 되도록 하는 일! 진짜 예배는 축도가 끝난 후 일상 속에서 이루어지는 것이다. 신자 한 사람 한 사람이 움직이는 성전으로서 구별된 삶을 사는 것, 이것을 추구하라. 이것이 목회의 본질이다."

그리고 이건호 교수의 충격적인 마무리.

"메가처치의 부유한 목사가 천국에 들어가기란 낙타가 바늘구멍에 들어가는 것보다 힘들다. 그들은 어쩌면 적그리스도일지도 모른다. 정체를 잘 살펴야 한다. 우리는 우리 자신을 경계하고 두려워해야 한다. 우리는 약한 존재이기 때문이다."

"이 밤중에 무슨 일로?"

이 교수는 놀란 듯 명은미를 쳐다보았다.

"교수님의 고견을 듣고 싶어서 왔습니다."

"아버님이 교회를 크게 짓겠다고 하더냐?"

"알고 계십니까?"

명은미는 놀라지 않을 수 없었다. 명은미로부터 자세한 이야기를 전해 들은 이 교수는 깊게 한숨을 내쉬었다.

"일이 어렵게 되었군."

"교수님, 저희 아버님을 한번 만나주십시오."

"왜 만나야 하지?"

"예루살렘 대성전 짓는 일을 중지하라고 말씀해주십시오."

"그게 가능하다고 생각하나? 이미 명 목사의 귀는 닫힌 것으로 알고 있는데."

이건호 교수는 아주 간단하게 거절했다.

"교수님, 이렇게 계시면 안 됩니다. 메가처치가 되면 맘몬의 힘이 세지고 교회는 타락할 수밖에 없다고 하셨잖아요?"

"그랬지."

"그럼 왜?"

"명은미 씨!"

이 교수는 명은미의 이름을 불렀다.

"옛날 내가 옥한흠 목사에 대해 가르쳤던 내용을 기억하나? 옥 목사는 목회를 두 종류로 나누었어. 메가처치를 지향하며 대청봉에 오르는 목자와 예수님을 닮은 평신도를 길러내기 위해 험난한 에베레스트를 정복하려는 목자로 말이야. 두 사람의 자세와 가치관은 전혀 다르지. 네 아버지는 대청봉을 선택한 것이고."

그랬다. 이 교수는 십여 년 전부터 옥한흠 목사가 추구하는 목회의 본질을 아주 귀하게 여겼다. 교회를 크게 짓는 것은 껍데기에 몰두하는 것이라면서. 교묘하고 고급스럽게 포장했을 뿐 그 껍데기를 벗기고 보면 거기에 돈이 있다고 지적했다.

옥 목사의 목회 철학인 제자 훈련.

하나님은 많은 사람을 통해 일하시는 게 아니라 한 사람을 주목하고 그를 준비시킨 후 그 사람을 통해 놀랄 만한 일을 이루려 하신다. 세상이 보기에 가장 약해 보이는 자, 가장 천해 보이는 자를 통해서 하나님은 그의 나라를 완성하신다. 작은 자에게 주목하시는 하나님의 관점에서 사람을 보아야 하는 패러다임의 전환이 제자 훈련의 핵심이다. 옥 목사는 평신도 한 사람의 변화가 목회의 본질임을 알고 목회를 하신 분이다. 그분은 성장이 목표가 아니라 예수님처럼 사는 한 사람의 평신도를 길러내기 위해 자신의 생을 걸었다. 그분을 본받아라.

이 교수가 그렇게 희망을 걸었던 옥 목사는 일찍 세상을 떠났다. 기독교계는 '신실한 실천적 목자'로 불리던 유력한 리더인 옥 목사의 죽음을 슬퍼했다. 실제로 그는 부유한 사람이 모여 사는 서초구 중심가의 교회에서도 한 사람의 영혼을 위해 진정성을 갖고 일관되게 헌신하며 청렴하게 살았다. 여기에 오정현 목사로 이어지는 아름다운 리더십의 승계까지 이루어 내며 그에 대한 신망과 신뢰는 반석과도 같았다. 그런데 어쩌랴, 후계자의 야심을 너무 가볍게 본 우를 범했으니.

"네 아버지가 이미 대청봉을 선택한 순간, 내가 무슨 말을 해도 듣지 않을 것이다."

명은미는 믿을 수 없었다. 아직 이 교수는 명수창과 제대로 한번 의견조차 나눠 보지 않은 상태였다.

"그렇지 않다. 대규모 교회 건물을 건축하겠다고 마음먹는 순간부터 이미 루시퍼의 개입이 시작된 게야. 그건 잘 알고 있지 않느냐?"

"그렇지만 손쓸 방도가 없다니요?"

명은미는 놀라지 않을 수 없었다.

"그다음이 걱정이야."

이 교수는 잠시 생각에 잠겼다가 다시 입을 열었다.

"메가처치를 짓다 보면 돈 문제가 발생하게 되지. 교회에 건축 헌금 등 돈이 너무 많이 들어오니까. 온통 돈! 돈! 돈! 돈이 너무 많이 들어오면 다른 목사들처럼 별도의 자금을 만들고 싶은 유혹을 견디기 힘들어질 것이다. 본인이 아니더라도 장로들 중 누군가 그런 아이디어를 내겠지. 그러면 약점 잡히고 그다음은? 당연히 세습으로 이어질 테지."

"세습이라뇨?"

명은미는 자신의 귀를 의심했다. 후임은 아직도 먼 훗날의 이야기다. 그런데 무슨 세습을 걱정한단 말인가.

"나는 명 목사가 마지막 선을 넘지 않기를 바라네. 난 자네에게 기대를 걸고 있어."

"예?"

명은미는 입을 꾹 다물었다.

"내 말대로 될 걸세."

명은미는 이해할 수 없었다.

"내가 언젠가 말한 적이 있지. 메가처치에는 반드시 권력과 돈의 문제가 발생하고, 욕망이 강한 목사나 약점이 잡힌 목사는 후임자를 자식으로 할 수밖에 없다고."

이 교수는 단숨에 거기까지 이야기했다.

"그럼, 이번 일이⋯⋯."

"그렇다네. 예루살렘 대성전을 성공적으로 완성한 후가 더 문제지. 더 큰 문제가 잠복해 있으니."

그는 내뱉듯이 말했다. 이 교수의 말은 계속되었다.

"나는 나대로 세습에 대해서 명 목사의 의견을 들을 걸세. 아마도 세습하지 않겠다고 말하겠지. 그럼 자연스럽게 세상에 공표한 결과가 될 거고. 그리고 자넨 자네 일을 해야지."

"그, 그렇지만 제가 어떻게?"

"천천히 생각해보게."

뭐가 뭔지 알 수는 없지만 명은미는 천천히 고개를 끄덕였다.

욕망의 이집트로

명수창 목사의 행보는 거침이 없었다. 만일 하나님이 자신을 버릴 생각이었다면 그때 시골에서 병들었을 때 그렇게 할 수 있었다. 그가 아무리 분투한다 하더라도 하나님이 그럴 마음만 먹었더라면 그에게 치명상을 입혀 퇴장시키거나, 진작 저세상으로 데려갔을 것이다. 그런데 그리하지 않았으니 앞으로도 그리하지 않으리라는 믿음이 명수창에게 작동되고 있었다.

명수창이 종종 주문을 걸듯 장로들의 입을 틀어막고 겁을 주기 위해 했던 말이 있었다.

"여태까지 살면서 나를 비난하는 사람 중에 잘된 사람을 한 번도 못 봤습니다."

이것이 명수창의 생각이었다. 그래서 뭔가 선민의식 같은 것, 자기는 하늘로부터 항상 보호를 받는다는 의식이 강했다.

'하나님이 나를 버릴 생각이시라면 그렇게 해결책을 마련해주지도 않았을 터, 하나님을 위해 나처럼 헌신하는 유능한 자를 버릴 수야 없지. 하나님이 선택한 자에게는 무엇이든 할 권능이 주어진다.'

그의 선민의식은 점점 배포가 커져 갔다.

한번은 저녁 자리에서 젊은 장로 한 명이 세습하지 말고 후계자를 잘 선정해주십사 하고 가볍게 말했다가 두 시간이 넘도록 질타와 훈계를 들어야 했다. 이십여 명의 장로들은 돌판 위에서 타들어가는 삼겹살에 젓가락도 대지 못한 채 심기 불편한 명수창의 눈치만 살폈다. 명수창의 마음속에 장로들은 한낱 부하에 불과할 뿐 그와 동급이 아니었다.

최근 명수창에게 미묘한 변화가 나타나기 시작했다. 요사이 복잡하면서도 의미심장한 말을 많이 했다. "교회의 중심은 하나님, 교회, 목사"라고 아슬아슬한 발언을 하거나 "세계 선교의 중심 기지로서 대성교회가 더 성장해야 한다"고 자주 언급했다.

성장의 정체는 무엇인가? 김일국은 의문이 들었다. 복음에 목숨을 걸고 있다고 말해도 그 목숨을 거는 방법이 옛날처럼 순수하게 느껴지지 않았다. 언제부터인가 김일국의 마음에 그늘이 짙게 드리우기 시작했다.

개척교회 시절에는 매일 교인들의 집을 방문하고 면담을 했었다. 그런데 이천 명이 넘고 만 명이 넘어서면서 그는 교인들의 집을 방문하지 않았다. 아니 방문할 수가 없는 숫자였다. 설령 방문한다 해도 진지한 태도로 경청하거나, 그들의 아픔을 진정으로 애통해하는 수고를 들이려 하지 않았다. 성공한 교인들의 사업체나 식당을 돌며 대접받기에도 시간이 부족했다. 옛날의 그로서는 상상도 못 할 일이었다. 이제는 한 영혼 한 영혼 생각할 틈이 없었다. 바쁜데 그럴 틈이 어디 있나?

"목사가 사업을 하면 곤란하지요. 그럴 틈이 있으면 잃어버린 양 한 마리를 찾으러 다녀야 합니다. 세상에는 길 잃은 양들이 너무 많아요."

그랬던 명수창이었는데 교인들이 칭송하고 있는 사이 자신의 공로에 취해 정작 자신은 길을 잃은 줄도 모르고 있었다. 그도 연약한 한 인간일 뿐이다. 성공 속에 숨어 있는 독, 성공이라는 달콤함에 오래 취해 있다 보면 자신도 모르게 교만한 인간으로 변해 가는 것이 인간이다. 명수창도 예외가 아니었다.

그의 성과는 이제 신화가 되었다. 십만 교인이 넘는 세계 최고의 장로교회, 엄청난 규모의 구제와 선교 사업, 수많은 봉사 활동, 시골의 작은 교회에까지 재정 지원을 하는 등 교계와 언론에서도 칭찬이 자자했다. 심지어 '목회 구단'이라는 별칭까지 얻을 정도로 해외 언론에서도 주목을 받았다.

게다가 그는 탁월한 사업 감각과 인성, 매력을 모두 갖춘 놀라운 인재였다. 학교와 병원, 구제 사업까지 그의 성공은 끝이 없었다. 게다가 교인 수가 십만 명을 넘게 되면서 부유하고 많이 배운 교인의 수도 늘어났다. 사업가들은 그에게 접근하면 비즈니스에 도움이 된다는 것을 알게 되었다. 사업체를 가진 집사, 장로들이 귀한 선물을 들고 그를 만나기 위해 문턱이 닳도록 그의 집무실을 드나들었다. 정치가들도 표에 도움이 되니 몰려왔다. 그는 유력한 정치인들을 마음대로 주물렀다. 그들에게 정치 자금을 주며 매수할 필요도 없었다. 정치인들이 원하는 건 별게 아니었다. 그가 속한 엄청난 수의 교인들에게 자신의 이름이 알려지길 바라며 그에게 고개를 숙였다. 특히 선거가 있는 해에는 그의 낙점을 받기 위해 정치인들이 자발적으로 교회에 나왔다. 그는 그렇게 권력을 구축해 나갔다. 영향력이 커진다는 것은 결국 불순한 무리들의 불순한 욕구를 충족시켜줄 수 있는 힘도 생긴다는 뜻이다. 서서히 스며들던 교만은 이내 홍수가 되어 그의 높은 절제의 제방을 범람했다. 사람의 힘으로는 어쩔 수 없는 법. 명수창은 다시 홍해를 건너 욕망의 이집트로 돌아와 있었다.

심방을 마치고 나서 사례비를 주는 교인들에게 명수창은 말했다.
"나를 부끄럽게 하지 마시오."

그는 점잖게 거절했다. 물론 선물도 받지 않았다. 그러나 사회가 경제적으로 풍요로워지고 교인들의 삶도 점차 나아지자 '이 정도는 그간 고생에 비해 누려도 되지'라는 생각으로 작은 사례비와 헌금의 소소한 유용이 시작되었다. 그것은 고단하게 살아온 자신에 대한 작은 선물이자 일종의 기분 전환이었고 보상이었다. 하지만 점점 익숙해지다 보니 사례비를 당연하게 여겼고, 사례비를 내놓지 않은 교인들을 신앙이 낮은 것으로 치부하기 시작했다.

"우리의 성공은 명수창 목사님의 기도 덕이다." "명수창 목사는 한 세기에 한 번 나올까 말까 한 사람이다." "위대한 역사가 명수창을 통해 이루어지고 있다." 등등 교회 안팎 여기저기서 칭송하는 소리가 들려왔다. 그에 힘입어 명수창은 자신이 하는 일이 그런 식으로 과장되어 세상에 알려지는 것을 그대로 두고 보았다. 보통 후한 평가를 하더라도 '겸손하신 분' '존경스러운 분' 정도가 칭찬의 끝인데, '모든 것을 이루시는 분'으로 추켜세워졌고, 이쯤 되면 인간의 한계를 넘어선 것이다. 처음에는 무심코 드리워진 타이틀이 이제는 가슴에 화인처럼 남아 자신의 일부처럼 느껴졌다.

그는 늘 오만하리만치 자신감이 넘쳤으며 과감한 확장을 두려워하지 않았다. 계획서를 받아 들고 고개를 갸우뚱하며 반신반의하던 장로들도 예상치 못한 성공에 입을 딱 벌렸다.

이래도 잘되고, 그럼 이 정도는? 하면서 강도를 높여도 잘되었다. 이래도? 이래도! 하는 마음으로 막나가도 다 잘되고, 어떤 경우는 새로운 트렌드가 되기도 했다. 이렇게까지 인간적인 생각으로 사업을 확장해도 성공했다. 요나처럼 천둥 번개가 치며 거대한 태풍이 몰려와 모든 것을 뒤집어엎거나, 곧 익사할 위기 앞에서 '제발, 목숨만 살려준다면' 하며 모든 것을 내놓을 수밖에 없는 상황이 되어 거역할 수 없거나, 심지어 바로 5센티미터 아래에 고래가 입을 쫙 벌리고 그를 삼키려 기다리고 있거나, 하는 사건들은 터럭만큼도 일어나지 않았으니, 졸아 있던 명수창의 신경 줄이 느슨해지면서 '아하, 나는 뭘 해도 괜찮구나'라는 생각에 터무니없이 대범해진 것이다. 그때로부터 얼마나 시간이 흐른 것인가.

　누군가 달려들어 그 궤도에서 끌어내기 전에는 결코 멈출 수 없는 욕망. "칭찬은 고래도 춤추게 한다"고 하지만 그를 향한 칭찬은 수소 가스를 넣은 풍선처럼 명수창을 마냥 붕붕 떠오르게 했다.

검붉은 씨앗

그는 교인들로부터 점점 더 달콤한 칭송을 갈구하기 시작했다. 이제 그는 세계적인 종교 지도자가 되고 싶었다. 자신의 이름을 밖으로 드러내지 못해 안달이 났고, 작은 선행이라도 신문에 나오지 않으면 교회 간부들에게 불호령이 떨어졌다. 그는 그렇게 SO의 일부를 자신의 브랜드 가치를 높이는 데 아낌없이 사용했다. 그 일환으로 아시아와 아프리카의 독재자와 권력자를 만나서 선교 사업의 지지를 받아내는 프로젝트를 기획했다. 아시아와 아프리카의 독재자를 만나기 위해서는 컨설팅 비용이라는 명목으로 뇌물 혹은 공식적인 정치 후원금을 주어야 했다. 명수창은 그들에게 복음을 전하는 일에 필요하다면 검은 돈을 쓰는 것도 어쩔 수 없다고 생각했다. 부패, 뇌물이라는 절대 제거할 수 없는 현실을 인정하고 그것들과 조화를 이루어 죄악의 흐름을 바꿔놓으면 된다고 생각했다.

'검은 돈이라고 해서 무조건 나쁘다고만 할 수 있는가?'

혹자는 그런 자들과 밥 먹고 사진 찍는 정도에 왜 돈을 쓰느냐고 비아냥거리지만 세상 물정 모르는 자들의 헛소리다. 독재자와 사진만 찍어도 그 지역에서 선교나 사업이 얼마나 수월해지는지 알기는 하는가. 언젠가 명수창은 김일국에게 이 일은 자신이 대의를 위해 희생하는 것이라며 애절하게 말했었다.

"선교를 하려면 불가피하게 더러운 흙도 만져야 해. 자식을 위해 희생하는 어머니, 국가에 헌신하는 군인, 인간의 역사도 희생을 자양분으로 삼아 발전된다는 점에서 구원의 역사와 크게 다르지 않지. 돈을 요구하는 너무나도 어이없는 관행, 그들의 행동이 너무나도 뻔뻔해서 거절하고 싶지만 그러한 자들이 세상을 지배하고 있는 게 현실이고. 그들을 활용하지 않으면 선교를 이루지 못하니까."

김일국은 그때 역시 목사님은 지름길을 아는 분이라고 생각했다. 그럴 만도 했다. 뭐라고 떠들면 '저게 진짜일까?' 하고 가까운 장로들부터 의심하는 그런 부류의 목사들은 이름난 사람 중에도 꽤 많았다. 그런데 명 목사는 말을 안 하고 감추면 감췄지 거짓말할 줄 모르는 사람이라고 낙인찍힌 목사였다. 좋은 낙인이 찍힌.

대부분의 교인들도 마찬가지였다.

"우리 목사님이 얼마나 대단한데, 쥐꼬리만 한 돈을 썼다고 비난하나?"

그들이 말하는 합당함의 관념은 깜짝 놀랄 수준이었다. 명수창은 미처 몰랐던 자신의 무한한 능력에 놀랐다. 아무것도 아닌 일들을 생기 넘치는 일로 만들어 내는 능력이 자신에게 있다는 것도 알게 되었다. 로비스트를 통해 구입한 미국 대통령의 초대장도 마치 미국 대통령이 자신을 초대한 것처럼 포장했다. 그는 먼발치는커녕 길가에서 손을 흔드는 정도의 자리였으나 헤드테이블에 같이 앉아 대화를 나눈 것처럼 꾸며 십 분 정도의 설교 자료로 둔갑시켰다. 세계경제포럼 사건은, 티켓을 수천만 원 주고 구입해 참석한 것인데도 마치 세계의 지도자들이 자신과 대화하고 싶어 안달 난 것처럼 최대한 자극적으로 묘사했다. 세계에 파견한 선교사들에게 지원하는 후원금은 지극히 적은 돈에 불과한데도 마치 헌금의 전부를 쓰는 것 같은 뉘앙스를 풍기도록 부풀렸다. 자신은 전국에 자교회를 수십 개 만들면서도 적은 금액으로 시골의 미자립 교회를 지원하는 '함께 성장'을 추구하는 위대한 리더로 기사가 나오도록 했다. 그는 대단한 능력자인 동시에 대단한 열등감의 소유자였다.

명수창은 '기대를 모은 시대의 인물'에서 지금은 돈 밝히는 목사로 전락해 가고 있었다. 일부 교인들은 진심으로 그를 걱정했다.
'종교란 정신의 개조가 아닌 재산을 사취하기 위한 도구다.'
이런 생각들이 비신자들 가운데 서서히 생겨나고 있었다. 이 영향력이 조금씩 커져 가게 되면 교회는 어려움에 직면하게 될 터였다.
'내가 아니면 누가 이 많은 일들을 했겠나?'
명수창은 오늘도 자신에 대해 깊이 묵상했다. 그러나 그 생각의 방향은 성경의 가르침과 정반대였다. 꽃피었을 때 보지 못한 검붉은 씨앗들이 그의 안에 교묘히 싹을 틔우며 서서히 얼굴을 내밀기 시작했다.

예배와 행사를 마치고 난 후엔 명수창은 딱딱하게 굳은 얼굴로 피드백을 했다. 왜 그렇게 준비성이 없냐, 박자는 왜 놓치느냐며 음악 담당 부목사를 나무랐다. 행사에 참여한 부목사들과 장로들은 자연스럽지 못하게 쭈뼛거렸다는 지적을 받았다.

"당신들을 위해서 하는 말이야. 피드백은 애정이 있어야 가능한 것이야"라는 말은 거의 후렴구였다. 딱딱하고 예리하게 찌르는 그의 피드백에 그들은 주눅이 들었다. 그렇게 그들은 자신들을 죽였다. 사람들에게 친절하게 다가가다가도 왜 그렇게 나서느냐고 책잡을 명수창이 떠올라서 입을 꾹 다물었다.

그러다 보니 그를 가까이하는 핵심 측근들일수록 더욱 그를 두려워했다. 그에게서 전화가 오면 바싹 긴장을 했고 호출을 받으면 벌벌 떨며 달려가야 했다. 그의 지적은 정확하고 날카로워 폐부를 찔렀다. 교회 내부 인테리어의 작은 흠집부터 해외 병원과 신학교 건립에 이르기까지 그의 안목은 무한히 넓고도 깊었다.

4부

살모사, 공룡 그리고 계시록

없던 길

2016년 초겨울부터 이듬해 여름까지 명수창 목사는 눈코 뜰 새 없이 바빴다. 교회 내부를 안정시켜야 했지만 가장 중요한 현안은 후임자 문제였다. 명수창은 오직 한 가지만을 생각했다. 아들 정환을 후계자로 삼는 것. 그러나 교회법은 세습을 금지하는 법을 통과시켰고 사회 여론도 세습에 대해서는 부정적이었다. 이에 따라 후임자 결정에 절대적인 영향력을 갖고 있는 장로들의 협력이 필요했다. 명수창은 하늘이 두 쪽이 나더라도 장로들이 독단적으로 후임자를 결정하도록 놔둘 수 없었다. 고생해서 이룩한 이 왕국을 아들 같은 후임자를 선택한다 해도 반드시 문제가 야기될 것이다. 아들이 아닌 다른 후임자가 온다면 비자금 문제가 다시 법적인 문제로 비화될 것도 우려되었다. 핵심 장로 그룹과도 이 문제에 있어서는 이해관계가 일치했다.

'직접 세습을 하면 시끄러울 테고, 어떻게 하면 잡음 없이 아들을 후계자로 세울 수 있을까?'

충현교회, 광림교회, 숭의교회, 금란교회, 임마누엘교회 등 그동안 수많은 메가처치들이 세습을 함에 따라 세상과 교계는 세습이라면 진저리를 쳤다. 세습방지위원회라는 '세방위'까지 결성하여 세습을 격하게 반대했다. 세습은 전근대적인 낡은 관습이며 재정이 투명치 못한 목사들의 권한 연장이라는 부정적인 면이 더 부각되는 상황이었다. 사실 세습의 배후에는 '탐심'이라는 욕망이 깔려 있다. 담임 목사라는 자리에 대한 탐심, 이에 따라오는 물질적인 보상에 대한 탐심, 사회나 교계 내에서 영향력을 행사하고픈 권력에 대한 탐심이 배경에 있었다. 얽히고설킨 사연들로 인해 교회에 비난이 가중되자 대부분 교단들은 세습 금지법을 제정했다. 이러한 주변 상황이 명수창으로 하여금 결심을 망설이게 했다.

'어떻게 할까?'

어차피 매를 맞을 바에야 직접 아들을 후임으로 발표할까? 아니면 우회하여 새로운 안을 만들어야 하나? 명수창은 망설였다.

그런데도 일부 장로들은 세습보다는 정당한 방법으로 후임을 선정해야 한다고 주장했다.

'멍청한 놈들, 내 속마음도 모르고. 조금만 생각해보면 그것이 얼마나 위험한 일인 줄 알 수 있을 텐데 모르고 있다니……'

심종수, 윤성욱 등 핵심들은 외부 후임자 선정의 위험성을 잘 알고 있었다. 알기 때문에 은밀히 신학대학교 교수들에게 승계 방법에 대해 의뢰해 놓은 상태였다.

"빨리 대책을 세우시오!"

명수창은 두 장로에게 명을 내렸다. 그러나 웬일인지 두 사람은 자리에서 일어날 생각을 하지 않았다. 이런 경우가 종종 있지만 다른 때와 달리 그들의 표정에는 긴한 대화를 원한다는 의미가 가득 담겨 있었다.

"무슨 일이 있습니까?"

명수창이 퉁명스럽게 물었다.

"그보다 말씀드릴 일이 있습니다."

심종수가 진지한 표정을 지으며 말했다.

"시간을 두고 합법적으로 프로세스를 밟는 게 좋을 듯합니다."

"합법적?"

"무리하게 밀어붙이면 교인들도 반발이 심할 것입니다. 거기다 교단에서 반대하기 시작하면 우리 측이 너무 코너로 몰립니다."

교인들도 안심할 수 있는 상황이 아니었다. 명수창은 그동안 수차례 공식 비공식적으로 세습은 없다고 했었다. 게다가 세습으로 가는 가장 큰 걸림돌은 바로 몇 년 전 통과된 아들뿐만 아니라 사위까지도 후임자로 세울 수 없는 '세습방지법'이었다. 교인과 교단의 반대, 이 둘이 결합되면 일이 힘들어질 게 뻔했다. 절대로 그런 상황까지 가면 안 된다는 생각에 그의 고민은 깊어 갔다.

"그럼 어떻게 해야 한다는 말이오?"

"일단 교단의 유권해석을 유리하게 만들어 놓아야 합니다. 그러기 위해선 신학대 교수를 통해 우회해야 합니다."

명수창은 실소를 금치 못했다.

"유리하게 해석을 받아 놓겠다고? 그런 길이 어디에 있으며, 또 누가 우리를 위해 그런 일을 하겠소?"

어려운 문제였다. 세습을 하고도 세습이 아니라는 말을 들어야 하고 또한 사회의 비난을 받지 않는 방법도 찾아야 했다. 그런 방법이 있을까? 명수창은 장로들이 정말 터무니없는 생각을 한다며 내심 혀를 끌끌 찼다.

"방법이 있습니다. 아니 전략이 있습니다."

심종수가 말했다.

"뭡니까?"

"살모사를 아십니까?"

"살모사라니? 빙빙 돌리지 말고 어서 얘기하시오!"

"사실인지는 몰라도 살모사는 새끼가 어미를 잡아먹는다고 합니다. 아드님은 누구나 다 아는 명문대 출신에 능력도 출중합니다. 후임자로 삼는 데 아무런 부족함이 없습니다."

"그게 살모사와 무슨 관련이 있소?"

명수창은 심 장로의 진의를 파악할 수가 없었다.

"아드님 교회에서 우리 교회를 합병하는 것입니다. 작은 새끼가 어미를 품는 거지요."

"그걸 세상이 용납하겠습니까?"

"그건 그렇습니다만."

심종수가 고개를 끄덕였다.

"그렇지만 우리가 합병 결의를 하면서 아드님을 초빙하면, 우리를 바라보는 사람들의 눈도 달라질 것입니다. 이 정도로 프로세스를 지키는 곳은 단언컨대 우리뿐입니다."

'교단과 세상 사람들의 평가, 또한 세습에 이르는 길의 확보, 이 두 가지 이익! 세습이 아닌 합병의 방식이라…….'

"알았소."

명수창은 간단하게 결단을 내렸다. 명수창과 장로들은 전례를 만들고 싶어 했다. 한 번이라도 이런 방식이 합법이라면 그건 전례가 된다. 일단 전례가 만들어지면 그다음은 문제가 없어진다. 문제는 신학 교수와 교단의 지휘부를 자신들 측에 유리하도록 만들어야 했다. 명수창의 심정은 복잡하기 이를 데 없었다. 만일 교단의 지휘부가 찬성파라면 이 문제는 쉽게 해결될 것이다. 그러나 그 때문에 사회의 비난은 더 커질 위험성이 있었다. 반대로 반대파가 지휘부라면 돌파하는 게 만만치 않을 것이다.

'상처 없이 없던 길을 만들어 낼 수는 없는가?'

명수창은 깊은 고뇌에 빠졌다.

사면초가

"아무래도 일이 매끄럽게 풀리지 않습니다."

일주일이 지나자 윤성욱이 명수창에게 보고를 해왔다. 윤성욱 장로는 즉시 행동으로 옮겼다. 강남노회를 방문하여 의견을 타진했으나 쉽지 않았던 모양이었다. 명수창이 그 이유를 물었다.

"박세운 노회장의 반대가 심합니다."

"박세운 목사가?"

명수창이 이상하다는 듯이 물었다.

"몇 년 전에 통과된 세습 금지를 강하게 주장하고 있습니다. 목사님도 약속하셨다면서요?"

"그분이 그렇게 교회법을 잘 지키나 보지?"

비꼬는 투로 명수창이 되받았다.

"꼭두각시로 보이는 것을 경계하고 있는 듯합니다."

"어리석은 친구 같으니, 그런다고 누가 박수 칠 줄 알고?"

말은 그렇게 하면서도 돌파구가 보이지 않아 명수창은 답답했다. 장로교는 3대 치리회가 존재했다. 치리란 다스림을 말하는데, 그리스도의 다스림을 대행한다는 뜻으로 사용한다. 첫째, 당회는 개별 교회의 교인들을 다스리고, 둘째, 노회는 대개 지역 단위의 개별 교회를 다스리고, 셋째, 총회는 전국 단위 교회를 다스리는 치리회다. 특히 노회는 목사 안수와 목사의 위임, 해임, 전임 및 징계를 다룬다. 쉽게 말해 장로교회 목사의 생사 여탈권을 쥔 곳이 노회다. 노회는 해당 지역의 목사와 장로들로 구성된다. 따라서 메가처치는 수많은 목사와 장로들이 회원의 상당수를 차지하며 노회를 좌지우지하는 경우가 많았다.

따라서 노회장의 권한은 막강했다. 개별 교회가 인사, 재정권 모두를 갖고 있지만 교회법은 형식적이지만 노회에서 임명하게 되어 있었다. 따라서 교회법을 적용하고 결정하는 게 노회장 아닌가. 그러므로 박세운 목사는 세습에 대한 결정을 좌우할 유일한 인물이었다.

"노회 부회장은 어떤가?"

"중립적인데 우리를 편들기를 부담스러워합니다."

"그럼, 회장단을 불신임하는 건 어떤가?"

명수창은 순간적으로 목표를 바꾸었다.

"회장단 전체를 불신임한다고요?"

"아니야, 좀 더 지켜보자고. 불신임은 그다음에 해도 늦지 않아."

명수창은 쓴웃음을 지었다. 노회 회장의 지지, 그것은 세습으로 가기 위해 반드시 넘어야 할 산 가운데 하나였다.

골칫거리는 그게 다가 아니었다. 집안에서도 반대하는 자가 있었다. 바로 뒤를 이을 아들인 명정환 목사. 작년부터 하남에서 교인 오백 명 정도의 새대성교회를 맡고 있는 명정환이 세습에 반대하고 나섰다. 단순히 반대하는 정도가 아니라 뜻이 확고했다.

"세습은 안 됩니다. 아버님도 공개적으로 세습은 안 한다고 약속하셨습니다. 제발 생각을 바꾸세요."

명정환은 한 발짝도 물러서지 않았다. 청년다운 패기가 남아 있었다. 그러나 이 문제는 패기로 해결될 문제가 아니었다. 다른 사람을 후임자로 잘못 선정했다간 비자금 등 끝없이 이어질 소송으로 자신이 고달파질 수 있다는 것을 명수창은 잘 알고 있었다.

"그럼 어떻게 했으면 좋겠느냐?"

"저는 제 목회를 통해 성공하겠습니다. 아버지는 약속대로 후임자를 선정하시지요."

명정환의 말에 명수창은 어이없다는 표정으로 되받았다.

"잊지 마라. 김창인 목사를 잊었느냐? 그분은 목회도 잘했고 대학 총장까지 지내고 방송사 사장까지 역임한 우리나라 목사 중에서도 엘리트 중의 엘리트였다. 아들같이 여기는 후임에게 승계도 잘했다. 그런데 결과는 어떻더냐? 아들 같은, 그러니까 아들은 아니겠지. 무려 일곱 번이나 소송을 당했다. 길고 긴 소송 끝에 김 목사는 만신창이가 다 되었다. 정신 똑바로 차려라. 후임은 후임대로 야망이 있다. 후임이 등장하는 순간 우리는 쥐도 새도 모르게 당한다."

"그렇지만, 이미 약속하지 않으셨습니까?"

"그래서 어쨌단 말이냐?"

"예?"

명정환은 놀랐다.

"아버님 의중을 도저히 이해할 수가 없습니다."

명정환은 화난 표정을 지으며 물러갔다. 제 맘에 들지 않으면 휙 나가버리는 게 미덕인가.

이번엔 얼마나 버티며 속을 썩일지 모를 일이었다. 몇 달 전부터 명수창의 속에서 일던 조바심은 아들 때문만은 아니었다. 녀석이 다른 교회 후계자들처럼 고맙습니다, 하면서 후계자가 되어 준다면 SO 문제도 더는 들끓지 않고 사화산이 될 것이다. 평범한 사람들의 눈엔 똑똑하고 멋있겠지만 명수창의 눈엔 부실하게만 보이는 아들의 뒷모습을 문이 닫힐 때까지 지켜보았다.

'도대체 저놈은 그 좋은 머리로 뭘 배운 거야. 앞으로 우리 가문의 미래를 생각한다면 자신이 어떤 행동을 취해야 하는지도 모르나.'

명정환은 공부도 잘하고 똑똑하고 용기도 있는 꽤 괜찮은 젊은 목사였다. 그러나 그것만으로는 메가처치를 운영할 수 없다. 좀 더 큰 배포가 있어야 하는데 명정환에게는 그것이 없었다. 마음이 여린 게 문제였다.

"어떻게 하면 좋을까?"

명수창은 아내 조성은 사모와 상의했다.

"몰랐어요?"

"뭘?"

"그렇게 강압적으로 말씀하시면 정환이가 듣겠어요? 그렇게 공부를 많이 했어도 이런 일에는 헛똑똑이라니까요."

"……."

"시간을 주세요."

"시간을 주면 생각이 좀 바뀔 것 같아?"

"젊은 마음에 정의감 같은 게 있지 않겠어요? 그런 마음이 엷어질 때까지 기다리세요."

'지금 제일 부족한 것이 바로 시간인데.' 명수창은 대책 없이 시간이 흐르는 것이 안타까웠다.

"차라리 부목사 중에서 후임자를 선정하면 어떨까?"

명수창이 그냥 지나가는 말로 한마디 했다.

"부목사 중에서요?"

조성은 사모가 눈을 동그랗게 떴다.

"이형식 목사 말인데, 내 말도 잘 듣고 지금껏 단 한 번도 내 말에 말대꾸를 한 적도 없어. 바지 목사로 두었다가 적당한 시점에……."

"이 양반이 정신이 있어요? 당신은 아직도 사람 보는 눈이 없군요."

생각 없는 양반 같으니라고. 사모 조성은이 보기에 명수창이 도대체 무슨 생각을 하고 있는지 한심하기 짝이 없었다. 실없는 소리를 할 게 따로 있지. 앞으로 명수창의 가문, 그 미래를 생각한다면 가문의 어른답게 생각하고 행동해야 하지 않는가.

"내가 사람 보는 눈이 없다고?"

생각지도 못한 말이었다. 명수창은 은근히 부아가 치밀었다.

"그럼, 김일국에게 왜 그렇게 오래도록 재무장로를 맡겨서 이 생고생을 하고 있습니까? 그리고 대성을 당신 혼자 키웠어요? 피눈물 흘리면서 키운 교회를 왜 남에게 넘겨요?"

조성은 사모는 명수창의 얼굴을 뚫어져라 쳐다보았다.

"가볍게 한 이야기를 갖고 왜 정색을 하고 그래?"

명수창의 말에 짜증이 잔뜩 묻어났다. 김일국 사건의 여파가 아직도 가시지 않았는데 왜 또 들먹거리는지.

"다른 사람이 대성에 부임하는 순간 우리는 하루도 편하지 않을 겁니다. 다시는 쓸데없는 말씀 하지 마세요."

조성은 사모는 단호하게 말했다. 단정적인 말이지만 이 방법밖에 없었다. 가볍게 한 얘기도 자주 하다 보면 어느새 굳어져 실체화될 수도 있어 아예 그 싹을 자른 것이다.

"알았소, 알아! 내가 왜 그걸 모르겠소?"

명수창이 목소리를 높였다. 아무리 생각을 해봐도 결론은 오직 세습뿐이었다. 이럴 때 아들이 둘이었으면 좋으련만. 조성은 사모는 여전히 불만스러운 눈치였다,

"그럼, 당신이 정환이를 설득해보든가!"

명수창은 더는 이 문제로 입씨름하고 싶지 않았다. 아내에게 슬쩍 이 일을 미루고 말았지만 뒷맛은 개운하지 않았다. 명수창은 딸 명은미의 얼굴을 떠올렸다. 그가 얼굴을 찌푸리자 미간에 주름이 모였다.

아담의 변명

일주일 뒤, 명은미는 멘토인 이건호 교수를 만나고 있었다.

"오빠는 본인이 아주 난처한 입장에 처했다고 생각하고 있어요."

"그럴 만도 하지."

이건호 교수는 담담하게 말했다.

"얼마 전 집에서 한바탕 언쟁이 벌어졌어요. 어머니께서 강하게 말씀하셔서 일이 커졌죠. 저는 그때 상황을 잘 알지는 못하지만 뭔가 아주 심각한 문제가 있는 것 같아요."

그녀는 심각하게 말을 이어 갔다.

"아버지는 세습과 다른 대안을 함께 강구하는 것 같은데 어머니 입장은 달라요. 어머니는 아버지가 하시는 일마다 사사건건 꼬투리를 잡고 늘어지며 오빠에게 넘긴다고 할 때까지 포기하지 않으세요. 이번 일로 김일국 장로를 비난하면서, 그런 사람을 그렇게 오래

믿은 아버지가 잘못이라고요. 그러면서도 한편으로는 내심 쾌재를 부르고 있어요. 이번 건으로 오빠한테 교회를 넘길 수밖에 없게 된 거죠. 이 싸움에서 아버지는 어머니를 이길 수 없어요."

조성은 사모가 아들에 사활을 걸면 걸수록 명수창의 행동은 안이해 보였고, 이것은 그들 사이에 빚어진 알력의 주된 원인이었다.

"적어도 세습과 관련되어서는 남을 믿으면 안 된다고 아버지를 설득하고 있어요."

그랬다. 조성은 사모는 명수창을 강하게 몰아치고 있었다.

"당신처럼 하다간 우리가 쪽박을 찬다. 이러다가 일을 다 그르치고 말 거다. 세습을 반대하는 세력들은 여론을 조성하고 거기에 흔들리는 유약한 장로들이 가세하면 어디로 튈지 모르는 상황이다."

"장로들을 겁박하는 분이 어머니였군."

고개를 끄덕이는 이 교수의 눈길은 그녀를 거쳐 본관 건물로 향했다. 건물 벽에 착 달라붙어 있는 현수막의 문구가 눈에 들어왔다.

아담아, 네가 어디에 있느냐? – 특별 강사 초청 강연

아담, 붉은 흙이라는 뜻을 가진 최초의 인간, 테라로사. 파라다이스에 살았던, 먹을 것 입을 것 걱정할 필요가 없었던 사내. 단 하나의 금기 사항인 선악과를 먹지 말라는 것을 어겨 추방된 자. 인간의 법정에서 보면 그의 죄는 무엇일까?

아담은 너무 억울했을 것 같다. 하나님이 선물로 준 하와가 뱀의 유혹에 넘어가 선악과를 몇 개 따서 먹었고, 그중 하나를 아담에게

나눠주었다. 그가 주도한 것도 아니고 공범도 아닌데, 아담의 형량은 하와와 동일했다. 영원한 추방. 신의 법정에서는 어떤 기준이 적용된 것일까?

"네가 어디에 있느냐?"

네가 바른 곳에 있느냐, 는 의미를 가진 하나님의 질문에 아담은 말했다.

"제가 벌거벗은 것이 부끄러워 숨었습니다."

그는 용서를 구하지 않았다. 왜 금기를 어겼느냐는 질문에 아담은 하와를 가리키며 책임을 회피했고, 하와 역시 뱀을 가리키며 변명을 했다. 아담의 죄는 '변명'이었다.

그렇다면 기독교는 1차 범죄 그 자체보다 2차 범죄에 더 엄했다. 지적을 받고 경고를 받았을 때 회개하고 용서를 구하는 것이 아니라 자기변명과 합리화를 더 엄중하게 여긴다는 사실이다.

죄보다 변명과 합리화가 더 큰 못이 되어 예수의 가슴에 박힌다는 사실. 시간이 지나면서 못은 천천히 녹슬어 벌건 녹물이 흐를 것이다.

인간사는 일차적인 범죄보다 변명과 합리화로 반복되는 일상 속의 작은 악마로 인해 더 큰 후유증을 낳곤 한다. 인간의 원죄가 일상에서 작은 부정과 타협하며 누적된 악마적 관행이 결국 위태로운 상황을 맞게 될 것이고, 비극적인 사건 뒤에도 인간은 '내 탓이 아니다', '어쩔 수 없었다'고 변명할 것임을 성경은 가르쳐주고 있다는 걸 이건호는 새삼 깨달았다. 이건호가 생각에 잠겨 있는 동안에도 명은미의 이야기는 계속되고 있었다.

"어머니는 일관돼요. 마치 대성교회 성장에 자신의 공이 반은 넘는다고 생각하고 있어요. 그리고 비자금 문제가 터진 이후부터는 당신이 나서야 한다며 서슬이 퍼래요. 아버지의 재산이 곧 어머니 재산이라고 생각하시는 것 같아요. 어머니는 다른 사람을 후계자로 영입하게 되면, 결국 고소 고발로 이어져 아버지의 영향력은 제로가 될 거라고 믿고 있어요. 설령 아버지를 비난하지 않더라도 결국 아버지를 내칠 것이라고요. 사랑의 교회도 그렇고…… 아무리 훌륭한 후계자를 찾아도 남이라는 거죠. 결국은 전임파와 후임파로 나뉘어 치열하게 싸울 테고 끝내 대성은 분열될 거라고요. 이 문제를 제일 확실하게 해결하는 방법은 아들뿐이라는 겁니다. 그래서 일이 이렇게 된 거예요."

네 어머니가 하와의 역할을 하는군, 하려다 그는 그만두었다. 그녀도 모르지는 않을 테니까. 명은미는 생각보다 시야가 넓은 제자였다.

"아버지는 어떻게 생각하고 있나?"

"아버지요? 아마 지금 이 상황을 즐기지는 않아도 어쩔 수 없다고 생각하는 듯합니다. 당신이 지금까지 쌓아 온 이미지를 유지할 수 있고, 리스크를 감당하지 않아도 되고요. 오빠는 게다가 효자잖아요. 물론 자신은 세습을 반대한다고 할 거예요."

명은미는 오빠 얘기를 길게 늘어놓는 중간중간 눈물을 흘렸다. 오빠이자 어린 시절의 영웅이었던 명정환이 그렇게 아버지와 엮여 세습으로 몰리며 휘둘릴 것을 생각하니 안타까운 모양이었다. 만약 아버지가 이 문제에 대해 원칙을 갖고 대했다면 능력 있는 오빠가

이 길로 빠지지는 않았을 테니까.

명수창은 대성교회 안에서 옴짝달싹 못 하고 있었다. 역시 비자금 사건이 결정적이었다.

"서두를 필요는 없다." 겉으로는 그렇게 말했지만 속으로는 답답하기 그지없었다.

바로 그때 오정현 목사 사건이 알려졌다.

"건축 문제로 교회 갱신위원회 측에서 항소심을 제기했습니다."

예기치 못한 사태도 아니었다. 교계 리더급이라면 누구나 알고 있는 일이었다. 하지만 충격적이었다. 뛰어난 영성을 지닌 옥한흠 목사가 수많은 검증과 기도를 통해 선택한 후임자였건만, 그 후임자가 야심을 먹는 순간 문제가 복잡해질 수 있다는 것을 두 눈으로 확인하는 순간이었다.

"그런데 왜 갱신위원회 측에서 소송을 계속 하는 거지?"

"오 목사가 너무 교회 사업을 무리하게 추진한 듯합니……."

박동제가 얼버무렸다.

"아니, 그곳은 옥한흠 목사가 교인들을 잘 훈련시켰기 때문이요. 옥 목사 사람들이 많이 남아 있으니까."

사실 소송까지 간다는 것은, 역설적으로 옥 목사가 교인들을 반듯하게 길러냈기에 가능한 일이다. 아름다운 계승이라며 갑자기 부상한 오정현 목사, 그가 발톱을 드러낸 것은 놀랍게도 옥한흠 목사의 병중이었다. 자신의 목회를 하고 싶은데, 계속 전임자의 틀에 가두려고 하니 갈등이 커진 것이다. 그런 가운데 옥 목사가 세상을 떠나자 후임은 제 바람대로 비상하고 싶어 했다. 제어할 수 없는 욕망은 옥 목사의 가족이 나선다고 해서 해결될 문제도 아니었다. 아니 나서면 나설수록 문제가 해결되기는커녕 점점 악화되었다. 그들은 오히려 귀찮은 존재가 되었다. 오 목사로서도 그들이 마냥 달갑지만은 않았다. 존경하는 선배의 가족이지 주인은 아니지 않은가.

"자네는 어떻게 보는가? 갱신위 측과 오 목사 측의 소송 말이네."

"오 목사가 이길 겁니다."

박동제가 거침없이 대답했다. 누가 보아도 갱신위 측이 이길 승산이 희박했다. 아무리 갱신위 측이 도덕적, 법률적 측면에서 옳다 하더라도 교회 문제를 법으로 다루기란 쉽지 않은 영역이다.

"이유는?"

"대부분의 증거를 갖고 있는 오 목사 측에서 조직적으로 방해하면 증거를 찾기 힘들 것입니다. 설령 증거를 찾았다 하더라도 '실수다. 고의가 아니었다. 개선하겠다'고 약속하는 목사에게 유죄를 내릴 법정은 없을 것입니다."

결국 어느 조직에서나 문제는 일어난다. 그러나 교회는 사법 · 행정 · 입법 기능을 모두 목사가 갖고 있어 문제가 발생하더라도 개선하기 어려운 제도와 문화를 갖고 있었다. 쉽게 말해 교회는 문제를 발견하는 시스템도, 교정하는 제도도, 유명무실한 구석기 시대 수준이었다. 메가처치의 경우에는 언론의 레이더마저도 피할 수 있었다. 종교 소식을 다루는 방송이나 신문사들이 아무리 고군분투하더라도 내부의 도움 없이는 파악하기 힘든 구조였다. 명수창은 고개를 끄덕였다. 하지만 예상과 달리 떨떠름한 표정이었다.

"왜 그러십니까?"

가장 승계가 잘되었다고 하는 사랑의 교회마저 문제가 되고 있으니, 세습으로 고민하고 있는 명수창에게는 오히려 기쁜 소식일 것이라고 박동제는 생각했다.

'리더십 승계의 모범이 된 곳이 문제가 될 정도라면, 우리로서는 그야말로 만세 부를 일이 아닌가.'

하지만 명수창의 생각은 달랐다. 사랑의 교회 문제는 오정현 목사 개인의 문제가 아니라 목사를 맹신하고, 성장과 대형화를 지향하는 한국 교회의 토양 자체가 오염되었음을 보여주는 것이라고 전문가들은 지적했다. 이제는 교회 공동체의 주체가 교인이어야 한다는 패러다임의 전환을 명수창은 경계했다. 그 정도로 명수창은 용의주도한 사람이었다.

"생각해봐. 이 건이 세습 반대자들에게 일격이 되는 것은 분명해. 그런데 교회 건축으로 인한 문제라면 메가처치에 대한 부정적인 인상을 주게 된다고. 그러니 무조건 우리에게 유리하다고 할 수는 없어."

이렇게 말하면서 명수창은 이상한 기분을 느꼈다. 내면 깊은 곳에서 불안의 물살이 슬슬 일기 시작했다. 입 밖에 낸 말이 길어 올린 불안이랄까, 명수창은 뭉글거리는 불안을 순간 의식적으로 덮어버렸다. 그는 속으로 되뇌었다. 그건 그렇고, 앞으로 이 건이 우리에게 유리하게 흘러가면 좋으련만.

신사참배 그 후

'약속을 미뤄야 하나?'

우종건 기자는 며칠 동안 머릿속을 꽉 채우고 있는, 명수창 측에서 고소한 명예훼손 건에 대응하느라 정신이 없었다. 이건호 교수와 오후에 약속이 되어 있지만 선뜻 발걸음이 떼어지지 않았다.

변호사를 먼저 만나야 하나? 이 교수 약속을 다른 날로 미뤄야하나? 우종건은 여러 가지 생각으로 심경이 복잡했다. 결국 이 교수와 만나기로 마음먹은 건 오랫동안 약속을 중시했던 그의 직업의식과 교계의 제반 현상에 대한 깊은 이해를 위해서 꼭 필요한 일이기 때문이다.

"교수님! 한국 교회의 칠십 퍼센트가 넘는 장로교단의 복잡한 교단 분열사를 간단히 설명해주셨으면 합니다."

우종건은 격식을 차린 인사를 마치자 이 교수를 쳐다보며 진지하게 물었다. 어떤 것은 돌아보지 않아도 알 수 있는 것들이 있지만, 어떤 것은 반드시 과거를 돌아봐야 알 수 있다. 교단 분열사는 후자였다.

"허허, 이건 간단하게 설명할 문제가 아닌데요."

이 교수는 오랜만에 아버지를 생각하며 지난날을 이야기하기 시작했다. 꽤 긴 이야기였다. 아픈 과거라서 한국 교회에서도 한사코 밀어내고 외면해 온 이야기!

교회 분열사, 최초의 크레바스는 신사참배 문제였다.

일본이 항복을 선언했다는 소식은 김현호 목사에게 적지 않은 충격을 주었다. 그는 지난 칠 년간 일본의 단순한 도구로 살아오면서 굴욕을 참고 또 참아 왔다. 일본에 적극적으로 동조하여 그가 얻고 싶었던 꿈. 일본의 점령지를 따라 선교지를 넓혀 가고 그에 따라 자신의 영향력을 확대하고자 했던 그 꿈이 이루어질 듯한 징후를 보였었는데 순식간에 봄날 눈 녹듯이 없어져버린 것이다.

어디서부터 잘못된 것일까. 나의 판단 착오일까. 김현호 목사가 보기에 조선은 분명 일본을 물리칠 능력이 없었다. 김현호의 셈법은 이랬다. 일본 본토의 병력을 제외하더라도 관동군이 칠십만 명, 조선 반도 2개 사단을 제거하려면 백만 명이 넘는 군인과 무기가 필요했다. 일본 본토의 지원군까지 감안하면 이백만 명으로도 불가능했다. 그런데 1940년에 창설된 광복군과 여기저기 흩어진 조선의 무장 병력을 다 긁어모은다 해도 1개 사단이 안 되는데 그것으로 무엇을 할 수 있단 말인가.

그런데 어떻게 이런 일이 일어난 것일까? 솔직히 말해 지금까지 김현호는 상황 파악이라면 자신 있었다. 일본이 불리한 줄은 알고 있었지만 적어도 사오 년은 더 버틸 줄 알았다. 그때 상황을 봐가면서 돌아설 생각이었다. 몇 날 며칠을 생각해도 지금의 이 상황은 합당한 설명이 불가능했다. 도둑처럼 온 해방, 손쓸 수도 없고 후회하기에는 이미 늦은 그런 상황이 순식간에 닥친 것이다.

이원준 목사는 알고 있었을까? 일본이 패망하고 나니 꿈에서 깨어난 듯 갑자기 이원준의 얼굴이 떠올랐다. 게다가 일본이 패망한 날, 그것도 모르고 천황 폐하 만세 삼창을 하고 있었으니. 그날의 장면 하나하나가 슬로모션처럼 너무도 선명하게 떠올라 김현호는 얼굴이 화끈거렸다. 하지만 체면 따지고 있을 상황이 아니었다. 김현호가 할 수 있는 최선의 행동은 신사참배 거부파의 공격을 막아내고 계속 영향력을 유지하는 데 있었다. 김현호는 조금 전까지만 해도 천황 폐하 만세를 외치며 의기양양하게 달리던 그 길을 따라, 죽을힘을 다해 신사참배를 결의한 그날로 다시 돌아갔다.

전쟁이 점점 심해짐에 따라 일본과 협력하는 척했고, 교회를 살리기 위해 어쩔 수 없이 신사참배를 했다. 거부파는 숫자가 아주 적어 절대 다수인 신사참배파 목사들을 삼킬 능력은 없었다. 하지만 종교적, 도덕적 우월성을 갖고 있어 교단에 결정적인 영향을 미칠 가능성이 높았다. 교단에 유리한 쪽으로 그들을 잘 이용해야 하는데 이런 식으로 가다가는 일본에 버림받고, 거부파에 당하게 될지도 모른다. 그렇게 되는 날엔 남는 것은 치욕뿐임을 그는 너무도 잘알고 있었다.

이 곤경을 벗어나지 못하면 큰일이다. 궁지에 몰린 상태에서도 김현호는 거부파의 약점을 파악하고자 노력했다. 하늘과 땅이 뒤집혀야 가능한 일인데.

"신사참배도 잘못되었지만, 그 이후 교단의 태도가 분열을 가속화시켰지요."

이 교수가 한숨을 내쉬며 말했다.

최대 교단인 장로교단의 최초의 분열은 신사참배에 대한 입장 차이에서 비롯되었다. 신사참배를 적극적으로 반대한 두 지역은 경상남도와 평안도의 기독교인들이었다. 특히 경상남도의 출옥성도와 목사들은 신사참배 문제를 정식으로 제기했다. 신사참배는 빙산의 일각, 더 큰 문제는 1946년 경남노회에서 노골적으로 드러나기 시작했다.

신사참배 문제를 어떻게 할 것인가. 아니면 그 문제는 그냥 넘기고 교회 현안들만 다룰 것인가.

"이 시점에 신사참배 문제를 거론하는 것은 목사들 간에 소통과 화합을 방해하고 분열만 야기시킬 뿐입니다. 옥중에서 고생한 사람이나 교회를 지키기 위해 고생한 사람이나 힘들었던 것은 마찬가지입니다. 이미 지나간 일은 가슴 깊이 묻고 앞으로 해야 할 일만 생각합시다."

경남노회의 임시 의장을 맡은 김일 목사가 회의를 개시하자마자 기다렸다는 듯이 신사참배 거론 금지를 제안했다. 대부분의 목사들은 고개를 끄덕였고, 곧 다음 주제로 넘어가려던 순간이었다.

"잠깐, 저는 반대합니다."

뒷줄에서 거친 목소리로 외치는 목사가 있었다. 소리가 들려온 쪽을 바라본 순간 김일은 가슴이 철렁했다. 출옥하여 부산으로 내려온 지 얼마 안 된 한상동 목사였다.

"안 됩니다. 제가 감옥에 가 있을 동안에 목사들은 일본식 군복을 입었고, 교인들은 모두 황국신민서사를 제창했으며, 천황을 향해 최고의 경례를 바쳤습니다. 일제가 보기에 조선에 독립 정신을 불어넣을 소지가 있는 출애굽기 등은 모두 빼고 말랑말랑한 복음서만 설교했습니다. 예배 후에는 교인들과 함께 신사에 가서 참배를 하는 것이 주일예배였다고 들었습니다. 이와 같은 중죄를 회개하지 않고 그냥 넘어가다니요?"

일순 회의실에는 정적이 감돌았다. 한상동의 주장은 누가 들어도 타당했다. 하지만 무릇 인간은 사람에 대해 이중적인 잣대를 들이댄다. 한상동의 의견이 아무리 정당하더라도 신사참배파인 자신들과 반대편에 있는 한 목사를 두고 성격이 모났느니 조직에 적응하지 못하는 자라느니 하면서 매도해버렸다. 그렇기에 올바른 의견이라고 해서 사람들이 반드시 동의하는 것도 아니고, 사람을 움직일 수 있다는 보장도 없었다. 김일 목사를 비롯한 신사참배파의 마음속에 뙤리를 튼 감정들, 웅어리진 마음, 알게 모르게 쌓였을 자격지심 같은 감정의 찌꺼기가 오히려 한상동 측을 미워하게 만들었던 것이다.

"이건 정말 한 목사님의 의견이라고 믿기 힘들군요. 당신은 신사참배에 반대해 감옥에서 고생했지만 우리는 일본의 등쌀을 견디면서 교회를 지키느라 고생했습니다."

"목사들은 하나둘 감옥으로 끌려가고 이 나라의 모든 교회가 문 닫아야 할 판국이었는데 우리가 굴욕적인 신사참배를 해서 교회를 살려냈습니다. 신사참배 회개 문제는 각각이 하나님과의 직접 관계에서 해결할 성질의 것이지 한 목사님이 왈가왈부할 일이 아닙니다."

"신사참배가 죄라고요? 우리 다수결로 합시다."

신사참배파 목사들이 여기저기서 한상동 목사를 비난했다. 한상동은 어이가 없었다. 교회를 지키기 위한 어쩔 수 없는 선택, 언제 하나님이 우상에게 절하면서까지 교회를 지키라고 했던가. 십계명의 가장 첫 번째 '나 이외 다른 신을 섬기지 말라'가 언제 '교회를 지키기 위해서는 예외를 둔다'로 바뀌었는가. 한상동은 그들과는 어떤 논쟁도 의미가 없음을 깨달았다. 이미 부끄러움이란 걸 잊은 존재들과 무슨 얘기를 하랴 싶었다.

"그만들 두시오. 우리 모두 하나님 앞에서 죄인입니다. 함부로 다른 사람을 정죄하면 안 됩니다. 신사참배는 하나님께서만 판단하실 수 있는 문제입니다. 누군가 악역을 맡을 수밖에 없었던 시대입니다. 그러니 신사참배 같은 문제를 더는 논해서는 안 됩니다."

김일 목사가 힘주어 말하며 회의장 분위기를 다잡았다.

"복잡한 정세 아래 김현호 총회장님과 김일 노회장님을 중심으로 교단의 확고한 권위와 통일된 지도력을 결연히 유지해 나갑시다."

김일 목사의 핵심 측근인 김성호 목사가 지지 발언을 했다. 한상동 목사는 고립무원이었다. 그는 신앙을 지키기 위해 고난을 당했으나 어느새 교단의 거북한 혹이 되어 있었다. 절대 다수였던 신사참배파는 행여 변절자라는 낙인이 두려웠는지 거부파들에게 질기고 섬뜩한 태도를 보였다. 신사참배파는 일본의 악행을 알 수 없었노라고 변명했지만 실상은 알려고 노력하지 않은 것이다. 결국 조용학, 권원호, 최상림, 박봉진, 전치규, 최태현, 주기철 목사 등 서른한 분의 옥중 순교자들은 각 교단에서 외면당했고 복권되기까지 육십여 년이 넘게 걸렸다. 얼마 안 있어 김일 목사는 신사참배에 대한 잘못을 인정하기는커녕 '일체 신사참배에 대한 언급을 금함'이라는 결의서를 통과시켰다. 왜? 신사참배파들은 이렇게라도 해서 자신들의 치욕을 감추고 싶었던 것이다.

한편, 서울에 있던 이원준 목사는 경남노회에서 '신사참배에 대한 거론 금지'를 결의했다는 소식을 듣는 순간, 단박에 김현호 측의 의도를 알아챘다. 그러면서도 설마 하는 생각이 마음 한구석에 있었다. 이원준 목사는 뒤통수를 맞은 것처럼 한동안 멍했다. 김현호 목사가 이끄는 교단은 그런 곳이었다. 이에는 이, 눈에는 눈! 아니다. 왼뺨을 맞은 자가 이의를 제기하면 왼손을 들어 다시 오른뺨마저 때리는 그곳.

김현호는 이원준을 볼 때마다 마음 한 자락이 못에 걸려 당겨지는 느낌이었다. 치명적인 약점을 알고 있는 이원준에게 코가 꿰여 약점이 드러날까 싶어 안절부절못했다. 김현호는 속은 더부룩하고 발목에는 모래주머니를 찬 듯 발을 내디딜 때마다 발목을 잡아당기는 느낌이 들어 마음이 불편했고 기분도 나빴다.

김현호는 이원준에게 신사참배에 대해서는 더는 재론하지 않겠다는 약속을 받아내기 위해 합의를 시도했다. 인사동의 전망 좋은 찻집에서였다.

"신사참배 문제만은 재론하지 않을 것이라 믿습니다."

"십계명을 하나로 줄이면 제1계명입니다. 한국 교회는 제1계명을 어겼습니다. 오염된 목사부터 회개한 후에야 다음을 논할 수 있습니다."

이원준 목사가 딱딱한 표정으로 대답했다.

"오염된 목사라니! 그 말 당장 취소하시오."

"오염된 목사를 오염되었다고 하는데 뭐가 잘못입니까?"

"이자가 정말……."

김현호는 아랫입술을 깨물며 이원준을 노려보았다. 이원준 목사는 자리에 앉아 그의 증오에 찬 시선을 고스란히 받아주었다. 그렇게 김현호와 이원준의 단독 면담은 워낙 입장 차이가 커서 성과 없이 결렬되었다. 치명적인 약점을 잡힌 권력자, 김현호 목사의 결연함이 주는 섬뜩함, 저 정도까지 할까 싶은 노여움, 왜 저러나 싶은 안타까움, 같은 하나님을 섬기는 동역자로서의 부끄러움, 이원준 목사의 마음속에 복잡다단한 감정들이 한데 뒤섞였다. 이제 이원준은 화해를 바라지 않았다. 고문 후유증으로 고통 받는 그를 찾아와 고집부리다 괜한 고생을 했다며 이죽거리는 목사도 있었다. 너무 정직해서 융통성이라곤 눈곱만큼도 없는 멍청이라며 수군대는 사람들도 있었고, 얼마나 고생했냐며 걱정해주면서도 감옥 밖에 있는 자신들도 그에 못지않게 힘들었다고 토로하는 목사들, 그러니 이제는 서로 비긴 것이라는 목사도 있었다. 이원준은 낫지 않은 상처에 소금을 뿌려대는 그들과 함께하는 것이 고통스러웠다.

　김현호 목사 입장에서는 이원준 목사와 결별하는 것이 최선이라고 생각했다. 설령 신사참배에 대해 회개한다고 해도 남은 나날은 치욕일 수밖에 없다. 해방 후 출옥 교인들은 일제에 굴복한 신사참배 목사들을 향해 두 달만이라도 자숙하라고 요청했다. 그들의 눈길이 어찌나 슬프고 그 안에 서린 연민이 얼마나 깊던지, 김현호의 가슴이 철렁할 정도였다. 목자가 양들에게까지 연민을 받고 있다니.

　잡신의 균에 오염된 목사, 그것도 팔백만이 넘는 일본의 온갖 잡신에 무릎 꿇은 목사. 일생일대의 약점이 될 텐데, 이 오명에서 벗어날 길은 없을까. 이걸 평생 안고 살아야 한다면 아마 스스로 견디기 힘들어 목사직을 더는 수행할 수 없을 것 같았다. 김현호 목사는 선택했다. 나쁜 기억은 재빨리 기억의 창고에서 치워버리는 것, 그것이 그의 지혜였고 인류의 조상인 아담의 지혜였다.

　김현호 목사는 세력을 규합했다. 그들은 궁지에 몰린 상태였기 때문에 이원준 측의 약점을 파악해 반격하기보다 정면승부를 택했다.

　신사참배했다. 그래서 뭘? 그게 어쨌다고? 그들은 뻔뻔해지는 전략을 택했다. 조직 생활을 하다 보면 본의 아니게 다그치고, 내키지 않은 일도 해야 하고, 또 조직을 앞세우느라 개인의 가슴에 못을 박기도 하지만 치욕을 들킨 리더들은 스스로 질겨지고 더 뻔뻔해진다. 김현호는 늘 권력이라는 필터로 세상을 보았다. 그의 가치관은 일제와 6·25라는 큰 고난을 겪으면서 굴절되었다. 인간은 그리 쉽게 미망에서 벗어나지 못하는 존재인가.

　절대 같이할 수 없는 자들이다. 김현호 목사 측은 중대한 결심을 했다. 하지만 그 방식은 너무도 조악했다. 이원준, 한상동 목사 측을 아예 배제시킨 것이다. 서로 적이 되어 돌아선 그들은 더 이상 대화나 합의가 불가능했고 무의미했다. 김현호 측이 교단과 노회의 주도권을 잡고 한상동 등을 압박하자, 한상동 측은 노회를 탈퇴하고 '고려파'를 새로 조직했다.

이 장면에서 이 교수는 복잡한 갈등을 다시 한 번 설명했다.

"김현호를 비롯한 교권파는 사사건건 이원준, 한상동 등 거부파들을 견제했지요. 결국 한상동 목사는 신사참배로 오염된 교회를 정화시킬 수 없다는 판단을 내립니다. 그는 1946년 출옥성도들과 함께 한국 교회의 문제를 신학의 부재로 진단하고 '올바른 정통 신앙을 위해 새로운 주춧돌을 쌓겠다'며 부산에 고려신학교를 세웁니다. 이에 김현호파는 경남노회를 통해 고려신학교에 신학생을 보내지 않기로 결의했지요. 거부파가 즉각 반발하여 경남노회를 탈퇴하자, 교단은 1947년 잠시 화해를 하는 듯 제스처를 취했으나, 1948년 9월에 교단은 고려신학교 승인을 전격 취소했습니다. 따라서 양측의 갈등은 최고조에 달했고, 수년 동안 이런 알력이 수없이 반복되었습니다. 결국 교단에서 거부파를 조이고 비틀고 약속을 뒤집어버리자 한상동, 주남선 목사 등은 1952년 9월 11일 진주에서 제1회 총노회를 따로 개최하면서 고신파가 시작된 것입니다."

고신파의 탄생! 이 소식을 들으면서 김현호 목사는 바닥에 끈적끈적하게 들러붙어 있는 껌을 끌로 떼어 낸 듯 시원했다. 한상동이 견디지 못하고 떨어져 나간 지금이 자신의 권위를 되찾을 절호의 기회라 생각했다.

이겼다! 권위와 권력은 동전의 양면처럼 함께 있지 않으면 조직을 이끌 수가 없다. 김현호는 명분과 실권을 일치시키려 했다. 자연히 이원준 측과는 함께할 수 없었다. 해방과 6·25전쟁의 소용돌이 속에서 걷잡을 없는 광풍이 휘몰아쳐 당장 세상이 뒤집힐 것 같았지만 새삼 돌이켜 보면 바뀐 것도 바뀔 것도 없다. 삶은 여전히 혹독한 경쟁으로 팍팍하고 세상은 지저분하게 흘러갔다.

이런 세상에 도덕성 하나로 무슨 성과를 가져올 수 있겠는가? 무능하고 깨끗한 목사보다는 자신처럼 산전수전 다 겪고 일을 집행하는 정책적 역량을 갖춘 유능한 인재만이 교단을 성장시킬 수 있다고 김현호는 생각했다. 신사참배를 했느냐, 하지 않았느냐는 단지 지엽적인 문제일 뿐이라고 치부하면서.

"신사참배파는 화려하게 부활했지요. 아니 거의 재림 수준이었어요."

"부활과 재림의 차이는 무엇이죠?"

우종건 기자는 이해가 가지 않는 표정이었다. 김현호파가 교단의 권력을 장악했다는 의미인 줄은 알겠는데 재림이라니.

"부활은 다시 살아난 것이지만 재림은 살아 돌아와 더 강한 권력을 갖고 현실을 지배합니다. 김현호는 친일보다 더 강력한 무기를 장착해 복귀하지요. 바로 반공 이데올로기입니다. 그는 이 반공 어젠다로 정권과 결탁하면서 교단을 급속히 성장시켰고 반대급부로 국가가 마땅히 해야 할 과제를 은폐하거나 희석화하는 데 앞장서게 되지요."

"그렇군요."

"신사참배파인 교단 측의 화려한 부활. 그리고 교단 측의 저급하고 명분 없는 배척은 분열의 파열음을 내고 말았어요. 이렇게 1차 분열이 시작되었고, 신학적 노선 차이로 인한 예장과 기장의 2차 분열(1953), WCC 문제로 야기된 통합과 합동의 3차 분열(1959) 그 이후로는 특별한 쟁점조차 없이 분열은 계속되었지요. 주도권 확보를 위한 파벌과 지연 그리고 학연 등 신학과 무관한 정치적인 이유로 분열이 가속화되었고요. 이러다 보니 장로교단만 150개가 넘고, 다른 교단과 미인가 교단을 합쳐서 최대 250개 교단이 있는 것으로 알려져 있지요."

"WCC는 전 세계 교회의 연합과 일치(에큐메니컬)를 추구하기 위해 만든 것인데 유독 한국에서는 교회 분열의 주된 요인으로 작용했군요."

"그렇게 된 지 꽤 오래되었지요. 어쨌든 이 많은 교파들이 각자 교회를 세우고 신학교를 세워 자기 방식으로 수많은 목회자를 배출하고 있어 목사의 과잉 배출이 점점 심해지고 있어요. 더 심각한 문제는 시간이 흐를수록 각 교단은 개별 교회를 통제할 능력을 상실하게 되었다는 것입니다. 심지어 성경 해석까지도 말이오. 교파 분열의 부작용은 너무 심각해 각 교단이 자기 교단 중심의 역사를 갖기 시작하면서 한국 교회사에는 모든 교단이 수용할 만한 통합 교회사조차 없는 지경입니다. 과거는 있으나 역사가 없는 고아 같은 신세가 바로 한국 교회입니다."

한 시간이 지나서야 이 교수의 이야기는 끝났다. 이 교수는 꽤 긴 이야기를 마치며 마무리를 지었다.

"한국 교회는 가장 먼저 신사참배로 인해 분열되었소. 신사참배라는 선악과를 따 먹고 난 후 정직하게 회개하고 반성하는 길을 외면하고 아담의 길로 가속페달을 밟아 계속 달려간 결과지요. 잘못은 누구라도 저지를 수 있습니다. 하지만 그 뒤에 오는 자기변명과 합리화가 항상 더 큰 비극을 부릅니다."

신사참배는 권력 앞에서 휘둘리는 나약한 목사상과 그들이 회개하지 않고도 뻔뻔하게 목회를 할 수 있다는 것을 보여주었다. 해방 후 신사참배 회개에 실패한 한국 교회는 일제 잔재 청산을 철저히 외쳐야 하는 교회의 예언자적 사명을 포기하게 되는 결과를 낳았다.

"왜 그런 표정을 짓는 거지요?"

이 교수가 화난 얼굴처럼 미간에 내 천 자를 그리고 있는 우종건 기자를 보면서 물었다. 우종건은 여전히 대답이 없었다. 그러나 이 교수는 그가 무슨 생각을 하고 있는지 알고 있었다.

"한국 교회의 어두운 미래 때문인 거요?"

"그렇습니다."

하와의 설득

   한 달 뒤 조성은 사모와 명정환 목사는 양평의 한 카페에서 만났다.

"경치가 아주 좋구나."

   남쪽으로 쭉 뻗은 시원한 강, 그 뒤로 야트막한 산들이 달리고 있었다. 눈앞에는 수중 보트를 타는 사람들이 보였다. 명정환 목사는 어머니 조성은이 무슨 용건으로 자신을 만나려 하는지 이미 눈치채고 있었다. 하루라도 빨리 명수창의 뒤를 이어 대성교회 후임자로 만들려고 하는 것이다. 그러나 명정환은 전혀 그럴 생각이 없었다. 여러 차례 아버지의 권유와 설득이 있었지만 명정환의 생각은 변함이 없었다.

   내 목회를 하겠다. 이 말의 칠 할은 진심이었고 삼 할은 일종의 수치심 같은 것이었다.

"세습 금지는 사회선교적 관점에서 볼 때 역사적 요구이므로 아버지와 저는 세습을 금지한 총회의 결정에 당연히 따를 것이다. 세습은 하지 않겠다."

그동안 기회가 있을 때마다 명수창뿐만 아니라 명정환도 공개적으로 밝혀 왔다. 어찌하랴. 자신들의 입을 통해 나온 과거의 발언들이 그들의 발목을 잡고 있었다. 조성은 사모가 어떤 설득을 한다 하더라도 명정환은 세습을 수락할 생각이 추호도 없었다. 그는 마음을 다잡으며 무거운 마음으로 조성은과 마주 앉았다. 그러나 명정환이 모르는 게 하나 있었다. 조성은은 아들에게는 사랑이 지극하고 이해심이 많은 어머니이면서도 여장부 기질을 갖고 있었다. 그녀는 타고난 전략가였다. 이는 명수창을 비롯한 핵심 장로들뿐만 아니라 여전도회 회장단에서도 인정하는 부분이었다.

"그런데 무슨 용건으로 여기까지 나오자고 하셨어요?"

명정환이 형식적으로 물었다. 어머니가 아버지의 뜻에 따르라거나 설득하려 들면 단호하게 거부할 생각이었다. 그런데 조성은 사모는 전혀 다른 질문을 하는 것이었다.

"네 목회를 하겠다고 했지? 구체적인 계획이 뭐니?"

명정환은 입버릇처럼 자신의 목회를 하고 싶다는 말을 자주 했었다. 그녀는 그런 아들이 답답했지만 마음을 누르고 적당한 때를 기다렸다. 꿈도 꿀 수 없을 만큼 멋진 기회가 눈앞에 펼쳐져 있는데, 그 엄청난 유산을 받으려 하지 않는 아들이 너무도 답답해 보였다.

"……."

명정환은 예상을 벗어난 질문에 순간 당황했다. 잘못 들었나?

"방금 뭐라고 하셨어요?"

"너의 목회에 대해 듣고 싶다고 했다."

"떳떳하게 아버지 도움 없이 제 힘으로 성공하고 싶습니다. 저를 믿고 지켜봐주세요."

"그래 알겠다. 구체적인 너의 계획을 듣고 싶구나."

"지금 맡고 있는 교회를 제 힘으로 잘 키워보고 싶습니다. 그런 다음 구제와 장학 사업 그리고 해외 선교를 가장 많이 하는 교회로 만들 것입니다. 제 힘으로 이룰 자신이 있습니다."

조성은 사모가 보기에 명정환이 말한 '교회를 키운다', '구제와 장학 사업 그리고 선교', 그리고 명정환이 실현하려고 하는 일의 최종 결정판이 바로 대성교회였다. 대성교회는 이미 꽤 많은 구제와 장학 사업을 하고 있지 않은가. 단지 정환은 자신의 힘으로 인정받겠다는 것이다.

하여튼 남자들은 유치해. 결국 서울 가는 데 멀쩡한 아버지 차를 놔두고 자전거 페달을 밟아 가겠다는 거잖아. 자신의 이름을 내걸고 키워야 자기 자신이 살아 있음을 느끼고, 그것을 수시로 확인하면서 존재감을 드러내고 싶은 수컷의 본능, 도움 받았다는 소릴 듣고 싶지 않은 남자의 자존심이 명정환에게도 있었던 거다. 하긴 삼십 대 후반이면 실리를 먼저 챙기는 게 아니라 야망을 위해 도전할 나이 아닌가. 이 부분은 미묘한 문제였다. 조성은 사모는 어떻게든 아들을 설득해야 할 중요한 시점에서 결코 강요하거나 타이르는 것으로는 안 된다는 걸 알고 있었다.

"그래, 당연히 너의 목회를 해야지."

조성은 사모는 고개를 끄덕였다. 차 한 모금을 마시며 잠시 뜸을 들인 뒤 말을 이었다.

"아버지 말씀을 잘 새겨듣다 보면 길이 보일 것이다. 시야를 좀 더 넓게 내다보면 좋겠구나. 정환아! 아버지 목회를 승계해서 네 목회를 하면 되는 거다. 아버지가 이룬 토대 위에서 비상하려무나."

"그래도 제 힘으로 목회를 하고 싶습니다."

뭐가 그래도, 라는 말이냐? 내 아들아. 조성은 사모의 얼굴에 근심이 드리웠다. 하지만 조성은은 똑똑하고 정의감이 살아 있는 그러면서도 효심 깊은 아들의 성격을 누구보다 잘 알고 있었다.

"어머니 뜻은 잘 압니다. 그러나 세습을 하게 되면 교회 안팎에서 쏟아질 비난을 감당할 자신이 없어요. 그리고 말로는 제 목회라 할 테지만 실제로는 아버지 그늘에서 살게 되겠지요."

명정환의 말에 조성은의 표정이 바뀌었다.

"비난은 시간이 지나면 잠잠해질 테니 조금만 참고 견디면 된다. 그리고 아버지는 걱정 말거라. 은퇴가 얼마 남지 않았다. 네가 교회를 맡게 되면 아버지는 네가 잘할 수 있도록 뒤에서 도우실 게야."

"제 생각에 아버지는 절대 손을 놓으실 분이 아닙니다. 제 목회를 하면 된다고 하시는데 말처럼 쉽겠습니까? 아버지 그늘에서 벗어나 제 목회를 하려면 도대체 언제쯤 가능할까요? 오 년, 십 년이 지나면 가능할까요?"

처음 가졌던 마음은 온데간데없고 자기도 모르게 설득되어 가는 느낌이 들자 명정환의 마음속에 묘한 반발심이 생겨났다.

"그렇지 않아. 네게 전부 넘길 게다."

조성은 사모는 안타까운 마음으로 아들을 뚫어져라 바라보며 말했다. 이렇게 잘생기고 유학까지 다녀온 똑똑한 내 아들아, 너도 이제 너의 큰 꿈을 펼치기 위해 비상해야지. 목회자의 아내라는 삶은 겉보기엔 화려하지만 돌봐야 할 곳이 한두 군데가 아니었다. 더욱이 어려운 개척교회를 통과하는 과정에서 가족의 생계는 전적으로 조성은의 몫이었다. 명수창의 관심은 교인들이 우선이었고, 아이들은 그다음이었다. 그녀는 명수창으로부터 십여 년이 넘도록 생활비한 푼 받지 못해 직접 장사를 하며 가정을 이끌어 온 여장부였다.

"아버지가 무슨 속셈이 있는 게 분명합니다."

명정환은 평소였다면 하지 않았을 말을 꺼냈다. 마지막 반발, 이것은 가장 강력한 반발이지만 동시에 문제를 바라보는 시각을 바꾸고 상대방의 제안을 받아들이는 과정이기도 했다. 이때가 가장 위험한 순간이다. 비꼬거나 자존심을 건드리면, 지금까지 진행되어온 대화의 흐름이 확 뒤집어질 수도 있다.

"그런 의문을 품는 것도 무리가 아니지. 그렇다면 아버지에게 다짐을 받도록 해. 그래도 마음이 안 놓이면 내가 보증하마."

조성은 사모가 덧붙인 말에 명정환의 머리는 혼란스러웠다.

"어머니, 그렇게까지 제게 꼭 물려주고 싶으신 거예요?"

명정환은 솔직하게 물었다.

"대성은 네 아버지가 피로 일구고 내 땀으로 키운 교회다."

절절한 감정이 담긴 말이었다. 조성은 사모가 말한 피와 땀으로 이룬 교회라는 의미를 이해할 수 있는 사람은 명수창뿐이었다. 조성은 사모는 먼저 현실적인 문제에 대해 설명했다.

"다른 사람이 후임자로 오는 순간 네 아버지와 피를 흘리며 싸울 것이다. 사랑의 교회 옥한흠 목사는 오정현 목사를 후임자로 세웠는데 논문 표절과 성전 건축 등 극심한 내분에 휩싸여 있고, 김창인 목사는 삼 년 동안 기도해서 이성곤 목사를 세웠지만 십 년 넘도록 법정 다툼을 하고 있잖니. '황금의 입'으로 불리던 소망교회 곽선희 목사는 김지철 목사를 세웠는데 지금까지도 분란이 끊이지 않는다고 들었다. 아버지의 눈물과 헌신과 희생으로 세워진 교회가 후임자로 인해 잘못된다면 분열과 고통의 소용돌이에 휩싸일 터, 우리는 그것을 경계해야 한다."

그랬다. 믿고 선택한 후임자가 전임자의 뒤통수를 친 교회가 제법 많았다. 제삼자에게 후임을 물려준 사랑의 교회, 광성교회, 소망교회, 강북제일교회, 봉천교회 등은 분란에 휩싸였거나 현재도 여전히 혼란을 겪고 있었다. 그 결과 메가처치는 사회적 비난을 감수하고라도 세습을 강행하려고 한다. 최소한 '자식은 부모를 배반하지는 않는다'는 점을 조성은 사모는 강조한 것이다.

"아버지 뜻을 잘 따르는 후임자를 선택하면 되지 않습니까?"

"모르는 소리. 친아들처럼 아끼던 사람을 후임자로 선택한 교회에서도 일곱 번이나 집요하게 고소를 당했다. 그런데 법원에서 무죄로 나오니 후임자가 뭐라더냐? 나는 몰랐다. 다 장로들이 시켜서 그렇게 한 것뿐이라고 하면서 자신의 잘못을 남에게 뒤집어씌웠다. 그게 아담의 후예인 인간이고 목사다. 후임자가 오게 되면 장로들은 자연스럽게 새 목사에게 충성하게 되어 있어. 그러니 후임자는 새로운 세력을 구축하게 되고 전임 목사에 대항 세력으로 등장

하게 되는 거다. 그래서 전임 목사 시절의 비리나 문제점들을 밝혀
내는 데 집중하면서 교회는 분쟁의 소용돌이 속으로 휩싸이게 되는
거고. 최악의 경우 전임자는 모든 정보로부터 차단되어 고립될 수
도 있고. 이게 메가처치의 역사이고 흐름이다. 그러니 믿을 건 핏줄
뿐이지 않겠니?"

조성은 사모의 말 그대로였다. 풍족한 자금이 넘치는 메가처치는
목사뿐만이 아니라 장로들 역시 서로의 이해관계가 첨예했다. 전임
자가 은퇴하면 후임자와 아무리 소통을 잘한다 해도 전임자의 영향
력이 점차 줄어들게 되면서 그런 빈틈을 노리고 우위를 차지하려는
장로들로 교회는 조용할 날이 없게 되는 것이다. 조성은의 설득은
성공적이었다. 명정환은 적극적으로 대답하지도 않았지만 반박도
하지 않았다.

"그동안 너도 주장한 게 있으니, 스스로 정리할 시간이 좀 필요할
게다. 아버지의 뒤를 이어 네가 하고 싶은 너의 목회를 하렴. 그게
네가 걸어갈 길이고 책임이다."

결국 명정환은 고개를 끄덕이고 말았다.

"잘할 거야, 우리 아들! 엄마가 응원할게."

"그래서 어떻게 되었어?'

명수창이 목을 빼고 물었다.

"일단 생각해보겠다고 합디다."

조성은 사모는 한 바퀴 돌려 말했다. 명수창의 속을 태울 생각이
었다.

"뭐? 아직도 생각을!"

명수창은 어이가 없었다. 그런데 아내의 표정이 심각하지 않았다.

"그래도 그게 어딥니까? 우기지 않는 것만으로도 다행이지."

"승낙을 받았구먼."

명수창은 아내가 자신을 놀린다는 것을 금방 알아챘다.

"그래요. 이제는 속일 수도 없네요."

명수창이 그제야 표정을 부드럽게 풀며 말했다.

"그럼 진행시켜도 좋겠지?"

"너무 서두르지 않는 게 좋을 것 같아요."

"왜? 승낙을 받았다면서?"

"서둘다가 오히려 일을 망칠 수도 있어요."

"흠, 그건 무슨 뜻이오?"

명수창이 의아한 표정을 지었다.

"정환이는 영민한 아이입니다. 제 입으로 거절한 것을 그리 쉽게 승낙했다고 하면 사람들의 비웃음을 살 게 뻔해요. 정환이 자존심도 생각해줘야죠. 당신이라면 어떻겠어요?"

그렇군. 역시 내 아내군. 명수창은 눈이 번쩍 뜨이는 것 같았다. 조성은 사모는 아들의 자존심까지도 계산하고 있었던 것이다.

"젊음은 청개구리야."

명수창이 혼잣말로 중얼거렸다. 너무 서두르다가 아들 녀석이 오기라도 부리면 만사 도루묵이 될 판이다. 게다가 좋은 대학을 나와 유학까지 다녀와서 그런지 어디로 튈지 몰랐다. 형식적으로나마 아들의 체면을 세워주라는 말이군.

살모사 작전

명수창은 몇 가지 양동작전을 계획하고 있었다. 그는 시간을 두고 조금씩 진행하다 어느 조용한 날을 택해 공습을 개시하리라 마음먹었다.

"대표로는 누가 좋을까?"

명수창은 강남노회에 누구를 대표로 보낼지 박동제 장로에게 의견을 물었다.

"윤성욱 장로가 좋을 것 같습니다."

"윤 장로?"

명수창은 의외라는 표정을 지었다. 윤성욱 장로는 배포와 충성심이 뛰어나긴 하나 외교 수완이나 전략 같은 것은 거의 없었다. 그 때문에 전략이나 세밀한 일처리가 필요할 때는 심종수 장로를 대표로 보내곤 했었다. 그런데 윤성욱이라니?

"왜지?"

"이번 일은 전략이 필요한 일이 아니지 않습니까? 호통 치고 무조건 밀어붙여 노회를 흔드는 일이라면 윤 장로가 적합합니다."

박동제가 언제 이렇게 컸지? 자기도 밀어붙이는 것밖에 모르면서.

"그럼, 윤 장로로 하지."

2017년 2월, 윤성욱 장로는 다른 장로들과 함께 대성교회의 독립성 훼손에 대한 항의서를 제출하기 위해 강남노회로 향했다. 노회 총무부에서 망설이며 서류를 접수하지 않으려 하자 윤성욱은 일부러 강하게 항의하며 상황을 험악하게 몰아갔다.

"접수를 안 받겠다고? 그럼 지금부터 대성교회 지원도 안 받겠다는 거지요?"

윤성욱 장로의 눈빛이 번득였다.

"저…… 잠깐만요."

총무부 간부의 표정은 당황하는 기색이 역력했다.

"노회장님께 보고드리고 답신하겠습니다."

"기다리긴 뭘 기다려!"

박세운 노회장은 그 소식을 집무실에서 들었다.

"대성교회 측에서 장로님들이 오셨다고?"

"예, 장로 이십여 명이 노회에서 개별 교회의 세습을 금지한 것은 대성교회의 독립성을 훼손한 것이라며 재심의를 요청해 왔습니다."

"그걸 왜 노회에 내는 거지요? 총회에서 결정할 사항인데."

"잘 모르겠습니다."

"일단 대표 서너 분을 오시라고 해요. 정중하게 모셔 오세요."

박세운은 잠시 생각했다. 만일 명수창에게 음흉한 뜻이 있다면 이렇게 장로들을 보내 시끄럽게 할 리가 없다.

왜? 우리 소관도 아닌데, 여기에 법적 검토를 의뢰한 것일까? 도대체 명수창의 의도를 알아차릴 수가 없었다. 하지만 박세운은 밝은 표정으로 대성교회 장로 네 명을 접견했다.

"오시느라 수고가 많았습니다."

"저희를 환영해주셔서 정말 감사합니다."

윤성욱을 비롯한 장로들은 머리를 숙였다.

"어떤 일로 오셨는지요?"

윤성욱이 하얀 봉투에서 서류 한 장을 내보이며 짧게 설명을 했다. 박세운이 물었다.

"궁금해서 그러는데, 왜 이것을 권한도 없는 노회에 제출하는 거지요?"

윤성욱이 단호한 어조로 준비해 온 답변을 했다.

"이는 대성교회 주권에 대한 문제입니다. 공정하게 결정을 다시 내려줄 것이라 기대했기에 여기에 제출하는 것입니다."

농담이겠지. 그것도 아주 썰렁한 농담. 사실 노회에 '세습에 대한 법이 잘못되었다'고 제출하는 것은 가능한 한 빨리 논쟁화되기를 바라기 때문이었다. 다툴 수 있는 논쟁거리가 되어야 사건이 엉뚱한 방향으로 튈 수 있음을 그들은 잘 알고 있었다.

"이건 접수할 수 없습니다. 이미 총회에서 결정된 건이지 않습니까?"

노회장이 접수를 거부하자 대성교회 장로들은 서로 얼굴을 마주 보더니 기다렸다는 듯이 격한 소리들을 쏟아 냈다.

"아니, 이런 경우가 어디 있습니까?"

윤성욱 장로의 발언을 시작으로 밖에서 기다리고 있던 장로들까지 사무실로 밀고 들어오며 소리쳤다.

"노회장이 그럴 자격이 있습니까?"

그들은 거칠게 항의한 뒤 그곳을 떠났고, 이튿날 대성교회 이름으로 성명서를 냈다. 독선적인 행태를 보이는 박세운 노회장은 자격이 없으므로 불신임한다. 그렇지 않으면 대성교회는 노회에 일체 협조하지 않겠다는 내용이었다.

박세운 노회장에 대한 불신임, 그 한마디에 노회는 충격에 휩싸였다. 자금의 70퍼센트를 지원하는 대성교회가 지원을 끊는다면, 강남노회는 자금 부족으로 운영난에 허덕일 것이다. 게다가 대성교회 측은 강남노회의 구성원들에게 소문을 퍼뜨려 놓았다. 중립을 취해야 할 노회장이 편파적으로 노회를 운영하여 분란을 일으킨다는, 그 소문은 세습 반대파들의 약한 단결력마저도 깨트려버렸다. 노골적인 책략은 효과적이었다.

"소음은 은폐와 같다"라고 한 사람이 움베르토 에코였던가. 그는 "소음의 미학은 말해야 하는 사건이 무색해질 정도로 더 큰 소리를 내서 본질을 흐리는 것"이라고 했다.

세상에서 세습을 반대하는 여론을 믿고 반대파들이 늘어날 것이라 생각하고 있던 개혁 측은 당황했다. 개중에는 박세운에 대한 소문과 불신임은 명수창의 오만에서 비롯된 것이라고 분노하는 목사들도 있긴 했으나 소수였다. 명수창 측은 시간이 지나면서 박세운의 불신임은 기정사실이 될 거라고 확신했다.

드디어 명수창은 행동을 개시했다. 현재 노회장도 차기 노회장으로 정해진 목회 부회장도 모두 세습에 반대했다. 이들을 제거하기 위해 명수창 목사는 윤성욱, 심종수 장로를 불렀다.

"오늘, 무슨 일이 있어도 끝장을 내시오."

언제 다시 강남노회의 비상회의를 소집할 수 있을지 기약할 수 없었다. 아니, 무조건 이번 한 번으로 끝낼 생각이었다. 그러기 위해서는 오늘의 승부에서 박세운의 목을 치지 않으면 안 된다.

투표를 하든 박세운네 놈들이 거부를 하든 오늘로 끝이다. 명수창은 단단히 마음먹었다. 윤성욱은 장로들을 이끌고 강남노회의 비상회의에 참석하기 위해 떠났다. 명수창의 계획에 걸림돌이 되는 현 회장단을 불신임하고 새로운 노회장을 선임하기 위함이었다. 그런데 대성교회 전원을 동원해도 노회의 20퍼센트밖에 되지 않았다. 명수창에 우호적인 목사들의 도움을 받아도 겨우 45퍼센트를 채우는 숫자였다. 세습 문제와 관련해 현 박세운 노회장을 불신임하고 명수창 측의 새로운 목사를 노회장으로 추대하다 보니 다른 목사들의 반발이 컸던 것이다. 그런데 명수창은 대체 무슨 생각인지, 대성교회 부목사와 장로들 전부를 노회 회의에 보냈다. 윤성욱, 심종수 장로를 제외한 대성교회 장로들은 명수창의 의도를 알 수 없어서 곤혹스러웠다. 과반도 안 되는 인원으로 무엇을 할 수 있겠는가.

그런데 왜? 그런 와중에 명수창은 명정환을 집무실로 불러들여

둘만의 시간을 가졌다. 명수창의 눈으로 봐도 아들은 목사로서 적합한 능력을 가지고 있었다. 메가처치의 한 지역을 담당하는 장으로서는 아들만큼 뛰어난 기량을 가진 인물도 없을 것이다. 그러나 메가처치의 담임목사로서는 아직 갈 길이 멀다고 생각했다. 정치력도 배포도 있어야 했다. 그래서 기회가 될 때마다 문답을 통해 가르치리라 마음먹었다.

"우리 측이 오십 퍼센트도 안 되는데 이번 노회 회의에서 새로운 노회장을 뽑을 수 있을까?"

"뽑을 수 없을 것 같습니다."

"그런데 왜 내가 그들을 보냈을까?"

"……."

명정환은 입을 다물었다. 거기까지는 생각해보지 못한 듯했다.

"우리는 오늘 새 노회장을 뽑을 것이다."

"어떻게요?"

"우리는 문제를 제기하고 기다릴 것이야. 반대파도 약점이 있다. 우리가 사십오 퍼센트, 반대 측이 이십오 퍼센트, 참석하지 않는 사람들이 삼십 퍼센트다. 그렇게 되면 과반이 넘게 된다."

규정에 의하면 과반 출석에 과반 이상 찬성하면 합법적으로 새 노회장을 뽑을 수 있다. 미참석자는 모든 수치에서 제외되고, 대성 측 45퍼센트에 반대 측 25퍼센트가 더해져 분모가 되고 여기에 대성 측 45퍼센트가 찬성표가 되어 찬성률은 64퍼센트에 이르게 된다.

"우리 계획대로 될까요?"

"계획대로 되어도 괜찮고, 계획대로 안 되어도 괜찮고."

명수창은 마치 남의 일처럼 말했다. 그 말에 명정환은 깜짝 놀랐다.

"계획대로 안 되면 우리가 곤란하지 않습니까?"

"왜?"

"허탕을 치면 아무 소용이 없지 않습니까?"

"걱정하지 마라. 투표로 가면 우리에게 육십 퍼센트 넘게 찬성표가 나와 이긴다. 그렇게 되면 반대 측은 바보가 아닌 이상 투표로 가는 것을 반대할 것이다. 그래도 안 되면 투표를 보이콧하고 자리를 뜨겠지. 그러면 우리끼리 투표하면 된다."

"과반수 참석에 과반 찬성이 되어야 하는데, 반대 측이 보이콧하면 우리 측은 사십오 퍼센트밖에 안 되지 않습니까?"

명정환이 다소 거친 음성으로 물었다.

"그러나, 반드시 그렇지 않다는 것이 재미있지 않느냐? 처음부터 참석한 사람을 기준으로 하고 계산하면 된다. 찬성, 반대, 그리고 회의장을 나간 사람들은 기권으로 처리하면 되는 거지. 그렇게 되면 찬성은 여전히 육십 퍼센트가 넘는다. 반대 측은 이렇게 나올 줄 꿈에도 생각지 못할 것이다. 물론 이 일의 진행은 우리 측을 지지하는 목사가 할 것이다."

놀라는 명정환을 향해 명수창은 힘주어 말했다. 명수창은 이번 일을 노회의 내분으로 만들고 싶었다. 일부러 내분을 만들어서라도. 훗날을 생각하면 그런 명분이 필요했다. 대성교회 측이 밀어붙이는 형상보다는 노회 구성원들끼리 이견을 내며 다투는 형상이 더 바람직했다. 그러기 위해서는 대성교회에 우호적인 세력들이 앞장서줄 필요가 있었다. 수적으로는 대성교회 측이 압도적으로 많지만 주체는 어디까지나 대성교회 밖의 인물이어야 했다.

"이번 일은 두 가지 목적이 있다. 하나는 이미 알 것이고, 둘째는 누가 우리 일에 방해가 되는지 그것을 알 수 있게 된다. 그다음 일격을 가하여 우리와 싸우면 피해가 크다는 것을 철저히 인식시켜줄 필요가 있다."

그 말을 듣고 있던 명정환은 너무도 교묘한 명수창의 전술에 혀를 내둘렀다. 몰이꾼에 몰리는 사냥감, 사냥개는 짖어 대며 쫓아오고 달아날 곳이라곤 단 하나, 아버지가 쳐놓은 올가미뿐이라니. 상상도 못 했던 방법이었다. 메가처치에서 목회를 한다는 것은 여러 가지 술수를 써야 하는 일이라는 것을 새삼 느끼면서도 그다지 기분이 좋지 않았다.

메가처치의 목사란, 마음속 깊은 곳에 잘 벼린 칼 두세 개를 간직해야 하는 것인가. 상처받지 않기 위해, 반대파를 과감히 제거하기 위해, 필요 이상 마음이 약해지는 자신을 베기 위해. 오래전, 아니 불과 몇 달 전의 명정환이었다면 반대파를 설득할 수 없다는 걸 알면서도, 결국은 안 될 것이라는 예감을 등에 지고서라도 기어이 정면 돌파를 했으면 했지, 이런 술수는 쓰지 않았을 것이다. 난 정정당당하게 목회를 하고 싶은데.

명정환이 뭔가 마음에 걸리는 듯 말했다.

"그렇게까지 하실 필요가 있겠습니까?"

"우리가 노회 자금의 칠십 퍼센트를 지원한다. 그런데 이번 한 번만 도와 달라는데, 그것도 들어주지 않는단 말이냐? 내가 언제 부탁한 적이 있었더냐? 그들은 꿀만 먹고 제 할 일은 하지 않는 자들이다. 여기서 우물쭈물하면 그들은 우리의 등을 찌를 것이다."

명수창은 반대 측의 상당수 목사들이 자신의 도움은 받으면서 훼방을 놓고 발목을 잡아당기고 있다고 생각했다. 이번 기회에 이들을 철저하게 응징하리라 마음먹었다. 명수창의 마음속에는 후배인 박세운 목사가 선후배의 연을 끊고 세습에 반대하는 것에 대해 거부감이 없는 건 아니었다. 그러나 그보다는 자신의 지원을 받으면서 반대하는 목사들에 대한 증오심이 더 컸다.

꿀만 쏙 빨아먹고 엉덩이는 뒤로 빼는 자들을 가만두어서는 안되지. 그렇게 해야 거취를 망설이고 있는 많은 목사들이 대성 측에 붙을 것이고, 그러면 노회의 지배권도 더욱 튼튼해질 것이다.

두 시간 뒤 명수창은 윤성욱 장로로부터 새로운 노회장이 선출되었다는 보고를 받았다. 반대 측은 우리 측이 이런 전략을 쓰리라고는 꿈에도 생각지 못했다며, 투표 무효를 외치며 회의장을 나갔다는 말도 함께 전해 왔다.

무슨 마법을 부린 것 같군. 명정환은 감탄하기에 앞서 마치 귀신에 홀린 듯한 기분이 들었다. 그야말로 찻잔 속의 태풍처럼 작은 소란으로 대성교회 측은 노회장 자리를 손아귀에 넣은 것이다.

명수창은 이제 세습을 축제로 만들어야 했다. 그러기 위해서는 명망 있는 목사들을 초빙하여 축하 기도와 설교를 부탁해야 했다. 섭외할 인물 일 순위로 이정렬 목사를 마음에 두었다. 그는 대학교 총장과 총회장을 지낸 사람으로 명망도 있고 목사들로부터 존경받는 인물이었다. 이정렬 목사는 아들처럼 생각했던 후임 목사에게 여러 번 소송을 당해 시달리고 있었다.

"만만한 분이 아닙니다. 목회도 그렇고 반듯한 분이라, 쉽게 허락하지 않을 겁니다."

심종수가 명수창을 바라보며 말했다.

"그래, 하지만 소송 때문에 돈에 시달린다는 소리가 들리던데 취임 축하 설교 하나로 큰돈의 사례비가 생길 텐데요?"

명수창은 부드러운 표정을 지으며 덧붙였다. 그는 이정렬 목사의 가려운 곳을 정확하게 긁어 줌으로써 문제를 해결하려 했다.

며칠 뒤 심종수와 박동제는 이정렬 목사 측을 대리해서 나온 황진홍 장로를 만났다. 이정렬 목사 측이 소유하고 있는 수양관 물건의 매매 건으로 사전 조율을 하기 위해서였다. 이정렬 목사는 사실 몇 차례 소송 끝에 자신을 지지하는 후임으로 재추대했지만 교회의 재정은 최악의 상태였다. 수양관도 거의 방치되어 잡풀에 덮여 있었다.

"사십억 정도면 적절할 듯합니다만……."

심종수 장로가 조심스럽게 운을 뗐다. 이미 심종수는 수양관 주변 시세를 확인하고 거기에 일정 수익을 더한 가격이었다.

"그 금액에는 팔 수 없습니다."

황진홍 장로가 강하게 거절했다.

"예?"

심종수와 함께 간 대성 측 부동산 담당 김형 목사는 당황스럽고 충격적이어서 믿기지 않는다는 듯 어리둥절한 표정으로 물었다.

"그럼, 얼마를 생각하시는지요?"

"그건 그쪽에서 먼저 제시하셔야죠?"

차가운 대답. 어휴, 한숨이 나오지만 이런 말장난도 거래의 일부였다. 그럼에도 이 일이 틀어지면 명수창에게 신뢰를 잃게 되고 후폭풍 또한 엄청날 것이다. 심종수가 조심스럽게 말을 꺼냈다.

"매물로 내놓았을 때 삼십오억이었는데 지금은 살 사람도 없지 않습니까? 중개인들에게 물어보니 시세가 삼십억이던데요."

김형 목사는 어색한 미소를 지으며 고개를 끄덕였다. 맞장구를 치는 것은 대성교회 측 사람들뿐이었다.

"양쪽 원로 목사님들께선 그렇게 생각하지 않으실 텐데요?"

"그럼, 액수를 제시해보시지요?"

심종수가 말하자 황진홍은 물건을 덮으며 억지웃음을 웃었다.

"뭐, 간단한 문제죠. 저희 원로 목사께서는 오십 개가 아니면 없던 걸로 하라고 하셨습니다."

"오십 개라고요?"

심종수와 박동제는 하이파이브를 하고 싶은 마음을 숨긴 채 찡그린 얼굴로 서로 눈빛을 교환했다. 그들은 최악의 경우 육십 개까지도 이미 허락을 받은 상태였다. 우리 약점을 알고 있으니 이번에 한몫 챙기려 할 것이라는 명수창의 예견은 정확했다.

"그럼 목사님께 전화를 한번 드려봐야겠습니다."

박동제는 회의실을 나가서 휴대폰을 귀에 댔지만 정작 전화는 걸지 않았다. 지금은 금액보다는 교계, 학계, 사회에서 신망 받는 이정렬 목사를 취임 축하 설교에 초대하는 일이 더 중요했다. 박동제는 잠시 후 밝은 얼굴로 돌아왔다.

"축하드립니다. 성사되었습니다."

상대방은 계약이 성사되었다는 말에 충격이 가시지 않은 모양이었다. 계약 한 건이 이루어지기까지 얼마나 많은 입씨름과 두뇌 싸움으로 몇 주씩 시간을 끄는 게 상례였다.

그동안 얼마나 많은 거래가 무산되었던가. 사실 오늘은 앞으로 협상이 어떻게 진행될지 살피러 나온 자리였다. 황진홍은 너무 급하게 일이 진행되자 잠시 어리둥절했다. 이렇게 가격도 깎지 않고 신속하게 계약을 마무리하는 것을 보니 뭔가 아주 급한 일이 벌어지고 있군. 세 사람은 합의가 이루어졌다는 뜻으로 악수를 나눈 뒤 십여 분 동안 계약서를 작성했다.

조찬 기도회는 '연합과 비전'이라는 새로 급조된 단체가 주관하는 행사였다. 참석자 대부분은 대성교회의 영향력 아래에 있는 사람들로 강남노회에 소속된 목사 삼십여 명과 그들 교회에 속한 장로를 합해 모두 칠십여 명이었다. 그들은 대성교회의 세습이라는 단 하나의 의제를 놓고 통성기도를 했다. 조찬 기도회를 주관한 명수창파의 이경일 목사는 목소리를 높여 강조했다.

"우리는 대성교회의 아름다운 계승을 위해 이 자리에 모였습니다. 교회의 세습 문제는 세상에서 이슈가 되고 있는 중요한 문제로 이를 어떻게 다루느냐에 따라 한국 교회의 성패가 달려 있습니다. 그러나 무엇보다 양심의 자유, 교회의 자유, 교인의 기본권을 침해하는 일이 있어선 안 됩니다. 우리는 대성교회가 법리와 명리와 실리를 잘 살펴 하나님 안에서 모든 일들이 은혜롭게 잘 마무리될 수

있도록 지원해야 합니다. 잠시 지난날을 돌이켜 보십시오. 삼십육
년 전 명수창 목사님께서 대성을 개척하신 이래 성장에 성장을 거
듭하여 여기까지 왔습니다. 하나님의 주권적 역사이며 위대하신 하
나님께서 함께하셨기에 가능한 일이었습니다. 하나님께서 축복하
시는 대성교회와 명수창 목사님, 이제 아름다운 계승을 앞두고 있
는 명정환 목사님을 위해 우리 모두 간절히 기도합시다."

여기에 명정환 목사가 참석했다. 명정환은 명수창으로부터 그들
앞에서 처신하는 법을 재빠르게 배웠다. 자신의 입장을 흥분하지
않고 담담히 토로했다. 이 일을 위해 오랫동안 묵상과 기도를 하고
있다고 말했다. 승계는 하나님의 뜻이지 명수창의 욕심에서 비롯된
것이 아님을 애써 강조하면서 세상의 일부 비난에 대해 억울함을
토로하며 눈물을 참는 모습까지 연출했다.

"명수창 목사님과 저는 어떻게 리더십을 교체해야 할지 많이 기
도하며 생각해 왔습니다. 하나님께서는 제게 대성교회 신앙 공동체
를 건강하게 지속하여 새로운 비전을 확대해 나가라고 말씀하셨습
니다. 대성교회는 제가 지고 가야 할 십자가입니다. 제가 이 큰 십
자가를 어떻게 지고 갈지 두렵습니다. 여기 계신 여러 선배 목사님
들께서 경험과 지혜를 많이 나눠주시기 바랍니다."

명정환의 말이 끝나자마자, 목사들은 즉각 그를 지지하고 나섰
다. 여기저기서 카메라 세례가 터지고, 다음 날은 신문에 기사가 실
렸다.

연합과 비전이 주최한 조찬 기도회 목사들은 명정환 목사의 승
계를 지지한다. 명수창은 기사를 읽으며 아들 명정환이 올린 성과

에 대해 만족했다. 이런 기사야 기사랄 것도 없었다. 무엇보다 기쁜 것은 명정환이 자신의 코칭대로 행할 수 있는 인물로 성장하고 있다는 점이었다. 만일 그때 아내 말을 듣지 않았더라면 큰일 날 뻔했군. 명수창은 안도하며 가슴을 쓸어 내렸다.

다음 날인 목요일, 서울의 작은 교회에서 강남노회의 개혁파 목사들이 주최한 긴급회의가 열렸다. 평소에도 3분의 1 정도밖에 참석하지 않지만, 이날의 참석률은 20퍼센트가 채 안 되었다. 개혁파는 자기주장이 강한 목사들의 모임으로 무엇보다 스스로가 세운 원칙을 중요하게 여겼다. 그들 중 상당수는 대부분 작은 교회를 맡고 있었다. 그들은 사명감을 갖고 열악한 목회지에 뛰어들어 갖은 고생 끝에 그나마 지금의 교회를 만든 것에 대해 자부심이 강했다. 하지만 이들이 남의 밑에서 일해 본 경험은 아주 오래전 일이었다. 이들은 가난한 자, 병든 자, 고통 받는 자를 대변하는 것을 고귀한 사명으로 여겼다.

때문에 회의는 보통 길고 시끄러웠으며 서로 발언권을 요구하는 바람에 약간의 아우성으로 시작되었다. 그것이 정상적인 회의의 모습이었다. 소란스러운 이십여 분이 지난 후에야 박세운 노회장은 조금이나마 분위기를 정돈할 수 있었다. 그가 일주일 전 명수창을 만나 한 시간여 동안 이야기를 나눴다고 말하자, 좌중의 관심은 그에게 일제히 집중되었다.

"전혀 개선의 여지가 없더군요. 제가 대성교회에 십자가의 영성이 사라지고 있다고 단도직입적으로 얘기했어요. 그러자 명 목사는 하나님께 잘 해결해 달라고 기도할 뿐 본인은 이 일에는 전혀 관여하지 않는다고 하더군요. 그래서 세습은 하지 않겠다고 했던 명 목사 자신의 약속을 상기시키며 사력을 다해 안 된다고 여러 번 말했습니다."

그는 잠시 말을 멈춘 후 말을 이어 갔다.

"헌데 실망스러운 것은 사랑의 교회 등 세습 대신 후계자를 선정한 대형 교회 사례를 이야기하더군요. 전임 원로 목사와 목회 철학의 갈등 그리고 교인들 간의 분열 등을 거론하면서 많은 문제를 안고 있다고 하더군요. 간접적으로 세습의 당위성에 대해 피력한 것이죠. 이제 돌이킬 수 없는 지점까지 간 듯합니다."

"교회법과 사회법을 어기겠다고요?"

누군가 입을 열었지만, 이 말은 좌중의 웅성거림에 파묻혔다. 박세운 목사는 물을 조금 마시고 천천히 좌중을 둘러보며 주의를 모았다.

"우리 측은 약 팔십여 명 됩니다. 조금씩 자금을 책임져주시면, 신문 광고와 각종 세미나를 개최하여 일단 시간을 벌 수 있습니다."

정적이 흘렀다. 깊은 한숨과 탄식이 회의장을 감쌌다. 악의 세력은 단결력이 강한데 선한 세력은 늘 오합지졸이구나. 박세운은 젊은 시절에는 목사란 당연히 정의로워야 한다고 생각했지만, 인간의 욕망을 알게 된 뒤로는 '당연히'는 존재하지 않음을 깨달았다. 아주 작은 이익 앞에서도 모래성처럼 무너지는 게 바로 인간의 정의요 진리였다. 귀찮고 어려운 고양이 목에 방울을 지금 빨리 달아야 한다! 달아야 한다, 라고 외치지만 그럼 누가? 그 순간 모두 입을 닫는 형국이었다. 상황은 어렵지만 사기가 높은 그룹이 있는가 하면, 목소리만 높을 뿐 실행이 안 되는 그룹도 있다. 이곳, 개혁파는 후자였다.

사실 이들은 문제의 심각성 앞에서도 조직적인 구성을 통해 대응하는 것조차 힘든 조직이었다. 가난한 신학생, 정의감은 넘치나 가진 게 없는 전도사들과 자원봉사자들, 게다가 이미 몇 달 전에 해결했어야 할 일들도 잔뜩 밀려 있었다. 목회란 열심히 할수록 언제나 따라잡기 힘든 일정의 연속이었다. 새 신자 가정 심방, 설교 준비, 새벽기도회 인솔, 소규모 그룹의 성경 인도, 그리고 시급하고 힘든 교인들의 면담과 경조사들.

이것들을 뒷전으로 미루고 세습 반대에만 집중할 수 있는 목사는 거의 없었다. 의로운 분노는 하늘을 찌르지만 이를 실천하기에는 시간도 자금도 인력도 모두 부족했다. 자원봉사자들 역시 마음이 내킬 때만 시위에 참여했고 그때만 목소리를 높일 뿐이었다. 이에 반해 대성교회는 큰 항모 군단에 잘 조종되는 엔진처럼 조직적으로 움직였다. 소속 목사만 칠십여 명, 자치 기구인 남선교회·여선교회는 몇천에 이를 정도로 방대했다. 게다가 주님을 위한다며 매일 교회에서 사는 거룩한 계 모임 수준의 단체도 셀 수 없이 많다. 돈도 사람도 넘치는데 조직력까지 갖춰 상세한 일정에 따라 아주 작은 부분까지 모두 커버되었다. 메시지는 한결같았다.

우리가 적합한 과정을 통해 자율적으로 결정할 것이다. 왜 남들이 감 놔라, 대추 놔라 하느냐? 우리는 오로지 명수창에 충성하고 우리 교회에 충실할 것이다. 인간이 만든 법은 그다음이다. 그러면서 세습에 반대하는 사람들을 향해 교회를 분열시키는 이단이라고 공격했다. 그렇게 계속 설명하고 설득하다 보니 어느새 그들조차 자신들의 논리를 믿게 되었다.

그로부터 한 달, 대성교회 측의 대응은 성공적이었다. 명분이 축적되고 강남노회장도 자파 출신으로 교체되는 등 명수창의 뜻대로 착착 진행되어 갔다. 그날 오후 명수창은 심종수를 불러들였다. 명정환의 청빙과 합병 건을 처리할 좋은 기회라고 판단한 것이다. 명수창은 푸근한 미소를 머금고 있었다.

"잘 왔소, 어서 오시오."

"예."

"심 장로, 살모사 작전은 언제 실행하면 좋겠어?"

"다음 주 주일 저녁 예배 이후에 하시면 좋을 듯합니다."

"나도 그렇게 생각해. 그럼 어떻게 해야 하겠어?"

대성교회에 인재가 많다 해도, 명수창의 속마음을 읽고 전략적으로 추진할 인재는 심종수 한 사람이라 해도 과언이 아니었다. 살모사 작전을 얘기하자 심종수는 마치 기다렸다는 듯이 대답하지 않던가. 그 정도도 모르는 인간이라면 전략 운운해봐야 아무 소용이 없다. 심종수는 생각을 가다듬었다.

어떻게든 가결되겠지만, 교인들 중에도 세습에 반대하는 이들이 꽤 있었다. 자칫 투표 시점에 반대파의 목소리가 커져 분위기가 넘어가버리면 큰일이다. 만일 예상치 못한 소란으로 인해 투표가 중단된다면 사태가 어디로 흘러갈지 알 수 없다. 명수창은 이 점을 두려워하고 있었다. 그렇다면 신속하게 빨리 끝내야 한다.

"위험 요인이 너무 많습니다."

심종수는 솔직히 대답했다.

"그래서요?"

"얼마나 일사분란하게 신속히 진행할 수 있느냐에 달려 있습니다. 그러기 위해서는 형식은 비밀투표이나 실제로는 공개투표 방식을 선택해야 합니다."

"그게 어떤 방식이오?"

명수창이 눈을 동그랗게 떴다.

"교인들을 교구별로 분리하여 여섯 명이 앉을 수 있는 좌석에 열 명이 다닥다닥 붙어 앉게 합니다. 그리고 교인들은 OMR 카드에 검정 사인펜으로 표기한 후 카드를 한쪽으로 전달해서 교구장들이 취합하도록 하게 합니다. 옆 교인과 어깨가 닿을 정도로 앉아 있는데다 교구장이 취합을 하니까 사실상 공개투표 효과를 얻을 수 있습니다."

"과연 심 장로는 보물이요, 보물!"

명수창이 무릎을 탁 쳤다.

주일 저녁 예배 이후인 아홉 시에 공동 의회를 열어 '새 대성교회와의 합병 및 명정환 목사를 위임목사로 청빙하는 안'에 대한 찬반 투표를 진행시켰다. 교인들을 교구별로 앉게 하고 여섯 명이 앉을 수 있는 좌석에 열 명을 앉혔다. 자리가 없어 아예 바닥에 앉은 교인도 있었다. 투표에 앞서 명정환 목사를 소개했다. 미국 프린스턴 신학교를 나오고, 대성교회 부목사를 지냈다는 내용 등이 발표

됐다. 청년들 여러 명이 '세습 반대'를 외쳤지만 곧 진행 요원에 의해 입을 틀어막힌 채 교회 밖으로 내쫓겼다. 심종수는 반대파가 그렇게 할 것이라는 것, 어떤 일이 벌어질지에 대해서도 이미 예견하고 있었다. 심종수는 그 점을 감안하여 진행 요원을 곳곳에 배치하여 신속히 제압하도록 했다.

"이의 있습니다."

곳곳에서 발언 기회를 요청했다.

"의견 표시는 투표로 하시오."

임시 당회장인 유경현 목사는 발언 기회 요청을 일언지하에 거절했다. 아예 발언 기회를 봉쇄한 것이다. 그사이 투표를 하도록 하여 반대파들이 결집하지 못하게 만들었다. 이 지경에 이르자 반대파의 목소리는 점차 힘을 잃고 잦아들었다. 교인들이 투표한 OMR 카드는 한쪽으로 전달되어 교구장들이 취합했다. 투표는 이십 분 만에 신속히 완료되었다. 잠시 후 유경현 목사가 투표 결과를 발표했다.

"합병 안건은 8,510명 중 찬성 6,120명, 반대 2,174명, 기권 216명으로 가결되었습니다. 또 명정환 목사의 위임목사 청빙 안건은 8,510명 중 찬성 6,297명, 반대 2,016명, 기권 137명으로 가결되었습니다."

명정환의 청빙 안건은 찬성 74퍼센트였다. 놀라운 것은 이 74퍼센트의 퍼센트에 있었다. 재적 12만 명 중 8,510명 참석, 그중 6,297명 찬성. 참석자 대비 74퍼센트이지만, 결국 재적 인원 대비 5퍼센트의 찬성으로 세습이 통과되었다.

진행상 작은 소란은 있었지만 깔끔하게 통과된 셈이다. 대성교회 교인들 대부분은 명수창의 아들이 후계자라니, 참으로 다행스러운 일이라 생각했다. 명수창이 대성교회의 성장을 견인하는 버팀목이 되어줄 것이고, 바뀔 게 아무것도 없을 테니까. 바로 그런 이유로 해서 세습은 대성교회 장로들이 한결같이 기대하고 있던 봄날의 꽃 소식이었다.

명수창은 마치 홀린 듯한 표정이었다. 비자금 문제도 그렇고 세습 문제도 거의 방해를 받지 않고 매듭지을 수 있어 너무 기뻤다. 사회의 부정적인 시각이 신경 쓰였지만 그는 별로 개의치 않았다.

내적 망명 상태

주일날 밤늦게 이진 목사로부터 명수창이 세습을 전격 실행했다는 보고를 받은 박세운 목사는 충격에 휩싸였다.

대성의 세습을 방치하면 교회법은 유명무실해지고 한국 교회의 미래가 위태로워진다. 강남노회는 있어도 그만 없어도 그만인 사실상 허수아비 신세가 된 것이다. 박세운은 부랴부랴 긴급회의를 소집했다. 다음 날, 박세운 노회장을 비롯한 참석자들은 대성교회의 전격적인 세습 소식에 분노를 넘어 다들 어이없어했다.

"말도 안 돼!"

"세습을 강행하다니……."

다들 믿을 수 없다는 표정이었다.

"당장 명 목사에게 갑시다."

모두들 자리에서 일어서려는 순간 감사를 맡고 있는 이진 목사가 큰 소리로 외쳤다.

"안 됩니다."

"왜 그러시오?"

박세운이 이진을 쳐다보았다.

"우리 모두가 몰려간다 해도 명 목사는 바뀌지 않을 겁니다."

이진은 차근차근 설명을 이어 나갔다.

"비자금은 명 목사의 은퇴 이후를 위해 조성되었다고 합니다. 그런데 그게 세상에 드러나고 말았습니다. 이번 세습은 명 목사의 비리를 덮어줄 아들을 고른 것입니다. 이것이 교회와 사회로부터 비난을 감수하고라도 세습을 감행할 수밖에 없었던 배경입니다. 명 목사는 이미 루비콘 강을 건넜습니다."

좌중에 침묵이 흘렀다. 그러나 아무도 불만이나 반론을 제기하지 않았다. 이진의 분석이 너무 정확했기 때문이다. 박세운을 비롯한 참석자들은 지금 강남노회가 어떤 입장에 놓여 있는지 확실히 알 수 있었다.

"그렇다고 우리까지 세습을 눈감아준다면 앞으로 한국 교회는 미래가 없습니다."

박규석 목사가 반박했다.

이 사태를 어떻게 해야 하는가? 이들의 논쟁을 지켜보던 박세운은 당혹스러웠다. 여기 머물러 있을 수도 없고, 그렇다고 명수창에게 몰려갈 수도 없고, 우리가 선택할 길은 없단 말인가. 명수창이 막가파식으로 취한 행동이 오히려 악수를 제대로 응징하지 못하면 묘수가 된다는 바둑 격언처럼 결과적으로 최선의 전략이 된 것이다.

"반드시 세습을 철회시켜야 합니다. 그러나 이런 상태로 항의해 봤자 아무것도 바뀌지 않을 겁니다. 새로운 전략을 짜야 합니다."

이진이 말했다.

"어떻게 말이오?"

박세운이 물었다.

"세습을 금지한 교단의 헌법 28조 6항도 명 목사에겐 아무런 의미가 없습니다. 그는 이미 교회법을 경멸하고 있습니다. 세속에서 규정한 것이지 만고불변의 진리가 아니라고요. 교인도 많고 자금력도 풍부하니 아쉬울 게 없는 것이지요. 노회장님이 명 목사라면 어떻게 할 것 같습니까?"

이진의 느닷없는 질문에 박세운은 당황했다. 이진이 심각한 표정으로 다시 물었다.

"노회장님은 누구보다 명 목사를 잘 알고 있지 않습니까? 그의 사고방식을 잘 알고 계실 테니 명 목사라면 어떨 것 같습니까?"

"그건······."

박세운은 뜸을 들인 후 입을 열었다.

"아마 들은 척도 안 할 것이오."

"그렇다면 명 목사에게 항의 방문을 한다 해도 효과가 없겠군요."

"그럼 어떻게 해야 하오?"

"종합적인 전략이 필요합니다. 첫째는 명 목사에 대한 항의 방문입니다. 더 정확히 말씀드리자면 우리가 가만있지 않겠다는 의지를 보여주는 겁니다. 어차피 돌이킬 수 없는 일이지만 강력한 항의를 통해 노회가 등을 돌리고 자신이 고립될 위기라는 걸 절실히 느끼게 해야 합니다. 둘째는 이번 세습은 교단법을 어기고 강행했으므로 총회 재판국에 무효 소송을 제기해야 합니다. 셋째는 전국적으로 세습에 반대하는 목사들과 연합하여 기자회견을 열어야 합니다. 넷째는 각 신문 일 면에 명수창·명정환 목사 부자는 불법적인 목회 세습을 철회하라는 성명서를 싣고요."

이진의 제안은 종합적이었다. 신학대와 연합하여 세습 철회 기도회를 개최하는 등 다양한 전술들이 제시되었다. 얼마의 시간이 흐른 뒤 격론 끝에 이진의 제안이 받아들여졌다. 세습 철회를 위해 연판장을 작성한 후 노회장 등 대표 세 명이 명 목사를 직접 면담하고 철회를 요구하기로 결의했다.

욕심이 잉태한즉 죄를 낳고 죄가 장성한즉 사망을 낳느니라. 우선 우리부터 죄인임을 회개합니다. 서울 강남노회가 이번 세습 사태를 계기로 한국 사회와 한국 교회 앞에 '자기 비움의 영성, 십자가의 영성'으로 새롭게 거듭나서 이 땅에 섬기러 오신 주 예수 그리스도의 길을 따라 걸어 나아가기를 간절히 소망합니다.

회개문과 세습 철회 결의문이 작성되고 참석자 전원이 서명했다. 결의문을 갖고 세 명의 대표가 명수창을 만나러 가기로 결정했다. 세습에 반대하는 전국 목사와의 연대와 연합 기자회견은 이인혁 목사가, 신학대와 세습 반대 기도회는 박규석 목사가, 노회장 기자회견 주선은 최재성 목사가 각각 맡아 진행키로 했다. 모두 돌아간 후 이진은 박세운 목사에게 한마디를 더했다.

"노회장님, 내일 면담 때 명 목사에게 이대로 가면 우리가 반드시 응징한다는 것을 깨닫게 하고, 세습을 철회하면 명예를 회복할 수 있는 길도 열어줘야 합니다."

"······."

"명 목사가 세습을 철회할 수 있도록 체면을 살려줘야 합니다. 이 점이 중요합니다. 너무 심하게 몰아붙이면 곤란합니다. 대성교회가 교단을 탈퇴하면 모든 게 물거품이 됩니다."

박세운은 크게 고개를 끄덕였다. 이는 고차방정식으로 풀기 어려운 숙제였다.

다음 날 박세운 노회장 일행은 명수창 목사의 집무실로 찾아갔다. 대성교회 측은 완강하게 제지했다. 박세운이 전임 노회장이지 현직은 아니지 않느냐, 그건 교회법으로 따져라, 여기 와서 이러지 말라, 등등의 실랑이 끝에 박세운만 전임 노회장 자격으로 단독 면담하는 것으로 타협을 보았다. 명수창은 박세운이 방문한다는 말을 들을 때부터 혀를 끌끌 찼다. 무슨 용건인지 이미 파악하고 있었기 때문이다. 세습을 철회해 달라는 말. 물론 전혀 그럴 생각은 없었다. 이건호 등 일부 신학 교수들도 그런 말을 전해 왔으나, 명수창의 대답은 똑같았다.

"나는 은퇴한 사람입니다. 내가 결정한 게 아니라니까요. 나는 그럴 권한이 없습니다."

그 말의 반은 사실이고, 반은 구실이었다. 표면상으로는 장로들이 주도했지만, 배후에 명수창이 있다는 것은 누구나 다 아는 비밀이다.

박세운이란 작자도 똑같은 말을 하려고 오다니, 참 한심하군! 명수창은 짜증이 났다. 이게 마지막인가. 박세운은 집요하게 세습 철회를 요청할 것이다. 그러나 박세운이 어떠한 말을 한다 해도 명수창은 철회할 생각이 전혀 없었다.

그럴 거라면 처음부터 아예 시작도 안 했지. 명수창은 무거운 마음으로 접견실에서 박세운을 만났다. 윤성욱, 박동제도 짜증스러운 표정을 짓고 있었다. 구면인지라 서로 간단하게 인사를 주고받았다. 박세운은 뜬금없이 예수님 정신을 꺼내 들었다.

"명 목사님, 이 교회는 예수님의 정신이 꽉 찼던 곳입니다."

이번에는 설교를 하려나 보군. 명수창은 조금도 즐겁지 않았다. 그래도 의례적인 감사 정도는 표했다.

"그것 참 고맙소."

"그런데 지금은 예수님의 십자가가 보이지 않습니다."

박세운은 심각한 표정을 지우지 않고 말했다.

"십자가는 교회의 첨탑에도 있고, 대성전에도 대형 십자가가 있는데요?"

"예, 눈에 보이는 십자가는 많으나 십자가의 영성이 보이지 않습니다."

"박 목사님, 말씀이 너무 심하신 것 아닙니까?"

윤성욱이 화난 목소리로 박세운의 말에 제동을 걸었다. 박세운은 윤성욱을 무시했다.

"명 목사님, 한국 교회의 병폐인 세습의 고리를 끊고 한국 교회를 개혁하고 갱신하는 데 모범이 되어주십시오. 역사적으로 서번트 목회 철학을 실천한 분으로 후대에 귀감이 될 것입니다."

"묘한 말을 하시는구려. 우리는 세습을 한 게 아니라 합병을 한 것이오."

명수창이 말꼬리를 흐렸다.

"합병이라 해도 세습은 세습이며 결국은 합병이라는 복잡한 과정만 하나 더 얹은 것입니다. 그렇다고 불법이 정당화될 수는 없습니다. 이것은 교회 안팎으로 사회적 공공성과 신뢰를 저버리는 행위입니다. 목사님께서도 몇 번이고 약속하지 않으셨습니까? 이는 십자가 정신과도 매우 어긋나는 일입니다."

말이야 다 맞는 말이었다. 하지만 피와 땀으로 이룩한 이곳을 포기하라니 그 당시 상황이 그래서 그랬던 거지, 그런 약속이야 늘 허언으로 끝나는 것이 아닌가.

"박 목사님, 고견은 잘 들었습니다. 허나 이 건은 제가 결정하지 않았고, 그럴 권한도 없습니다. 저는 이미 은퇴 목사입니다."

명수창은 차분하게 말했다. 그리고 말을 이어 갔다.

"다만 이번 건은 이미 끝난 것이니 덮어주시지요. 대신 우리는 강남노회나 미자립 교회 지원 등을 더 많이 늘릴 계획입니다."

"목사님, 명 목사님 명예에도 누가 되는 일일 텐데 세습이 목사님께 무슨 도움이 되겠습니까?"

박세운은 물러서지 않고 단도직입적으로 물었다.

"걱정해주셔서 감사합니다. 분명 나한테 도움 될 게 없습니다. 그럼에도 이 무거운 십자가를 지는 고통을 이해해주십시오."

명수창의 담담한 말에 박세운은 깜짝 놀랐다. 어떻게 세습을 십자가를 지는 일이라고 말하는가.

　명수창은 더는 아무 말도 하지 않았다. 박세운은 아무런 소득 없이 돌아왔다.

　한국 교회는 미래가 없는 것인가. 박세운은 몇 번이나 머리를 가로저었다. 명수창의 전격적인 세습으로 인해 세상 여론은 들끓었다. 교회를 향한 세상 사람들의 부정적 기운이 쓰나미처럼 밀려오면서 교회는 비난의 중심에 서 있었다. 갑자기 밀물과 같은 상념이 박세운의 가슴을 압박해 왔다. 예상했던 일이지만 명수창이 저렇게 오리발을 내밀 줄이야.

　이 자리를 던져버릴까? 박세운은 돌아오는 차 안에서 문득 그런 생각을 했다. 독일에서 신학을 연구하고 귀국하며 다짐했었다. 수많은 유혹과 도전 속에서 살아가는 교인들은 분별하고 조심하지 않으면 모든 것을 잃게 된다. 이런 유혹 속에서 그리스도인으로 살아가는 것은 결코 쉬운 일이 아니다. 전쟁터와 같은 세상 속에서 하나님의 자녀로서 당당하게 살아가며 세상을 변화시키는 인재로 교인들을 육성시키겠다.

　그는 분쟁 중인 노회장 자리와 정치적인 교단의 모든 일에서 떠나고 싶었다. 갑자기 독일 유학 시절이 떠올랐다.

　'우리는 어떤 인간을 길러 내고 있는가?' 생각만 해도 어려운 숙제였다. 독일에서 공부할 때 이 문제는 최대 화두였다.

　"기독교인이 구십 퍼센트가 넘는 독일에서 나치가 유대인을 육백만 명 이상 살육하는 일에 어떻게 기독교인들이 동참할 수 있었을까요?"

요셉 라이터 교수가 역사신학을 강의하면서 던진 화두였다. 박세운에게 라이터 교수의 강의는 충격 그 자체였다.

"특히 루터교회는 소수를 제외하고는 대부분 나치에 적극적으로 협조한 그룹 중의 하나였습니다. 왜일까요?"

라이터 교수는 한마디로 정의를 내렸다.

"솔라 피데(Sola Fide, 오직 믿음), 솔라 그라치아(Sola Gratia, 오직 은혜), 솔라 스크립투라(Sola Scriptura, 오직 성경)를 내걸고 종교개혁을 이끈 루터의 정신을 잃었기 때문입니다. 솔라 피데는 오직 믿음에 의해 구원받는 뜻이 솔라 국가(나치), 다음 교회, 세 번째가 하나님으로 변질되었습니다. 솔라 그라치아를, 히틀러가 신의 대리인으로서 유럽 문명을 수호하기 위해 간악한 유대인들과 고귀한 전쟁을 벌이고 있다고 합리화했습니다. 이에 따라 루터교회는 히틀러의 성공을 위해 헌신을 다해 협조했지요. 놀랍게도 루터교회는 나치 정권에 협조하면 국내 선교도 원활할 것이고 여러 가지 프로그램도 제공받아 교회가 부흥할 것이라는 감언이설을 받아들인 것입니다. 솔라 스크립투라 역시 히틀러 정권은 기독교 문화를 자신들의 정치에 최대한 이용하는 하나의 도구로 사용했습니다. 예를 들어 성탄절은 예수 그리스도의 탄생을 축하하는 날이 아니라 나치 사상이 탄생한 날이라고 했고, 성령 강림에 내린 뜨거운 불의 역사를 마치 나치 정신을 갖고 다이내믹하게 살아가는 역동적인 삶으로 치환시켰습니다. 정말 무서운 죄악입니다. 올바른 미래로 나아가기 위해 우리가 가장 먼저 들여다봐야 할 것은 과거입니다."

박세운은 이러한 사실에 두려움을 느꼈다. 기독교가 국가주의와 결합할 때 생기는 지옥을 본 것이다. 라이터 교수의 강의는 계속 이어졌다.

"친나치 기독교인들은 루터의 종교개혁을 순수한 복음의 회복만으로 본 것이 아니었습니다. 그들은 루터를 알프스 남쪽의 라틴 문화를 다스리고 있는 부패한 가톨릭으로부터 알프스 북쪽 지역을 해방시킨 해방자로 본 것입니다. 일종의 현대판 모세상이라고 할까요? 그러다 보니 자연스럽게 나치 정권의 유럽 정복을 일종의 종교 해방으로 받아들인 것입니다. 이렇게 히틀러가 말하는 민족주의와 루터파 기독교인들의 민족주의가 결합되어 하나의 새로운 민족주의라는 신화를 만들어 냈습니다. 따라서 독일의 통합을 방해하는 사람은 누구를 막론하고 제거의 대상으로 보게 된 것입니다."

그랬구나, 박세운은 제대로 아는 것이 이렇게 중요하다는 것을 새삼 깨달았다. 박세운이 또다시 놀란 것은 유대인들을 학살한 이유를 알게 되면서다. 나치가 통합을 방해하는 세력이 바로 유대인이라고 선전하는 데는 이런 이유가 있었구나.

유대인은 종교적으로 예수를 십자가에 못 박으라고 외친 패역한 민족이었고, 일반 독일인 입장에서도 유대인은 독일 사회에서 통합을 거부하고 자기만의 고유한 문화와 종교를 주장하는 데다 언론, 학문, 미디어 등 상류사회에서 중요한 요직을 많이 차지하고 있어 미움을 사고 있었다. 이런 것들이 유대인 학살의 배경이 되었다.

그 결과 루터교회는 나치와 함께 짧은 영광을 누리고 나치와 함께 기나긴 치욕에 빠졌다. 2차 세계대전 이후 루터교회는 철저하게 회개하고 나치에 찬성한 목사들에게 설교 금지를 명했다. 또한 담임목사의 부임만큼이나 사후 관리도 중요하다는 인식이 생기면서 장로들이 목사를 해임할 수 있도록 교회법을 개정했다.

독일 신학교는 이 문제에 대해 깊이 성찰하였고, 개인적인 신앙 영역을 넘어 공적 책임을 강조하는 신학이 등장했다. 라이터 교수는 이후의 과정에 대해 상세히 설명한 후 결론을 내렸다.

"나치 시절 루터교회의 행적을 살펴보면, 개인이 사회윤리나 정치의식이 결여된 채 영혼 구원만 받으면 된다는, 일종의 '내적 망명 상태'의 신앙을 가르쳤습니다. 여기에 머물러 있는 신앙은 매우 위험하다는 것을 알 수 있습니다. 신앙이 기복이나 심적인 평안 등 개인의 영역에만 머물러 있으면 썩기 쉽습니다. 그러므로 세상에서 빛과 소금의 역할을 하는 공적 책임을 갖는 것이 매우 중요합니다."

그런데, 우리는? 한국 교회는 '예수 믿으면 천국 간다'고만 주장했지, '천국에 가기 위해서 어떻게 살아야 하는지'를 가르치지 않은 탓에 사회윤리와 공적 책임이 등한시되면서 이기적 신앙관이 형성되었다. 박세운은 신앙심이 좋다는 사람들일수록 자기중심적인 데다 물질주의에 빠져 있는 것을 무수히 보아 왔다. 더욱이 메가처치에서는 추한 일이 생길 때마다, 그 원인을 외부로 돌리기 위해 대형 집회를 대대적으로 계획하고 실행했다. 한국 교회는 나치 시절 루터교회와 다를 바가 없었다. 회개하고 성찰하고 반성을 통해 해결해야 할 일을 물리적인 힘을 사용해 해결하려는 어리석은 행동을 반복하고 있다. 순진한 양 떼, 그들의 진지한 무지와 양심적인 어리석음이 낳은 비극이었다. 서울시청, 잠실운동장 등에서 교인들 수만 명이 울부짖도록 조종한 다음 메가처치 목사들은 정치권과 적당히 타협해 문제를 덮거나 자신들의 이익을 챙겨왔다.

자신들의 이익을 도모하기 위한 도구로서 교인들을 이용하다니. 그럼에도 정치권은 그 낡은 술책에 맥없이 무너졌다. 배후엔 늘 권력과 돈과 종교가 유착한 권귀종(權貴宗)이라는 카르텔이 형성되어 있었다. 진리의 승리? 노(NO), 메가처치의 강력한 무기는 순진한 많은 사람들과 자금력이었다. 박세운은 나치 시절 루터교회가 걸어간 길을 한국 교회가 그대로 답습하는 것 같아 가슴이 너무 아팠다. 한국 교회는 우물 안 개구리다. 영적 분별력이 없는 개구리.

개구리라. 박세운이 살고 있는 아파트 단지에는 생태계 복원을 위해 인공 연못을 만들어 개구리와 물고기들이 살 수 있도록 했다. 아이들은 올챙이가 태어날 때부터 자주 지켜보면서 서울 도심 아파트에 개구리가 살고 있는 것을 신기해했다. 하지만 날씨가 더워지면서 아파트 창문을 열어야 하는데 개구리 소리에 밤잠을 설친다는 민원에 결국 연못 물을 모두 빼버린 일이 있었다. 그는 개구리 이야기만 나오면 그 인공 연못이 떠올랐다.

그랬다. 한국 교회가 서울 도심을 개구리 떼 와글거리는 여름날의 연못으로 만들어 놓은 것을 박세운은 자주 목격했다. 맹목적인 신앙, 성실하지만 어리석은 양 떼는 지적으로는 어린아이가 되어 목사의 편협한 정치적 주장과 위장된 걱정에 덧붙은 후렴구 '믿습니까?'에 무조건 '아멘!' 하고 떼로 노래 부르며, 개굴! 잠실운동장이나 서울시청 앞에 모여 시대착오적인 일사분란과 철 지난 타령을 반복하며, 와글와글! 박정희 시대의 박제된 눈과 귀를 가진, 아직도 분단과 전쟁의 편견에서 질척거리는 70년대 유령이 되살아나 낯설고 혼란스러운 도시를 배회하고, 여전히 불완전하고 편협한 이념을 굳게 붙들고 개굴개굴!

매력도 없고 노력도 없고 방법도 모른 채 고장 나버린 한국 기독교는 방향을 잃어버린 것인가? 불완전한 이념을 하나님 말씀으로 절대화한 채 반대편을 혐오하고 비난한다고 해서 척박한 현실이 나아지는 것은 아닌데 이게 우리가 바라는 사회일까?

박세운은 가슴이 답답했다. 2차 세계대전 때 미군과 일본군의 비행기가 화물을 싣고 오는 것을 목격한 피지와 뉴기니 섬의 원주민들은 나무로 비행기를 만들어 막대기로 흔들면서 기원을 하면 조상들이 거대한 새에 특별한 화물과 식량을 싣고 올 것이라 믿었다. 이런 원주민들의 '화물 신앙'처럼 한국 교회는 성조기와 이스라엘 국기를 흔들며 자신들의 이익을 관철시키기 위한 대규모 집회를 통해 일사분란하게 구호를 외쳐 댔다.

자발적 가난과 밀알

박세운 목사는 교회로 돌아오자마자 곧바로 기도실로 향했다.

난 어떻게 해야 하나? 기도에 앞서 잠시 생각에 잠겼다. 사람들과 떨어진 곳에서 현안들을 점검해볼 겸 기도실에 왔지만 명수창의 일이 좀처럼 마음에서 떠나지 않았다. 짙은 피로감이 몰려왔다. 목회를 하면서 피로감을 느끼기 시작한 것은 오십 대 초입부터였다. 이제는 피곤이 바위처럼 단단한 것이 되어 그의 몸과 마음을 짓눌렀다. 깊이 생각하면 할수록 인간은 너무 초라한 존재라는 생각이 들었다.

나는 누구이며, 나는 어디에 있고, 나는 무엇을 위해 존재하고 있는가? 이 작은 기도실에? 같은 교단 같은 노회 안에서 명수창과 자주 부딪힐 테고, 갈등은 더 깊어져 갈 텐데. 박세운은 무릎을 꿇었다. 아버지, 한국 교회를 긍휼히 여겨주십시오. 하지만 기도문은 이어지지 않고 이내 흩어졌다. 파리처럼 달라붙어 왱왱대는 세습 문제가 계속 그의 뒷덜미를 잡아챘다.

누구 말처럼 명수창이 철회할 때까지 단식을 해서라도 항의를 강하게 해야 하나? 명수창에게 타격은 입힐 수 있겠으나 그렇더라도 철회는 하지 않을 것이다. 그러는 동안 우리 측의 손실과 에너지 낭비는 심해질 게고. 항의를 아무리 강하게 한다 해도 결과는 달라지지 않을 것이다. 명수창은 치밀하게 준비해서 교묘한 방법으로 세습을 이루어 냈기에 물러설 리 없었다.

명수창의 태도를 바꿀 수 있는 것은 세습의 손익계산서를 '빨간색'으로 만드는 것, 그 하나뿐! 세습으로 인해 얻는 이익보다 사회와 교계의 제재로 인한 손해가 더 클 때 멈출 것이다. 대성 교인들이 바르게 깨어 있었더라면, 이런 문제가 생기지 않았을 텐데. 목사를 깨우는 게 우선인가? 교인들을 깨우는 게 우선인가?

평소에는 욕심을 내보이지 않던 명수창이 모두가 반대하는 세습이라는 소용돌이를 일으켰다. 시꺼먼 동굴처럼 그 깊이를 알 수 없는 그의 욕망! 언제나 낮은 곳에서 겸손한 듯 욕망을 드러내지 않던 그가 풍부한 돈과 권력이 생기면서 스스로 높은 곳으로 올라간 것인가. 스스로를 특별한 사람으로 인식하면서 자신은 예외라고 여기는 오만불손한 인간 명수창 목사.

박세운은 깊이 생각했다.

교인 한 사람 한 사람이 깨어 있도록 만들어야 한다. 교회를 반듯하게 세우는 일차적 주체는 교인들이지 목사가 아니다. 왜냐하면 아무리 위대한 목사라도 실족할 수밖에 없는 인간 아니던가. 언제나 가짜는 존재하고 문제는 한 사람 속에도 가짜와 진짜가 뒤섞여 있다는 것이다. 마치 겉으로 멀쩡해 보이는 보균자가 있듯이 목사 역시 인간의 죄성을 가진 보균자라는 사실이다.

목사를 견제하고 올바른 방향으로 이끄는 건강한 교인들을 키워야 한다. 이제는 교인들이 달라져야 한다. 그런데 오늘날 교인들은 다들 삯꾼 목사들이 던져주는 축복의 모이를 쪼아 먹느라 정신이 없다. 멀쩡한 제 눈을 놔두고 삯꾼 목사의 헛된 척도로 성경을 해석하면서.

왜? 글자를 모르는 것도 아니면서 성경이라는 하나님의 투명한 거울을 치우고, 목사가 내민 올록볼록한 거울로 세상을 자의적으로 바라보는 것일까? 그러다 보니 오목거울을 든 신자는 자신을 무장 해제하고 몸과 마음을 다 바쳐 헌신하고도 헌신짝처럼 버려지는 비련의 주인공이 되어 상처를 받는다. 또 일부는 볼록거울을 들고 아전인수 격으로 달콤하게 성경을 해석하여, 일편단심 성공과 명예를 얻기 위해 목숨 걸고 그 길을 향해 열심히 달려가고 있다. 성경은 오역할수록 은혜가 깊다는 것을 박세운은 새삼 깨닫는다.

내가 어리석었어. 신학교 때 알았던 것을 이제 와서 깨닫다니. 깨달아 아는 것도 그 깨달음을 삶으로 이끌어 내는 것도 더딘 것이 목회요 삶인 것을.

그렇다면 길은 오직 하나, 예수님을 통해 새로운 생명을 얻고, 그에 걸맞은 삶을 살아가도록 교인을 길러 내는 일에 집중해야 한다. 신앙과 생활이 분리된 기독교인은 사실 가짜다. 하지만 당장 어떻게 해야 할지 떠오르는 것이 없었다. 한 가지 확실한 것은 성장과 풍요는 역설적으로 악마의 작품일 수 있다는 생각이 언뜻 스쳐 지나갔다. 가난하고 불편했을 땐 넘쳤던 영성이, 점차 풍요로워지면서 영성은 사라지고 그 자리에 탐욕이 자라나면서 물질이 교회를 지배하는 시대가 된 것이다. 인간이 가난을 극복하기 위해 1의 에너지가 필요하다면, 풍요를 극복하기 위해서는 10의 에너지를 필요로 한다.

가난할 땐 단순했다. 필요한 것 이외에는 다른 건 거들떠보지도 않았다. 하지만 풍요로워지면 그동안 잠들어 있던 욕망이 꿈틀대며 마치 두더지 게임처럼 여기저기서 솟아오른다. 멀쩡한 자동차에서도 이상한 소리가 나고, 집은 우중충하면서 작아 보이고, 인테리어는 집과 어울리지 않고, 마음의 망치로 힘껏 내려쳐도 여기저기서 머리를 내미는 욕망의 두더지들.

풍요는 선물이 아니라 우리를 시험하는 리트머스 시험지였구나. 돌아보니 교인 수가 이천 명이 넘어서면서부터 목회에 빨간불이 들어오기 시작했다. 라이터 교수는 목자는 양을 알고 양은 목자의 음성을 듣는 게 목회의 본질이라고 말했었다. 가정도 삼백 호가 넘어가자 누가 누군지도 모르겠는데 교인 한 사람 한 사람 기도는 고사하고 무슨 목회랴?

"예수님은 철저히 커지는 것과 싸웠소. '돌을 빵으로 만들어 내는 경제력으로, 기적이라는 신비한 카리스마로, 세상 권력을 갖고 하나님 나라를 펼쳐가라'는 마귀의 유혹을 물리쳤지요. 교회가 작아야만 건강한 교회가 된다는 보장은 없지만 그것이 첫걸음이오. 작아지지 않고서는 건강한 교회로 나아갈 수 없을 듯하오."

박세운은 얼마 전에 선배 이건호 교수가 했던 말을 떠올렸다. 그때 예수님의 세 가지 유혹에 대해 들으면서 원론적인 말로 들렸는데 실은 매우 심오한 충고였음을 깨달았다. 목회의 길, 그 본질에 대해 생각하는 사이에 박세운은 이윽고 하나의 주제에 이르렀다.

'자발적 가난과 밀알.'

새로운 목회의 길이 눈앞에 펼쳐졌다. 그 역시 현재 사용하고 있는 교회가 너무 비좁아 교회 성전 건축을 위해 삼 년여 동안 자금을 비축해 왔다. 그는 교회를 건축할 자금으로 비영리법인 재단을 설립하여 사회적 기업과 탈북자 자립 지원 등 소외된 계층을 돌보기로 결심했다. 그리고 육천여 명에 달하는 교인들은 점차적으로 독립시켜 적정한 교회로 만들어 가리라 마음먹었다.

교회를 넷으로 쪼개 분립시키자. 육천 명의 교인은 너무 많다.

목사님, 제발 예수님을 믿으세요

정말 무서우리만치 명수창 목사는 당당했다. 명수창은 세습이란 단어에 부정적 정서가 내포되어 있음을 알고 있었다. 색으로 치자면 검정색에 가까웠다. 그래서 세습을 감행한 교회는 정당성이 없어서 그런지 어색함과 뭔가 계면쩍음이 가득했다. 그들은 목사들뿐만 아니라 일반 사회의 따가운 눈초리를 견뎌야 하는 부담도 적지 않았다. 그래서 웬만하면 세습을 선택지에서 지워버리는 상황이었으나 그 속에서 명수창의 세습 방식은 기존의 방법과는 사뭇 달랐다. 어색함과 계면쩍음은커녕 교회법을 어기고 시대정신을 외면했음에도 불구하고 합법적인 과정을 거친 정당한 선택이었다고 강변했다. 오로지 자신의 이익과 사업을 보호하기 위해 '마이 웨이'를 가겠다는 점을 분명히 밝힌 것이다. 엄밀히 말하자면 이번 세습은 직접적인 방식이 아닌 자회사가 엄청난 규모의 모회사를 합병하는 방식을 택했다. 기존 세습 방식에서는 생각지 못했던 이른바 하나의 '창조적' 접근이었다. 범죄는 시간이 흐를수록 더 교묘해지고 새로워졌다. 명수창은 당당하게 소리쳤다. 이게 뭐가 문제냐? 그리고 나는 관여한 적이 없다.

세상은 지난 이십여 년 동안 이어져 온 메가처치의 세습에 대해 놀라움을 금치 못했다. 강도를 더해 가는 창의적인 명수창의 세습은 엎친 데 덮친 격이었다. 그야말로 사면초가. 명수창의 이러한 결정으로 세습에 대해 눈치를 살피고 있는 유사한 교회들이 3D 프린트인 양 쉽게 복사해서 사용할 게 뻔했다. 교회는 신뢰가 바닥을 치고 있는데, 교계는 여우를 피하려다 사자를 만난 격이 되고 말았다.

이런 식으로 가다 보면 언젠가는 임계점에 도달할 테고, 그 결과 기독교는 급속히 쇠퇴할 것이다. 박세운의 마음은 어두워졌다. 교계는 스스로 정화할 능력을 잃은 것인가. 석양은 사라지기 때문에 감동적이고 꽃은 질 운명이기에 사랑받는다는 것을 명수창은 잊고 있는 것인가. 슈퍼 엘리트 목사들의 계속되는 헛발질이라니, 정말 아슬아슬하기 짝이 없었다.

한편, 이건호 교수는 명수창의 불법적 세습에 대해 침묵하는 건 옳지 못하다는 생각을 했다. 길거리에서 데모를 하기보다 골방에 들어가 기도하고 자기 자신을 성찰하는 게 성숙한 기독교인이라 생각해 왔던 그였지만, 교회 세습의 불의에 대해 세상에 알리기로 마음먹고 페이스북에 자신의 결정을 알렸다.

내일부터 매일 점심시간 12시부터 13시까지 1인 시위를 시작합니다. 제 뜻에 동조하시는 분들은 함께 참여해주시기 바랍니다.

그가 고민 끝에 고른 문구는 '대성교회 불법 세습, 명수창 목사님, 예수님을 잘 믿읍시다'였다. 이 교수의 퇴적된 편마암에 새겨진 일화로 인해 선택된 문구였다.

차세대 목사로 주목받던 옥한흠, 이동원 목사 등이 은퇴한 한경직 목사를 찾아가 눈을 반짝이며 물었다.

"목회를 잘 하는 비결이 뭡니까? 한 말씀 해주십시오."

한경직 목사는 대답을 하지 않고 지긋이 그들을 바라보았다. 목회를 잘 하는 비법, 숨겨진 노하우를 간절히 알기를 원하는 젊은 유망주들에게 오랜 침묵 끝에 한경직 목사가 건넨 한마디.

"목사님들, 예수님을 잘 믿으세요."

아니, 예수를 잘 믿으라니? 그들은 한 목사가 왜 그런 말을 했는지 그때는 잘 이해하지 못했다. 너무나 평범한 조언. 하지만 오랜 세월 목회를 하면서 목사란 얼마나 연약한 존재인지 그들은 알게 되었다. 예수님을 잘 믿는다는 게 얼마나 힘든 일인지도. 그것이 바로 목회를 잘 하는 비법이고 노하우인 것을.

젊은 시절에는 예수를 잘 믿는 게 쉬웠고 예수밖에 매달릴 게 없었다. 하지만 성공에 성공을 더하고 이름이 알려지면서 서서히 스며드는 교만, 어느새 예수의 자리를 꿰차고 앉은 자기 자신. 성공 뒤에는 자만심이 생기고 그 뒤에는 교만이 따라오게 마련이다. 그렇게 교만의 기간이 길어지다 보면 초심을 잃게 되고 온갖 잡다한 일을 처리하며 보내는 시간이 많아짐에 따라 마음에는 공허함이 찾아든다. 점점 허무하다는 생각으로, 그 공허감을 채우기 위해 지나치게 자신을 드러내려 하거나, 자신의 권력을 과시함으로써 '나는 강한 사람이다'라는 것을 계속 확인하고 싶어 한다. 한때는 놀라운 열정을 가지고 매달렸던 신앙조차도 낡아지고, 탁해진 마음 사이사이로 탐욕은 무럭무럭 피어나기 시작한다. 자만심과 교만과 공허한 마음의 삼중주는 결국 목사 자신을 신이 되는 길로 이끈다. 그리하여 더욱 센 불로 사심을 지펴 자기 자신을 탐욕의 노예로 전락시키고 만다. 탐욕을 품은 순간 어떻게 해도 탐욕은 감출 수가 없는 법이기에.

'예수를 잘 믿자.'

마음속에 줄곧 아프게 되새김질하곤 했던 이 문구로 일인 시위를 하게 될 줄이야. 연일 영하 10도가 넘는 추운 겨울날, 이 교수는 모자를 쓰고 장갑을 끼고 한국교회 100주년 기념관 입구에서 그는 난생처음 일인 피켓 시위를 시작했다. 이 소식을 듣고 수많은 기자들과 제자들이 몰려왔다. 그들 중에는 명은미도 있었다. 명은미는 이 교수에게 다가가 머리를 깊이 숙였다.

"교수님, 아버지를 대신해 사과드립니다."

이 교수가 말렸다.

"네 탓이 아니니, 이제 그만 고개를 들어."

하지만 명은미는 아버지로 인해 거리 한복판에 벌거벗고 서 있는 듯한 부끄러움에 고개를 들 수 없었다. 설령 연좌제는 없어졌다 해도 아버지로 인해 많은 사람들 가슴속에 깊은 상처를 남겼기에 기회가 있을 때마다 명은미는 아버지 대신 사과하고 반성했다.

그 시각 대성교회 앞에서도 강남노회 회원들이 시위를 하고 있었다. 명수창이 점심시간에 나타나자 시위대는 더욱 큰 소리로 외쳤다.

"목사님! 제발 예수님을 믿으세요."

명수창은 느긋하게 저주의 소리를 흘려버렸다. 시위대의 외침 한 마디 한 마디가 보이지 않는 손이 되어 명수창의 속으로 들어가 내장을 꽉 움켜쥐는 듯한 통증이 되기를 바랐지만, 그건 희망 사항일 뿐이었다. 그 어떤 말과 행동도 목표를 향해 밀어붙이는 명수창의 강렬한 집념 앞에서는 무기력했다.

"저들은 곧 흐지부지될 것이야."

옆에 있던 심종수 일행에게 명수창이 단언하듯 말을 던졌다.

"조직도 자금도 없으니 내버려두면 저절로 무너지게 되어 있지. 그때까지 절대로 손대지 마세요. 때가 오면 내가 지시하겠소."

명수창의 무서운 점은 소탈함의 가면을 쓰고 그 속에 탐욕을 감추는 게 아니라, 소탈한 일상과 탐욕을 병행해 나가는 완벽한 이중성에 있었다.

맨손의 쪽파

"그만 가자."

이 교수는 시위 내내 고개를 숙이고 서 있던 명은미를 데리고 조용한 찻집으로 들어갔다. 오후 세 시가 넘은 시각이어서인지 손님은 그리 많지 않았다.

"아무래도 서울을 좀 떠나 있는 게 좋을 듯하다. 숨 막히는 상황과 수많은 논쟁들 속에서 견디기 쉽지 않을 게야. 온갖 소음에 너는 점점 지쳐 갈 테고. 이곳을 떠나. 새로운 곳에서 다시 힘을 얻어서 돌아와."

그녀의 눈빛에서 보아서는 안 되는 걸 본 것 같은 기분이 들었다. 우울함과 간절함 같은 정반대의 감정들이 혼란스럽게 섞여 있음을 보았다. 불쌍한 놈, 착한 심성만큼이나 아버지라는 높은 장벽 앞에서 어쩌지 못하고 있구나.

"네 생각은 어떠니?"

이 교수가 결단을 촉구했다.

"그런데, 그게……."

쉽게 결정할 사항이 아니었다.

"지금 당장 결정하라는 게 아니다. 그러나 상황은 점점 더 힘들어질 거다."

그가 힘주어 말했다.

"예? 점점 힘들어지다니요?"

"반대 세력이 힘을 합쳤다. 내부고발자도 나오기 시작했고, 릴레이 시위, 노회 결정 무효 소송에다 신학생들의 반발도 심하고. 계속 추문이 쏟아져 나올 텐데, 이 모든 걸 네가 다 견뎌낼 수 있겠니?"

그녀의 안색이 변했다. 이 교수의 말대로 상황이 진행된다면, 아버지는 자신의 발등에 떨어진 불을 끄느라 정신없을 것이다. 강남 노회의 반대 측 반발과 신학대생들의 저항, 내부고발자들, 그리고 이들의 응축된 분노가 일순간에 솟구친다면 저항은 빠른 속도로 확산될 터, 이들의 공격에 아버지는 점점 더 궁지로 몰릴 것이다.

궁지에 몰려 상처를 입은 아버지는 더욱 서늘하고 냉혹하게 대응할 텐데. 추문은 점점 더 커질 것이고 한 건 한 건 사건이 발생할 때마다 명은미는 부끄러워 어디론가 숨고 싶을 정도로 괴로움이 커질 것이다. 이 모든 게 어찌해볼 길 없는 나쁜 꿈인 것만 같았다. 이 교수는 명은미의 침묵을 깨고 입을 열었다.

"결심이 섰니?"

"죄송합니다. 아직 어떻게 해야 할지 자신이 없습니다."

그녀의 깊고 선명한 한숨 소리가 이 교수의 마음을 더 아프게 했다. 명수창이 세습을 철회하느냐 아니냐를 놓고 양쪽 다 사활을 걸고 싸울 수밖에 없는 상황이었다. 명수창을 압박하면 압박할수록 한가운데에 버티고 서 있는 명은미가 가장 많은 상처를 입을 게 뻔했다.

이 교수는 박세운에게 전화를 했다. 일인 시위 때 응원하러 나온 박세운 목사에게 미리 귀띔해 놓았었다. 현장에 나와 고개를 숙이고 있는 명은미가 걱정스러웠던 것이다. 이 교수는 박세운의 멘토로 그들은 오랜 선후배 사이였다. 독일 유학을 권한 것도, 교수 자리를 버리고 한국에 돌아와 처음 목회를 시작할 때도 가장 많이 도움을 준 사람이 이 교수였다. 두 사람은 한국 교회의 앞날에 대해 자주 의견을 나누었다. 메가처치의 세습, 청년 목사들이 처한 개척의 어려움, 목사에 대한 신뢰도 약화로 인해 배배 꼬인 실처럼 이러지도 저러지도 못하는 상황에 처해 있는 한국 교회의 미래에 대해. 여느 때 같으면 이런 이야기로 대화를 시작하던 이 교수가 어쩐 일인지 곧바로 명은미 문제를 꺼냈다.

"명은미가 걱정이네."

박세운은 별로 놀라지 않았다. 그는 이미 오래전부터 명은미에 대한 이 교수의 의중을 익히 알고 있었다. 이 교수는 그녀가 어려운 처지에 놓여 힘들 것이라고 생각은 했지만, 막상 생기라곤 전혀 없이 병든 환자처럼 보이는 명은미를 보자 더 이상 방치하면 안 되겠다는 생각에 박세운을 호출한 것이다. 한때 명은미는 밥을 먹지 않아 위험한 지경에 빠지기도 했기 때문이다.

"네."

박세운은 이 교수의 의중을 헤아려 짧게 대답했다.

"명은미를 이대로 두면 안 될 것 같은데, 어찌해야 좋을까?"

이 교수가 수없이 자문하고 자답했던, 그래도 답이 보이지 않았던 그 질문을 박세운에게 던졌다. 박세운은 바로 답을 하지 못하고 망설였다. 명수창은 실족했고 딸 명은미는 그 아버지를 구해보겠다며 몸부림치고 있다. 그녀의 노력은 통하지 않았고 명은미는 힘겨운 상황을 견디고 있다. 명수창은 소돔 속에 대성전을 만들어 대를 이어 누리느라 정신이 없고, 그의 딸은 마치 소돔을 뒤돌아본 롯의 아내처럼 소금기둥이 된 듯 그 자리에서 어쩌지 못하고 멈춰 서 있는 상황이다. 소금기둥이 되는 것과 무사히 소돔 성을 탈출하는 것, 50퍼센트의 확률. 알고 보면 인간은 모두 롯의 아내가 아니던가. 그때 조금만 조심했더라면, 그 사람 말만 믿고 따라 나서지 않았더라면.

한순간의 선택이 생사를 가른다. 박세운은 명은미가 이 사태에서 손을 떼게 하는 방법은 두 가지밖에 없다고 판단했다. 명수창 문제에 대해 완전히 신경을 끄고 사는 것, 아니면 해외로 나가는 것. 그 가운데 국내에 남아 문을 완전히 닫아걸고 신경을 끄는 것은 그녀 스스로 할 일이지 도와줄 수 있는 일이 아니었다. 그렇다면 해외로 나가는 것밖에 달리 방법이 없었다. 그마저도 명수창의 딸이라는 게 걸림돌이었다. 명수창이 평범한 목사라면 모를까 한국을 대표하는 인물로까지 거론될 정도였으니, 미국이든 어디든 교포 사회에서도 명수창의 문제는 민감한 이슈였다. 교포들은 해외에 나가 있을

수록 귀를 쫑긋하고 고국의 작은 소식에도 예민하게 반응하기에, 섣불리 그들의 입방아에 오르내렸다가는 더 큰 상처를 입게 될 테고 자칫 치명상을 입을 수도 있다. 그래서 어디로 어떻게 보내느냐가 정말 중요한 사안이었다.

얼마 후 박세운이 입을 열었다.

"명은미를 유럽으로 보내시지요. 독일에서 함께 공부한 벗이 있는데, 스위스 융프라우산 중턱에 벵엔이라는 마을에서 작은 교회를 맡고 있습니다. 독일 친구인데 영성이 상당한 친구입니다. 제가 이번에 루터 오백 주년 기념 심포지엄이 있어 하이델베르크 대학교에 갑니다. 그 친구도 그곳에 온다고 하니 한번 부탁해보겠습니다."

"벵엔? 융프라우산 아래에 있는 독일인."

이 교수는 혼잣말로 박세운의 말을 반복하다가 무릎을 딱 쳤다. 묘수다!

"이 건은 나보다 박 목사가 직접 명은미에게 권유해보는 게 나을 것 같아."

"선배님이 직접 말씀하시면 되지 않습니까?"

박세운이 고개를 갸웃했다.

"아마도 내가 권하면 듣지 않을지도 몰라. 그건 그렇고 일단 추진해보도록 하자고."

몇 달 전에 명은미에 대해 의논하다 고민 끝에 내린 결정이었다. 이 교수의 연락을 받고 근처에서 기다리고 있던 박 목사가 곧바로 한걸음에 달려왔다.

"선배님, 어쩐 일로 호출하셨습니까?"

박세운이 놀란 척 말문을 열었다. 이 교수는 박세운에게 명은미를 소개했다. 둘은 가볍게 목례를 했다.

명수창이 딸 하나는 잘 두었군. 박세운은 한눈에 그녀의 됨됨이를 꿰뚫어 보았다. 박세운은 이 교수를 바라보다 눈으로 물었다. 자신의 오른손 둘째손가락으로 자신을 가리키더니 양손을 교차하여 X 자를 만들었다. 자신은 제안을 할 수 없다는 신호를 보내는 건가.

"자네 교회는 어떻게 되어 가나?"

이 교수가 물었다.

"어렵습니다. 교인들이 말을 잘 안 들어요."

그들은 명은미를 투명인간으로 생각하는 듯 둘만의 대화를 이어 갔다.

"맨슨처럼 폭파한다면서?"

"저야 폭파하고 싶죠."

"폭파 소리가 안 들리던데?"

"비가 와서 그런지 불발탄이 많습니다."

폭파라니? 맨슨은 또 뭐지? 두 사람의 대화는 무슨 암호처럼 들렸다. 그럴 만도 했다. 두 사람은 기독교 서적 고전인 A. J. 크로닌의 《성채》 속 일화에 빗대어 얘기를 나누고 있었다.

웨일즈의 가난한 탄광 마을에 장티푸스가 창궐하여 많은 사람들이 죽어 간다. 그곳에 부임한 의사 맨슨의 헌신과 노력 덕분에 하수도가 원인임이 밝혀진다. 낡은 하수관으로 인해 상수도와 하수구의 물이 섞이고, 그 물을 주민들이 마시게 되면서 발생한 문제였다. 이

같은 사실을 수차례 당국에 보고하지만 관리들의 부패와 예산 부족 등으로 아무런 조치가 취해지지 않고 사람들이 죽어 가는 상황에서 놀랍게도 맨슨은 신의 한 수를 선택한다. 바로 하수구를 폭파시키는 과격한 방법. 하수구 자체가 날아갔으니 아무리 부패하고 게으른 당국이지만 공사를 하지 않을 수 없었다. 이 교수와 박세운은 교회를 쪼개겠다는 선언을 맨슨의 폭파에 비유한 것이다.

"그러게 누가 교회를 그렇게 열심히 키우라고 했어?"

"이상과 현실은 꼭 일치하지 않습니다."

"많이 힘든가 보군."

"저도 육십이 넘었습니다. 조금씩 힘들 때도 되었지요."

"요즈음 육십은 청춘 아닌가?"

이런 악의 없는 질문과 대답. 소소한 것들, 가면을 벗고 민얼굴로 나누는 그들의 대화를 명은미는 조용히 듣고 있었다.

"분할이 쉽지 않을 텐데 어떻게 진행할 생각인가?"

"어떻게, 라니요?"

박세운은 말문이 막히고 말았다.

"케이크를 자르듯 그렇게 자를 순 없지 않은가? 이미 교인들은 자네에게 중독되어 있을 텐데."

박세운은 깜짝 놀랐다. 분명히 그랬다. 이 교수는 핵심을 정확하게 파악하고 있었다. 바로 그 점에 놀라지 않을 수 없었다.

"그렇습니다. 설교 시간에 교회 분할의 정당성과 계획에 대해 여러 차례 설명을 했습니다. 그리고 나를 섬기듯 분할한 교회를 섬기라고 설교를 해도, 어휴, 아무도 움직일 생각을 안 합니다. 선배님!

그래서 교회 내 교육관에 인큐베이터 교회를 만들었습니다. 부목사 중에서 지원자를 받아 선발했고요. 이제 겨우 삼십여 명의 교인들이 인큐베이터 교회로 출석 중입니다. 언제 이 일을 다 마무리할 수 있을지. 그런데 모순 같지만 창립 당시부터 가깝게 지내던 권사와 집사가 막상 나간다고 하니 좀 섭섭한 마음이 들긴 하더군요. 오랜 시간 함께 교회를 성장시킨 그분들도 모든 기득권을 내려놓고 떠나기로 결정하는 게 쉽지는 않았겠지요. 그럼에도 작은 교회가 한국 교회의 미래라는 제 목회 철학에 깊이 공감해준 것이지요. 정말 어려운 결단을 내리는 걸 보면서 한편 마음이 아프기도 하고 섭섭하기도 하고, 제 일부가 잘려 나간 것 같은 그런 느낌이 들었습니다."

이 교수는 박세운의 고ㅈㅈ짜 아픔이 충분히 이해되었다. 하지만 저마다 혼자 걸어가야 할 길이 있다. 이 문제는 그가 스스로 풀어야 한다. 걱정하는 마음과는 달리 이 교수는 능치며 말을 건넸다.

"이러다 폭파할 생각을 거두는 것 아닌가?"

"원, 선배님도. 이러시면 정말 섭섭합니다."

이 교수의 엉뚱한 소리에 박세운이 정말 섭섭해하는 표정을 짓자 이 교수는 필요 이상으로 크게 웃었다. 잘할 거야, 자네는! 이 교수는 눈으로 격려를 보냈다.

명은미는 그제야 비로소 그들의 대화 내용을 알아들었다. 자신의 문제에 집중하느라, 다른 것에는 관심을 갖지 못하고 있던 명은미는 작은 교회를 지향하는 박세운 목사가 크게 느껴졌다.

"그건 그렇고 전에 내가 부탁한 것은 어찌 되었나?"

"언제든 명령만 내리시면 즉시 실행이 가능합니다."

"당장이라도?"

"물론입니다."

박세운 목사는 만감이 교차하는 눈길로 이 교수를 바라보았다. 말이 필요 없었다. 이 교수가 지금 무엇을 하려는지 알고 있기에. 박세운은 선약이 있다며 자리에서 일어났다.

무슨 생각이신지. 그녀는 분위기가 의외의 방향으로 진행되고 있음을 느끼며 고개를 갸우뚱했다.

"내가 박 노회장에게 자네를 위해 이미 부탁해 둔 곳이 있는데. 융프라우산 자락에 있는 벵엔이라는 조용한 산골 마을에 작은 교회가 있어. 그곳 목사가 박 노회장과 독일에서 함께 공부를 했던 동문이라고 하는군."

뜬금없는 이 교수의 말을 듣는 순간 명은미는 속으로 생각했다. 벵엔? 오늘따라 교수님이 자주 놀라게 하시네.

"마을 주민 수십 명과 그곳에 여행 오는 사람들을 위해 세워진 교회라고 하는구나. 그곳에서 섬기고 네 자신을 성찰하다 보면 오히려 신앙이 깊어지는 체험을 할 수 있을 게다. 현실을 직시하고 너의 신앙, 너의 하늘을 열어 가도록 해. 고통스럽겠지만 아버지와의 인연은 여기까지다 생각하고 아버지의 죄를 네가 대신 지려고 해서는 안 된다."

벵엔의 한적한 마을에 있는 작은 교회라는 말에 명은미는 살짝 마음이 끌렸다. 어쩌면 그곳에서는 모든 것을 내려놓고 다시 시작할 수 있을 것 같은 생각이 들었다. 하지만 이 교수의 제안이 너무도 급작스러워서 쉽게 결정을 내리기 힘들었다. 명은미는 숨을 크게 들이쉬었다. 그녀는 입을 다물고 이 교수의 뒤쪽에 있는 동양화를 지긋이 바라보았다. 내색은 안 했지만 가슴이 답답했다. 그녀는 이 상황이 부담스러웠다.

왜 이리 사방이 꽉 막힌 기분이 드는 걸까? 어떻게 해야 할까. 다른 사람 일이었다면 이 교수가 이렇듯 절실하게 권유하지 않았을 것이다. 명은미에 대한 애정과 그녀를 지켜줘야 한다는 의무감으로 집요하게 설득하고 있었다. 이 교수는 갈등하고 있는 명은미의 얼굴을 새삼 찬찬히 바라보았다.

이 아이가 정녕 상황을 몰라서 이러나. 오늘 당장 결정을 내리는 게 쉽지 않겠지만 계속 침묵하고 있는 명은미의 모습이 갑갑하게 느껴졌다. 고통스럽지만 생각해볼게요, 정도가 이 교수가 원하는 수준의 대답이었다. 그렇다고 화를 낼 사안도 아니고, 조근조근 타이를 사안도 아니고. 오늘따라 명은미의 태도가 마음에 들지 않았다. 으슬으슬 몸살 기운이 그의 안에서 화학반응을 일으켰을까. 이 교수는 순간 힐난하듯 말했다.

"은미야, 이제 좀 정신을 차려야지."

명은미는 그제야 시선을 들어 이 교수의 눈을 똑바로 쳐다보았다.

"죄송합니다."

"뭐가?"

"너무 급작스러운 제안이라 이 상황을 외면하고 떠나는 게 옳은지. 그래서 힘듭니다."

"그래도 떠나라. 뒤도 돌아보지 말고. 성경은 재산이나 친족들을 남긴 채 뒤돌아보지 말고 앞으로 나아가는 결단을 요구하잖아? 모든 것을 두고 떠나는 것, 이건 가장 가혹한 시험이다. 소돔을 돌아보다 소금기둥이 된 롯의 아내를 잊지 말고."

이 말을 마치는 순간, 이 교수는 몇 번 잔기침을 하더니 몸을 수그리며 고통스러워했다. 고령인데다 추위에 일인 시위를 한 탓인지 몸살감기가 든 모양이었다.

"교수님!"

명은미가 몸을 앞으로 내밀었다.

"괜찮다. 좀 쉬면 괜찮아질 거야. 걱정 말고 먼저 일어나. 그리고 되도록 빨리 결정하는 게 좋을 것 같구나."

그녀는 여전히 망설이고 있었다. 명은미가 먼저 찻집을 나갔다. 얼마 안 있어 이 교수도 자리에서 일어났다. 박세운이 차에서 기다리고 있었다.

"잘 결정할까?"

이 교수가 말을 꺼냈다.

"본인이 결정을 내릴 때까지 기다려봐야죠. 어느 쪽이든 모두 하나님의 뜻일 겁니다."

박세운이 담담하게 말했다. 아무리 인간적인 계획을 세워 진행한다 하더라도 최후의 순간에 이르면, 과연 하나님의 뜻이 어디에 있는 것일까, 이 물음에 귀착된다.

대성 오적

대성교회 세습 논란은 새로운 국면을 맞았다. 명정환 목사의 청빙 과정에서 교단의 세습방지법을 무시한 변칙 세습이 논란이 되었다. 대성교회 안에서뿐만 아니라 목사, 신학생, 신학 교수 등이 지속적으로 세습 반대 시위와 성명을 내며 거부 의사를 밝혔다. 급기야 세습 반대파는 총회 재판국에 대성교회가 속한 서울 강남노회의 신임 노회장 선출은 무효라며 소장을 제기했다. 이런 상황에서도 명수창 목사는 아무런 움직임을 보이지 않았다.

박세운은 이상하다고 생각했다.

"도대체 명수창은 무슨 생각을 하고 있는 거지?"

이진 목사도 알 수 없다는 표정이었다.

"선배님."

"자네도 뭔가 마음에 걸리는 게 있지?"

"뭔가 꾸미고 있는 게 분명합니다."

"글쎄 그게 뭘까?"

시간이 없는 건 명수창 목사 쪽이 아닌가. 아무리 세습을 합법화하고 싶더라도, 노회에까지 등을 돌리고 목회를 한다는 것은 불가능한 일이었다. 세상이나 교계에서도 명수창에게 부정적이었다. 그때 박세운 목사에게 믿을 수 없는 소식이 들어왔다.

"목사님, 큰일 났습니다."

장병석 목사가 급하게 들어오며 말했다.

"⋯⋯."

"명 목사 측에서 교회의 순결성과 신앙의 온전함을 해쳤다며 강남노회 재판국에 박 목사님 출교를 신청했답니다."

평소 침착한 박세운이지만 놀라는 표정이 역력했다.

"명수창, 더러운 수작을 부리는군."

분노라기보다는 심한 혐오감으로 박세운은 표정이 굳어졌다.

"이게 말이 됩니까?"

이진 목사가 분개했다.

"이 목사, 우리가 뒤통수를 맞았어."

박세운은 참담한 심정으로 자신을 책망하며 말했다.

일주일 후, 강남노회 재판국이 열렸다. 명수창 목사 측에서 공격을 시작했다. 과연 명수창이었다. 박세운을 위해 지옥행 특별 열차 티켓을 준비해 놓은 것이다. 박세운이 언론 인터뷰를 통해 명수창 목사와 대성교회의 명예를 심각하게 훼손시켰다는 혐의였다. 박세운의 의표를 찔러 박세운 측이 손쓰지 못하도록 만들었다. 당연한 일이지만, 이번 재판은 결정적인 의미를 지니고 있었다. 박세운이 절망하고 있는 것은 그 사실을 잘 알면서도 아무런 대비책이 없다는 데 있었다. 이미 명수창 측은 자파를 늘려 90퍼센트가 넘었지만 박세운은 그럴 힘이 없었다. 박세운 측은 고작 삼십여 명 정도가 남아 있었다. 분명 명수창이 선동했을 터였다. 자신의 손을 더럽히지 않고 상대에게 타격을 입히는 게 그의 수법이었다.

명수창은 세습에 반대했던 박세운에게 심한 모욕감을 느꼈다. 너따위가 감히 내 앞길을 막아? 이대로 끝낼 수는 없지. 명수창은 겉으로 내색은 안 했지만 속으로는 복수의 칼날을 갈고 있었다. 문제는 세상과 교계의 여론이었다. 그런데다 노회에 계속 남아 자신의 일을 방해하고 있는 박세운을 반드시 제거해야 한다는 생각에 윤성욱과 심종수 장로를 불러 의견을 물었다.

"박세운을 어떻게 처리하면 좋겠소?"

"퇴출시키시지요."

윤성욱은 거침없이 말했다.

"그러면 여론이 안 좋아질 텐데?"

"당장 하는 건 좋지 않습니다."

심종수가 남의 말처럼 말했다.

"빨리 제거하는 게 더 나은 게 아니고?"

명수창은 의외라는 표정을 지었다.

"일단은 총회 판결을 기다려보시지요."

심종수는 총회 재판국에 올린 '박세운 강남노회장 등 해임에 따른 무효 소송'의 결과를 보자는 것이다. 무효 소송이 부결되면 그것으로 세습은 합법화되는 것이고, 가결되면 그걸 구실 삼아 박세운을 제거하면 된다는 의견이었다.

"그동안 중간파인 김중건 목사 등을 우리 편으로 돌려놓아야 합니다."

명수창은 아무래도 이 방법이 가장 무리가 없을 것 같은 생각이 들어 고개를 끄덕였다.

윤성욱 장로는 중간파를 차근차근 공략했다. 일주일 뒤 명수창은 윤성욱만을 불렀다. 총회 재판국의 심리 기간인 구십 일을 기다릴 수가 없어서였다.

"화근은 빨리 자르는 게 낫습니다."

윤성욱이 단호하게 말했다.

"완전히 싹을 도려내시오!"

명수창의 명령은 간결했다.

대성교회 장로들은 하나의 단단한 망치가 되어 박세운 목사를 제거하기 위해 노회 재판국에 참석했다. 박세운 측은 절대 그것만은 허락할 수 없다고 필사적으로 그들의 공격을 막았다. 총회 재판국에서 세습 결정이 불법이라는 결정을 내리기 전에 박세운을 출교시킬 수 있다면 그것은 명수창 측의 승리였다. 반면 총회 재판국에서 신인 노회장 선출이 불법이라는 결정을 내릴 때까지 버티기만 하면 박세운의 승리였다. 여유가 없는 명수창 측은 오로지 강공 일변도였다. 명수창은 지금 상황에서 여론이 악화되는 것도 아무런 문제가 되지 않았다. 명예만 있는 존재는 명예를 잃으면 전부를 잃지만, 명예와 권력을 함께 가진 자는 명예를 잃어도 권력은 남아 다시 명예를 복구시키면 된다는 게 그의 생각이었다. 명수창 자신은 그런 권력을 갖고 있었다.

버틸 수 있을까? 박세운은 그것만 생각했다. 그러나 이미 재판국장을 포함해 열다섯 명의 재판원 대부분이 명수창 편이었다. 그에 비해 박세운에 우호적인 재판원은 서너 명뿐이어서 수적으로 열세였다. 세상의 여론, 그건 안개 같은 것이었다. 손에 쥘 수 없는 안개로 무엇을 할 수 있을까. 박세운 측은 기가 많이 죽어 있었다.

박세운은 아무리 생각해도 이해할 수가 없었다. 자신과 명수창은 지난 이십여 년 동안 같은 노회에서 목회에 대해 함께 고민하고 행동했던 동역자였다. 그런데 왜 끝까지 나를 제거하려 하는 거지? 교회법을 어기고 세습을 감행한 것은 분명 명수창의 잘못이다. 그로 인해 한국 교회는 비난을 받고 몸살을 앓고 있지 않은가. 그렇다고 자신이 명수창의 출교를 주장한 적도 없었다. 명수창에게 세습을 하지 말라고 권고했고, 교회법에 어긋나니 세습을 철회하라고 요구했을 뿐이다. 그런데 왜 명수창은 끝까지 나의 목을 노리는 걸까? 명수창에게는 있지만 박세운에게 없는 것. 그건 탐욕이나 욕망으로 표현되지 않는 것. 그게 뭐냐고 물으면 박세운은 정확히 대답할 자신은 없지만 음산한 기운만은 느낄 수 있었다.

명수창 넌 뭘 위해 목회를 하고 있느냐? 박세운은 명수창에 대해 잘못 알고 있었음을 뒤늦게 깨달았다. 스스로 회개하고 돌아서는 것, 다음 세대를 위해 기꺼이 물러나는 것, 절대로 명수창이 취할 행동이 아니었다. 명수창에게는 그런 산뜻함이 없었다. 장로, 권사들의 등 뒤에 숨어 끝까지 권력을 유지하기 위해 무엇이든 할 수 있는 그런 인간이었다.

'그는 가짜다. 메슈바!'

한편, 강남노회 재판국은 이진 목사의 뛰어난 변론 덕분에 박세운은 잠시 숨을 돌릴 수 있었다. 하지만 대세에는 변함이 없었다. 이건호 교수도 외부에서 박세운 목사를 간접 지원하였다. 이건호는 신학대에서 〈대성교회 세습 철회 기도회〉라는 신학 포럼을 열었다. 그에 맞서 대성교회는 "우리는 세습이 아니라 교인들의 요구와 정당한 방법으로 목사님을 모셔온 것이다"라고 주장했다. 그들의 주장에 일부 목사들도 흔들렸다. 이에 대한 성경적 오류를 이건호 교수가 지적하고 나섰다.

"대성교회의 청빙이라는 주장은 지금까지 단 한 번도 이천 년 기독교 역사를 제대로 공부한 적이 없다는 무지의 증거입니다. 더욱이 프로테스탄트 운동의 희생과 피 흘림을 가벼이 여기는 처사입니다."

이건호 교수는 단호하게 말했다. 이건호는 몸가짐을 고치며 이내 덧붙였다.

"가톨릭이 처음부터 타락했던 것은 아닙니다. 가장 위대한 교황으로 꼽히는 7세기 초의 그레고리 1세는 '하나님의 종들의 종'을 자처하며 평생을 헌신한 교황입니다. 그레고리 1세처럼 훌륭한 교황이 꽤 있었습니다. 하지만 15~16세기에 이르러서는 교황의 친인척들이 교황이 되거나 심지어 교황의 사생아가 교황이 되기도 했지요. 그 적폐가 용어로 남아 있는데 바로 네포티즘입니다. 네포티즘 (nepotism, 족벌주의)은 자신들의 사생아를 조카(nephew)라고 부른데서 유래했는데, 그 조카에게 고위직을 나눠주는 관행에서 나온 말입니다. 대표적 인물이 교황 칼릭투스 3세입니다. 그는 조카 둘을 추기경으로 임명해 교권을 유지하는 수단으로 삼았습니다. 두 조카 중 하나가 이를 발판으로 후에 교황 자리까지 오른 알렉산더 6세입니다. 이처럼 종교 가문이 형성되었고, 이러한 그들만의 리그에 맞서 초대 교회로 되돌아가 리셋하자고 주장한 인물이 바로 루터입니다. 그런데 그런 루터를 이어받았다는 개신교계가 어떻게 버젓이 세습을 할 수 있습니까? 이것은 자기의 존재 근거 자체를 부정하는 일입니다. 담임목사직 세습은 이천 년 기독교 역사와 기독교 신앙의 근본을 뒤흔드는 문제입니다."

하지만 이건호 교수의 세미나는 찻잔 속의 태풍이었을 뿐 여전히 명수창 측이 압도적으로 우세했다. 바로 그때 박세운에게 결정적인 타격을 주는 목소리가 터져 나왔다. 전임 총회장들이 명수창을 위해 지원사격을 가한 것이다.

작은 교회들은 세습이 가능하다. 그런데 왜 대성교회 같은 큰 교회는 세습이 안 되는가? 명수창 목사를 너무 압박하는 것은 성경적으로도 옳지 않다. 이는 자신의 들보는 보지 못하고 남의 티끌을 비난하는 것과 같다. 앞으로 명정환 목사와 대성교회는 이 사태의 심각성을 자각하고 세상과 교계의 우려를 심각하게 받아들이기 바란다. 다만 대성교회는 이전보다 더 성숙하고 건강한 교회로 거듭나서 세상과 교단에 헌신과 겸손의 본을 보여 세습에 대한 우려가 기우였음을 보여주기 바란다.

참으로 이율배반적인 성명문이었다. 불법적인 세습은 그냥 넘어가고 반대를 외치고 있는 박세운 등을 공격하고 있었다. 반면 대성교회 측에는 세습에 대한 우려가 기우였음을 증명하도록 명정환 목사에게 목회를 더 잘하라고 권유하는 정도였다. 이건 교묘한 거짓과 기만이라고 이건호는 생각했다.

박세운은 노회에서 그 소식을 들었다. 박세운 측은 동요하기 시작했다. 전임 회장들까지 포섭했다는 것은 이미 박세운의 재판도 부정적으로 흘러가고 있음을 알려주는 신호탄이었다.

명수창은 알고 있었다. 박세운을 살려두면 반드시 화근이 되리라는 것을. 박세운의 역량이라면 분위기를 역전시킬 수도 있다. 게다가 그 뒤에는 이건호가 있다. 명수창은 돈으로 포섭한 목사들이 도리어 박세운 편이 되어 그의 등을 치고 들어오는 날엔 승패가 뒤바뀔 수 있음을 경계했다. 이번 세습도 마찬가지였다. 노회장인 박세운의 완강한 거부 이후 세상 여론 또한 부정적으로 흘러면서 자칫 세습이 무산될 뻔했던 위기도 있었다. 명수창은 얼마나 당황했는지 모른다. 그 공포심이 명수창을 사로잡았다.

내가 당황할 정도였다면 다른 목사들은 어떠했겠는가? 명수창은 그날만 생각하면 지금도 식은땀이 흘렀다. 냉정하게 되짚어 보니 절체절명의 위기였고, 박세운이 결정적인 변수로 작용할 뻔했다.

내가 키운, 내 돈으로 유지되는 노회. 단 한 번 내 자식을 부탁했는데 세상 눈치나 보면서 나를 배반하려고 하다니. 명수창은 이가 갈리도록 분했다. 다시 절치부심하며 기회를 노렸고, 지금 자신 쪽으로 기울어 있는 그 우위라는 것도 사상누각이라는 것을 명수창은 잘 알고 있었다. 그래서 더욱 박세운을 반드시 제거해야 했다. 그래야 제2, 제3의 박세운이 나오지 못한다.

"일벌백계, 절대 용서하지 마시오."

명수창이 윤성욱에게 단호한 명령을 내렸다.

"모든 역량을 투입해서 출교시키세요. 자금도 아끼지 말고 사용하시고."

"목사님, 그 방법은 여론이 너무 안 좋아질 겁니다."

심종수가 조심스럽게 반대했다.

"더 이상 악화될 여론이 있소? 지금이야말로 절호의 기회요. 이 기회를 놓치면 안 됩니다."

대담하면서도 야비한 승부수였다. 당연히 대성교회도 여론에 노출될 수밖에 없어 삐끗하면 내상이 깊어질 터였다. 설령 그 때문에 여론이 더 나빠진다 해도 괜찮다고 명수창은 생각했다.

심종수는 침묵했다. 노회한 명수창 같은 사람도 욕망에 사로잡히니 아무것도 보지 못하는구나. 모든 걸 다 가진 사울 왕은 양치기 다윗만 사라지면 편하리라는 그 욕망 하나를 이루려다 모든 걸 잃게 되었다. 보통 사람들이 볼 수 있는 간단한 것도 욕망 때문에 눈이 어두워지면 상황을 똑바로 판단하지 못하는 것이다. 그럼에도 명수창은 자신의 분노에만 집중했다.

"화근인 박세운을 이번에 반드시 없애시오."

그래서 심종수의 반대를 무릅쓰고 윤성욱, 박동제 등 강경파들을 다 동원한 것도, 확실히 박세운을 제거할 수 있다고 믿었기 때문이다. 이미 재판국 담당 목사들을 자파 출신으로 교체했고 우호적인 환경 조성을 위해 미자립 교회 지원금으로 삼억 원을 노회에 제공했다. 명수창의 전 방위 맹공으로 박세운 측은 붕괴 직전까지 가 있었다. 강남노회 산하 미자립 교회들은 막상 명수창으로부터 지원이 끊기면 교회 운영이 힘들었다. 괜히 박세운을 편들었다간 명분은 좋으나 현찰이 날아갈 상황이었다. 이제 한 걸음만 더 나아가면 무너지고 말 것이라는 것을 명수창은 손바닥을 보듯 읽고 있었다. 하지만 나머지 이십여 명은 요지부동이었다. 그들이 결코 생각을 바꾸지 않으리라는 것을 그동안의 경험을 통해 명수창은 잘 알고 있었다.

윤성욱을 비롯한 대성교회 장로들은 주일예배를 드리는 시간에 남제현 재판국장의 교회를 찾아갔다. 아직 박세운 등의 징계에 관련한 최종 판결이 나오지 않는 상황에서 이해 당사자가 재판국장과 접촉하는 것은 불법이었다.

안 그래도 재판 불신의 그림자가 교단을 뒤덮고 있는데 여기까지 찾아오다니? 남제현은 마음이 불편했다. 남제현은 윤성욱을 은밀히 만났다.

"명 목사님은 잘 계시지요?"

"예."

남제현의 물음에 윤성욱은 의미심장한 표정을 지으며 말했다.

"마음이 불편하신지 대성을 벗어나지 못하고 계십니다."

"이 좋은 날에 무슨 일로 명 목사님께서 그리 고민이 많으신가요?"

"믿었던 분이 아직 결정을 하지 않으시니 그렇지요."

"아주 노골적으로 나를 비난하시는구려. 나 혼자 결정하는 일이 아닌 줄 아시지 않습니까?"

남제현이 쓴웃음을 지으며 반문했다.

"우리 측에서 확인해보니 서너 분을 제외하고는 모두 찬성하고 있습니다."

노회 재판국 열다섯 명 중 이진을 비롯한 서너 명을 제외하고는 모두 명수창을 지지하고 있었다. 윤성욱은 이 점을 강조했다.

"그런데 윤 장로님, 중요한 점을 하나 모르고 계신 것 같습니다."

"무슨 말씀이신지요?"

"박세운 측의 배후에 이건호 교수님이 계십니다. 지금 노회에서 박세운을 내몰았다가는 신학대까지 여론이 악화됩니다."

윤성욱은 조금도 놀라지 않았다.

"강남노회의 훌륭한 인재이신 남 목사님의 말씀이라고는 믿기 힘들군요. 오히려 남 목사님의 결단이 늦어져 박세운 측이 기자회견에다 신학대와 세습 철회 기도회 등 맘대로 활개 치며 명 목사님을 비난하고 다니는 게 아닌지요?"

"허허, 모두 내 잘못이구먼. 내가 그것도 모르고 있었다니."

남제현은 그렇게 말하고 눈을 치켜뜨고 윤성욱을 바라보았다.

"이제 결단을 내려주시지요."

이렇게 말하며 윤성욱은 메모지 한 장을 건넸다. 다섯 명의 이름이 적혀 있었다. 박세운, 이인혁, 박규석, 최재성, 장병석.

"이들을 모두 출교시켜야 합니다."

윤성욱이 단도직입적으로 말했다.

"음."

남제현은 할 말을 찾지 못했다. 한 호흡을 쉰 후 말을 꺼냈다.

"그런데 이 명단은 명 목사님의 지시가 분명합니까?"

"당연하지요. 그렇지 않다면 제가 여기까지 올 리가 없지 않습니까?"

"그럼 한 가지 물어봅시다."

"예."

"왜 이들이 살생부 명단에 오른 거죠?"

"이인혁, 박규석은 박세운의 최측근들이고, 최재성은 박세운과 독일 유학 동문입니다. 이들 셋은 끊임없이 명 목사님에게 반기를 들고 세력 확장을 꾀하는 자들입니다. 전국 목사 연대와 기자회견, 세습 반대 기도회를 개최하고 다니며 마치 자신들이 진리나 되는 것처럼 떠들고 다니지 않습니까?"

"장병석은요?"

"이자도 한심합니다. 명 목사님의 대학교 이사장 취임식 때 '불법 세습을 감행한 명수창은 이사장직을 사임하라'고 고함을 질렀지 않습니까? 자기가 뭐 정의의 사도라도 된답니까?"

윤성욱은 눈꼬리를 치켜 올렸다. 남제현은 혀를 끌끌 차며 한마디 했다.

"이 사람들 교단에서 쫓겨나면 대성교회 측에 여론이 악화될 텐데요?"

남제현이 이해할 수 없다는 표정을 지었다.

"우리는 명수창 목사님을 반대하는 사람들은 필요 없습니다. 그들과는 함께할 수 없다는 게 명 목사님의 입장입니다."

남제현은 한숨이 절로 나왔다. 반드시 이들의 목을 치라는 것이구나. 명수창의 바닥을 알 수 없이 깊은 분노를 남제현은 느낄 수 있었다.

우여곡절 끝에 재판국은 최종 결론을 내렸다. 남제현은 판결문을 낭독했다.

"박세운 전 강남노회장과 네 명의 임원 이인혁, 박규석, 최재성, 장병석 목사는 헌법 정치 제28조 6항인 일명 세습방지법을 지키면 의인이고, 안 지키면 악인이라는 이분법적 사고방식에 빠져 있다. 그들은 노회원들을 진영 논리에 빠지게 했고, 그 결과 고함과 분쟁의 소용돌이가 몰아쳤으며, 회원들 간 소통과 교제가 단절되었고 노회원들의 평화가 깨지는 등 엄청난 상처를 주었다. 제28조 6항은 '비본질적 규정'으로 진리가 아니고 변할 수 있는 것임에도 피고인들은 이를 절대화하는 오류를 범했다. 이 조항은 세속법일 뿐이다. 따라서 피고인들이 비상대책위 구성부터 시작해, 명수창 목사 항의 방문, 11월 1일 교단 목회자와의 연대 비대위 기자회견, 11월 5일 언론사 기자회견, 17일 J신학대 세습 반대 기도회 참석 등은 교회법상 모두 범죄에 해당된다. 특히 외부 언론기관과 연대해 강남노회를 비난하고, 교계에 부정적인 이미지를 부각시킨 행위, 특히 명수창 원로 목사에게 '세습 불법 목사'라는 칭호를 사용함으로써 교회의 전도 길을 방해하는 중대한 범죄에 해당하므로 당 재판국은 이들 다섯 명에 대해 출교하기로 결정한다."

결국 서울 강남노회 재판국은 박세운 노회장과 네 명의 임원 이인혁·박규석·최재성·장병석 목사를 불법 단체를 조직하고 노회의 명예를 훼손했다는 이유로 노회 목사 명부에서 출교한다고 선고했다. 윤성욱이 내민 제거 대상 명부 그대로였다. 방청객으로 참석했던 윤성욱과 대성교회 장로들은 환호했다. 윤성욱은 재판정 앞으로 나아가 남 국장과 재판국원들에게 '수고했다'고 격려하며 악수를 나눴다.

이때 우종건 기자가 남제현에게 질문을 던졌다.

"남 국장님, 오늘 판결은 보복성 판결이 아닙니까?"

판결문은 세습은 악하지 않으며 세습에 반대하는 사람들을 악이라고 규정했다. 선이 악이 되고 악이 선이 되는 거꾸로 물구나무를 선 판결문이었다. 남제현은 집게손가락을 입술 위에 얹으며 대답하지 않겠다는 의사를 표했다. 우종건은 계속 질문을 던졌다.

"불법 세습이 교회의 전도 길을 방해하는 것 아닙니까?"

우종건 기자는 정당하게 사회법과 교회법을 지키려 한 박세운 등으로 인해 교회 이미지가 나빠져 교회 전도 길이 막힌다는 판결문을 정면으로 부정했다.

"불법 세습이라니? 말을 함부로 하지 마시오."

윤성욱이 발끈했다. 저 눈엣가시 같은 놈! 그사이 남제현은 현장을 빠져나갔다. 윤성욱은 울화가 치밀었다. 윤성욱은 우종건을 노려보며 사설탐정업을 하는 김형원 집사에게 지시했다.

"김 집사, 저 친구 일거수일투족을 감시하시오."

"알겠습니다."

우종건이 윤성욱을 노려본 후 밖으로 나갔다. 복도에는 박세운이 침통한 표정으로 다른 몇몇 목사들과 함께 서 있었다. 우종건은 잠시 기다렸다가 박세운에게 말을 걸었다.

"명수창이 그랬답니다. 자신을 건드린 사람 중 잘된 사람을 본 적이 없다고요."

"그래요? 이제 곧 보겠군요."

박세운은 쓴웃음을 지었다.

"어떻게 저토록 타락할 수 있습니까?"

우종건은 이해할 수 없다는 표정을 지었다.

"한 인물이 한 나절도 안 되어 예수님으로부터 극과 극의 평가를 받은 경우가 있답니다."

"누굽니까?"

"베드로요. 다른 그룹으로부터 한 인물의 극과 극의 평가는 많습니다만 베드로처럼 한 사람이 정반대의 평을 받은 인물은 역사상 그 혼자일 겁니다."

그랬다. 예수가 "나는 누구냐?" 물을 때 "주는 메시아이며 살아 계신 하나님의 아들입니다"라고 베드로가 답하자, 예수는 크게 기뻐하며 "너는 오늘부터 베드로다. 네 반석 위에 교회를 세울 것이며 네게 천국의 열쇠를 주노라" 하고 말씀하셨다. 그리고 얼마 안 있어 예수가 십자가에 못 박혀 죽을 것과 부활에 대한 계획을 밝히자, 베드로가 강하게 반대하며 "안 됩니다, 그럴 수 없습니다"라고 했다. 이때 예수가 강하게 질책했다. "사탄아, 내 뒤로 물러나라."

박세운은 말을 이어 갔다.

"베드로는 조금 전 '하나님 계시를 받았다'에서 지금은 '너는 사람의 일만 생각한다'고 지적을 받았고, 조금 전 '너는 복이 있다'라고 축복해주었는데 지금은 '사탄아, 내 뒤로 물러나라'고 질책이 쏟아졌고, 조금 전에는 반석이라는 평가를 받았는데 지금은 걸림돌이라는 평가를 받았습니다."

"그러네요, 전기 스위치의 온 오프처럼 순식간에 바뀌었네요. 스위치를 넣자 밝아지고 스위치를 끄자 어둠에 갇혔군요."

"자신의 십자가를 지지 않는 신앙은 가짜입니다."

박세운은 집으로 돌아가는 차 안에서 처음으로 명수창에 대해 두려움을 느꼈다. 두려움은 명수창이라는 인간에 대해서가 아니라 더는 명수창을 용서할 수 없을 것 같은 신앙인으로서의 두려움이었다. 박세운은 미리 명수창의 정체를 읽어 내지 못했음을 자책했다. 세상의 여론이나 교회법마저 무시하는, 시대와도 동떨어진 명수창의 거리낌 없는 행동은 음산하기 짝이 없었다.

비자금·여자·명예욕이라는 동문, 거대한 교회 건축이라는 서문, 병원·학교·방송 사업 등 비즈니스라는 남문, 그리고 세습이라는 북문. 명수창이 동서남북의 문들을 모두 열어젖힌 주인공이 되리라고는 생각해본 적이 없었다. 하나의 문만 열려 있어도 악마가 물밀 듯이 밀려들 텐데. 명수창은 사방 문을 다 열어 놓고 어쩌다 가끔, 그것도 열정이 넘쳤던 시절의 성공 노하우가 자신을 지켜줄 방패가 될 거라 믿으며 꽉 붙들고 있었다. 박세운은 자신이 생각하고 있는 신앙관과 이성적인 가치관이 모두 무너지는 풍경을 어이없이 지켜 보아야 했다.

공룡의 계시록

　박세운 목사를 출교시킨 날로부터 두 달이 지났다. 두 달 동안 많
은 일들이 일어났다. 박세운을 비롯한 사인방 이른바 '대성 오적'은
제거되었고 그렇게 강남노회의 분쟁의 원천은 완전히 정리되는 듯
했다. 여기까지는 명수창의 생각대로 되어 갔다.

　그런데 이상 조짐은 내부에서 일어났다. 명정환 세습도 김일국
사건처럼 부르르 끓다가 금세 식어버릴 것으로 예상했었는데 여진
이 끊임없이 일어나며 대성을 흔들었다. 그 여파로 교인 수가 급격
히 줄고 있었는데 특히 청년부의 이탈은 30퍼센트를 넘어섰다.

　명수창은 그 원인을 곰곰이 가늠해보았다. 첫째, 외부 세력과 연
대한 박세운 측의 집요한 발목 잡기로 인해 언론에 부정적인 기사
가 노출되고 있다. 둘째, 이건호 교수를 중심으로 한 신학대생들의
시위가 세습 반대라는 장작에 계속 기름을 부으며 부정적인 영향을

미치고 있다. 석 달 전 명수창이 J신학대 이사장으로 취임할 때도 이들은 취임을 반대하는 기습 시위를 벌였다. 예상은 했지만 명수창은 신경이 곤두섰다. 그가 짜증을 내며 심종수에게 말했다.

"저 시위대들, 그만두게 할 방법이 없어?"

"그냥 듣고 흘리시지요."

계속되는 시위와 언론 보도는 명수창의 자부심이나 대성교회의 사기에 지대한 영향을 미쳤다. 그리고 셋째, '명정환 목사 청빙 결의에 대한 무효 소송'에 대해 교단 차원에서도 아직까지 여론의 눈치를 보면서 명수창의 손을 들어주지 않고 있었다.

첫 번째 문제는 몇 달 지나면 언제 그랬냐는 듯 오래전 일처럼 잊힐 것이다. 문제는 세 번째인데 교단에서 명정환 세습에 대해 합법화해주지 않으면 강남노회장 선거까지 무효화되어 그동안에 들인 대성교회의 노력은 물거품이 될 상황이었다.

어떻게 하면 좋을까? 명수창은 두 번째와 세 번째를 동시에 처리하기로 마음먹고, 심종수 장로를 불러들였다.

"……."

심종수는 잠시 눈을 감고 생각에 잠겼다. 명수창 목사는 조용히 심종수가 입을 열기를 기다렸다.

"목사님!"

눈을 뜬 심종수가 명수창을 쳐다보았다.

"빨리 마무리를 지어야 합니다. 이렇게 시간을 끌면 점점 어려워질 것입니다. 교인들도 서서히 피로감을 느끼고 일부는 교회를 떠나고 있지 않습니까?"

"그래서 어떻게 하면 좋겠어?"

"이인학 총회장의 움직임이 마음에 걸립니다. 공개적으로 대성교회 세습 반대를 천명하고 있어 재판국장 등 우리 측 사람들이 위축되고 있습니다. 손을 쓰시려면 서두르는 것이 좋습니다. 그리고 이건호 교수도 신학대생에게 영향력이 높아 그냥 두시면 안 됩니다."

심종수는 솔직하게 말했다.

"알고 있소. 이사장에 취임하자마자 이건호 교수 파면을 요구했는데도 아직까지 아무런 움직임이 없으니."

"이인학 총회장과 이건호 교수가 힘을 합치면 일이 심각하게 전개될 수도 있습니다. 사람들은 혼자일 땐 실리를 취하지만 단체가 되면 명분을 중요하게 여깁니다. 권위를 가진 두 사람이 한목소리로 세습 반대를 위해 행동한다면 우리는 명분도 잃고 실리도 잃게 됩니다."

"실리라면?"

"어렵사리 우리 손에 넣은 강남노회마저 교단에서 불법이라고 하면 우리는 사면초가에 놓이게 됩니다. 여기서 더 물러설 수는 없습니다."

심종수는 쓴웃음을 지었다. '여기서 물러서면 우리는 소금기둥이되고 말 겁니다'라고 말하려다 그만두었기 때문이다.

"알겠소. 이건호 교수는 내가 처리하겠네. 총회장은 어떻게 설득할 거요?"

"설득은 필요 없습니다."

"필요 없다고?"

"이미 우리 측에서 반대 가능성이 있는 목사들을 상대로 로비를 했는데 총회장은 불가능합니다."

"노회장도 그렇고 총회장도 마찬가지겠지. 명분에 집착하는 자들이라. 쯧쯧."

총회장이 세습 반대를 주장하는 이유 중에는 세습하지 않겠다는 명수창의 발언이 있었다. 그것이 명수창의 가슴을 쓰리게 했다. 자신이 한 말이 세습 반대를 강화하도록 뒤에서 돕는 꼴이 된 것이다.

"그렇습니다. 그래서 빨리 손을 써야 합니다."

"어떻게 말이오? 나더러 총회장을 만나 부탁을 하란 말이오?"

"아닙니다. 총회장에게 일격을 가해야 합니다. 이번 주일 가장 중요한 열한 시 예배에 총회장 교회로 직접 몰려가 강력하게 항의하겠습니다. 삼백여 명을 동원하여 우리가 결코 좌시하지 않겠다는 의지를 보이면 총회장도 함부로 움직이지 못할 것입니다. 그게 가장 효과적입니다. 목사님께서도 각오를 단단히 하셔야 합니다."

"……."

기독교인들이 남의 교회를 포위해 시위와 야유를 보낸다는 것은, 그것도 주일날 예배를 방해한다는 것은 있을 수 없는 일이었다. 게다가 방법도 조폭과 다를 바 없어 전술상 가장 좋지 않았다.

심종수는 상대방을 질리게 만들기 위해서는 노골적인 전술을 써야 한다고 제안했다. 어차피 대성으로서는 명분 없는 싸움을 하고 있는 탓에 선택할 수단이 많지 않았다. 대성은 대성의 길을 간다. 결코 물러서지도 양보하지도 않을 것이라는 명백한 의지를 보일 필요가 있었던 것이다. 비록 뜻을 이룰 수 없더라도 그들은 강공책을 선택하기로 했다.

　그래, 이번에 결판을 내야 돼. 명수창은 눈이 번쩍 뜨였다. 무슨 일이든 시간을 끌면 열에 여덟은 그르치게 된다. 매사를 민첩하게 처리해야 한다.

　"그럼 나는 국내에 있어서는 안 되겠군."

　명수창은 심종수의 제안을 알아들었다. 목사들은 천성적으로 항의 받는 것을 싫어하는 족속들이 아닌가. 데모를 당하게 되면 그들은 곧바로 명수창을 찾아올 게 뻔했다.

　"그렇습니다. 목사님이 국내에 안 계셔야 상대방에게 공격할 빌미를 주지 않게 됩니다. 이번 기회에 동남아 선교지 몇 군데 둘러보고 오시지요."

　"그게 좋겠어!"

　명수창은 어렵게 일정을 조정하여 베트남으로 떠났다. 그는 다낭으로 출국하기 전에 한 가지 일을 완료해야 했다. J신학대 이사장으로 취임하자마자 요구했던 이건호 교수의 파면 건을 마무리 짓고자 했다. 끊임없이 자신을 흔들며 비판해 온 이건호에게 이사장의 명예를 훼손한 죄를 적용한 것이다. 약간의 논쟁 끝에 이건호 교수는 파면됐다. 전광석화 같은 일 처리였다. 몇몇 교수와 많은 학생들이 반발했고 명수창의 보복이 너무 비열하다는 비난의 목소리도 있었지만 명수창은 눈 하나 깜짝하지 않았다. 자신을 비난하는 어떤 것과도 강하게 맞서 싸울 것이라는 의지를 강하게 내비친 것이다. 정훈 학과장이 이건호 교수에게 결과를 통보했다. 이 교수는 잠시 눈을 감았다. 비위가 거슬리며 한 생각이 스멀스멀 올라왔다.

"그래 세습이다. 뭐 어쩌라고?"

신학대생들의 끈질긴 세습 반대에 지겨웠는지 명수창이 이사진에 내뱉었다는 말. 저건 김현호 목사의 말과 동일했다.

"신사참배했다. 그래서 어쨌다고?"

도플 갱어 명수창. 팔십여 년의 세월을 거슬러 올라가 김현호 목사가 했던 말. 이 교수가 내쉰 낮은 탄식과 복잡한 표정으로 눈을 감았다 뜬 짧은 순간, 정훈은 곤혹스러움과 함께 부끄러움으로 얼굴이 확 달아올랐다.

"정 교수, 인간이 원하는 대로 다 해주면 뭐가 된다고 생각하시오?"

정훈은 의문을 품은 눈으로 이건호 교수를 쳐다보았다.

"너무 심각하게 생각하지 말아요, 간단한 문제이니……."

"……."

"탕자이지요."

이건호는 성경에 나온 탕자의 비유를 든 것이다. 먼 나라로 가서 허랑방탕하게 생활하다 아버지에게 요구해 받은 재산을 다 탕진하고 돼지 여물을 먹게 된 둘째 아들의 이야기였다. 물론 이 탕자는 제정신이 들어 아버지에게 용서를 빌고 해피엔딩으로 끝났지만.

"나도 이제 가야지요."

"죄송합니다, 선배님!'

송구스러워하는 정훈을 본 척도 하지 않고 이건호는 교수실을 나섰다. 이건호 교수는 문을 열고 나가며 수수께끼 같은 말을 남겼다.

"죽은 자는 죽은 자로 하여금 장사 지내게 하라."

한편, 심종수는 박동제, 윤성욱과 함께 총회장 항의 방문에 대한 전략을 짰다. 이미 명수창과 상의한 건이라 결정은 일사천리로 진행되었다. 다가오는 주일 일곱 시 1부 예배를 마치고 버스 열 대에 나눠 탄 다음 총회장이 시무하는 강북교회 주위를 포위하여 강력히 항의하기로 결정했다. 문제는 명수창에 대한 충성심이 높은 정예 인원을 선발하는 일이었다. 이것 역시 심종수가 간단히 정리했다. 대성교회가 운영하고 있는 학교·병원·방송국 등 사업체에 가족이 근무하는 권사·집사들을 일 순위로 뽑고, 그다음 대성교회에 직간접적으로 물품이나 사업과 관련된 교인들을 뽑았다. 여기저기서 끌어모은 잡동사니는 막상 항의 현장에 가면 쭈뼛쭈뼛 눈치를 보는 탓에 도움이 되지 않았다. 결국 손에 진흙을 묻히는 일에는 돈과 영혼이 명수창과 묶인 교인들이 나설 수밖에. 그들은 명수창의 충성스러운 종이었다. 그런데 종이면 좀 어떤가. 훌륭한 기독교인이 되려면 서번트 리더십을 가져야 한다고, 명수창도 늘 강조하지 않던가.

플랜카드와 구호는 박동제 주도로 아주 정치적이고 강력하게 만들었다.

"정치 총회장 물러가라!"

"강남노회 무너뜨리는 이인학 총회장은 각성하라!"

강력히 항의하는 도중에 윤성욱의 핸드폰이 울렸다. 김형원 집사였다.

"장로님, 우종건의 움직임이 심상치 않습니다. 서류 뭉치를 급하게 챙겨 신문사를 빠져나갔습니다. 최근에 박세운 목사하고 이건호 교수와 접촉이 잦았는데 지금 그들에게 무언가 전달하러 가는 것 같습니다."

"뭐라고?"

윤성욱은 피가 끓어올랐다. 그는 급하게 전화를 끊고 옆에 있는 박동제에게 말했다.

"박 장로님, 일전에 찾아왔던 우종건 기자 말입니다. 그 친구가 지금 SO 관련 증거들을 들고 박세운 목사를 만나러 가는 것 같습니다."

"뭐라고요?"

박동제는 이제 더는 이런 일들에 시간을 뺏기고 싶지 않았다. 하루라도 빨리 세습 문제를 완료하고 내부를 추스를 때였다. 대성교회는 세습으로 인해 분위기가 헝클어진 상태인데 사방팔방에 널린 적들은 틈만 있으면 공격해 오고 있어 조용히 내부를 추스를 여유가 없었다. 그런데 우종건 기자로 인해 SO 문제가 또다시 불거진다면 그동안의 노력은 물거품이 될 것이다.

"우종건을 어떻게 할까요?"

"그 셋이 만나면 일이 어떻게 커질지 모르니 일단 막읍시다."

박동제는 아무렇지 않게 대꾸했다. 한번 강을 건넌 그들은 거칠 것이 없었다.

"손 좀 봐주자는 거죠?"

백전노장인 윤성욱에게도 살 떨리는 말이었다.

"목사님은 해외 순방 중이시니 우리끼리 처리합시다."

박동제는 어금니를 깨물었다.

얼마 후, 우종건 기자는 사당동 사거리 횡단보도에서 의문의 교통사고를 당해 응급실로 실려 갔다. 그리고 갈색 서류 봉투는 감쪽같이 사라졌다.

한편, 이인학 총회장과 교단 간부 목사들은 경악했다. 그 즉시 명수창 목사에게 항의하려고 대성교회를 방문하니 명정환이 대신 나왔다.

"명수창 목사님은 며칠 전부터 해외 선교지 현황을 파악하러 동남아에 가 계십니다."

"그럼 명정환 목사님 입장은 어떠한지요?"

"전 아무것도 몰랐습니다."

명정환은 시치미를 뗐다.

"모든 것은 장로회의에서 결정한 일입니다. 저는 정말 알지 못했습니다."

교단 간부들은 어이가 없었다. 명수창 부자는 애초의 주장에서 한 발짝도 물러날 의사가 없었다. 어쩐지 일이 더 꼬이는 것 같은 느낌을 받았다.

명수창은 이 주 동안 동남아를 돌아본 후 귀국했다. 집에 도착하니 손자 득세가 거실에 공룡 책을 펼쳐놓은 채 공룡 모형을 가지고 놀이에 빠져 있었다. 명수창이 소파에 앉아도 알아차리지 못했다. 얻을 득, 세상 세……. 세상을 얻겠다는 뜻을 지닌 아이, 명수창의 염원이 담긴, 이 세상을 구원할 신의 대리인으로 자신의 집안이 선택되었다는 것을 손자 이름에 담았다. 명수창은 그런 득세를 지켜보았다. 요즈음 득세는 한참 공룡에 빠져 있었다. 꼬리에 곤봉이 달린 안킬로사우로스, 얼굴에 뿔이 달린 트라케라톱스와 스테고사우루스, 브라키오사우루스, 에드몬트사우루스, 바로사우루스, 아파토사우루스, 알로사우루스 등 그 어려운 공룡 이름을 기가 막히게 줄줄 외웠다. 《프테라노돈 우체부》, 《작지만 매운 콤프소그나투스》, 《파키케팔로의 박치기》, 《키다리 아저씨 울트라사우루스》 등 득세는 유독 공룡 책을 좋아했다.

득세는 팔뚝만 한 크기의 육식 공룡 티라노사우루스와 초식 공룡 브라키오사우루스를 양손에 하나씩 쥐고 서로 싸우는 모습을 흉내내고 있었다.

"아웅, 꽉꽉, 허어억, 얍, 이코."

마치 공룡 두 마리가 치고받고 싸우는 듯 득세는 다양한 효과음을 내었다. 명수창은 자신만의 시간에 빠져 상상의 날개를 펴고 있는 득세를 흐뭇하게 바라보다가 바닥에 펼쳐진 공룡 책에 눈길이 갔다. 새로운 공룡의 출현이었는지 두 페이지 모두 고사리와 석송 같은 양치식물 사이로 한 마리의 공룡이 그려져 있었다. 명수창은 공룡을 볼 때마다 영 낯설고 정이 가지 않았다. 그나저나 공룡은 너무 크다고 명수창은 생각했다. 거대한 덩치는 그들이 살고 있는 환경에서 가장 완벽하게 적응했다는 증거였다. 그렇지 않으면 그런 덩치를 유지할 수 없었을 테니까. 그렇게 탁월한 능력도 환경이 갑작스럽게 달라지는 순간 완벽한 무능력으로 바뀌다니. 갑자기 명수창의 오른쪽 어깨 근처가 서늘해졌다. 에어컨의 바람 줄기가 이쪽으로 향했나. 명수창은 바람을 피해서 몸을 옮기다 득세와 눈이 마주쳤다. 득세는 원래부터 명수창이 그곳에 있었다는 듯 놀라지도 않고 물었다.

"공룡은 왜 모두 없어졌어요? 할아버지!"

"먹을 게 없어서야."

"왜요?"

"날씨가 갑자기 추워져서 땅이 온통 다 얼었대."

"왜요?"

득세는 '그래서요'를 '왜요'로 물었다.

"처음엔 부드러운 소철같이 말랑말랑한 잎들을 다 먹어 치우고 그다음엔 딱딱한 소나무 잎도 먹고. 뭐 그러다 먹을 게 없어지니 굶어 죽었지."

"고기를 먹으면 되잖아요?"

"……."

득세가 고개를 갸우뚱했다. 질문은 끝도 없이 이어졌다. 명수창은 곤혹스러웠다.

"으응, 아유, 목말라!"

득세가 벌떡 일어나더니 냉장고로 쪼르륵 달려갔다. 다행이다. 명수창은 이때다 싶어 소파에서 일어나 안방으로 향했다. 몇 걸음

떼었을 때 순간 휘이익 서늘한 바람 같은 게 등골을 스쳤다. 명수창은 오싹한 기운에 어깨를 움츠리며 고개를 돌렸다. 고개를 돌린 건 아주 미묘하고 흐릿한 느낌이었지만 누군가 자신의 어깨를 살짝 만진 듯해서였다. 그의 직감은 그냥 무시할 만한 게 아니라고 일러주고 있었다. 하지만 아무도 없었다. 명수창은 순간적으로 당황했다. 착각인가 싶었는데 바닥에 득세가 놀다 놓고 간 공룡들과 함께 박물관이라는 단어가 의식의 표면 위로 떠올랐다. 공룡 박물관. 공룡의 나비 효과였을까? 설마. 김일국이?

"대성은 생명 없는 박물관이 될 것입니다."

김일국이 했던 말이 떠올랐다.

생명이 없는 박물관? 김일국의 그 말이 명수창의 머릿속에서 탄환처럼 뱅글뱅글 돌며 큰 구멍을 만들고 있었다. 명수창의 양미간이 찡그려졌다. 명수창이 가장 사랑하는 득세, 득세가 가장 좋아하는 공룡과 화석화된 공룡이 전시된 박물관이라니.

새로운 희망

넉 달 뒤, 명은미는 취리히 행 비행기에 올랐다. 벵엔에 가려는 것이다. 피곤하고 배도 고팠지만 그녀는 허리를 꼿꼿하게 펴고 정자세로 정면을 응시했다. 멀리 떨어진 곳에서 자신의 신앙을 점검해보려 했는데 생각보다 서울의 일들이 머릿속에서 떠나지 않았다. 그녀는 우울했다.

나는 무엇을 위해 어디로 가고 있는가? 조용하고 한적한 융프라우의 산자락으로? 돌이킬 수 없는 아버지와의 시간 속으로? 아니면 이제 소통의 방법조차 찾지 못한 채 서로 말도 않고 지내는 어머니와의 관계 속으로? 나는 무엇을 위해, 어디를 향해 달려가는가. 이 교수의 말처럼 가장 가까운 부모도 설득할 수 없으면서 어떻게 다른 사람들을 설득할 수 있다고 자신할 수 있는가? 서울에 있을 때도, 서울을 떠나서도 그녀의 머릿속은 언제나 대답할 수 없는 질문들로 가득했다.

벵엔은 해발 1,274미터에 위치한 산속 작은 마을이었다. 마을까지 이어지는 도로도 없었다. 교통이라고는 철도와 마을 주민들이 이용하는 작은 전기 자동차가 전부였다. 그녀는 인터라켄 동역에서 기차를 타고 라우터브루넨 역을 거쳐 벵엔으로 올라갔다. 천여 명의 주민이 사는 작은 동네라고 들었는데 역은 규모가 제법 컸다. 오른쪽으로 고개를 돌리니, 융프라우가 손에 잡힐 듯 가까워 보였다. 숙소는 철로를 지나 오른쪽으로 조금 내려가야 했는데, 그녀는 중심가와 교회가 있는 왼쪽 길을 선택했다.

마을 중앙에 테니스 코트와 미니 골프장 같은 운동 시설이 갖춰져 있고, 바로 근처에 멘리헨으로 가는 로프웨이가 있었다. 작은 도로는 일본인들의 감탄사로 약간 들떠 있었다. 겸손한 몸짓, 아이같이 수줍고 수선스러운 감탄사, 두 명의 여자는 작은 것에도 큰 감탄사를 연발하며 사진을 찍느라 정신없었고 몇몇은 흐뭇한 표정으로 그들을 바라보고 있었다. 그녀는 오 분 정도 쉐네그 벵엔 호텔 쪽으로 걷다가 교회가 있는 작은 골목길로 방향을 꺾어 올라갔다.

짙은 갈색 지붕이 군데군데 퇴색했지만 작고 아담한 교회였다. 작은 게시판에 '영어 예배 서비스 목요일 17:30, 일요일 10시, 18시'라고 적혀 있었다. 그 옆 작은 보드 판에는 금주의 기도문이 쓰여 있고 바닥에는 명함 크기의 포스트잇, 플러스 펜, 압정이 놓여 있었다. '십자가 정신, 원수를 사랑하라. 불가능에 도전하는 삶!'이라고 플러스 펜으로 쓰인 손 글씨는 아마 이번 주 설교 주제인 듯했다.

작은 보드 판에는 세계 각국의 여행자들이 포스트잇에 적어 놓은 문구들로 가득했다.

'forgiving/ support/ tolerance/ respect/ truly understanding/ good listener/ patience'라는 단어가 들어간 단문과 'das Verstandnis'라는 독일어도 있었다.

용서, 이해, 인내, 배려, 경청이라는 뜻을 가진 단어들이었다. 이 것들이 인생에 있어서 미션 임파서블(Mission Impossible)인가? 멀리 떨어진 여행지에서 자신을 돌아보는 성찰과 다짐, 여행자인 자신들을 위해 기도해주기를 바라며 적어 놓은 단어들이었다.

인간의 내면에는 수없이 많은 자아들이 겹을 이루고 있어, 한 겹을 뚫어도 또 다른 나. 또 한 겹을 뚫어도 나. 세 겹, 다섯 겹은 지나야 겨우 도달하는 나. 지구의 반대편, 유럽의 배꼽인 거대한 융프라우의 산 중턱에 있는 작은 교회 앞에서 그녀는 '나 중심'이 모든 문제의 근원임을 또렷이 깨달았다.

보드 판을 자세히 살펴보다가 중앙에 닫혀 있는 문을 가볍게 밀어 보니 문이 열렸다. 정말 작은 교회였다. 중앙에 소박한 나무 십자가가 있고 작은 설교대와 두 개의 열과 다섯 줄로 놓인 의자들. 많이 들어와야 삼십 명 남짓. 아무 장식이 없어 오히려 숙연해지는 소박하고 아담한 교회. 나무 십자가와 작은 창으로 들어오는 햇볕만으로도 따뜻하고 충만한 곳이었다.

대성교회도 처음에는 따뜻하고 은혜가 충만했었는데. 그녀에게 대성교회는 정겨운 기억으로 가득한 가고 싶은 고향 집 같은 곳이었다. 거기에 메가처치라는 거대한 공룡이 완성되어 덧붙기 전까지는. 뜻밖의 장소에서 그 시절이 생각나다니.

추수감사절이 지나고 가을이 깊어지면 그녀는 항상 어린아이처럼 설레며 기다리는 것이 있었는데 바로 성탄절이었다. 교회학교 학생들은 한 달여 전부터 성탄절 축하 행사를 준비하느라 분주했다. 중·고등부, 청년부와 여선교회 그리고 성가대는 물론 그야말로 전 교인이 총동원되어 행사 준비로 축제 분위기가 되었다. 아이들은 성탄절 전날 '루돌프 사슴 코', '울면 안 돼', '창밖을 보라' 같은 단골 캐럴을 불렀다. 여자아이들은 천사 복장을 입고 촛불을 들고서 아기 예수의 탄생을 축하하는 춤을 추었으며, 중고등부 학생들은 성탄 성극에 열을 올렸다. 아이들이 준비한 대사를 잠시 잊어서 허둥지둥 헤매거나 틀리거나 엉터리로 해도 성도들은 그런 모습이 오히려 더 귀엽고 예뻐서 모두들 웃음을 터트리곤 했다. 그러다 보면 자정이 다가왔고. 하늘의 은총이 머리 위에 쏟아져 내리던 추억의 빛들이 그녀는 너무 그리웠다.

그런데 교회의 규모가 사천 석, 팔천 석으로 방대해지면서 예전과 같이 따뜻했던 모습은 점점 더 기대하기 힘들어졌다. 매머드화(mammoth化). 건물 안에 공룡이 사는지, 행사 규모 자체에도 나름의 욕망이 존재했다. 분장의 완성도, 소품의 질, 대규모 악기들, 성탄 전야제의 규모는 점점 커지고 웅장해졌다. 대형화되는 순간 전문가들의 손길을 필요로 했다. 재능 있는 교인이 아니면 무대에 설 수도 없었고 작은 실수도 크게 보였다. 참여자들의 긴장감이 높아갈수록 그에 비례하여 기쁨은 줄어들었다. 소박한 기쁨을 다 함께 누리는 축제가 아니라 이제는 공연자와 관람자로 구분되는, 말 그대로 행사가 되었다.

나름대로 차려입고 준비를 했어도 거대한 성전 앞에서 웬지 기가 죽고, 왜소하고 초라하게 느껴졌던 것은 그녀만의 느낌이 아니었다. 따뜻한 풍경 위로 먹구름이 잔뜩 드리워져, 어제까지 자랑스럽던 것들이 초라해졌고, 그리움으로 기억되었던 것들은 누추해지고 말았다.

대성교회의 성전이 '내가 올 곳이 아닌가' 하는 위화감과 '나는 너무 초라하다'는 위축감을 주었다면 이곳은 마치 작은 기도실 같았다. 거대한 성전은 하나님의 권위를 상징하는 것이 아니라 그의 종이라 자처하는 신의 대리인들이 자신의 권위를 높이기 위한 수단으로 건축되었다는 생각이 뉘엿뉘엿 올라왔다.

교수님께서 내게 영적 피난처가 필요하다 하셨는데……. 나를 여기에 보낸 뜻이 있었구나. 이 작은 교회는 마치 영성 계발을 위한 수도 공간 같다는 생각이 들었다. 마음이 편안했다. 복잡한 서울이든 한적한 산꼭대기 벵엔이든 상관없이 교회는 사람들에게 영적 피난처가 되어야 하지 않을까. 작은 교회가 주는 편안함 속에서 자신을 돌아보고 비추어 보고, 힘들고 지칠 때 십자가 가까이 엎드려 기도할 수 있는 그런 피난처.

교인의 숫자가 성공적인 목회의 잣대가 되어버린 한국 기독교의 현실을 떠나 이 작은 교회에서 진정한 교회의 존재 목적을 다시 생각하라는 이 교수의 깊은 뜻을 그녀는 비로소 헤아릴 수 있었다. 그녀는 기도하기 전에 작고 소박한 나무 십자가 가까이에 있는 의자에 앉았다. '주님' 하고 나직이 소리 내어 불렀다. 기도가 샘솟듯 터져 나왔다. 대성교회의 웅장한 대성전에서는 좀처럼 잡히지 않던 기도였다. 갑자기 솟구쳐서 제어할 수 없는 기도의 소용돌이. 그동 안 웅크려 있던 자신을 내맡겼다.

그리고 지금까지 살아온 날들을 되짚어 보았다. 아버지의 인생은 과연 무엇이었단 말인가. S군에서 태어나 산으로 둘러싸인 아담한 마을에 살면서, 이른 새벽에 일어나 시골의 작은 교회의 종을 치며 섬기던 아버지는 성경 속 인물에 반해 어렵사리 신학교를 마친 후 목회에 투신했다. 겸손하고 헌신하기를 즐기던 사람 좋은 아버지.

그러던 어느 날 성공에 성공을 더하자 기다렸다는 듯 루시퍼의 마수가 뻗쳐 왔다. 그렇게 겸손했던 아버지, 한국 교회의 모범이고 자랑이었던 아버지. 그 아버지가 점점 변해 갔다. 한국의 최고 목사 라는 상징성을 갖게 되면서 스스로 함몰된 탓도 있을 것이다. 그리 고 김일국 장로의 죽음으로 얼마나 어려움에 처했던가. 그토록 바라던 세습까지. 남들은 한 번도 힘든 성전 건축을 세 번이나 해치운 결단자.

그러나 오히려 처절하리만치 불가사의한 그 무엇에 홀린 듯한 삶. 어머니와 오빠의 얼굴도 떠올랐다. 불쌍한 그들을 위해서 중보 기도를 했다. 끊임없이 흐르는 눈물.

"저희들을 용서하여 주시옵소서."

아버지의 탐욕, 그로 인한 한국 교회에 미치는 악영향을 떠올리 며 울고, 간절히 예전의 아버지로 돌아오길 바라며 울고, 내 핏줄 아니면 배반당할 거라 믿고 있는 어머니의 완고함이 불쌍해서 울 고, 자신의 목회를 하지 못하고 부모의 욕망의 포로가 된 오빠가 측은해서 울고, 끝내 아버지의 탐욕을 막지 못한 무기력한 자신 때문에 울고, 그녀는 울음의 웅덩이 속에 푹 빠져 앞자리 걸상에 머리를 기댄 채 계속 웅얼거렸다.

"하나님! 절망이 파도처럼 밀려옵니다. 머리로는 압니다. 하나님을 신뢰해야 한다는 것을, 그러나 하나님 제 마음은 그렇지 못합니다. 주님을 온전히 신뢰하지 못하고 흔들리는 이 불쌍한 어린 양의 마음을 붙들어주시옵소서."

소돔을 뒤돌아보던 롯의 아내도 그랬을까. 그녀가 돌아본 것은 끊임없이 죄책감을 유발하는 가족에 대한 안쓰러움이 아니었을까? 결코 이해되지 않던 성경 속 이야기가 지금 실제 명은미가 경험하고 있는 것이다. 그녀가 정작 묻고 있는 것은 더 원초적이었다. 정말 그 시점 그 자리에서 명은미는 자신 있게 롯의 아내와 달리 반대의 선택을 할 수 있었을까. 해야 할 일, 해서는 안 되는 일을 가리는 것이 말처럼 그리 쉬운가, 소금기둥이 될 것을 알면서 일부러 소금기둥이 되려고 그랬겠는가. 누구나 모든 일이 일어난 뒤에 잘잘못을 가리기란 쉬우며, 남의 잘못을 들춰내는 것은 더더욱 쉬운 법이다.

명은미는 제 안에서 쇳덩이처럼 짓누르는 고통으로 인해 엉엉 어깨를 들썩이며 울면서도 기도하고 기도하고 또 기도했다. 이날 작은 예배당은 그녀의 울음 섞인 기도를 늦게까지 들어주었다. 그렇게 한참 동안 울음을 쏟고 나자 애써 멈추지 않아도 눈물이 점차 잦아들었다.

얼마 후 명은미의 머릿속에 작은 영상 하나가 스치고 지나갔다. 그녀가 더러운 물이 가득 고여 있는 큰 웅덩이에서 열심히 물을 퍼내고 있었다. 하지만 열심히 퍼내도 웅덩이의 물은 좀처럼 줄어들지 않았다. 그녀는 점점 지쳐 갔다. 결국 지쳐서 털썩 주저앉았는데 오른쪽 구석에서 작은 샘물이 흘러드는 것이 보였다. 가만히 지켜보았다. 그녀는 그 작은 샘물을 보면서 저렇게 작은 물줄기로 언제쯤 이 더러운 웅덩이를 맑게 할 수 있을까 생각했다. 그런데 아주 작은 물줄기가 계속 웅덩이로 흘러들면서 어느 순간 서서히 더러운 웅덩이가 맑아지고 있었다.

그 순간 그녀의 눈을 덮고 있던 먼지들이 툭툭 떨어져 나가는 느낌이 들었다. 아버지의 욕망, 그것보다 메마른 꽃처럼 만지기만 해도 부스러질 듯한 자신의 상태, 그녀의 마음속에는 사각사각 모래가 쌓이고 풀썩 먼지가 이는, 말라버린 샘물이 된 자기 자신의 모습이 보였다.

내가 문제였구나. 불에서 막 꺼낸 쇠처럼 머릿속에 벌겋게 달아오르는 성경 문구.

좁은 문으로 들어가라. 멸망으로 인도하는 문은 크고 그 길이 넓어 그리로 들어가는 자가 많고 생명으로 인도하는 문은 좁고 길이 협착하여 찾는 자가 적음이라.(마 7:13-14)

"좁은 길은 우리가 말하는 골목길이나 샛길이 아니다. 적들로 인해 둘러싸인 협착한 길을 말한다. 일종의 죽음의 골짜기, 고난의 길이라 할 수 있지."

자판기에서 뽑은 커피를 그녀 앞에 놓아주며 이건호 교수가 했던 말이 떠올랐다.

"우리 앞에는 두 갈래 길이 놓여 있다. 이 두 길의 목적지는 서로 정반대다. 하나는 생명으로 다른 하나는 멸망으로 향하는 길이다. 이 길을 동시에 갈 수는 없다. 오직 한 길만 선택해야 한다. 그런데 이 길을 선택하는 게 참으로 어렵다. 생명으로 인도하는 길은 겉으로 보기에 초라하고 죽을 것같이 힘든 길이지만, 멸망으로 인도하는 길은 오히려 호화롭고 멋있어 보여 많은 사람들이 이 길을 선택한다. 인간은 목적지를 잊어버리고 유혹의 손짓에 속아 넓은 길을 선택하기 쉽다."

협착한 길이란 히브리어로 '무짜크'인데, 이는 적군에 의한 '에워싸임'이나 델릴라가 삼손을 재촉하여 '조름'에 사용된 단어였다. 성경은 성공과 번영의 넓은 길의 자장에서 벗어나라고 알려주었다. 넓은 길로 가는 예수·편한 예수·번영의 예수, 황금 송아지 신앙이라는 가짜 복음을 지우고, 겸손하게 십자가를 지고 대속하신 예수로 채우라는 경고가 한국 교회에는 부질없는 일이었던가. 잘살고 싶고 성공하고 싶은 사람들은 세속적 갈증으로 인해 유명하고 평판이 높은 메가처치 목사들에게 자석처럼 끌렸고, 목사들의 변질된 말들은 그들의 삶 속에 자연스럽게 스며들었다. 명수창은 늘 강조했다.

"중요한 건 넓은 길, 좁은 길이 아니라 믿음이야. 어느 길을 가든 믿음만 있으면 된다."

목사라는 말의 쓰임이 다른 집과 다르다는 걸 깨우쳐준 사람은 남자 친구 아버지였다. 처음으로 인사드리러 갔을 때 그분은 으레 그렇듯 식구가 몇이냐, 아버지는 뭐 하시느냐 물었다.

"아버님이 목사라고? 어디에서 목회를 하나요?"

메가처치 목사임을 안 순간 그의 얼굴이 굳어졌다. 예민하다 싶을 정도로 극도의 반감이 엿보여 순간 명은미는 당황했다.

"삯꾼이군."

이 말을 남기고 그는 방 안으로 들어가버렸다. 루시퍼도 광명의 천사로 위장하고 있는 현실. 하나님의 성전을 도둑의 소굴로 만든 삯꾼 목사들이 양손에 돈과 권력을 잔뜩 움켜쥔 채 입으로는 하나님의 선한 종이라 외치는 교회 세계에 대한 그의 분노는 대단했다. 어찌나 단호하던지. 난감해하는 명은미를 위로하느라 남자 친구는 대수롭지 않게 말했다.

"너무 신경 쓰지 말아요. 우리 아버지는 삯꾼 목사라면 가짜라고 아예 사람 취급도 안 해요."

그의 무심한 눈을 보는 순간 그녀는 갑자기 머릿속에 뭔가가 번쩍하고 스쳐 지나갔다. 실제로 메가처치는 내가 생각한 것보다 더 오염된 게 아닐까? 의구심이 뭉글뭉글 연기를 피워올렸다. 오래전 일인데도 어제 일처럼 생생하기만 한 기억.

명은미는 '좁은 문'의 의미를 제대로 알지 못했음을 깨닫고, 가방 안에서 성경을 꺼내 그다음 구절을 펼쳤다. 마태복음 17장이었다.

15. 거짓 선지자들을 삼가라. 양의 옷을 입고 너희에게 나아오나 속에는 노략질하는 이리라.

16. 그들의 열매로 그들을 알지니 가시나무에서 포도를, 또는 엉겅퀴에서 무화과를 따겠느냐.

그렇구나. 이렇게 명확히 적혀 있는데, 보고 싶은 것만 보면서 진실을 외면하고 그동안 눈감고 있었구나. 따지고 보면 엘리트 목사들은 늑대와 이리의 본질을 갖고 있으면서 마치 선한 목자로 둔갑하여 천국으로 인도한다고 외친다. 탐욕에 눈먼 자가 어떻게 천국으로 인도할 수 있겠는가. 처음부터 불가능한 일이었구나.

그녀는 지금껏 몇십 번 읽고서도 깨닫지 못했던 성경 구절의 뜻을 비로소 이해하게 되었다. 그런데 이 경고는 누구에게 한 것일까? 비단 목사들뿐만 아니라 동시에 어리석은 자신과 같은 사람들에게도 경고한 것이다. 그 목자가 이리임에도 불구하고 무조건 따르는 것은 그릇된 것이라는 뜻이었다.

그렇다. 분별력이 없는 신앙은 오히려 독이다. 가장 악한 것은 가장 선한 것과 맞닿아 있다고 하지 않던가. 다윗의 진짜 시련은 골리앗을 물리친 후 일어났고, 그의 타락은 왕이 된 이후 시작되었다.

얼마나 되었을까. 칠월의 벵엔은 저녁 일곱 시가 넘었는데도 밝았다. 밖으로 나왔다. 교회를 지나 십여 분 걸으니 언덕에 다다랐다. 언덕에 서서 고개를 들어 융프라우의 정상을 뚫어져라 바라보았다. 정상은 구름에 싸여 보이지 않았다.

신앙의 길, 도대체 어디로 가야 하나, 생각하는 사이에 그녀는 이윽고 하나의 결론에 이르렀다. 신앙은 교회에만 머물러 있으면 안 된다. 신앙은 세상으로 흘러가야 하고 세상에서 증명되어야 한다.

바로 그거였다. 당당한 평신도를 한 명 한 명 길러 내는 일. 목사에도 당당하고 세상에도 당당한 신앙인을 육성해야 한다. 당장 떠오르는 방법은 없었다. 우선 자신을 추스르는 게 먼저였다.

그렇다면 길은 오직 하나! 자신을 비우고 새로운 생명으로 자신을 바꾸어 가는 것. 그 길에 장애가 되는 것은 여전히 '나 자신'이다. 이제 전심을 다해 나를 버려야 한다. 나를 비워야 새로운 생명으로 다시 채울 수 있다.

그녀는 새롭게 시작해보리라 다짐했다. 미켈란젤로의 천장화 〈천지창조〉 속 아담의 손가락처럼 어쩌면 자신의 손가락이 새로운 세계에 가 닿을 것이라는 믿음이 강하게 밀려왔다. 그녀는 오른손을 쫙 벌려 하늘을 향해 힘껏 뻗었다.

신의 대리인, 메슈바

초판 1쇄 인쇄 2018년 9월 3일
초판 1쇄 발행 2018년 9월 10일

지은이 권무언
펴낸이 이수철
본부장 신승철
편   집 하지순
교   정 차은선
디자인 오세라
마케팅 정범용
관   리 전수연

펴낸곳 나무옆의자
출판등록 제396-2013-000037호
주소 서울시 마포구 성미산로1길 67 다산빌딩 3층
전화 02) 790-6630 팩스 02) 718-5752

페이스북 www.facebook.com/namubench9
인쇄 제본 현문자현 종이 월드페이퍼

ⓒ 권무언, 2018

ISBN 979-11-6157-043-3 03810